3
HAMUO 지음
하무오
일러스트
MO
모
헬모드
HELLMODE
~파고들기 좋아하는 게이머는
폐급 설정 이세계에서 무쌍한다~

C O N T

HELLMODE 1 : HAMUO PRESENTS, MO ILLUSTRATION

제1화 학원에서 입학 시험

카르넬 자작의 납치극으로부터 몇 개월이 지나 3월에 들어섰고, 알렌은 정원사의 일을 거들고 있다. 작년 11월에 그란벨 가문의 시종에서 귀빈이 된 터라 일을 할 의무는 사라졌지만, 학원에 갈 때까지는 시종으로서 업무를 수행하자는 생각이다.

'응? 왔네.'

저택에 마차가 한 대 들어왔다. 알렌은 흙을 만지던 손을 멈추고 현관 앞쪽에 멈춘 마차로 다가갔다.

마차에서 분홍색 머리카락의 소녀가 내려선다.

"알렌!!"

"어서 와."

클레나가 마차에서 내렸다. 마을에서 마차를 타고 이곳 그란벨까지 온 것이다. 알렌을 보자마자 얼굴에 천진난만한 웃음이 피었다. 뒤쪽에는 감자 느낌이 강화된 드골라도 같이 있었다.

"오랜만이네."

"그래, 드골라도."

옛날부터 몸집은 드골라가 더 컸는데, 이제 알렌과는 머리 하나만큼 차이가 벌어졌다.

두 사람은 사흘 후 수험을 위해서 학원 도시로 갈 예정인데, 그란벨 자작 덕분에 잠시 저택에서 체류하게 되었다. 검성 클레나를 초대하는 김에 드골라도 덤으로 같이 묶게된 셈이다. 두 사람은 모두 클레나 마을에는 없는 3층짜리 커다란 저택을 정신없이 쳐다보고 있다. 등에는 의류와 낡은 연습용 검 등등 최소한의 짐을 눌러 담은 짐 주머니를 짊어졌다.

'역시 페롬스는 안 왔네. 뭐, 소식은 들었지만.'

촌장의 아들 페롬스는 학원 도시에 가지 않는다. 5대륙 동맹의 약정에 따라 만들어진 학원 도시의 목적을 감안하면 상인의 재능을 가진 인물까지 구태여 가야 할 장소는 아니었다. 페롬스는 상업 길드가 설립하고 운영하는 상업 학교에 다니겠다는 말을 했었다.

어째서 알렌이 페롬스의 소식을 들을 수 있었는가.

2개월쯤 전, 알렌은 휴가를 내고 클레나 마을에 귀성했다. 시종을 그만두었다는 것, 그란벨 자작 가문의 손님이 되었다는 것, 4월부터 학원 도시에 가는 것, 아울러 로단과 겔다 가족의 인두세가 면제된 것 등등 소식을 전하러 가기 위해서였다. 4년 만의 귀성인지라 학원 도시로 떠나기 전에 부모님과 만나 이후의 계획을 알려주고 싶었다.

촌장에게 자작이 쓴 로단과 겔다 집안의 인두세 면제 서한을 건넨 뒤 귀가해서 로단에게 자작으로부터 받은 은제 보검을 보여주자 「너 대체 뭘 했냐?」라며 놀랐다. 시종을 관둔 선택에 대해서는 아무것도 묻지 않았다. 테레시아가 걱정스럽게 무리하지 말라며 당부했을 뿐이다. 알렌의 분주한 삶이 어머니의 눈에는 몹시 치열하게 보였을 테지.

이후에도 쭉 생활비를 보태기는 어려운지라 금화 백 닢을 건네주고 왔다. 너무나 큰 금액이라서 로단과 테레시아의 얼굴이 무척 창백해졌다. 잠시 시간을 두고 로단이 「이런 큰돈은 도저히 못 받는다!」라고 외쳤던 터라 아직도 수중에 있는 금화가 육백 닢을 넘는다고 알려주었다. 「너 진짜 뭘 하는 거냐……」라며 로단은 금화 주머니를 들고 놀라다 못해 지쳐서 질린다는 표정을 지은 채 중얼거렸다.

마쉬도 얘기를 들려달라며 졸랐기에 고블린 마을과 오크 마을, 갑옷 개미의 굴에서 겪은 모험을 이것저것 이야기해줬다. 즐거워하며 듣는 마쉬에게 구태여 마더 가르쉬의 얘기까지 꺼내지는 않았다. 동생에게 트라우마를 심어주는 취미는 없다.

"실례합니다!!!"

"그래, 반갑다."

클레나가 기운차게 저택에 들어서자 자작가 사람들이 현관에서 기다리고 있었다. 검성 클레나를 마중하기 위해서였다. 몇 년 전 자작이 보어 사냥을 견학하고자 마을에 방문했을 때는 클레나와 대면을 하지 않은 채 복귀했었다. 따라서 두 사람이 얼굴을 마주하는 것은 지금이 처음이다. 자작이 악수를 요청하자 곧장 클레나도 손바닥을 맞잡아 흔들었다. 거물의 느낌이 진하게 난다.

'뭐, 검성은 나중에 후작이 될 수도 있다잖아.'

그란벨 자작은 클레나의 태도에 조금의 노여움이나 저항감이 없는 듯했다. 생긋생긋 웃으며 대응하고 있다. 클레나의 성격은 이미 알렌이 잘 설명해뒀기 때문이다.

검성은 왕국에서도 귀중한 존재다. 여전히 전장에서 활약하고 있다는 검성 드베르그는 농노 출신임에도 지금은 후작 작위를 가지고 있다. 후작은 하급 귀족인 자작 가문과 비교하면 두 단계 위의 작위이다. 전쟁 때문에 돈이 궁한 왕가가 작위를 보상으로 내주었다고도 말할 수 있다.

이 세계에서 전장에 나가야 하는 책무는 귀족에게만 주어진다. 그란벨 자작은 클레나도 졸업과 동시에 남작이 될 것이라 알려주었다.

"네가 클레나구나. 잘 부탁해."

세실도 클레나에게 다가와서 인사를 한다.

"아, 혹시 세실 님이야? 잘 부탁해!"

클레나가 뭔가를 떠올리고 세실의 두 손을 붙잡더니 열렬히 인사를 한다.

"……."

"왜? 세실 님?"

세실은 귀족에게도 전혀 허물없이 행동하는 클레나를 보고 깜짝 놀란 것 같았다.

'대답해라, 세실.'

알렌이 마음속에서 닦달을 하자 세실은 그제야 입을 열었다.

"아, 아무것도 아니야."

"글쿠나."

세실이 늦게나마 대답을 한다. 클레나에게 미리 마을에서 세실과 사이좋게 지내달라고 말을 했었고, 세실에게도 클레나와 사이좋게 지내주면 좋겠다고 부탁을 했다. 다만 초면인 데다가 귀족이 상대인데도 허물없이 거리를 좁혀 다가오는 클레나가 당혹스러웠는지 세실은 당혹감을 숨기기 위해 알렌에게 비난의 눈빛을 보낸다.

'응? 세실이 노려보는 것 같은데, 착각인가.'

세실은 4년을 함께 보내며 새침 부리기는 꽤 줄긴 했지만, 시종을 그만두고 그란벨 자작 가문의 손님이 되었을 때는 지독하게 구박을 당해야 했다. 「누구한테 허락을 받고 시종을 그만둔 거야!」라는 이유로. 요즈음에 들어서야 겨우 화가 좀 가라앉은 것 같다.

이번에 클레나를 저택에 초대한 것에는 이유가 있다. 알렌은 세실과 함께 3년 후 마왕군과 싸워야 하는데, 방어력이 낮은 마도서와 소환사의 조합이 문제가 된다. 소환수의 가호로 방어력을 보완할 수는 있지만, 가호에 너무 의지하면 돌 계통의 소환수가 홀더를 점령하는 터라 소환수의 선택지가 극단적으로 줄어든다. 그 결과, 전술을 구사할 때 문제가 발생한다.

따라서 물리 직업의 최강인 검성 클레나를 세실과 함께 마왕군과 싸울 동료로 영입하자는 것이 알렌의 생각이었다. 어차피 클레나도 전장에 가야 할 테니까 같이 행동하면서 사이좋게 마왕군을 없애면 일석이조다. 오늘의 인사는 클레나와 세실을 만나게 하자는 목적도 있다.

다만 졸업 후 배속이 어떻게 될지 알 수 없다. 얼마 전 세실의 안위를 염려했던 자작이 왕도에 가서 어떠한 형태로 전장에 배속되는지 확인을 시도했었다. 자작의 말에 따르면 배속은 5대륙 동맹과 중앙 대륙의 맹주인 제국의 뜻이 강하게 영향을 끼치는지라 배속지는 왕가에서도 전혀 파악할 수 없다고 했다.

형식상 왕가의 아래에 속한 검성 드베르그도 정작 왕가에서는 파악하지 못하는 사안이 많은 까닭에 마왕군과의 싸움을 어떻게 치러 나가야 할지 세세한 방법은 이제부터 겪을 학원의 생활에서 정해나갈 수밖에 없다.

아무튼 클레나는 학원에서 같이 다니며 행동을 할 예정이다. 학원 도시에 많이 있다고 들은 던전을 공략할 때도 클레나가 함께해주면 마음 든든할 것이다.

'클레나와 세실은 던전 공략하면서 잘 키워줘야 하는데, 두 사람의 스테이터스도 마도서로 확인을 할 수 있었으면 좋겠네.'

알렌은 매일 밤 마도서를 꽉 쥐고 신에게 기도하고 있다.

알렌의 옆집에서 검성 클레나가 태어났다. 시종이 되어 근무했던 귀족 가문에는 마도사 영애가 있었다. 절대 우연이 아니다. 마왕군을 없애기 위해서 두 사람의 스테이터스 확인은 필수였다.

한편 드골라도 동료로 받아서 같이 싸울지는 아직 보류 중이다. 똑같은 별 하나였던 미하이가 허망하게 목숨을 잃었던 만큼 드골라에게는 힘겨운 싸움이 될 것이라 예상된다. 결정은 본인의 의지에 맡겨야 한다.

마왕과 전쟁을 하는 이야기는 입조심을 하도록 마법 강사가 단단히 못을 박아 두었다만, 클레나와 드골라 두 사람에게는 슬쩍 알려줄 생각이었다. 졸업 후 어떠한 형태로 마왕군과 싸울지 분명하지는 않으나 학원에서 생활하는 3년간 같은 목표를 갖고 보내주었으면 한다.

클레나와 드골라가 도착하고 머지않아 만찬이 시작되었다.

'흠, 이런 자리에서는 드골라가 예의 바른 아이로 보이네.'

긴장해서 얌전히 식사를 하는 드골라의 옆쪽을 보면 클레나가 마치 부모의 원수를 만난 양 걸신이 들린 것처럼 음식을 먹어치우고 있다. 오랜만에 맛본 진수성찬에 흥분한 듯 한쪽 손으로 고기에 포크를 찔러 꽂았고, 다른 한쪽 손에는 빵을 꽉 쥐고 있다. 토마스가 식사하던 손을 멈춘 채 멍한 표정으로 클레나를 바라본다.

"알렌은 안 먹어?"

"일 먼저 끝내고 먹을 거야."

알렌은 익숙한 손놀림으로 식사 시중을 들며 대답했다. 클레나와 드골라가 그 모습을 신기해하며 바라보자 어째서인지 세실은 의기양양한 표정을 지었다.

만찬이 대강 마무리되었을 무렵에 그란벨 자작은 격식을 차린 태도로 알렌에게 말을 건넸다.

"알렌. 아이들을 잘 부탁하마."

"네, 맡겨주십시오."

알렌은 그란벨 가문에서 보냈던 지난 4년의 생활을 추억하듯이 공손하게 머리 숙였다.

'자, 학원 도시에 가면 그 『물건』은 반드시 있을 테니까 꼭 찾아야겠지. 일단 모험가 길드에서 정보 수집을 하자. 『물건』을 찾지 못하면 3년 뒤 마왕군을 상대하는 게 어려워질지도 몰라.'

학원 도시에는 학원에 다니는 것보다 중요한 목적이 있었다.

이렇게 알렌은 클레나, 세실, 드골라와 함께 사흘 뒤 학원 도시로 출발하게 되었다.

*　*　*

“알렌, 학원 도시야!”

클레나가 마도선에서 학원 도시의 정거장에 내리더니 감동하고 있다. 그 뒤쪽으로 세실과 드골라가 따라 내린다.

알렌은 세실, 클레나, 드골라와 함께 학원 도시에 왔다. 공항은 넓고 거리도 거대하다. 정식 명칭은「라타슈 왕국 학원 도시」. 그란 벨보다 훨씬 더 많은 수십만 규모의 인구를 자랑한다고 한다. 시험에 합격하면 이곳에서 3년간 생활하게 된다.

주위는 학원에 시험을 보기 위해서 온 수험생으로 넘쳐났다. 왕국 전체에서 2만에 가까운 지원자가 몰려드는지라 보통은 왕도를 경유해서 움직이는 마도선도 이 시기에는 일정표를 조정해서 각 지역의 직통 운행을 늘린다.

『수험생분들은 녹색 지붕이 있는 역으로 가주십시오. 학원까지 직행 마도 열차가 배차되어 있습니다.』

‘열차도 운행하는 건가!’

안내 방송을 따라서 녹색 지붕의 건물에 들어가자 역무원이 있었다. 운임비는 은화 한 닢이라고 한다. 설명대로 요금을 치른 뒤 승강장으로 향했다.

“와아! 열차다!!!”

“““열차? 앗, 와아!!!”””

‘열차다! 진짜 열차다. 바우키스에서 만든 물건인가?’

드워프가 다스리는 곳, 중앙 대륙 북서부에 위치하는 대륙의 바우키스 제국도 이 학원 도시를 운영하는 데 자금과 기술을 제공해주고 있다. 「왕도보다 살기 편하다」라는 말까지 있는 학원 도시는 기반 시설이 탄탄하게 갖춰진 것 같다.

"여, 여기에 타는 거야?"

"그런가봐."

"알렌은 왜 태연한 거야!"

세실이 분명 열차를 처음으로 봤을 텐데도 무척 익숙하게 올라타는 알렌에게 반사적으로 따져 묻는다. 주변에서는 지방 출신의 평민과 농노들이 멍하니 마도 열차를 보고 있었다.

'그러고 보니 미하이 씨는 학원 도시의 이야기를 잘 안 해줬지. 이런 열차가 있다는 사실도 못 들었고 학장이 하이 엘프였다는 것도 몰랐으니까 놀랐다고.'

세실이 쓸데없이 꿈을 갖지 않도록 학원 관련의 이야기를 많이 하지는 않았을 것이라고 짐작했다.

이윽고 마도 열차가 달리기 시작했다.

차창 너머로 보이는 풍경은 역시 기술이 상당히 발전되었다는 인상을 준다. 큰길을 따라 당연하다는 듯이 5층짜리 건물이 쭉 늘어서 있는지라 시골의 자작령인 그란벨과는 비교도 되지 않았다.

"굉장해~!"

"굉장하네."

"……."

클레나는 열차의 유리창에 바짝 붙어서 바깥의 풍경을 보고 있었다. 오른편, 왼편을 번갈아 구경하느라 무척 즐거운가 보다. 세실은

저 천진난만한 모습에 살짝 질겁한 것 같았다. 「얘가 정말로 검성일까」라는 생각을 하고 있는지도 모른다.

들뜬 클레나를 바라보던 알렌은 이렇게 신을 내다가 시험에 떨어지지는 않을까 잠깐 걱정을 했다.

'뭐, 레벨은 좀 올린 것 같으니까 괜찮겠지. 지력도 올라갔을 테고.'

클레나와 드골라는 열 살이 됐을 때부터 보어 사냥에 참가했다고 한다. 둘 다 보어 사냥의 경험치로 지력 수치가 꽤 올랐을 것이다. 수험 공부 기간은 2년이면 충분했을 테지.

'입학시험엔 검을 휘두른다거나 실기는 없다고 했지. 완전히 이론뿐인가? 그런데 난 수험 공부를 네 달도 안 했잖아? 게다가 세실의 마무리 복습에 같이 끼었던 게 전부인데?'

작년 말 갑작스럽게 학원 입학을 결정했던 알렌은 자작에게 약간의 불만을 가지고 있다. 비록 알렌의 의지를 존중해준 까닭이었겠으나 세실의 호위로 전장에 동행시키고 싶은 의향이 있었다면 더 빨리 말해주는 것이 좋았다. 막 시종이 됐던 여덟 살 때 물어봤어도 승낙했을 테니까. 거절할 이유를 4개월 지난 지금도 짐작할 수 없다. 아마 자작은 무엇이 더 세실에게 도움이 될지 갈등하지 않았을까.

마도 열차는 도시의 중앙에 건설되어있는 학원 근처 역에서 멈췄다. 사람들이 우글우글 내리고 있는 가운데, 알렌 일행도 같이 학원을 목적지로 나아간다.

라타슈 왕국의 인구는 약 2천만 명. 평민과 농노에게 병역의 의무는 주어지지 않으나 학원을 졸업하면 왕국의 여러 분야에서 우대를 받을 수 있기에 매년 굉장히 많은 수험생이 몰린다.

담장에 둘러싸인 부지로 향하자 교사의 앞 광장은 이미 수많은 수험생으로 가득 차 있었다.

『수험생 여러분, 먼저 감정 의식을 받아주십시오. 합격한 분은 건네받은 번호표를 소지하고 교사 앞 접수처에 와주십시오.』

"감정 의식?"

클레나가 고개를 갸우뚱 기울이며 광장에 설치된 마도구로 짐작되는 확성기의 소리에 반응했다.

"시험을 치르기 전 먼저 감정을 받아야 하나 봐."

알렌이 대답한다.

어쩐지 광장에는 대기열이 이미 잔뜩 만들어졌다. 이렇게 줄 서서 차례대로 감정 의식을 받는 것 같다.

'그런가, 감정을 하는 건가. 재능 없는 사람이 슬쩍 끼어들었을지도 모르니까.'

그러고 보니 예전에 어딘가의 귀족이 검사인데 검성이라고 사칭했다는 이야기를 기사단장에게 들었던 기억이 난다. 기사단장은 「활약해야 할 상황에서 활약하지 못했다」라고 말했었다. 지금 돌이켜보면 마왕군과 싸워야 할 전장에서 검성다운 활약을 펼치지 못했던 것이 아니었을까. 미리 계산한 전력에 공백이 발생했다면 전장에 큰 변고가 생겼을 테지.

한 시간쯤 서서 기다리자 줄이 꽤 짧아졌다.

"이 중에 귀족분이 계십니까?"

"나는 그란벨 가문에서 왔어."

"그러면 바로 감정을 진행할 테니 한 분씩 수정에 손을 올려주십시오.”

‘어라, 귀족인지 확인을 하네?’

시험관이 세실의 말에 반응해서 뭔가 메모를 하고 있었다.

드골라가 먼저 감정을 시작했다.

【이 름】 드골라
【체 력】 B
【마 력】 D
【공격력】 A
【내구력】 B
【민첩성】 C
【지 력】 D
【행 운】 C
【재 능】 도끼잡이

“너는 도끼잡이구나. 훌륭한 능력치야.”

드골라에게 반쪽짜리 번호표를 건넨다. 감정 의식에 합격했다는 증표 같았다. 번호가 쓰여 있었다.

‘흠흠, 드골라의 능력치는 바뀐 게 없구나. 나이에 따라 능력치가 달라지는 건 아니군. 그나저나, 이게「훌륭한」건가.’

다음으로 세실이 수정에 손을 얹었다. 그러자 시험관이「오오!」소리를 냈다.

【이　름】 세실 그란벨
【체　력】 C
【마　력】 A
【공격력】 D
【내구력】 C
【민첩성】 B
【지　력】 S
【행　운】 B
【재　능】 마도사

“정말 훌륭하군. 재능도 능력치도 더할 나위가 없어. 이것을 접수처에 제출해주십시오.”

‘이게 세실의 능력치인가. 메모해야지.’

세실도 감정 의식에 합격했다. 알렌이 마도서에 메모를 적는다. 이어서 클레나가 수정에 손을 가져갔다. 어김없이 수정이 격렬하게 반응하며 엄청난 빛을 뿜는다.

【이　름】 클레나
【체　력】 S
【마　력】 C
【공격력】 S
【내구력】 A
【민첩성】 A
【지　력】 C
【행　운】 B
【재　능】 검성

“세상에…… 검성이군요. 혹시 검성 클레나입니까?”

“네? 맞아요.”

어째서 자기 이름을 알고 있냐고 신기해하는 표정을 짓는다. 아마도 검성 클레나가 시험을 치른다는 정보는 이미 쭉 퍼진 것 같았다. 클레나도 합격해서 번호표 반쪽을 건네받았다.

'역시 능력치는 레벨이나 나이에 따른 변화가 없네. 별 세 개짜리 검성은 꽤 희귀한가 본데?'

왕국에서 검성이 나타나는 것은 출산의 숫자와도 관계가 있어서 10년에 한 명 정도의 확률이라고 한다. 상당히 귀한 인재이기는 한데 왕국 북부의 거대한 제국에는 수십 명이나 검성이 있다고 하니 어디까지나 태어나는 아이의 숫자에 비례하는 것 같다.

자작과 마법 강사에게 재능에 대해 이것저것 물어서 알게 된 것

· 별 1개, 10명에 1명

· 별 2개, 1000명에 1명

· 별 3개, 왕국에서 10년에 1명

· 별 5개, 존재가 기적

마지막은 알렌의 차례다. 클레나의 감정 결과에 놀란 담당관은 무시하고 수정에 손을 얹었다.

그러자 수정에서 클레나와는 비교도 안 될 만큼 강렬한 빛이 쏟아지며 광장을 가득 채웠다.

주위에서 시험이나 차례를 기다리고 있던 수험생과 시험관들도 어떻게 된 일이냐며 당황하는 모습이었다.

"오오오오!!!!"

무심코 커다랗게 소리를 낸 시험관이 눈에 힘주며 기대를 담아 감정판을 주시했다.

【이 름】 알렌
【체 력】 E
【마 력】 E
【공격력】 E
【내구력】 E
【민첩성】 E
【지 력】 E
【행 운】 E
【재 능】 소환사

"……이 감정 결과는 도대체 뭐지. 모든 능력치가 겨우 E라니, 불합격입니다."

'이젠 감정 결과가 소환사로 잘 나오는구나. 그나저나 불합격인가. 감정부터 받아야 한다길래 어쩐지 이렇게 될 것 같았지. 벌써 끝인가?'

"잠깐! 왜 알렌이 불합격인데!!"

"알렌, 불합격이야?"

세실과 클레나가 소리 높였다. 드골라는 감정판의 글자를 하나하나 확인하듯이 뚫어져라 쳐다보고 있다.

"얘들아, 난 불합격이라니까 시험 열심히 쳐. 끝나고 나서 모일 장소나 정할까?"

"잠깐, 왜 혼자서 마무리 짓는 거야!!!"

알렌이 너무 태연한지라 오히려 세실이 따져 묻는다.

'뭐, 학원을 못 다니면 못 다니는 대로 할 일 있거든.'

알렌은 불합격이어도 딱히 상관없다는 생각이었다. 애당초 능력치가 전부 E로 표시되는 것을 알았던 만큼 이 탓에 합격을 못 할 수 있다는 생각도 하고 있었다. 일단 자작에게 다섯 살 때 감정에는 착오가 있었으며 알렌에게는 분명 재능이 있다는 요지를 적은 서신도 받아 왔지만, 이 같은 상황에서는 별 도움이 될 것 같지가 않다.

'그건 그렇고, 재능이 있어도 능력치가 낮으면 떨어뜨린다는 것은 중요한 정보야.'

알렌은 줄 서서 기다리던 동안에 셋 중 하나 정도의 비율로 수험생이 불합격 통보를 받는 광경을 지켜봤었다.

재능이 있다고 마냥 다 받아주지는 않는가 보다. 아마도 스테이터스의 각 능력치에 따라 이하의 사실을 가늠할 수 있는 것이 아닐까 예상된다.

· 재능을 보유했어도 능력치에 차이가 있으며, 성장 후 실력이 달라진다
· 능력치에 따라 성장하면 어떠한 수준의 실력자가 될지 알 수 있다

전자의 경우 똑같은 재능을 보유했어도 능력치에 차이가 발생한다. 검사인데도 공격력이 낮다거나, 능력치에는 개인 차이가 있는 듯하다. 검사에게는 검사다운 능력치가 요구되고, 마법사에게는 마법사다운 능력치가 요구될 테지. 시험관의 반응을 봤을 때 클레나, 세실, 드골라는 재능에 맞는 능력치였던 것 같다.

후자는 능력치에 따라 성장 한계치가 고정된다고 간주할 수 있다. 성장 후 가지게 될 실력을 현시점에서 대강 예측할 수 있는 셈이다. 학원 측에서는 어차피 전장에서 별 도움이 안 되는 인물에게 시험을 진행할 이유도, 굳이 3년을 들여 가르치고 단련을 시킬 이유도 없을 테니까.

또한 이것이 바로 입학시험에 실기가 없는 이유겠지. 지금 모여든 수험생들은 이미 레벨을 올린 부류와 아직 레벨을 올리지 않은 부류가 있다. 레벨을 미리 올리고 와서 합격이고 아직 안 올려서 불합격이라면 진짜 재능으로 합불을 판단했다고 말할 수 없지 않은가.

'아하, 지금까지는 다섯 살 때 감정 결과와 필기시험으로 합격 여부를 결정했겠구나. 그런데 재능 사기가 일어났으니까 시험장에서 다시 감정을 하고, 결과가 안 좋으면 필기시험을 치를 기회도 안 주는 거야. 현장에서 재능 사기도 막을 수 있으니 합리적이긴 하네.'

"여기, 좀 시끄럽네? 안 되지. 떨어졌다고 소란 부리면."

명백하게 시험관이 아닌 것처럼 보이는 옥색 머리카락의 청년이 다가왔다. 뭔가 헤실헤실하는 분위기가 느껴진다. 옆에는 장년의 은발 엘프가 있었다. 클레나와 세실이 떠드는 소리를 듣고 찾아온 것 같았다.

'오! 진짜 엘프가 있네.'

이세계에 와서 처음으로 엘프와 만난 알렌은 살짝 흥분했다.

"아, 아뇨, 사실은……."

시험관이 막 다가온 두 사람에게 사정을 설명하자 청년이 「그래? 이런 감정 결과는 처음인데」라면서 감정판을 쳐다본다.

"뭐야, 어떻게 된 거야! 알렌이 왜 떨어져야 하는데! 이상하잖아!!"

시험관과 이야기하던 청년에게 세실이 대뜸 따졌다.

"이상하다? 어떤 의미로 한 말일까?"

옥색 머리카락의 청년이 반응했다.

"말 그대로야! 왜냐하면 알렌은 마더 가르쉬도 혼자서 쓰러뜨렸단 말야!!!"

알렌과 마더 가르쉬의 사투를 가까운 곳에서 지켜봤던 세실은 분노를 가라앉히지 못하는 모습이었다.

"마더 가르쉬를 이 나이에 혼자서? 굉장하네. 그런데 능력치가 전부 E라니. 확실히 이런 감정 결과는 본 적이 없어. ……정말 있었구나."

'정말 있었다고?'

"모든 능력치가 E랭크인 소년이 정말로 올해 나타나다니. 로젠님의 말씀은 과연 옳았구나."

장년의 엘프가 경악하며 말한다.

"학장, 로젠은 또 뭔가 말하진 않았어? 좀 길게 얘기해줘야 말뜻을 알 수 있잖아?"

청발의 청년은 어깨를 으쓱거리며 장년의 엘프를 본다.

'뭐야, 뭐야? 대체 뭔 얘기를 하는 거야.'

"정령왕님은 선견이 서투르시다. 애당초 정령의 분야도 아니지. 그리고 우리 신앙의 대상을 경칭도 없이 부르는 행동은 삼가주게나."

"아, 미안해. 존댓말은 서툴러서."

"그래, 헤르미오스 공. 이 감정 결과는 틀림이 없는 것인가?"

"잠깐 기다려봐. 지금 알아볼 테니까."

옥색 머리카락의 남자가 알렌을 돌아봤을 때, 금색의 눈동자에서 은은하게 빛이 나기 시작했다.

""학장……. 헤르미오스…….""

헤르미오스라는 이름은 알렌도 세실도 들어본 적이 있었다. 저택에서 마법 강사에게 배운 제국에서 태어났다는 용사의 이름이다. 또한 청년은 옆쪽에 있는 엘프를 학장이라고 불렀다. 학원 도시에서 학장이라면 이 학원 도시를 다스리는 위치에 있는 인물로 기억한다.

알렌을 응시하는 헤르미오스의 눈동자가 더 밝게 빛났다.

'용사 등장인가. 왜 이런 곳에 나타난 거야? 아무튼, 「알아본다」는 건 나를 말하는 게 맞겠지.'

"으음, 공격력은 570이고……. 와아! 지력이 1630이나 되는구나."

'엑, 완전히 감정 스킬이다. 이 자식, 맘대로 내 능력치를 주절주절 떠들지 마라. 그나저나, 왜 별 다섯 개짜리 용사는 감정이 되는데 나는 안 되는 거야? 좋아, 또 정성껏 신에게 민원을 넣어야겠군.'

다 듣는 곳에서 마음대로 떠들지 말라고 항의하려다가 꾹 참았다. 용사가 자기 스테이터스를 알 수 있다고 자백하는 셈이니까.

"지력이 1600이라면 평가 기준으로 S잖나. 왜 E가 나왔지?"

감정 결과가 출력된 감정판을 바라보면서 헤르미오스의 말에 학장이 물었다.

"그런데 좀 이상한걸. 이런 능력치로 마더 가르쉬는 못 잡을 텐데?"

"그런 건가?"

"응. 공격력이랑 민첩성도 내구력도 마더 가르쉬가 더 높으니까 아마도 금방 나가떨어지고 공격도 몇 번 못 버티고 끝장이거든. 지력은 무척 높아서 능력치만 보면 대마도사와 비슷한데 스킬 항목에 마법 스킬이 없어."

'이 녀석아, 진짜 적당히 해라. 아무튼 네 분석은 틀리지 않았어. 역시 용사군.'

"마법을 못 쓰는 대마도사인가."

학장은 의아하다는 표정을 지으면서도 헤르미오스의 이야기를 이해하고자 애썼다.

"그래, 소환사라는 들어본 적 없는 이 재능이 답이 아닐까 싶어. 알렌 군이라고 했지. 아무래도 감정판이 고장난 것 같아서 내가 대신 감정했어."

"그럼 합격이구나! 알렌, 합격이래!!"

세실은 무척 기뻐 보였다.

"으음~ 그치만 하다못해 소환사라는 이 능력을 조금 보여주면 안 될까? 어떤 능력인지 전혀 모르겠거든."

헤르미오스는 품평을 하듯 알렌을 훑어봤다.

"어? 잠깐 보여주기만 하면 돼? 알렌, 저번처럼 커다란 곰을, 읍……?!"

알렌이 순간 뒤에서 세실의 입을 막는다.

'요 녀석아, 세실, 막 떠들어 대지 마라. 뭔가 나를 찾으려고 온 느낌인데. 흠흠.'

"죄송합니다, 시험관님. 괜히 소란을 부렸군요. 불합격이라는 것은 잘 알았으니 이만 물러나겠습니다. 뒤쪽에 줄이 꽤 길게 이어져 있으니까요."

알렌은 헤르미오스의 제안을 무시한 채 시험관에게 불합격 통보를 받아들이겠다는 뜻을 전했다.

"네, 네에. 예?"

세실은 「무슨 소리야!」라며 외치려고 했다만 목소리가 나오지 않았다. 아직 알렌이 입을 막고 있었기 때문이다.

"응? 재능을 보여주면 감정 의식은 바로 합격시켜주겠다니까?"

헤르미오스가 시험관과 알렌의 대화에 끼어들었다.

"죄송합니다. 시험관은 아닌 것 같은데요, 누구십니까?"

""음?""

학장과 시험관이 알렌의 말에 놀랐다. 상대를 알고 하는 발언이냐는 의문이다.

"응? 미안. 내 이름은 헤르미오스라고 해. 일단은 용사로 활동하고 있지."

"용사? 모르겠는데요. 그게 재능을 보여줘야 할 이유가 되는 겁니까?"

"어?"

설마 용사라는 소개에도 이런 태도로 나올 줄은 예상하지 못했던 것 같다.

"그쯤 하는 게 좋겠군. 학장인 내가 지시하겠네. 재능을 보여주게. 이제 납득이 되나?"

"거절하겠습니다."

"뭐!"

학장도 알렌이 끝내 거절할 줄은 예상하지 못한 것 같다.

"어차피 조만간에 보여줘야 하지 않을까? 왜 이렇게까지 재능 보여주기를 꺼리는 거야?"

"재능을 보여주고 싶지 않다는 말은 한 마디도 안 했습니다만?"

"응?"

"공짜로 보여주는 게 싫다는 뜻입니다."

"공짜는 싫다?"

"제 재능은 학장님도 알지 못하는 특별한 능력이죠. 보고 싶다면 대가를 치러주십시오."

"응? 설마 돈을 내라는 이야기야?"

"아니요, 돈에는 딱히 관심이 없습니다. 학장님과 나눈 대화로 짐작하건대 제 능력을 들여다보신 것 같군요. 그러니 부디 당신도 수정에 손을 얹어서 감정을 받아주시겠습니까? 그것을 대가로 하죠."

감정판이 고장 났다는 말은 헤르미오스가 지금 대충 둘러댄 핑계라는 것을 알렌은 잘 알고 있었다.

헤르미오스가 학장을 본다. 학장이 한숨을 푹 쉬더니 고개를 끄덕거렸다. 허락해주려나 보다.

"……뭐, 나야 상관없는데."

그렇게 말한 뒤 헤르미오스가 수정 앞으로 갔다.

'좋아, 이제 어느 정도 분석을 할 수 있겠어. 왜 용사가 시험장에 어슬렁거리고 있는지는 모르겠는데, 뭔가 재수가 좋은 느낌이야.'

알렌은 3년 뒤 전장에 간다. 그 전장에서 어느 정도의 힘이 필요한지, 5년 동안에 제국의 국경선을 북상시켰다는 용사의 능력치는 어느 정도인지를 알아 두고 싶었다.

용사가 감정을 시작하자 알렌만큼은 아닐지언정 무척 강렬한 빛이 수정에서 쏟아졌다.

【이　름】 헤르미오스
【체　력】 S
【마　력】 A
【공격력】 S
【내구력】 S
【민첩성】 S
【지　력】 A
【행　운】 A
【재　능】 용사

'흠흠, 전부 다 A랑 S인가. 굳이 따지면 물리 계열이구나. 이미지와 딱 맞아.'

능력치를 분석하면서 마도서에 기록하는 것도 잊지 않았다.

"자, 보여줬어. 이제 소환사의 스킬을 보여줄래?"

"그러죠."

수험생들도 시험관도 대화 나누는 용사와 알렌을 보고 있었다. 모두가 주목하는 가운데 알렌은 손바닥을 용사의 앞에 내밀었다.

'쵸로스케, 나와라.'

알렌의 손바닥에 쥐의 모습을 지닌 짐승H 소환수가 나타난다.

""""아니?!""""

헤르미오스와 학장, 그리고 클레나와 드골라도 알렌을 둘러싼 채 손바닥 위에 나타난 소환수를 뚫어져라 본다. 클레나와 드골라도 알렌의 소환수를 보는 것은 처음이었다. 이미 소환수를 본 경험이 있는 세실이 혼자 의기양양한 것 같은데, 착각이려나.

주위에서는 불쑥 손바닥에 쥐가 나타났다며 술렁이는 소리가 들린다.

"아무것도 없는 손바닥 위에 짐승이 나타났네. 그래서 소환사인가."

헤르미오스가 알렌이 꺼낸 소환수를 보면서 분석한다.

학장도 알렌의 스킬을 분석하고 있는 것 같았다. 쥐를 들여다보며 중얼중얼 말을 늘어놓는다.

"설마…… 짐승을 부릴 수 있단 말인가. 마수 조련사와 비슷하군. 마왕 때문에 분명 다 없어졌을 터인데……. 소환사가 불러내는 짐승은 별개인 건가?"

'뭐지? 마수 조련사가 마왕 때문에 없어졌다는 게 무슨 뜻이야?'

과거에 모험가 레이븐에게서 「이 세계에 마물 부리미는 없다」라는 말을 들었었는데, 혹시 옛날에는 있었던 걸까.

"그럼 약속한 대로 능력을 보여드렸으니 이만 실례하겠습니다."

감정 의식의 합격 조건은 능력을 잠깐 보여주면 되는 것이라고 합의를 했다.

알렌은 학장과 용사의 대답을 기다리지 않은 채 짐승H 소환수를 품에 안고 시험관에게 번호표 반쪽을 받아서 교사 쪽으로 움직였다. 클레나 등 다른 일행들도 알렌이 이동을 시작한지라 뒤를 따라왔다. 헤르미오스와 학장은 더 이상 아무런 말 없이 우두커니 서서 뭔가를 생각하고 있는 것 같았다.

"하마터면 시험에 떨어질 뻔했잖아!"

"뭐, 다른 방법도 있긴 하니까요."

'시험에 떨어져도 전장에 갈 수는 있거든.'

전장에 가고 싶다면 몇 가지 방법이 있다. 학원에 들어가지 못했을 때를 위해서 미리 조사했다.

· 첫 번째는 학원을 졸업하고 곧장 전장에 가는 것
· 두 번째는 스스로 지원해서 전장에 가는 것
· 세 번째는 귀족을 따라 전장에 가는 것
· 네 번째는 죄를 범하고 형벌로서 전장에 가는 것

첫 번째는 지금 입학을 위하여 수험 중이니 생략.

두 번째는 재능의 유무와 관계없이 지원해서 갈 수 있다고 한다. 재능이 없다면 전투에 직접 참가는 못 하지만, 물자 운반이나 요리 및 의료 등 일자리는 많다. 기본적으로 생활하는 데 곤경을 겪는 부류가 자원한다. 지원 제도는 주로 제국에서 운용된다.

세 번째로 책무를 수행해야 하는 귀족은 전장으로 혼자가 아닌 부하를 데리고 가는 경우가 있다. 이 방법은 왕국도 인정해주고 있다. 미하이는 아무도 데려가지 않았지만, 보좌관을 데리고 가는 귀족은 많다. 개중에는 열 명 이상의 보좌관을 데려가는 귀족도 있다고 한다. 알렌은 수험에서 떨어졌을 경우는 이 선택지를 골라야 할 것이라고 생각했었다. 재능만 갖고 있다면 보좌관뿐 아니라 모험가나 용병도 가능하다고 한다.

네 번째는 특히 재능을 보유한 자가 죄를 저질렀을 경우인데, 일정 기간 동안 종군함으로써 형기를 줄일 수 있다고 한다. 종군 기간은 죄의 중함에 따라 1년, 3년, 5년으로 나뉜다. 5년이나 종군하면 7할은 사망한다는데, 만약 살아남는다면 당당하게 석방될 수 있다.

아무튼 간에 알렌과 일행 네 사람은 각각 반쪽 번호표를 건네받고 시험장으로 향했다. 복도에서 교실을 들여다본다.

'교실이 대학의 강당이라기보다는 초중고 시절의 교실과 비슷한 이미지인걸. 뭐, 실제로 열두 살이기도 하니까 대충 중학교랑 비슷한가?'

알렌을 선두로 지정받은 교실을 향해 나아간다. 본래 귀족인 세실이 리더를 맡아야 할 터이나 일절 망설임 없이 마도 열차에 올라타기도 했고 건물에도 쑥쑥 들어가는 알렌이 사실상 리더를 맡는 분위기였다.

교실에 들어가서 네 사람은 자리에 앉았다. 이 교실이 가득 차면 시험이 개시된다.

머지않아 서른 명이 꽉 차서 학과 시험이 시작되었다. 수학, 국어, 왕국사를 쭉쭉 풀어 나간다. 살짝 어려운 문제와 간단한 문제가 섞여 있었다.

'어라? 이 사건이 몇 년에 일어났더라?'

마도서를 펼쳐 메모한 내용을 확인한다.

'만점을 쉽게 받지는 못하게 만든 건가. 평범하게 공부하면 6할 정도는 풀 수 있는 난이도네.'

전세의 대학 수험을 떠올리면서 시험지를 채워 나간다.

학력 테스트가 끝나니 이것이 마지막이라며 한 장의 양피지가 배부되었다. 이것도 시험인가 보다. 지금까지 푼 문제와 달리 질문이 몇 줄에 불과하고 빈 공간이 많았다.

문제 1

고블린 세 마리와 오크 한 마리가 있습니다. 당신이 검사라면 어느 쪽부터 쓰러뜨리겠습니까?

알렌의 해답

우선은 쉽게 쓰러뜨릴 수 있는 고블린 세 마리부터 잡는다. 그리고 일 대 일을 만들어 오크를 쓰러뜨린다.

이유는 네 마리에게 포위를 당한 상황에서는 공격을 받을 가능성이 무척 높아서 체력과 약을 쓸데없이 많이 소모해야 하니까.

문제 2

오크 한 마리가 승려와 마을 주민을 공격하려고 합니다. 당신이 검사라면 어느 쪽을 지키겠습니까?

알렌의 해답

조건에 따라 달라지겠지만 마을 주민을 지킨다.

이유를 말하자면 승려가 자기 자신을 회복시키며 공격을 견디고 있는 동안에 마을 주민을 보호함으로써 승려와 마을 주민 양쪽을 구할 수 있기 때문.

다만 마을 주민이 더 먼 곳에 있고 명백하게 승려가 먼저 공격을 받을 상황이거나 승려가 방어구를 착용하지 않아서 당장 위험이 닥칠 상황이었을 경우에는 더욱 급박한 처지에 있는 대상, 혹은 구할 수 있는 대상을 우선한다.

'이게 뭐지? 혹시 논술 문제를 낸 건가?'

아마도 마수와 관련된 지식 및 판단 능력을 파악하기 위한 시험일 것이다. 도덕에 명백하게 문제가 있는 인물을 학원에 들이지 않으려는 절차인지도 모르겠다. 비슷비슷한 문제가 세 개 더 있었기에 전부 다 풀고 시험을 종료했다. 내일 점심에 채점 결과가 교사 앞에 부착된다고 한다.

어두워질 무렵에 여관을 찾아 묵었다.

그리고 다음 날을 맞이했다.

드골라 B판정, 합격

세실 A판정, 합격

클레나 C판정, 합격

알렌 S판정, 합격

'시험 결과를 꽤 빨리 알려준다 싶더니 점수를 자세하게 적어주지는 않는 건가. 분명 C판정 이상이 합격이었지. 제법 어렵다고 생각했었는데 S판정인가. 그나저나 클레나, 아슬아슬하잖아. 혹시 검성이라고 학원에서 점수를 슬쩍 올려준 건 아니겠지?'

B 이상의 판정을 받으면 수험료 및 수업료를 그란벨 가문에서 일부 부담해주겠다며 제안을 해주었다만, 학원의 던전에서 돈을 벌

예정이니 문제없다고 정중하게 거절했다. 수험료가 금화 한 닢, 연간 수업료는 금화 열 닢. 졸업까지 최소한 금화 서른한 닢은 써야 한다. 우수한 농노가 입학할 경우에는 각각 영지의 귀족이 부담해 주는 것이 관례인가 생각했다.

『시험에 합격하신 분은 교사의 앞쪽에 모여주십시오.』

확성기의 목소리가 들린 방향으로 움직이자 머지않아 입학 관련 설명이 시작됐다.

교복을 지급할 것이니 몸 치수에 맞는 교복을 갖고 돌아가라고 한다.

또한 기숙사에서 살 것인지 통학할 것인지 지금 결정해야 했다.

아울러 모험가증은 입학할 때까지 각자 알아서 취득하라는 것. 설명은 이상이었다.

"알렌, 기숙사에서 살 거야?"

클레나가 묻는다. 요 며칠 알렌의 행동에서 네 사람의 리더는 알렌이라는 인식이 굳어졌다.

세실도 알렌의 답을 기다리고 있다.

"아니, 어딘가 살 집을 빌려서 다 같이 살자."

"알았어. 그럼 부동산 길드부터 가야겠네."

세실이 알렌의 답에 동의하며 곧바로 임대 주택을 찾으러 가자고 한다.

"아뇨, 먼저 모험가증을 받으러 가죠. 집은 나중에 알아보는 게 좋겠습니다."

이렇게 알렌과 일행 네 사람은 학원의 시험에 합격하여 모험가 길드로 이동했다.

제2화 모험가 길드에서 정보 수집

알렌 일행은 학원의 합격 발표를 확인한 뒤 마도 열차에 타서 모험가 길드로 향했다. 마도 열차는 어디로 가든 똑같이 은화 한 닢을 낸다.

마도선에서 본 이 도시는 둥근 원 모양이었다. 그 윤곽을 따라 노선이 빙글 돌아서 깔려 있고, 아울러 원의 안쪽을 동서남북으로 달려 나간다. 교통편은 좋아 보였다.

이름이 학원 도시라서 모두 학생뿐일까 생각이 들 수 있겠지만 그렇진 않다. 주변에 던전이 많아서인지 아니면 모험가 길드로 가는 길이어서인지 모험가도 많다는 느낌을 받았다.

마도 열차에서 내린 뒤 5층짜리 커다란 건물로 다가갔다.

"여기구나."

그란벨의 모험가 길드에서도 본 검과 지팡이와 방패의 문양이 있었다.

"어서 오십시오. 어떤 용건으로 오셨을까요?"

들어가자마자 예쁜 누나가 말을 건넨다.

"모험가 등록을 하러 왔습니다."

"학생분 같은데 맞으실까요?"

"네, 4월부터 학생입니다."

"합격했을 때 받은 수험 번호는 가지고 계신가요?"

감정 의식 때 건네받았던 번호표를 보여주자 학생 및 입학 예정자는 2층으로 가면 된다고 안내해줬다. 2층의 안내 담당자에게 말을 건네니 지금 방문자가 가득한지라 잠시 기다려달라는 대답이 돌아왔다.

알렌의 일행 이외에도 학생이 잔뜩 있었다. 어쩌면 다른 날에 합격한 수험생인지도 모르겠다. 안쪽을 들여다보니 카운터가 열 개 이상 설치되어 있어서 전생에서 봤었던 은행의 창구 같았다. 1층보다도 환경이 잘 정비된 것을 보면 학생들을 상당히 우대하는 것 같다. 학원 도시인 만큼 모험가 길드에서도 적극 협력하는 것일까.

잠시 기다리자 차례가 왔고, 안내받은 번호의 카운터에 가서 앉았다. 앞줄에 알렌과 세실이, 뒷줄에 클레나와 드골라가 앉는다.

직원 누나가 수정을 네 개 가지고 왔다.

“모험가증을 발급하러 오셨군요. 먼저 한 사람씩 수정에 손을 얹어주세요.”

시키는 대로 저마다 수정에 손을 가져가자 은은하게 빛난다.

‘감정도 마찬가지였는데 개인 데이터 인증에 쓰는 수정인가? 이런 물건을 누가 만들었지?’

“여기 서류에 기입을 부탁드립니다.”

이번에는 이름, 출신, 재능 등등을 적는 양피지를 건네받았다. 기입을 마친 뒤 수정과 양피지를 들고 카운터 안쪽에서 다른 공간으로 이동한다.

“잠시 기다려주세요. 그동안 모험가에 대해 설명해드리겠습니다.”

누나가 해준 설명을 마도서에 기록했다.

· 모험가들은 모험가 길드가 관리하고 있다
· 왕국으로부터 독립된 조직이다
· 모험가에게는 E부터 S까지 랭크가 있다
· 모든 모험가는 E랭크로 시작한다
· 모험가는 의뢰주(모험가 길드, 영주 등)에게서 의뢰를 받아 처리하고 보수를 수령한다
· 의뢰에는 통상 의뢰, 긴급 의뢰, 지명 의뢰의 세 종류가 있다
· 긴급 의뢰와 지명 의뢰는 C랭크 모험가가 되면 수주할 수 있다

'이런 체계는 레이븐한테 들었던 내용과 같네.'

여덟 살 때 레이븐과 알게 되면서 모험가의 실정은 어느 정도 파악하고 있다고 자신한다. 처음으로 듣는 이야기도 없지는 않으나 지금까지는 이미 알고 있었던 지식의 연장선상이었다.

"이상입니다. 뭔가 질문이 있으실까요?"

"질문할 게 무척 많습니다만, 시간은 괜찮으세요?"

"물론이에요. 모험가는 위험한 직업이죠. 무엇이든 물어봐주세요."

"던전에 들어갈 때 뭔가 조건이 필요한가요?"

"몇 가지 조건이 있어요. 우선 여러분은 E랭크 모험가이니 C급 던전에만 들어갈 수 있습니다."

"C급 던전인가요. 어떤 곳인지 가르쳐주세요."

누나가 고개를 끄덕거리고 던전의 정보를 가르쳐줬다. 역시 마도서에 쭉 기록했다.

· 학원 도시에는 20개의 던전이 있다
· 목록은 C급이 10개, B급이 6개, A급이 4개
· C급 던전은 최저 난이도이며 E~C랭크의 마수가 출현한다
· B급 던전은 중간 난이도이며 D~B랭크의 마수가 출현한다
· A급 던전은 최고 난이도이며 C~A랭크의 마수가 출현한다

던전 개방과 랭크 업 조건은 아래와 같았다.

· C랭크 이상의 모험가부터 B급 던전에 들어갈 수 있다
· B랭크 이상의 모험가부터 A급 던전에 들어갈 수 있다
· C급 던전을 1곳 공략하면 모험가 랭크가 D로 오른다
· C급 던전을 3곳 공략하면 모험가 랭크가 C로 오른다
· B급 던전을 3곳 공략하면 모험가 랭크가 B로 오른다
· A급 던전을 3곳 공략하면 모험가 랭크가 A로 오른다

'아하, 자, 이제부터가 진짜 본론이다.'

알렌에게는 이 학원 도시에서 보내는 3년 동안 꼭 달성해야 하는 큰 목표가 있었다. 바로 「마력 회복 링」을 찾는 것이다.

이유는 현재도 고생하고 있는 스킬 레벨 올리기의 효율을 어떻게든 개선하고 싶어서였다. 3년 후 전장에 갈 때까지 스킬 레벨을 더 많이 올리고 싶다. 그러려면 마력을 얼마나 많이 회복할 수 있느냐가 중요했다.

마력 회복 링의 존재를 알게 된 것은 세실이 납치당했을 때 알렌

도 깜빡 잠들어버린 실수가 계기였다. 수면약이 안 통하게 막아주는 방어구 같은 물건은 없을까 싶어 마도구 가게에 갔다. 그곳의 주인장이 「마도구 가게에서는 취급하지 않는 물건이다. 마법 도구 가게에 가라」고 알려줬다.

그런 가게가 있었나 생각하며 마법 도구 가게에 가봤더니 정말 수면을 완전히 막아주는 아이템이 있었다. 이름은 「수면 방어 링」이고 반지의 형태를 지닌 장신구다. 다만 「수면 방어 링」은 몹시 귀중한지라 좀처럼 매물이 나오지 않는다고 했다. 애당초 입수하기가 어려운 데다가 자신의 몸을 지키고 싶은 왕후 귀족 및 부호가 적극 매입하기에 왕도나 학원 도시에 가야 구해볼 수 있다고 말했다. 일단 가격을 물어봤더니 수면 방어 링의 시세는 금화 백 닢 정도라고 가르쳐줬다.

또한 혹시나 싶어 마력을 회복시켜주는 아이템은 없는가 물어봤더니 마법 도구 가게의 주인은 그런 물건은 한 번도 못 들어봤지만, 단지 착용만 해도 상처가 회복되는 반지는 있다고 했다. 「체력 회복 링」이라고 불리는 아이템이며 학원 도시에서 옛날에 발견된 물건인데, 정확하지는 않으나 금화 천 닢보다 싸지는 않을 것이라고 말했다.

알렌은 체력 회복 링이 있다면 마력 회복 링도 있지 않겠냐고 기대하는 중이다.

"던전에서 귀중한 아이템이 발견된다고 들었습니다. 어떤 식으로 구할 수 있나요?"

"던전에서 구할 수 있는 아이템 말씀이군요. 이런 형태로 아이템을 얻을 수 있습니다."

· 던전에는 보물 상자가 있다
· 각 던전의 최하층에는 보스가 있고 쓰러뜨리면 아이템이 나온다

"최하층인가요. 각각 던전의 층수나 규모는 어떻게 되죠? 그리고 헤매지 않고 전진했을 경우의 이동 시간도 가르쳐주세요."
"최하층은 던전의 난이도에 따라 다릅니다만……."

· C급 던전은 4층에서 6층
· B급 던전은 10층에서 12층
· A급 던전은 15층에서 20층
· C급 던전 1계층의 이동에 필요한 시간은 6시간 정도
· B급 던전 1계층의 이동에 필요한 시간은 12시간 정도
· A급 던전 1계층의 이동에 필요한 시간은 24시간 정도

'흠흠, 최저 난이도라는 C급도 스물네 시간은 걸리는 건가.'
"던전이 꽤 넓네요. 학원 도시에서 체력 회복 링이 발견됐었다는 이야기를 들었는데, 사실인가요?"
"자, 잘 알고 계시네요. 확실히 체력 회복 링이 던전에서 발견됐던 사례가 있습니다. 70년쯤 전에 A급 던전의 최하층 보스가 떨어뜨렸다고 알려져 있죠."
'끙, 70년 전이면 마왕이 마수를 강화하기 전이잖아? 지금이랑 옛날이랑 난이도가 꽤 다른데. 어떡하지. 던전에서 구하기 힘든 아이템을 찾아야 하는 상황인데 상상만 해도 가슴이 두근두근 뛰는걸.'

마왕의 힘에 의하여 마수는 기록상의 랭크보다 실질적으로 1랭크 위의 무력을 보유하게 됐다. 던전도 지금과 옛날은 난이도가 많이 다르다. A급 던전의 최하층 보스는 A랭크 마물이겠지. 지금 자신들끼리 토벌하기에는 몹시 어려울 것 같다. 하지만 마력 회복 링을 획득할 수 있는 가능성은 생긴 셈이었다. 그것만으로도 학원 도시에 온 가치는 충분하다.

알렌의 질문은 계속 이어졌다.

"아직 질문이 더 있는데, 괜찮으실까요?"

"무, 물론이에요."

이미 다른 직원이 직원의 앞쪽에다가 모험가증을 가져다 놓았지만, 알렌의 질문은 끝날 낌새가 없다. 모험가 길드의 직원 누나가 살짝 질겁하는 분위기였다. 진지하게 질문을 하는 알렌과 누나의 대화를 세실 및 일행들은 잠자코 듣기만 했다.

"던전의 마수를 잡아도 마석을 구할 수 있나요?"

"물론입니다. 아, 이 말씀도 드려야겠네요. 오직 마석만 구할 수 있습니다."

"마석만요?"

던전에서 구할 수 있는 것은 마석뿐이다. 즉, 마수를 쓰러뜨리면 마석만 남고 시체는 사라진다는 소리였다.

마석 및 던전 안에서 떨어지는 보물 상자, 보스의 토벌 보수 이외에 소재를 구하고 싶다면 학원 도시에서 며칠 걸어간 곳에 있는 숲이나 산으로 마수를 사냥하러 가야 되는 셈이다. 그곳에는 C랭크와 B랭크 마수가 있다고 한다.

"알겠습니다. 저는 D랭크 마석을 모으고 있습니다. 매입 수량에 혹시 상한은 있을까요?"

쭉 모험가로서 대화를 나누었다만, 이제부터는 의뢰주로서 마석 매입의 상담을 할 차례였다.

"으음, 글쎄요. 얼마나 필요하신가요?"

"적어도 이백만 개를 생각하고 있습니다."

"예?! 이, 이백만 개라고요?"

"진짜냐? 이백만 개를?!"

"잠깐, 이백만 개는 또 무슨 소리니?!"

길드 직원도, 드골라도, 세실도 놀란다. 클레나는 그 숫자가 의미하는 것이 무엇인지 잘 와닿지가 않는가 보다.

"그냥 최종적으로 구입하고 싶은 수량이에요. 우선은 한 번에 일만 개 정도로 의뢰를 맡기고 싶습니다. 지금 금화 백 닢을 드릴 테니까 바로 의뢰를 게시해주실 수 있을까요?"

알렌은 카운터에 금화 백 닢이 든 자루를 쿠웅 내려놓았다.

"무, 문제는 없을 거예요. 학원 도시에는 마석이 풍부하니까요……. 다만, 대량의 매입 의뢰인지라 달성까지 시간이 조금 걸릴지도 모르겠습니다."

D랭크 마석은 한 개에 은화 한 닢이니까 일만 개라면 금화 백 닢이다. 수수료는 1할이라고 안내해줬다. 하긴, 공짜로 중개를 맡아주지는 않겠지. 추가로 금화 열 닢을 또 꺼냈다.

"일만 개를 다 모으려면 얼마나 걸릴까요?"

"글쎄요……. 아마 1주일 뒤에는 납품해드릴 수 있을 거예요."

알렌은 학원 도시에 오기 전 같은 의뢰를 그란벨의 모험가 길드에서도 맡기고자 했었는데, 그때는 일만 개는 도저히 어렵겠다는 답이 돌아왔다. 애당초 알렌이 고블린을 싹 사냥한 터라 그란벨 영지에서는 마석이 부족한 형편이었다. 반면에 학원 도시는 과연 마수가 잔뜩 돌아다니는 던전을 스무 곳이나 보유하고 있는 곳답다. 마수의 숫자만큼 마석도 대량 수급이 가능한가 보다. 보수만 넉넉하게 치르면 마석 사냥을 대신 맡아줄 모험가도 더 많아지지 않을까. 3년 정도는 전력으로 대량 매입을 할 계획이다.

'좋아, 좋아. 당장 확인해야 할 부분은 대강 다 확인했어. 조만간 던전에 한번 들어가보고 또 모르는 것이 생기면 물어볼까.'

"다른 질문이 더 있으실까요?"

"이제 괜찮아요. 감사합니다."

"네, 넷, 이제 모험가증을 발급하겠습니다."

누나가 조금 지친 기색으로 네 사람에게 모험가증을 건네준다. 명함만 한 크기의 칠흑색 판에 이름과 랭크가 은색 글자로 표시되어 있다.

『알렌 E』.

'흠, 마도서도 감정 의식도 마찬가지였는데 신은 전부 칠흑색 바탕에 은색 글자로 밀어붙일 생각인가? 뭐, 통일감이 있어서 좋기는 하네.'

"잘 받았습니다. 이제 수속은 끝난 건가요?"

"마지막으로 한 가지……. 여러분, 파티 등록을 하시겠습니까?"

'음? 아, 맞다. 이런 것도 있었지. 파티 등록도 해놓을까.'

모험가가 다수 모여서 구성하는 파티라는 단체에 대해서는 레이븐에게 들은 적 있었다. 뭐라더라, 파티를 짜서 활동하면 신용도가 올라가니까 지명 의뢰 따위를 받기가 더 수월해진다던가. 의뢰야 발주는 해도 수주를 할 생각은 없었다만, 이왕 왔으니 일단 등록은 마치기로 했다.

“등록하실 파티의 이름은 정하셨나요?”

“알렌이 결정해줘.”

세실의 말에 클레나와 드골라도 고개를 끄덕거렸다.

“그러면 『폐인 게이머』로 하겠습니다.”

“무슨 뜻이래?”

낯선 단어인지라 세실은 호기심을 자극받은 것 같다.

“폐인 게이머는 목표로 하는 길을 끝까지 나아가는 존재. 모든 기력을 쏟아 파고들기를 한 인물이 자칭할 수 있는 칭호입니다.”

“와, 굉장한 의미가 있는 말이구나. 뭔가 멋진걸.”

“파티명은 『폐인 게이머』로 부탁드립니다.”

“네, 알겠습니다. 곧바로 처리해드릴 테니 조금만 기다려주세요.”

길드 직원이 안쪽으로 들어가 사라진다. 알렌은 잠시 세실과 다른 친구들을 돌아보면서 머리 숙였다.

“죄송합니다. 시간을 너무 빼앗았습니다.”

“괜찮아, 알렌 덕분에 이것저것 많이 확인했는걸. 이제 어떻게 할 거야?”

“오늘은 많이 늦었으니까, 내일 아침부터 집을 찾아보도록 할까요.”

“그러자. 거주지가 결정되면 이후 계획을 다 같이 얘기해볼까?”

그렇게 말한 뒤 세실은 클레나와 드골라를 바라봤다.

"계획? 알렌, 계획이 있어……?"

"맞아, 클레나. 앞으로 3년간 목표가 있어."

거점을 정한 다음에 다 이야기해주겠다고 알렌이 막 말을 꺼내려던 때였다.

부웅.

"와아! 커다란 책이야!!"

네 사람 앞에 마도서가 나타났다. 전원이 놀라는 와중에 클레나가 눈을 반짝거리며 책으로 손을 뻗었다.

'엥?'

알렌이 마도서의 표지를 확인하니 은빛 글자로 뭔가가 쓰여 있었다.

『클레나를 동료로 받아들였다.』

『세실 그란벨을 동료로 받아들였다.』

『드골라를 동료로 받아들였다.』

"이 책 뭐야, 갑자기 나타났어! 알렌, 어떻게 된 거니?"

조금 진정한 세실이 당연하다는 듯이 태연한 알렌에게 물었다.

'네, 마도서가 아주 잘 보이나 봐요. 진짜로 감사합니다. ……아무튼, 어쩌면.'

알렌이 세 사람의 반응에 개의치 않고 마도서를 펼쳤다.

'이 녀석들 스테이터스가 표시된다! 4개월을 기도한 보람이 있어!!'

소환수 페이지의 뒤쪽, 알렌에 이어 세 사람의 스테이터스가 적혀 있다. 신이 보내준 안내문도 있을까 확인해봤는데 딱히 아무것도 없었다. 다 같이 어서 설명하라며 알렌에게 시선을 준다.

"이 부분도 포함해서 조용한곳으로 가서 이야기를 하죠."

우선 모두를 진정시켰다. 파티 등록과 D랭크 마석 1만 개 수집 의뢰는 잘 마쳤고, 내일은 거점 탐색을 위해 외출할 계획이었다.

* * *

다음 날, 알렌을 비롯한 네 사람은 부동산 길드를 방문했다.

"어서 오세요, 어떤 용무로 오셨나요?"

'흠, 열두 살 어린애들 넷이서 왔는데 제법 정중하군. 어디든 이런 느낌인가.'

클레나 마을에서는 볼 수 없었던 서비스 정신을 느낀다.

모험가 길드와 마찬가지로 나지막한 카운터로 안내를 받아 이동하자 직원이 대응을 맡아주었다.

"어떤 매물을 희망하십니까?"

"대여섯 명도 넉넉하게 살 만한 단독 주택을 찾고 있습니다. 여러 던전과 가깝고 마도 열차가 달리는 노선 근처의 학원 통학이 편한 곳으로 부탁드립니다."

마치 전철역 근처, 편의점이 가까운 곳에 있는 매물을 찾는 분위기로 알렌이 요구 사항을 전달했다.

"아하, 아하."

직원이 양피지에 메모를 받아 적은 뒤 매물을 기록해 놓은 책자와 비슷한 자료를 넘기며 찾기 시작한다.

모험가 길드에서 나온 이후에 다 같이 희망하는 거처의 조건에 대해 이야기를 나눴다. 혹시나 싶어 한 번 더 남녀가 넷이서 같이 살 것이라고 되풀이해서 말을 했는데 문제는 없는 듯싶다. 세실과 같은 건물에서 4년간 생활했었고, 클레나와는 같은 방에서 잠들기도 했던 사이다. 드골라는「그러냐」라고 대꾸만 했다.

"요청한 내용에서 던전은 C급과 가까운 곳이면 괜찮으실까요?"

"B급과 A급도 가까운 곳이면 좋겠군요."

직원은 다시 책자를 넘긴다.

"으음~ 그런 조건이라면 던전이 다수 밀집되어 있는 큰길과 붙은 매물이어야겠군요."

'응, 맞아, 그런 주택이 좋아.'

"괜찮네."

세실도 찬성인가 보다.

"다만 이러한 매물은 무척 큰 편이라서요……."

직원이 간단하게 설명해줬다. 난이도 높은 던전을 공략할 경우, 파티는 20~50인의 대규모로 꾸리게 된다고 한다.

따라서 난이도 높은 던전 부근의 매물은 큰 크기가 기본이다. 5~6인 규모의 매물은 근방에 없는 것이 자연스럽다.

"커다란 곳도 괜찮습니다. 다른 조건을 우선해서 찾아봐주세요."

"그러시다면 여기 20인 규모의 건물이 있군요."

'괜찮은 것 같네. 일단 내부를 둘러봐야지.'

실제 매물을 확인한 뒤 결정하자고 다른 세 사람에게 제안하자 모두 동의해주며 상담이 마무리됐다.

직원을 따라가서 마도 열차에 타고 점찍어 놓은 매물의 앞에 도착했다.
“이 건물인데, 어떠신가요?”
“역과 가까워서 좋네요. 던전은 어디에 있을까요?”
알렌의 질문을 시작으로 직원은 건물의 외관 및 입지에 관해 설명해줬다. 알렌은 새E 소환수를 날려 보내서 이야기를 들으며 실제 던전의 위치 관계를 확인했다.
‘저기 3층짜리 건물이 던전인가? 확실히 역도 던전도 꽤 가까워서 괜찮군. 게다가 주변에는 음식점도 많고.’
알렌을 제외한 세 사람은 아무도 요리를 할 줄 몰랐다. 알렌은 시종으로 일하던 때에 요리장에게서 기본적인 요리를 대강이나마 배워두었다만, 던전을 눈앞에 두고 4인분의 식사를 매일 만들어줄 만큼 한가하지는 않다.
‘뭐, 자취하는 게이머는 게이머가 아니니까. 시간이 아깝지.’
그런 생각을 하며 중후한 모양새의 문을 지난 뒤 정원이 딸린 3층짜리 큰 건물에 들어갔다.
“이 주택은 2층과 3층에서 각각 열 명씩 거주할 수 있습니다. 또한 지하실도 마련되어 있고요.”
1층에는 다목적실, 응접실, 욕실이 두 개, 화장실이 두 개 있었다. 이 도시는 하수도가 완비되어 있고, 화장실도 수세식이다. 욕실도 마도구를 써서 온수가 나오도록 장치가 되어 있다고 한다. 지하는 무기고로 쓰는 곳이며, 던전에서 입수한 아이템을 수납할 수 있다.
“여기 집세가 매달 금화 열 닢이라고요?”
“네.”

"다들 어때? 딱히 문제는 없는 것 같은데."

드골라가 「매달 금화 열 닢」이라는 말에 불안한 표정을 지었을 뿐 뭐라 대꾸하지는 않았다.

그럼 여기로 부탁드립니다, 라고 말한 뒤 부동산 길드로 돌아와서 계약을 마치고 당일부터 곤장 열쇠를 받아서 살게 되었다.

길드에서 집까지 오는 도중에 최소한의 일용품과 저녁에 먹을 음식을 구입했다. 우선 1층의 다목적실에서 식사를 하기로 했다.

"거점도 정해졌으니 이후 계획을 이야기하고 싶어."

알렌이 말문을 떼고 세실을 본다. 세실도 고개를 끄덕여줬다.

"계획?"

"그래, 앞으로 보낼 3년을 얘기하려고. 나와 세실 님에게는 목표가 있거든. 너희에게도 정보를 공유하고 싶어. 먹으면서 편하게 들어주면 좋겠어."

알렌은 그렇게 말한 뒤 이야기를 시작했다. 마법 강사가 가르쳐준 이 세계에서 발생한 마왕과의 전쟁에 대해, 아울러 학원이 무엇을 위해 만들어졌는지 이유에 대해. 한 시간 가까이 들여 천천히 이야기했다.

"세실 님은 귀족의 책무로서 3년 뒤 전장에 가서 싸워야 해. 클레나도 마찬가지야."

"나도?"

마왕사(魔王史)는 2학년 여름 방학 이후부터 배운다고 한다. 그때까지 과제를 달성한 학생에게만 가르치는 듯하다. 왕도에 있는 귀족원에서도 똑같이 2학년으로 올라간 뒤 배우게 된다. 귀족원은 원칙적으로 낙제가 없기 때문에 귀족원의 학생들은 모두 마왕사와 귀족의 책무를 알 수 있었다.

“알렌은 세실 님을 지키기 위해 싸우러 간단 소리냐?”

알렌의 말을 다 듣고 드골라가 차분한 표정으로 묻는다. 세실이 말없이 고개를 끄덕거렸다.

“아니, 좀 달라.”

“뭐? 어째서야!!”

알렌이 의외의 대답을 하자 세실의 표정이 싹 바뀐다.

“나는 세실 님과 함께 싸워서 마왕군은 물론 마왕을 『토벌』할 생각이야.”

“알렌은 마왕을 쓰러뜨릴 생각이구나.”

뭔가 알렌답다고 클레나가 덧붙였다.

“맞아, 쓰러뜨릴 거야. 클레나도 마음에 들지? 같이 마왕군과 싸우자.”

“응!”

클레나가 웃는 얼굴로 맞장구를 쳐준다. 설마 자신이 마왕군을 없애기 위한 파티에 속하게 될 줄은 예상하지 못했을 세실도 알렌답다며 납득되는 부분이 있었던 터라 더 이상은 아무런 말도 꺼내지 않았다.

“드골라는 어떻게 할 거야?”

“엉? 나 말이냐?”

“나와 같이 마왕군과 싸워서 영웅이 되고 싶어? 아니면 어딘가의 귀족을 섬기는 기사가 되고 싶어?”

"영웅인가, 기사인가……."

"이야기는 가볍게 했는데 솔직히 몹시 버거운 싸움이 될 거야. 스스로 결정해주면 좋겠어."

3년 동안은 함께 학원에서 생활한 뒤 전장에 가지 않는 선택도 가능하다고 말을 덧붙인다.

"나도 간다. 그런가, 기사는 쪼끄만 꿈이었던 건가."

드골라는 팔짱을 끼더니 웃는 얼굴로 대답했다. 뭔가 시야가 탁 트였다는 듯이 천장을 보고 있었다.

"이제부터 어떡할 거야?"

클레나의 질문을 듣고 이후에 보낼 3년의 예정을 설명했다.

"몇 가지 할 일이 있어. 다 같이 던전을 공략하면서 시련을 극복하고 장비를 맞출 거야."

"아하."

"그리고 동료를 더 늘리고 싶어. 찾을 직업은 승려야."

"동료? 승려? 하, 하긴. 우리 중에는 회복을 해줄 사람이 없으니까."

세실이 알렌의 말을 가장 빠르게 이해했다.

알렌은 이 파티에는 회복을 전문으로 맡을 인물이 필요하다고 생각하고 있다. 알렌도 풀 계통의 소환수를 쓰면 회복은 가능하지만, 마석을 소모하는지라 회복 전문의 인원을 한 명은 영입하고 싶었다.

"그러니까 회복계 직업을 가진 동료를 학원이나 모험가 길드에서 찾아보려고."

"그리고 반지를 찾는 것 같았는데, 또 마석 수집을 대량으로 의뢰했었는데 뭔가 이유가 있니? 커다란 책이 불쑥 나타나기도 했잖아.

같이 설명해주면 좋겠네."

곧이어 세실이 모험가 길드에서 알렌이 보인 언동에 대해 질문했다.

'좋아, 좋아. 이 얘기도 지금 다 끝내버리자.'

"아, 맞아. 같이 설명해야겠네. 사실 난 너희보다 성장이 느려. 그래서 얼마 전 수험에서도 떨어질 뻔했던 거야."

"알렌의 성장이 느리다고? 무슨 소리니. 엄청나게 빠르면서."

알렌의 힘을 봐왔던 세실은 이해할 수 없었다. 의아해하는 세실과 다른 친구들에게 알렌은 자신이 백 명의 시련을 감당해야 된다는 것, 또한 이 같은 시련을 극복하기 위하여 대량의 마석과 마력 회복링이 필요하다는 것을 설명했다. 또한 모험가 길드에서 출현했던 마도서의 정체는 소환사의 스킬이라는 것을 설명해줬다.

"너, 우리 저택에서 별짓을 다 했었구나?! 게다가, 세상에, 백 명의 시련을 혼자?"

"글쿠나, 이게 알렌이 노력했던 이유였구나."

세실은 무척 당황했고, 클레나는 납득했다.

"어?"

납득하는 클레나를 보고 알렌이 놀란다. 그동안 쭉 알렌을 잘 보아왔던 것 같다. 드골라가 연신 고개를 끄덕거렸다.

"대충 알겠지? 앞으로 3년간 무척 바빠질 거야."

이렇게 거점을 확보한 알렌 일행은 학원 도시에서 달성해야 할 이후의 목표를 공유했다.

제3화 학원 생활과 던전 공략의 시작

학원은 매주 6일 중 4일은 수업을 하며 2일은 쉬는 날이다. 그것을 감안하여 학원에 가는 나흘 동안은 하굣길에 생활용품 및 장비를 갖추고, 주말에 던전에 가기로 했다. 기본적으로 주말 이틀은 던전 공략이다.

파티원의 장비를 사는 데 드는 비용은 알렌이 내기로 했다. 초기 투자만 맡아주면 더 좋은 무기와 방어구는 던전에서 구할 수 있으니까 장비 교체는 같이 사냥을 하며 진행한다.

그리고 자신의 성장을 위해 마석이 대량으로 필요했다. 던전에서 번 돈은 마석값으로 쓰고 싶다고 부탁했더니 세 명 모두 흔쾌히 승낙했다.

등교 첫날, 알렌을 비롯한 네 사람은 시험 때 건네받았던 번호가 부착된 교사 앞쪽의 표를 확인한 뒤 지정된 교실로 들어갔다.

'합격자는 대략 삼천 명이었던가.'

전세의 대학 수험으로 비유하자면 제법 상위 대학의 경쟁률이라는 생각이 든다. 한 반에 서른 명씩 들어가는 교실이 백 개나 있다.

'이만 명 중에 삼천 명인가, 꽤 많이 떨어뜨렸네.'

5대륙 동맹의 가맹국은 한 덩어리로 뭉친 관계가 아니었다. 각 국가과 대륙에 따라 사정이 달라진다.

마왕군에게 가장 큰 위기감을 느끼는 곳은 직접 싸우고 있는 중앙 대륙의 기암트 제국, 드워프의 나라 바우키스 제국, 엘프의 나라 로젠헤임이다.

한편 기암트 제국과 같은 대륙에 있는 라타슈 왕국처럼 직접 국경선에서 마왕군과 싸우지 않는 나라도 꽤 많았다. 이 세계가 둥글지 않은 것일까, 남쪽 대륙을 공격하는 방법을 몰라서일까. 마왕군은 이제껏 줄곧 남쪽의 2대륙을 완전히 무시했다. 이 같은 상황에서 모든 나라가 같은 수준의 위기감을 가지는 것이 더 어렵다. 특히 위기감이 희박한 나라는 재능 보유자를 마왕군과 싸울 전장에 보내는 것을 상당히 주저했다.

근방의 흉악화된 마수를 토벌해야 하는 데다가 국내 던전의 마석이며 아이템의 산출은 전세의 예로 표현하자면 원유 및 광석을 채굴하는 산업과 비슷하다. 국가를 풍요롭게 운영하기 위하여 재능 보유자는 가능한 한 내주고 싶지 않을 것이다.

그 결과, 재능이 있는 평민은 제외하고 왕후 귀족만 참전하게 되었다. 남쪽 2대륙이 5대륙 동맹 회의에서 주장했고, 중앙 대륙의 맹주 이외에 여러 나라들이 강하게 주장했다. 나라를 지키는 것은 본래 왕후 귀족의 책무이다. 평민을 포함하여 몇만 명이나 되는 재능 보유자를 전장에 보낼 것인가, 왕후 귀족만 보내서 수백 명으로 한정지을 것인가. 답은 분명하다. 당연히 평민을 사지로 보내는 선택지는 없었다. 이래서는 참전자를 줄일 수 있는 대의명분이 성립하지 않으니까.

알렌이 자리에 앉아 5대륙 동맹에 대해 생각하던 동안에 모두가 각자 자리에 앉았다. 동향 출신인지 같이 사이좋게 이야기하는 아이들, 혼자 나른하게 앉아 있는 아이. 모두가 수업이 시작되기를 기다리고 있다.

드르륵.

교원으로 짐작되는 인물이 교실에 들어왔다. 스포츠머리에 마흔은 넘긴 것처럼 보이는 남자였다. 전혀 성실한 인물로 보이지는 않았다. 근육이 과하게 커서 제복이 금방이라도 터질 것 같다.

"오, 다들 왔구나."

교단에 서서 교실 전체를 둘러보고는 말을 꺼낸다.

"오늘부터 3년간 너희 담임을 맡을 카를로바라고 한다. 잠시 자기소개를 하지."

담임이 말을 시작했다. 무척 강렬한 외형 때문인지 모두들 조용히 귀를 기울였다.

"난 보통 왕도에 있는 모험가 길드의 지부장 노릇을 한다. 재능은 검호이고, 현역 시절의 랭크는 A였다. 올해는 검성이 학원에 입학한다길래 급하게 지명을 받고 온 거다."

머리를 긁적이더니 괜히 일거리를 떠맡았다며 투덜댄다. 아무래도 클레나 때문에 3년간 모험가 길드에서 파견을 나와 학원의 교사를 맡게 된 것 같았다.

'모험가 길드에서 인원을 보내주기도 하는구나. 모험가 길드는 왕국으로부터 독립된 조직이라던데 5대륙 동맹하곤 관계가 어떻게 되려나. 파견 요청을 받아줬다는 건 협력적이라는 뜻인가.'

모험가증을 신청할 때도 담당자가 무척 정중하게 응대해줬다는 것을 떠올렸다.

"담임이니까 내가 이 반을 담당한다. 검술도 내가 지도하니까 검사 등 검을 다루는 재능이 있는 녀석은 교관까지 같이 맡아주는 셈이지."

카를로바는 이어서 올해 1년의 교육 과정에 대해 설명했다. 듣자하니까 오전 중에는 일반교양을 배우고, 오후에는 각 재능에 맞춘 훈련을 받는다고 한다. 검사라면 검술, 창잡이라면 창술 훈련을 받는다. 각각 재능에 따라 교관이 배정된다. 「재능에 따라 집합 장소를 써 놓았다」라고 말하면서 학생 전원에게 양피지를 나누어 줬다.

"아, 맞다. 7월과 2월에 교양을 확인하는 시험이 있을 거다. 40점 이하는 낙제다. 열심히 공부해라. 오, 네가 알렌이구나."

'응? 어떻게 나를 알아봤지?'

외모인지 신분인지 알 수 없지만, 아무래도 알렌을 이미 알고 있었던 것 같다.

"네."

"듣자 하니까 네가 역대 최고 점수를 기록했다더구나."

"예?"

뒤쪽에 앉아 있었던 알렌에게 반 아이들의 시선이 휙 모여들었다.

"그러니까 말이다, 혼자만 열심히 공부하진 마라. 다 같이 함께 졸업하고 싶다면 친구한테도 공부를 잘 가르쳐줘라."

'……그 말은 클레나를 가리키는 게 맞지? 이보쇼, 역시 점수를 슬쩍 올려줘서 합격시킨 거 아니야?'

옆자리에 앉아 있는 클레나가 알렌, 굉장해, 라며 존경하는 눈빛으로 쳐다본다. 얘는 못 알아들었나 보다.

"네, 네에. 선생님, 알겠습니다."

"……그래, 하나 더. 너희들 전부 잘 알 텐데 지금 이 교실에는 농노와 평민도 있고 귀족도 있다. 신분은 달라도 같은 학원의 학생임은 틀림이 없지. 그러니까 말이다, 같은 학생끼리 경칭은 필요하지 않아. 사이좋게 지내라."

왕족 및 귀족이 거만한 태도를 취하거나 농노 및 평민이 굽신거리는 언행을 하면 징계 대상에 오른다고 한다. 쭉 조용히 말을 듣고 있었던 학생들이 술렁거리기 시작했다.

알렌의 뒤쪽 자리에는 세실이 있다. 알렌은 몸을 정면으로 향한 채 세실에게 말을 건넸다.

"세실, 앞으로는 경칭은 필요 없다고 하네."

"……."

알렌이 곧바로 경칭 사용을 멈추자 세실은 굳어버렸다.

"응? 왜 대답이 없어. 세실?"

"어디 아파? 세실."

세실의 모습을 보고 알렌과 클레나가 말을 건넨다. 몇 번이나 그냥 이름을 불렀던 그때.

"꺼윽!"

세실이 몸을 일으키더니 두 팔을 힘껏 뻗어서 알렌의 목에 꽉 붙잡아 졸랐다. 이른바 백 초크였다.

"야, 알렌. 어째서, 불쑥 주저하지도 않고 반말을 늘어놓는 걸까? 이제껏 속마음으로는, 나를 공경하지 않았던 거야?"

"엑? 끄윽."

'이, 이거, 저택에서 배운 호신술인가? 아주 능숙하군. 세실, 제법 이구나. 수, 숨 막힌다. 내, 내구력아. 일 좀 제대로 해라. 네 힘은 이게 전부가 아니잖냐.'

레벨이 올라 내구력도 꽤 올랐지만, 어째서인지 일상생활에서 활약이 좀 덜한 것 같다. 공격력도 조절이 되는 것 같은데, 생활에 지장이 발생하기 때문이려나.

"말해봐. 알렌은 나를 마음속에서 어떻게 부르고 있니? 역시『세실』이야?"

세실이 알렌에게만 들리는 작은 목소리로 속삭거렸다. 지금 대답을 실수했다가는 큰일이 벌어질 것 같다.

"무, 물론 세실 아가씨입니다. 당연하죠, 암요."

목을 졸리고 있는 까닭에 목소리가 거의 안 나온다.「언제나 세실 아가씨를 진심으로 공경했습니다. 비록 학원의 규칙 때문이라지만 마음이 무척 괴롭군요」라고 아등바등 말을 쥐어짠다.

"이 녀석들아. 그렇게까지 사이좋게 지내란 말은 아니었다고……."

알렌과 세실의 실랑이를 본 카를로바는 어이없다는 표정을 짓고 중얼거렸다.

* * *

카를로바가 설명을 마친 뒤 학생들은 강당으로 이동했다. 이제 전 학년이 모여서 입학식을 치른다. 2학년과 3학년은 교복이 조금 달랐다. 매 학년마다 교복 디자인을 변경하는 것 같다.

학원에는 큰 건물이 잔뜩 있었다. 강당 및 광장도 다수 있었는데, 하나같이 상당히 컸다.

용사와 학장은 시험 날 이후로 만나지 않았다. 정령왕이 어쩌고저쩌고 이런저런 말을 했었는데 지금은 아직 무슨 소리인지 알 수 없었다. 어쨌든 볼일이 있다면 상대가 뭔가 말을 걸어올 테지.

감정 의식에서 알게 된 사실은 용사가 노말 모드라는 것. 또한 수십만 명의 많은 수험생을 겪어왔을 학장이 「모든 능력치 E」라는 감정 결과를 한 번도 못 봤다면 요컨대 알렌 이외에 헬 모드의 인물은 없다는 것이었다.

곧바로 수업이 시작됐다. 마수 연구 수업이다. 가르쳐주는 내용은 고블린과 오크의 생태 및 활동에 대해서였다. 이세계 특유의 수업이라는 생각이 든다. 마수의 토벌 방법이며 약점, 주의점 등 강사가 이것저것 열심히 설명해준다.

오후 수업은 재능별 실기였는데, 소환사를 위한 수업은 없었다. 담임에게 상담했더니 딱히 시험도 없으니까 관심이 가는 수업에 참가하면 된다고 대답해줬다. 일단 쭉 둘러보자는 생각으로 지금은 검과 마법 등 여러 수업을 듣고 있다. 주 6일 중 2일은 쉬는 날이니 아주 빠듯한 일정은 아니라는 느낌을 받는다.

4일의 학원 생활을 마치고 다음 날 아침, 알렌을 비롯한 네 사람은 C급 던전을 멀리서 바라보고 있었다. E랭크 모험가인 알렌 일행은 C급 던전에만 출입이 가능하다.

짐마차 따위를 동반하여 여러 모험가들이 줄을 만들어 놓았는데,

아침은 북적거리나 보다. 아마도 던전 공략에 필요한 물자를 짐마차에 싣는 등 바쁜 것 같았다. 반면에 알렌은 마도서 안쪽에다가 대량의 식량과 야영 도구를 수납할 수 있어서 무척이나 단출한 차림이었다.

"던전이구나!"

"그래, 던전이야!!"

클레나가 신나서 알렌에게 말을 건넨다. 알렌도 싱글싱글 웃는 얼굴로 대답했다.

"왜 이렇게까지 기뻐하는 거야!"

"……."

세실이 타박을 놓는다. 드골라는 여전히 방관하고 있다.

'3층 높이쯤 되나? C급 던전은 4계층에서 6계층쯤 된다고 들었는데 건물이 꽤 낮아. 올라가기에는 어중간한데 지하가 있는 건가?'

다시 살펴봐도 모험가 길드에서 들은 이야기와 실제 던전의 규모가 다른 것 같다. 잠시 기다리자 차례가 돌아왔다.

"학생인가 보군. 모험가증은 가지고 왔나?"

던전을 관리하는 담당자에게 요구를 받아 넷이서 같이 모험가증을 보여주니 「장비는 괜찮아 보이는데 무리는 하지 마라」라며 걱정해줬다.

이번에 세 사람의 장비를 맞추는 데 금화 이백 닢이 들었다. 미스릴 도끼와 대검으로 금화 백 닢, 또한 세실에게 고대수 완드, 아울러 세 명의 방어구까지. 금화가 순식간에 줄어들었다. 지금 남은 금화는 이백 닢 정도였다.

클레나는 미스릴제 대검을 들고 흥분하고 있었다. 커다란 검을 좋아하는 것 같다.

"오늘이 처음인데요, 이대로 안에 들어가면 되는 건가요?"

"오, 던전은 처음이냐. 그럼 205호실로 가라. 질문은 자세하게 하고."

"아, 네에. 알겠습니다."

'205호실? 던전에 온 게 아니었나? 설마 호텔에 와버렸나? 게다가 질문은 또 뭐야?'

알렌은 장비를 갖춘 뒤 마수가 얼마나 센지 대강이나마 알면 뒷일은 어떻게든 될 것이라 생각했었는데 아직도 모르는 부분이 많았다.

계단 이외에도 경사면이 있어서 짐마차까지 같이 올라갈 수 있는 구조였다. 알렌 일행은 짐마차 파티의 뒤를 따라서 2층으로 올라갔다.

「205」라고 쓰인 커다란 문을 열었다. 그러자 먼저 눈에 확 들어온 것은 방의 중앙에 떠올라 있는 한 변이 1미터쯤 되는 입방체였다. 빨간색, 파란색, 노란색, 갖가지 색깔로 점멸하면서 큐브 형태의 물체가 딸깍딸깍 움직이고 있다.

『안으로 들어와서 문을 닫아주십시오.』

"와아, 말했어!!"

큐브가 말을 걸어온지라 클레나가 놀란다. 시키는 대로 문을 닫고서 입방체의 앞에 모였다.

『모험가증을 제시해주십시오.』

놀란 일행들은 아랑곳 않고 큐브가 옛날 애니메이션의 로봇 비슷한 목소리로 대화를 이어 나갔다. 놀랍긴 해도 대화를 진행해야 하니 일행은 모험가증을 보여줬다.

『모험가 랭크 E 알렌, 동일하게 랭크 E 클레나, 동일하게 랭크 E 세실, 동일하게 랭크 E 드골라군요?』

"맞습니다."

파티의 리더 알렌이 대표로 대답했다.

『C급 던전에 오신 것을 환영합니다. 저는 던전의 총괄 운용 관리 시스템 C205입니다.』

'오호라, 어떻게 된 원리인지는 몰라도 무척 공들여서 만들었구나.'

"이 방에서 던전에 갈 수 있는 겁니까?"

『그렇습니다. 제가 다른 차원에 있는 던전으로 안내해드립니다.』

"다른 차원? 서버가 다르다는 말인가요?"

전세에서 게임을 할 때 같은 게임을 하면서도 서버가 다른 경우는 꽤 많았다. 혼잡에 따른 서버의 부담을 경감하기 위해서 도시 및 필드, 던전 등 장소에 따라 서버를 달리 할당하는 식이다. 전세를 연상케 하는 키워드가 마치 게임 속에서 살아가는 듯한 신기한 느낌을 준다.

『서버 말씀이신가요? 죄송합니다, 이해할 수 없습니다.』

"그런가요. 아무튼 다른 차원이라는 이야기는 이해했습니다. 던전에 가고 싶으니 이동시켜주세요."

『알겠습니다. 모험가증을 확인한 바 처음 던전에 입장하시는군요. 던전에 대해 설명드려도 괜찮겠습니까?』

'동료도 있으니까 들어야겠군.'

"네, 설명 부탁드립니다."

클레나가 알렌과 C205가 대화 나누는 광경을 두근두근하며 보고 있었다. 세실은 어째서 저런 정체불명의 물건과 태연하게 대화를 나누냐고 이해가 안 된다는 표정을 짓고 있었다.

『파티의 구성 및 방의 번호에 따라 이동하는 차원이 달라집니다. 다른 모험가는 오지 않습니다. 즉, 구조를 바랄 수 없사오니 준비는 철저하게 갖춰주십시오.』

"오오오! 진짜로 다른 서버구나!!"

'소환수를 마음껏 꺼낼 수 있겠다. 진짜 감사합니다.'

"뭐, 뭔데! 아까부터!"

"세실은 모르는구나! 서버가 다르다는 말이잖아!!"

"알렌이 이상해졌어. 원래 이랬던 것 같기도 한데……."

세실이 알렌의 반응에 아연실색했다.

그 후 만에 하나를 대비하고자 귀환 방법 및 함정의 유무, 다른 계층으로 가는 방법, 던전 공략의 조건 등등을 이것저것 질문했다. C급 던전의 경우 던전의 보스는 C랭크 마수라고 한다. 보스 이외에는 E랭크와 D랭크의 마수가 나온다.

쭉 설명을 듣고서 곧장 C급 던전 1계층으로 이동을 부탁했다.

『그럼 열심히 싸워주세요.』

불쑥 205호실의 광경이 변했다. 방의 크기가 변하지는 않았고 여전히 C205도 떠 있었는데 정면에 길이 생겼다.

"던전의 입구일까?"

"그런 것 같군."

클레나의 질문에 드골라가 손에 든 도끼를 꽉 쥐며 답했다.

"좋아, 얘들아. 가자."

다 같이 고개를 끄덕거린 뒤 일행은 드디어 던전 안쪽으로 진입했다.

* * *

던전의 1계층. 네 사람은 진형을 짜고 앞으로 전진했다. 정면에 클레나와 드골라, 중앙에 세실, 최후미에 알렌이 서는 진형이었다. 이 같은 배치도 미리 거점에서 차분하게 상의를 마치고 왔다.

던전을 나아가던 중 얼마 지나지 않아서 길이 두 개로 갈라졌다.

"길이 갈라졌어."

"오른쪽은 막다른 길이네. 왼쪽으로 가자."

'C급인데도 꽤 복잡한 미궁이군.'

던전 진입과 동시에 네 마리의 새E 소환수를 날려 보내서 길을 조사했던지라 헤매지 않고 앞길을 나아갔다.

"알렌, 굉장해!"

영문을 알지 못하는 클레나가 감탄했다.

이곳은 미궁 타입의 던전인 듯, 통로와 작은 방으로 구성되어 있었다. 다음 계층으로 가려면 던전을 관리하고 있는 큐브를 찾아서 또 이동을 반복해야 하는 것 같다. 갑옷 개미의 굴을 공략했을 때처럼 던전 지도를 작성 중이다. 최단 이동 경로를 파악하고 싶었다.

"마수 사냥은 최소한으로 하자. 보물 상자도 무시할 거야. 가능한 한 빨리 C랭크 던전 세 개를 공략하고 B급 던전으로 넘어가고 싶어."

알렌의 제안에 모두 고개를 끄덕여줬다. 보물 상자는 마수가 의태를 한 경우가 있기도 하고, 열었을 때 화살이 날아들거나 독이 분사

되는 경우도 있다고 한다. C급 던전의 보물 상자는 별로 대단한 물건이 나오지도 않는다니까 파티에 함정 해제가 가능한 직업이 없는 지금은 전부 무시한다.

던전 탐색에는 몇 가지 목적이 있었다. 자신도 포함해서 일행 모두의 레벨을 올리는 것, 돈을 마련하는 것, 마석을 모으는 것. 모두 중요하지만, 지금은 공략을 최우선으로 한다. 마력 회복 링을 드롭하는 마수가 어디에 있는지 알지 못하는 한 우선은 A급 던전까지 진입 가능한 자격을 획득해서 조우하는 마수의 폭을 넓히고 싶다. 게다가 C급 던전은 마수의 랭크가 너무 낮았다. 이곳에서는 돈벌이도 레벨 올리기도 효율이 안 좋다.

'자, 파티원의 스테이터스를 확인해볼까.'

알렌은 걸어가면서 마도서를 확인했다. 파티를 맺은 순간부터 마침내 모든 동료의 스테이터스를 볼 수 있게 되었다.

【이 름】 클레나
【연 령】 12
【직 업】 검성
【레 벨】 21
【체 력】 880
【마 력】 330
【공격력】 880
【내구력】 620
【민첩성】 595
【지 력】 350
【행 운】 415
【스 킬】 검성 〈1〉, 참격 〈1〉, 검술 〈5〉
【엑스트라】 한계 돌파
【경험치】 2,850/3,000
· 스킬 레벨
【검 성】 1
【참 격】 1
· 스킬 경험치
【참 격】 0/10

【이　름】 세실 그란벨
【연　령】 12
【직　업】 마도사
【레　벨】 1
【체　력】 25
【마　력】 25
【공격력】 10
【내구력】 16
【민첩성】 16
【지　력】 30
【행　운】 16
【스　킬】 마도 〈1〉, 불 〈1〉, 격투 〈2〉
【엑스트라】 메테오
【경험치】 0/10
· 스킬 레벨
【마　도】 1
【불 마법】 1
· 스킬 경험치
【불 마법】 10/10

【이　름】 드골라
【연　령】 12
【직　업】 도끼잡이
【레　벨】 21
【체　력】 464
【마　력】 248
【공격력】 610
【내구력】 404
【민첩성】 258
【지　력】 170
【행　운】 276
【스　킬】 전투 도끼 〈1〉, 혼신 〈1〉, 도끼술 〈4〉
【엑스트라】 전심전력
【경험치】 2,850/3,000
· 스킬 레벨
【전투 도끼】 1
【혼　신】 1
· 스킬 경험치
【혼　신】 0/10

파티를 맺고 일행의 스테이터스 확인은 이미 마쳤다.

우선 알렌이 예상했던 대로 소환사뿐 아니라 다른 직업에도 기본이 되는 스킬이 있었다. 이같이 기본이 되는 스킬을 알렌은 「직업 스킬」이라고 부른다. 클레나는 「검성」이고, 세실은 「마도」다.

세실은 스킬 경험치를 획득했는데도 스킬 레벨이 올라가지 않았다. 강사가 강력한 마법을 익히려면 시련을 극복해야 한다는 말을 했었다. 레벨 제한의 가능성이 있기 때문에 레벨과 스킬 레벨이 연동되는지 확인하고 싶었다.

클레나와 드골라가 스킬 경험치를 전혀 획득하지 못한 이유는 기사놀이에서는 마력을 소비하지 않았기 때문일 테지. 스킬을 쓸 수 있었던 환경이 아니었다고도 말할 수 있다.

마도서를 보여준 뒤에 클레나에게「참격」이라는 스킬이 있다는 것을 알려줬는데 머릿속에 이미지는 있던 것 같았다. 클레나와 드골라는 마도서에 적힌 스킬의 이름으로 이미지를 구체화해서 스킬을 사용 가능하도록 훈련해줬으면 한다. 오후에 실기 연습을 하니까 그곳에서도 실마리를 잡을 기회는 있겠지.

"세실, 슬라임이야."

"알았어. 파이어 볼!"

고찰을 하는 동안에도 마수 정찰은 게을리하지 않는다. 쭉 나아간 곳에 슬라임이 한 마리 있다는 것은 미리 징찰했기에 세실에게 마법 공격을 지시했다.

『슬라임을 1마리 쓰러뜨렸습니다. 경험치를 8 획득했습니다.』

"해냈어!"

세실이 처음으로 마수를 쓰러뜨리고 경험치를 획득했다.

"고마워, 계속 이렇게 부탁할게."

세실에게 건네는 말은 클레나, 드골라에게 말할 때와 같은 말투로 바꿨다. 이제 세실도 수긍하고 받아들인지라 첫날 이후로는 별일 없었다.

세실에게 마법을 맞아 신체가 반쯤 허물어진 슬라임에게서 연기가 피어오른다. 그러다가 작은 마석을 남긴 채 완전히 사라졌다. 모험가 길드에서 들었던 대로 마수가 소재를 남기지 않아서 마석만 구할 수 있었다. 마석을 회수할 시간도 아까웠기에 마석 회수는 새 G 소환수에게 맡겼다.

'E랭크 마석도 어느 정도는 모아 놔야겠지. 생명의 풀은 꼭 필요하니까.'

마석은 파티 안에서 알렌이 관리하기로 이미 합의했다.

각 랭크의 마석 소유 수

· E – 2746개

· D – 6953개

· C – 9157개

· B – 54개

D랭크 마석은 이만 개 넘게 있었지만, 마력의 열매를 만들기 위해 대량으로 소모했다. D랭크 소환수는 유익한 종류가 많기 때문에 일정 수량은 보험으로 남겨두고 싶다.

지금 알렌이 가지고 있는 금화는 이백 닢 정도. 또 모험가 길드에 D랭크 마석 이만 개 수집을 의뢰하면 돈이 바닥난다. 안정적으로 돈벌이를 하게 될 때까지 조금 더 시간이 걸릴 것 같다. E랭크 마석은 아무리 많아도 별 소용이 없다.

그래서 주목한 것이 C랭크 마석이었다.

랭크별 마석의 가치

· E – 가치 없음

· D – 은화 1닢

· C – 은화 10닢

· B – 금화 1닢

· A – 금화 10닢

이렇듯 D랭크 이상 마석의 가치는 열 배씩 불어난다. 마석은 마도구에 쓰이는데, 랭크가 하나 올라가면 마도구를 가동하는 에너지가 열 배로 늘어난다고 한다. 마수의 랭크가 하나 올라가면 열 배를 훌쩍 뛰어넘어서 강해지는 경우도 많지만, 마석 자체는 마도구를 얼마나 오래 가동시킬 수 있느냐로 가격이 결정된다.

알렌은 지금 9,000개 정도의 C랭크 마석을 가지고 있다. 이것을 천 개 단위로 매각해서 돈을 마련하고, D랭크 마석 수집을 의뢰하자는 생각이다.

물론 나중에 C랭크 소환수에게 쓸 마석도 필요하겠지만, 우선은 소환 레벨을 올리는 것을 우선한다.

휴식을 취하면서 하루를 들여 드디어 큐브 형태의 관리 시스템이 있는 방에 도착했다.

"찾았네, 이제 다음 계층으로 갈 수 있겠어!"

세실이 기뻐한다. 휴식을 포함해서 열 시간 이상 경과했지만, 레벨도 오른 덕분에 피로가 해소되어서인지 기운차게 외쳤다. 헬 모드의 백 배 속도로 레벨이 올라가니 E랭크 마수를 잡아도 쑥쑥 레벨 업 한다.

『저는 계층 관리 시스템 C328-01입니다. 던전을 나가 귀환하시겠습니까? 다음 계층으로 가시겠습니까?』

"다음 계층으로 가면 돌아올 수 있나요?"

알렌이 대표로 질문했다.

『다음 계층에는 계층 관리 시스템 C328-02가 있습니다. 그쪽에서도 던전 바깥으로 귀환이 가능합니다. 아울러 다음 계층으로 가지 않고 복귀할 경우 다음 입장 시 2계층부터 공략할 수 있습니다.』

'오, 다음 계층으로 이동하면 기록이 남아서 이어하기가 가능한 건가. 편리하네.'

"그럼 우선은 다음 계층으로 이동시켜주세요."

『알겠습니다.』

방의 분위기가 조금 바뀐다. 아마도 C급 던전의 2계층으로 이동한 것 같았다.

『어서 오십시오. 계층 관리 시스템 C328-02입니다. 이대로 던전 공략을 계속하시겠습니까? 귀환하시겠습니까?』

"네, 귀환을…… 앗, 잠깐만요."

알렌은 수납으로 장작을 하나 꺼내서 지면에 대충 내려놓았다. 곧이어 새G 소환수를 한 마리 소환해서 방에 대기시켰다.

"알렌, 뭐 하는 거냐?"

"실험이야."

"흐음~."

드골라의 질문에 대답했다. 드골라가 무슨 의미가 있는 것이냐며 장작을 쳐다본다.

"이제 저희를 던전 바깥으로 귀환시켜주세요."

『수고 많으셨습니다.』

그 한마디와 함께 알렌 일행은 후방에 문이 있는 방으로 이동되었다. 이곳에는 큐브가 떠 있지 않았다.

"여기는 출구 전용 방인가?"

"그, 그런가 봐."

세실은 여기저기 휙휙 이동당해서 경계하고 있다. 방을 뒤로하고 통로를 따라 전진하자 입구 반대편으로 나올 수 있었다. 이렇게 알렌 일행의 첫 번째 던전 공략은 끝을 맞이했다.

* * *

던전 탐색을 시작하고 날짜가 조금 지나갔다.

그동안 발견한 중요 사항이 있다. 알렌은 처음 던전에서 귀환할 때 소환수와 장작을 남기고 왔다.

큐브가 했던 『모험가 파티 및 들어간 방의 번호에 따라 이동되는 차원은 각각 달라집니다. 다른 모험가는 오지 않습니다, 따라서 구조도 바랄 수 없습니다』라는 말이 신경 쓰였기 때문이었다.

처음에 들었을 때는 다른 모험가의 시선이 없어 내키는 대로 소환수를 꺼내 사용할 수 있음을 알고서 마냥 기뻐했었다만, 던전 공략을 진행하던 중 다른 하나의 가능성을 깨닫게 됐다.

계기는 205호실이 좁았기 때문이었다. 기껏해야 스무 명이 간신히 들어올 수 있는 넓이였지만, 부동산 길드 직원은 오십 명 규모로 던전에 가는 경우도 있다고 말해주었다.

오십 명의 모험가 파티가 조를 나누어서 방에 들어간 뒤 같은 차원의 던전 안에서 합류할 수 있는 것인지 가정을 했다. 재도전할 때 같은 던전에 입장이 가능해야 의미가 있다.

가설을 확인하기 위해서 알아보기 쉬운 표식을 남겨 놓은 뒤 재입장했다. 그랬더니 장작과 소환수가 있는 C급 던전의 2계층으로 진입할 수 있었다. 아무래도 던전은 들어간 방과 모험가 파티를 조합해서 무수히 많은 차원의 던전을 구축해주는 것 같다. 마왕이 나타나기 전부터 존재했던 던전이라던데, 도대체 누가 관리하고 있는 것일까.

던전의 총괄 운용 관리 시스템은 두 가지 주의점이 있다고 말했다.

· 첫 번째 주의점

같은 계층의 던전이어도 건물의 다른 방에서 입장하면 그곳은 다른 던전으로 간주되는 터라 지난번과 똑같은 곳으로 가지 못한다.

· 두 번째 주의점

던전 한 곳에 들어가지 않고 1개월이 경과하면 해당 던전의 기록은 소멸된다. 물건도 남지 않는다.

알렌은 이 말을 듣고서 학원에 가기 전 던전에 들어가봤다. 소환수에게 마석 회수를 맡기기 위해서였다. 1계층과 2계층에 다섯 마리씩 소환수를 소환하여 마석 회수를 지시했다.

이렇게 하면 아무에게도 방해받지 않고 들키지 않고 마석을 회수할 수 있다.

그란벨의 도시 바깥보다 마수가 나올 확률이 높아 2계층에서 하루에 사백 개 정도의 마석 회수가 가능했다. 그때부터는 항상 소환수 부대를 다수 편성해서 던전 사냥을 계속하고 있다.

다섯 번째 탐색 때 최하층으로 짐작되는 6계층에 도착한 알렌 일행은 처음 보는 장소에서 곧장 이변을 감지했다. 이제껏 던전은 통로부터 시작됐었기에 5층까지는 줄곧 앞길이 트여 있었다. 그런데 이곳 6층은 느닷없이 커다란 여닫이문이 있다.

"저기, 안쪽에 문이 있는걸?"

"정말이네."

세실과 클레나는 무척 편하게 대화를 하는 사이가 됐다. 쭉 같은 거점에서 생활하고 있다는 이유도 있어서 꽤 친근하게 말을 주고받고 한다.

"여기가 최하층 아냐?"

"그런 것 같아. 분명 C급 던전은 최대 6층까지 있다고 했으니까 보스가 있는 방으로 연결된다고 봐도 틀림없을 거야."

5계층을 막 공략한 터라 지금은 아마 저녁일 것이다. 이만 복귀할 생각이었는데, 이왕 왔으니 최하층 보스를 쓰러뜨리자고 이야기를 나눴다.

중후한 문에 그려진 문양이 이 앞에는 강적이 기다리고 있다는 분위기를 풍긴다.

알렌이 손을 가져가자 쿠우웅 소리를 내며 저절로 문이 열렸다.

앞쪽에 반경 100미터쯤 되는 원형의 광장이 있었다. 광장 중앙에는 고블린 킹이 한 마리, 고블린이 열 마리쯤 있다. 꼼짝도 않은 채 굳은 모습이었다.

'아하, 일정 이상의 거리에 접근하면 반응해서 덮치는 패턴인가?'

"흠, C급 던전의 보스는 C랭크가 한 마리에 D랭크가 열 마리쯤 되나 보구나."

세 사람이 맞는 것 같다며 고개를 끄덕거렸다.

C급 던전에 있는 C랭크 마수는 최하층 보스뿐인 듯하다. B급 던전에서는 B랭크의 마수가 최하층의 보스일 테지.

"있잖아."

"응?"

전투를 앞두고 세실이 알렌에게 말을 건넸다.

"우리도 알렌의 힘을 알아두는 게 좋지 않을까 싶어."

"응?"

"그러니까 이 마수들은 알렌의 소환수로 쓰러뜨려주지 않을래?"

세실의 말에 클레나와 드골라도 동의했다.

"와아! 소환수, 보고 싶어!!"

"그렇군, 확실히 나도 알렌의 소환수가 싸우는 광경은 보고 싶다."

여기까지 오는 동안은 세실의 마법을 중심으로 마수를 쓰러뜨렸다. 세실은 레벨 10이 되면서 제한이 해제되었는지 스킬 레벨도 2로 올라갔다. 스킬 경험치를 올릴 수 있게 되었고 강력한 원거리 공격은 공략 시간 단축으로 연결되니까 세실이 중심을 맡아 마수를 쓰러뜨려왔던 것이다. 참고로 클레나와 드골라는 스킬 발동에 대해서 묻자 「감이 안 온다」라는 이유로 아직껏 스킬 경험치를 못 올리고 있는 상황이다. 의외로 고전 중이었다.

'확실히 세실의 말이 맞아. 아직은 C급 던전이라서 나설 기회가 딱히 없었지만, B급 던전이나 A급 던전에 가면 소환수의 힘이 공략에 필요해질 테니까 지금처럼 여유 있을 때 보여주는 게 낫겠어.'

세실과 달리 클레나와 드골라는 작은 새와 쥐 소환수밖에 보지 못했다. 이 기회에 소환수의 유용성을 알려주는 것이 좋겠다.

'자, 강화 스킬을 6으로 올린 내 힘을 보여주지.'

【이 름】 알렌
【연 령】 12
【직 업】 소환사
【레 벨】 42
【체 력】 1065 +280
【마 력】 1660 +600
【공격력】 584 +280
【내구력】 584 +180
【민첩성】 1091 +36
【지 력】 1670 +636
【행 운】 1091
【스 킬】 소환 〈5〉, 생성 〈5〉, 합성 〈5〉, 강화 〈6〉, 확장 〈4〉, 수납, 공유, 제거, 검술 〈3〉, 투척 〈3〉
【경험치】 3,016,226/6천만
· 스킬 레벨
【소 환】 5
【생 성】 5
【합 성】 5
【강 화】 6
· 스킬 경험치
【생 성】 3636038/1천만
【합 성】 3635015/1천만
【강 화】 1220/1억
· 취득 가능 소환수
【벌 레】 DEFGH
【짐 승】 DEFGH
【 새 】 DEFG
【 풀 】 DEF
【 돌 】 DE
【물고기】 D
· 홀더
【벌 레】
【짐 승】 D 14매
【 새 】 G 3매, E 3매
【 풀 】
【 돌 】
【물고기】 D 30매

지난달, 드디어 강화 레벨이 6에 도달했다. 이후부터는 생성과 합성의 레벨 올리기에 집중하고 있다. 모험가 길드에 의뢰해서 모은 분량과 기존 소지량, D랭크 마석 삼만 오천 개를 마력의 열매로 바꿨다.

마력이 1000만큼 회복되는 마력의 열매는 D랭크 마석 다섯 개로 만들 수 있다. 계산하면 마석 한 개당 마력 200이었다. D랭크 마석 삼만 오천 개는 스킬 경험치 700만에 해당된다. 아울러 강화 레벨 6의 효과는 능력치 두 개를 500만큼 상승시켜준다.

"잠깐 기다려줘."

그렇게 말한 뒤 알렌은 생성과 합성, 강화를 거듭 되풀이했다.

"뭐지?"

"와, 굉장해!"

드골라와 클레나가 고속으로 움직이는 마도서를 보고 놀란다. 최하층 보스의 아래쪽에는 마법진처럼 생긴 문양이 지면의 돌바닥에서 조금 솟아오른 높이로 그려져 있었다. 알렌을 선두로 클레나와 드골라가 나란히 섰고, 최후방에 세실이 위치하는 진형으로 쭉쭉 다가갔다.

50미터를 지났을 때 마수들이 움직이기 시작했다.

"베어들, 마수를 쓰러뜨려라. 브론들은 우리를 지켜."

짐승D 소환수 여덟 마리가 마수들을 에워싸면서 출현한다. 곧바로 특기 「물어뜯기」를 써서 마수들을 유린했다. 짐승D 소환수 여덟 마리는 고블린 킹도, 고블린도 일격에 쓰러뜨릴 수 있다.

"어때! 굉장하지!!"

묘하게도 세실이 자랑을 했다. 클레나도 드골라도 놀란 표정으로 전투를 보고 있었다.

"굉장해~! 순식간에 끝났어!!"

감탄하는 세실에게 클레나도 동감하는 것 같다. 마수들은 마석으로 바뀌었다.

"좋아, 다 잡았군. 음?"

계층 보스를 쓰러뜨리자 마법진이 또 전방에 출현한다. 일순간 경계 태세를 취했는데 마법진에서 나타난 것은 나무로 된 보물 상자였다. 던전의 설명을 떠올렸다.

'분명히 토벌 보수로 주는 보물 상자는 의태한 마수가 없다고 했지.'

알렌이 대표로 보물 상자에 다가가서 뚜껑을 연다. 세 사람은 뒤쪽에서 가만히 지켜봤다.

안쪽에 든 것은 강철제 검이었다.

"이게 최하층 보스를 잡은 보수구나. 분명 하루에 한 번씩 최하층 보스가 나타난다고 했지?"

"맞아, 하루에 한 번이야."

최하층 보스는 각각 모험가 파티마다 하루에 한 번 도전할 수 있다고 한다.

이렇게 첫 번째 C급 던전 공략이 마무리됐다.

제4화 학원의 과제와 파티원 모집

처음으로 C급 던전을 공략한 알렌과 동료들은 모험가 길드에서 모험가증을 갱신하고 D랭크 모험가가 되었다.

던전을 공략했으므로 하루에 한 번, C급 던전 최하층에 가는 것을 일과에 넣었다. 최하층으로 곧장 이동할 수 있는 덕분에 학원에서 수업을 듣는 날이어도 가뿐하게 다녀오면 된다.

던전 최하층 보스는 매일 밤 0시에 다시 출현한다. 처음 최하층 보스를 잡고 획득한 강철제 검은 금화 두 닢에 팔았다. 넷이서 생활하기 위한 귀중한 수입원이었다. 딱히 사치를 부리지는 않았지만, 세 끼니가 전부 외식이라서 돈이 꽤 든다. 클레나가 상당히 많이 먹는 데다가 학비도 납부해야 했다. 던전에서 얻는 마석은 알렌이 쓰기로 한 터라 최하층 보스를 잡은 보수가 네 사람의 활동 자금이다. 최하층 보스를 쓰러뜨리면 무기, 방어구, 회복약 등등 다양한 물건이 나왔다. 랜덤이기는 한데, 판매하면 전부 금화 한 닢에서 두 닢은 받을 수 있다.

공략하고 있는 두 번째 C급 던전도 공략을 마치면 일과에 넣을 예정이었다. 일행이 사는 거점에서 도보로 움직일 수 있는 범위에 C급 던전이 셋, B급 던전이 둘, A급 던전이 하나, 도합 여섯 개의 던전이 위치한다.

모두 이 방침에 동의해주었는데, 세실에 한 가지 의견을 제시했다.

이 넓은 집에서 집안일을 맡아줄 사람을 고용하자는 이야기였다. 스무 명 정도가 살 수 있는 집이라서 다 같이 청소를 분담하고 있지만, 이후 일과로 잡는 최하층 보스의 수가 늘어날수록 거점 관리에 시간을 쓸 여유가 사라질 것은 명백했다. 가사 도우미를 한 명 고용해도 지출은 기껏해야 매달 금화 세 닢이다.

이것은 알렌도 쭉 생각했던 문제였다. 던전 공략이 더 진행되면 대책을 마련해보자는 이야기로 끝을 맺었다.

* * *

5월 상순. 이번 달부터 또 나흘간 학원에서 수업이 시작된다.

좌석은 정해져 있지 않았지만, 친한 집단끼리 앉는 위치가 거의 굳어졌다. 알렌은 주로 창가에 앉고자 한다. 수업 중 의뢰를 맡겨서 구한 D랭크 마석 일만 개로 마력의 열매를 변환하기 위해서였다.

생성 및 합성은 교실에서도 할 수 있지만, 풀D 소환수를 마력의 열매로 바꾸려면 꼭 흙바닥 위쪽이어야 한다. 창문을 바라보는 척을 하며 50미터 범위 안쪽에 있고 사람들 눈에 잘 안 띄는 지면에서 마력의 열매를 만드는 작업 중이다. 완성된 마력의 열매는 새G 소환수의 부리에 물려서 마도서에 수납했다.

이렇게 딴짓을 해도 알렌의 지력이라면 수업도 무리 없이 같이 들을 수 있었다.

"안녕, 알렌."

"안녕, 리폴."

의자에 앉자마자 앞자리에 앉은 학생이 인사를 한다. 말을 걸어온 인물은 알렌의 앞자리에 자주 앉는 리폴이라는 마른 소년이다. 어딘가의 백작 자제라고 했다. 나긋나긋한 외모인데 듣자 하니까 아버지가 장군이라고 한다. 전장의 정보를 구할 사람을 찾은 알렌은 반 친구로서 리폴과 관계를 쌓아 나가고자 했다. 한편, 리폴이 먼저 알렌에게 접근을 한 경향도 있었다. 목적은 알렌이 아니라 검성 클레나. 똑같이 계산적으로 연결된 관계도 꽤 괜찮다고 알렌은 생각했다.

"알렌, 들었어?"

"응?"

"검성 드베르그 님이 다음 달에 수업을 하러 오신다더라. 게다가 이번에는 용사도 같이 온다고 해."

'오! 검성 드베르그가 수업을 하는 건가? 그나저나 용사가 또 왕국에 온다고. 입학시험 이후로 두 달도 안 지났는데 많이 한가한가? 아니, 한가할 리 없잖아.'

매일 마왕군과 전장에서 싸우는 것은 아니다. 요새와 성채도 스물네 시간 내내 마수에게 공격을 받는 상황은 아니었다. 최근 들어서는 마왕군과 싸우는 빈도도 용사 덕분에 마수가 줄어서인지 매년 두세 번에서 한 번으로 낮아졌다고 한다.

용사는 대체 얼마나 많은 마수를 사냥하고 있는 것일까.

그런 용사와 왕국 최강이라 불리는 검성 드베르그가 수업을 하러 온다고 한다. 마도선 덕에 교통편이 좋은 이유도 있어 영웅이 신입생을 지도해주는 것은 관례인 듯하다. 「학원의 학생들을 정성껏 가르치고 있습니다」라며 인기를 끌고자 하는 행동일까.

'이런 때 오후 수업은 자유 참가라는 게 편하네. 나도 수업에 참가해야겠다.'

알렌은 어떤 수업에도 참석할 수 있다. 귀중한 정보를 들었다는 생각에 기뻐하던 중 담임 교사 카를로바가 교실로 들어왔다.

오전의 교양 수업 전, 조회가 있다.

"자, 전달 사항을 알려주겠다. 잘 들어라."

체육부 같은 분위기로 오늘의 연락 사항을 몇 가지 전달한다. 이어서.

"그래, 너희도 학원에 오고 한 달이 됐구나. 같은 반 친구들과 많이 친해졌나?"

질문의 뜻을 이해하지 못한 학생들이 어리둥절한다.

"어쩌면 아는 녀석도 있을 텐데, 여름 방학에 던전 공략 과제가 주어진다."

'응?'

"어느 던전을 공략해도 괜찮은데, 여름 방학 동안에 공략을 못 하는 녀석은 퇴학이다."

분명하게 퇴학이라는 말을 꺼내자 어떤 여자아이가 작게 「세상에……」라고 중얼거리는 목소리가 들렸다.

"던전 공략의 조건을 말해주마. 다른 교실의 1학년을 같이 데려가도 되니까 여덟 명 이내로 공략할 것. 모험가 등 학원 외부의 인력을 고용하거나 2학년 등 고학년에게 도움받는 것은 안 된다. 부정을 저지르면 모험가증에 기록이 남는다. 부정을 저지르는 녀석도 퇴학이다.”

학생들이 웅성웅성한다. 침착하게 설명을 듣는 인원은 1학년 여름 방학에 과제가 주어진다는 것을 미리 알았던 사람일 테지.

“아, 작년에는 스무 명 정도 여름 방학 동안에 던전에서 죽었다. 철저하게 조사한 뒤 임하도록 해라.”

교실에서 비명이 터져 나온다. 카를로바는 던전의 구조 및 난이도에 관련 이야기는 일절 꺼내지 않았다. 동료 모집부터 정보 수집까지 학생들끼리 직접 진행하도록 놓아둘 작정인가 보다.

‘아하, 이제 알겠군. 귀족과 같은 파티로 동행시켜서 평민도 전장에 보내기 위해서인가.’

귀족 이외의 학생들을 전장에 보내기 위해서일 테지. 1개월쯤 전 같은 학생끼리 경칭을 쓰지 말라는 지시가 떨어졌을 때부터 혹시나 하고 생각은 했다. 상하 관계가 사라진 귀족과 평민이 하나의 목표를 위해 버거운 과제에 도전해서 뛰어넘는다. 내년이 오면 마왕사 수업이 진행될 것이다. 자신의 친구가 책무를 위해 종군해야 한다. 고된 시련을 견디면서 우정을 쌓은 친구가 죽을지도 모른다.

책무가 주어지는 것은 귀족뿐이어도 친구로서 같이 싸우러 가지 않겠는가. 가능한 한 많은 평민들이 전장에 가길 바라는 5대륙 동맹의 노림수인 듯하다.

“주모오오옥!!”

그런 생각을 하던 때, 남학생 한 명이 자리에서 벌떡 일어났다. 모두들 뭐하는 거냐는 표정을 하고 쳐다봤다.

“난 헥터다! 던전을 같이 공략할 동료를 모집한다!! 검사, 창잡이,

도끼잡이는 없나! 여덟 명이 다 차면 모집은 마감할 거다!!"

헥터라는 이름의 덩치 큰 남학생이 동료 모집을 개시했다. 누군가가 「참가한다!」라며 소리 높인다. 그러자 옆에서 보던 다른 누군가가 비슷하게 모집을 시작했다.

카를로바는 팔짱을 끼고 있을 뿐, 이 상황을 멈추고자 하진 않는다.

'이래서는 완전히 급조 파티군.'

직접 동료를 모집하는 녀석. 혼자 남겨질까봐 서둘러 참가하는 녀석. 시끌벅적한 이 상황에서 기시감을 느꼈다. 알렌이 전세 때 자주 본 광경이었다.

게임에서 사냥을 하기 위해 동료가 필요한 경우는 자주 있었다. 동료 모집용 채팅을 죽기 살기로 두드렸던 기억이 난다. 많은 게임에는 친구 기능이 있어 게임에서 알게 된 동료를 친구로 등록할 수 있다. 따라서 보통 사냥에 갈 때의 파티는 사전에 맺어둔 「고정 파티」로 간다. 다만 아이템 한 개 수집, 한 번의 사냥 등 단기적인 목적을 위해 동료를 모집하는 경우가 있다. 이런 경우는 급조 파티로 간다. 게임에 따라 임시 파티라는 말을 쓰기도 했다.

그런 상황이 지금 막 눈앞에서 벌어지고 있었다.

'세상에. 초보자 녀석들아, 파티원 모집을 위해 매일 두 시간은 소리 질렀던 내 힘을 보여주마. 파티원 모집이 무엇인지 눈 크게 뜨고 보기나 해라.'

알렌이 일어섰다. 클레나와 드골라가 무엇을 할 셈이냐며 보고 있었다.

"동료 모집을 하게?"

“그래, 이 기회에 승려를 모집할까 싶어.”

뒷자리에서 세실에 묻기에 답해준다.

‘「마왕 토벌 파티, 승려1 구함. 소환사, 검성, 마도사, 도끼잡이 있음. 초행자 가능」 정도면 되겠군. 뭐, 이번에는 던전 공략만 하겠지만 말이야.’

알렌은 한껏 숨을 들이마셨다. 그리고 큰 목소리로 외쳤다.

“다들 주목해주십시오! 던전에 갈 동료를 모집합니다!!”

시선이 쭉 모였을 때 한꺼번에 쏟아 낸다.

“이것을 봐주십시오! D랭크 모험가증입니다. 저희 모험가 파티는 넷이서 이미 C급 던전을 제패했습니다. 이게 증거입니다!!”

수납으로 모험가증을 꺼냈다.

“지, 진짜다. D랭크 모험가증이야!”

근처 자리에 앉은 학생이 알렌의 모험가증을 빤히 들여다본다. 알렌은 분명하게 확인할 수 있도록 모험가증을 건네줬다.

교실의 모든 학생들이 알렌을 주목했다. 담임 교사도 팔짱을 끼고 알렌을 보고 있었다.

“저희 네 사람은 학원에 다니기 시작한 이후 주마다 이틀은 던전 공략을 진행했습니다! 한 달 만에 C급 던전 두 곳의 공략을 끝냈습니다!”

이후에도 일행은 한 군데 더 던전을 공략했었다.

알렌의 말에 놀라서 학생들이 웅성웅성 떠든다.

“저희는 승려 등 회복을 전문으로 하는 재능이 있는 사람을 한 명 모집합니다! 매주 하루 이상은 참가해줄 것이 조건입니다!!”

매주 던전에 갈 작정이냐는 말이 들린다.

이렇듯 알렌은 매주 이틀, 최소한 하루는 참가해줄 사람을 모집하고 싶었다. 양보할 수 없는 조건은 사전에 알려주는 것이 모집의 매너다.

"던전 공략의 안정성은 걱정하지 마세요. 저희 파티에는 검성과 마도사가 있습니다. 절대 안전을 보장하진 못하겠지만, 우선 뛰어난 재능을 가진 파티원을 신뢰해주면 좋겠습니다."

안전성을 담보하는 정보는 모집 요건에 반드시 넣어야 한다.

"던전에서 획득하는 아이템 및 보수는 전부 다섯 명이 똑같이 나눕니다! 인원수가 다섯 명으로 적은 만큼 가져가는 몫이 많아집니다!!"

당연히 이점도 빠트리지 않고 알려줬다. 이익이 없는 모집에 사람이 모이지는 않으니까.

알렌은 반응을 보기 위해서 주위를 둘러보고 자리에 앉았다. 다들 알렌에게 주목은 하고 있을지언정 아무도 손을 들지 않았다.

'역시 어려운 조건이었나.'

감정 의식에서 회복 능력이 있는 것으로 판명된 아이는 교회에서 맡아 데려가는 경우가 많다. 클레나 마을에서도 감정을 받은 농노가 한 명 교회로 가는 광경을 본 적이 있었다. 교회에서 데려가는 경우가 많은 관계로 학원에 오는 회복 능력 보유자가 드물다는 것은 어느 정도 예상했었다.

귀족 직속의 승려라면 졸업 후에도 일을 못 구해서 난처해지지는 않을 테니까 지금 동료로 영입해도 마왕군과 싸우겠다는 의지까지 가져줄 만한 인원은 훨씬 더 적겠지.

학원에서 승려를 구하지 못할 경우도 생각은 해 놓았다. 모험가 길드를 통해 돈으로 치료사를 고용하는 방법이다. 던전 공략으로 큰돈을 벌어들이면 제법 유능한 치료사를 구할 수 있겠지. 다만 마왕 토벌까지 등을 맞대야 할 동료이니까 나이가 많아 가치관도 경험도 다른 모험가보다 같은 학원에서 배운 학생이 좋은 것은 틀림없겠다.

"뭔가 굉장하네, 알렌."

앞자리에서 듣고 있었던 장군의 아들 리폴이 놀라며 말을 건넸다.

"별거 아니야. 검사는 모집을 안 하지만, 던전을 공략할 때 어려운 일이 생기면 말해줘. 잠깐 도와주기는 할게."

'그때는 클레나를 파견해야겠다. 드골라도 세트로 보내야지.'

"진짜로? 어려울 땐 부탁할게!"

알렌의 말에 기뻐하며 대답해준다. 아직 던전 공략을 위한 계획을 세우지 못했겠지. 백작가에서 태어난 리폴은 책무가 있는지라 반드시 학원을 졸업해야 한다. 장군 지위에 있는 귀족가라면 압박감도 상당할 것이다.

그날 점심시간. 평소와 같이 넷이서 식당에 가려고 했을 때였다.

학생 한 명이 알렌에게 가까이 다가왔다.

"알렌 씨라고 했던가?"

"네, 알렌입니다. 모집 때문인가요?"

"난 킬이라고 한다. 아직 치료사를 모집하고 있냐?"

'오! 치료사가 왔어!'

"네, 아직 아무도 지원을 안 했거든요. 자리는 비어 있습니다. 회복이 가능한 분인가요?"

"맞아. 그렇긴 한데, 더 자세하게 얘기를 들어볼 수 있겠어?"

그럼 식사라도 하면서 대화를 나누자고 같이 식당으로 이동했다.

학원의 식당은 뷔페 형식이라서 동화 두 닢을 내면 마음껏 먹을 수 있다. 부담을 꽤 덜어주는 가격 설정이었다.

클레나와 드골라가 쟁반에 산처럼 요리를 담아 가져오는 것은 일상이 됐다. 클레나가 쟁반을 들더니 빨려 들어가듯이 요리가 놓여 있는 탁자로 간다. 알렌도 클레나를 따라 요리를 덜어 자리로 돌아왔다. 킬은 컵에 물만 따른 채 기다리고 있었다.

킬은 상당히 마른 체형을 가진 금발의 소년이다. 키는 알렌보다 조금 컸다. 머리가 삐죽삐죽 튀어나왔고 눈매도 매서워서 말을 걸어왔을 때는 양아치인가 생각을 했다.

조금 뒤늦게 클레나와 드골라가 쟁반에 요리를 담아 나타났다. 산처럼 쌓인 요리를 킬이 보고 있었다.

"아, 죄송합니다. 오래 기다리셨죠. 어서 요리를 가지러 가주세요."

"응? 아, 괜찮아. 점심은 원래 안 먹어서."

'소식을 하는 사람인가? 느낌상 식욕이 없는 것 같아 보이지는 않은데.'

"킬 씨, 친하게 지내자는 뜻으로 오늘은 제가 사겠습니다."

"뭐? 아니, 얻어먹는 건 조금……."

"그럼 가만히 앉아 있게요? 같이 식사하면서 얘기하죠."

킬에게 동화 두 닢을 건네자 「……미안하다」라고 말한 뒤 요리를 가지러 갔다. 처음 대화하는 사람에게 대뜸 식사를 사주면 불편해하지 않을까 생각도 들었지만, 무척 배가 고팠었는지 다시 돌아온 킬의 쟁반에도 클레나나 드골라와 막상막하로 요리가 산처럼 쌓여 있었다. 그냥 기우였던 것 같아서 알렌은 대화를 진행했다.

"다시 소개하죠, 저는 알렌입니다. 그리고 제 동료인 세실, 클레나, 드골라입니다."

"잘 부탁해요."

"잘 부탁할게."

"잘 부탁한다."

세 사람은 소개를 받은 뒤 저마다 인사를 했다.

"그래, 잘 부탁한다. 킬이다."

"아무튼, 저희 파티에 참가를 검토하는 것으로 생각해도 괜찮을까요?"

"맞아. 나는 『승려』 재능이 있거든. 어떤 방식으로 활동하는지 자세하게 이야기를 듣고 싶다."

'오오! 승려가 왔어! 승려 느낌은 전혀 안 들지만.'

귀한 인재에게 실례되는 생각을 했다.

알렌은 현재 파티의 상황과 네 명이 모두 동향 출신이며 같이 던전을 공략하고 있다는 것을 이야기했다. 학원에서 수업이 없는 이틀 동안은 던전을 공략하는 날로 정했다는 것, 가능하면 매주 이틀, 최소한 하루는 와주기를 바란다는 것도 다시금 설명했다. 심리적 벽을 높이는지라 다 같이 살고 있다거나 평일에도 최하층 보스를 쓰러뜨리는 것이 일과라는 이야기는 굳이 꺼내지 않았다.

"그렇군, 던전 탐색이 잘 벌리나? 보수가 많다는 이야기도 하지 않았냐?"

'응? 관심은 돈에 있는 건가. 역시 돈이구나.'

묻고 싶은 부분이 달리 있는 듯한 킬의 태도를 보고 화제를 바꾼다.

"네. 마수를 쓰러뜨리면 마석이, 최하층 보스를 쓰러뜨리면 보물 상자가 나옵니다."

C급 던전에서는 최하층 보스로부터 금화 한두 닢에 해당하는 아이템이 든 보물 상자가 나온다는 것을 알려줬다.

"다섯 명이 나눠도 은화가 스물에서 마흔 닢……. 그, 그렇게 많이 벌린다고? 한 번 시험 삼아서 참가해봐도 되겠냐?"

"오오! 물론이죠. 잘 부탁드릴게요."

이렇게 승려 재능을 가진 킬과 함께 던전에 가기로 결정되었다.

* * *

비록 임시 모집이지만, 염원했던 승려를 동료로 맞아들였다.

킬은 던전에 들어와본 경험은 물론이고 마수를 사냥한 경험도 없다고 털어놓았다.

킬이 파티 가입을 희망하는 이유는 역시 돈 때문이겠지.

던전은 본인이 가본 적 없는 층계에는 전이를 못 하는 구조였다. 일행과 달리 던전을 공략한 경험이 없는 킬은 C급 던전의 1층부터 시작해야 한다. 거점 근처에 있는 C급 던전은 각각 4계층, 5계층, 6계층이었다. 이제부터 도전할 세 번째 던전은 4계층까지만 있어서 2주쯤 들이면 공략이 끝난다.

그때까지는 충분히 많이 벌지는 못할 텐데 괜찮겠냐고 물어봤더니 킬은 꼭 필요한 과정이니까 괜찮다고 답했다.

아울러 주말 이틀을 모두 던전에 가서 돈을 벌고 싶다고 한다.

이야기를 마무리 짓고 첫 주말. 알렌 일행은 던전의 입구가 되는 건물의 안쪽에 있었다.

아직은 정식 파티 가입을 하지 않은 킬이 혼자만 다른 차원의 던전으로 이동되지는 않을까 신중하게 확인을 하는 중이었다.

던전 총괄 운용 관리 시스템이 말하기를 같은 호실에서 던전에 동시 입장하면 파티를 맺지 않아도 같은 던전으로 갈 수 있다고 한다.

“킬 씨도 같은 던전으로 들어갈 수 있다는군요. 이제 출발하죠.”

“여기로 들어가는 거냐?”

“맞습니다.”

킬과 대화할 때 알렌은 여전히 존댓말을 쓴다. 임시 모집으로 들어와준 사람에게는 정중하게 대하는 것이 매너다. 알렌은 교칙보다 자기 자신의 가치관을 우선시했다.

일행은 1계층으로 함께 이동했다. 알렌의 파티는 이래저래 1개월가량 C급 던전을 드나들어왔다. 전원이 레벨도 제법 올랐기 때문에 E랭크 마수만 나오는 이 계층은 여유롭다. 킬을 지키기 위해 전열에 클레나와 드골라, 중앙에 세실과 킬, 최후미에 알렌이 섰다.

“킬 씨, 저번에 말했던 『커다란 녀석』을 꺼낼게요.”

“커다란 녀석? 으앗?!”

사전에 소환수의 존재도 조금이나마 설명했었지만, 킬이 놀라서 큰 목소리로 외쳤다.

"이것이 저의 재능입니다."

알렌은 더욱 철저히 수비하기 위해 세실과 킬의 양옆에 돌D 소환수를 배치했다. 킬은 알렌 이외의 파티원이 놀라지 않는 모습을 보고 또 놀랍다는 표정을 지었다.

"그래, 알겠다. ……굉장하군."

지금은 아직 킬에게 모든 능력을 보여주려는 생각은 없었지만, 지시만 할 뿐인 무력하다 존재라는 인상을 줘도 곤란했다. 자신의 파티에도 들어와주길 바란다.

"그러고 보니 킬 씨는 지금 회복 마법을 사용할 수 있나요?"

자신의 재능은 보여줬으니까 킬의 능력을 확인하고 싶다. 재능 보유자 모두가 꼭 스킬을 쓸 수 있지는 않다는 것을 학원에 들어오고 나서 알았다.

"그래, 쓸 수 있다."

'쓸 수 있구나. 당장 못 써도 괜찮다는 생각은 하고 있었는데.'

클레나와 드골라는 지금도 스킬을 쓰지 못한다. 아무래도 스킬을 사용하는 데 가장 중요한 것은 이미지 같았다. 이미지가 떠오르지 않으면 스킬도 발동할 수 없다. 그런 점에서 세실은 저택에서 마법 강사에게 수업을 받아 실제로 마법을 보아왔다. 이보다 더 마법 스킬을 이해하기 좋은 방법은 없을 것이다.

알렌은 소환술을 한 살 때부터 쓸 수 있었다. 아마도 신이 알렌의 머릿속에 이미지가 만들어져 있는 쥐, 곰, 닭 등등으로 소환술 스킬을 구축했기 때문일 테지. 허공에 떠오르는 카드도 게이머였던 알렌에게는 어딘가 본 기억이 있는 그림이다.

알렌은 킬에게 계속 질문했다.

"마법은 어디서 익히셨나요?"

"교회에서 배웠다. 돈을 준다고 해서."

교회에서 회복 마법을 익힌 뒤 마력이 바닥날 때까지 부상자에게 회복 마법을 써주면 일당으로 은화 열 닢을 받았다고 한다. 마법을 익힐 때까지 식사도 제공해준다는 제안이었기에 2개월 가까이 열심히 익혔다던가.

'2개월은 꽤 빠르군. 회복 마법의 견본이 되는 교회 신관이 있어서 이해하는 속도가 빨라졌던 걸까.'

일당이 은화 열 닢. 매주 이틀의 휴식을 쓰면 달마다 열흘이니 금화 한 닢을 벌어들일 수 있겠다. 매년 금화 열두 닢이라면 결코 나쁘지 않다.

시종으로서 4년간 일했던 알렌은 1년 남짓한 경력으로 매달 금화를 한 닢이나 벌어들일 수 있는 일거리가 거의 없다는 것을 잘 알았다. 어지간한 상점의 수습 직원은 기껏해야 절반을 받는다.

학원은 입학금이 금화 한 닢, 연간 학비가 금화 열 닢이다. 이 학비 안에는 교복값, 교재값, 실기 훈련의 방어구 및 무기구 비용도 들어 있다.

'학원에 다니는 동안 인두세는 받지 않는다고 했었지.'

영지에 따라서는 B판정 이상의 합격이면 학비 절반을, A와 S판정 합격이면 전액을 보조해주는 곳이 많았다. 참고로 「생활비는 던전에 가서 벌어주기를 바란다」라는 5대륙 동맹의 의향 때문인지 학비 이상의 보조금은 왕국법으로 금지되어 있다.

'이렇게까지 가난하면 적어도 귀족은 아니겠군.'

동료로 받아들이는 사람은 책무가 있는 귀족이 이상적이겠지만, 평민이든 농노든 상관없다는 것이 알렌의 생각이다.

그로부터 2주가 지나갔다.

오늘로 킬과 동행하는 던전 공략은 3일째. 드디어 최하층 보스까지 다다랐다.

"저 녀석이 최하층 보스라는 말이군?"

"맞습니다."

마법진의 중심에 C랭크 오크가 한 마리, 고블린이 열 마리 있었다.

"그럼 이번에도 잘 부탁드립니다."

최하층 보스는 클레나, 세실, 드골라 셋이서 잡는다. 괜히 알렌까지 끼어도 같이 싸우는 연습이 안 되기 때문이었다. 클레나와 드골라는 스킬을 쓸 수 있도록 실전으로 이미지를 만들어 나갈 필요가 있고, 세실은 마력을 소비해서 스킬 경험치를 올려야 한다. 세 사람이 싸우는 편이 이점도 더 컸다.

클레나와 드골라가 나란히 달려 나가며 적에게 돌진한다. 세실은 멀리 간격을 두고 공격 마법을 날린다. 세실의 공격 마법에 반응하여 오크와 고블린이 움직이기 시작했다. 알렌은 소환수를 꺼내 세실과 킬을 보호하는 데 전념한다.

드골라는 오크가 휘두른 혼신의 일격을 방어했고, 그 틈에 클레나가 대검을 때려 박았다.

'C랭크 마수도 한 마리는 여유롭구나. 역시 빠르게 B급 던전으로

넘어가야겠어.'

한 달 반을 쭉 던전에 드나들었던 덕에 저 셋이서도 C랭크 한 마리는 무척 여유로웠다. 앞쪽에 있는 클레나와 드골라에게 알렌과 세실, 킬이 가까이 달려갔다.

"괜찮냐? 힐."

킬이 오크의 창에 한 번 공격을 당한 드골라에게 회복 마법을 써줬다.

"……어, 고맙다."

'오? 회복 마법은 처음 봐.'

킬이 회복 마법 쓰는 광경을 보는 것은 처음이었다. 지난 2주간 아무도 공격을 맞지 않아서 기회가 없었다.

최하층 보스를 쓰러뜨린 곳 너머에 보물 상자가 나타났다. 이번 상자는 나무가 아닌 은으로 된 상자였다.

"오늘은 운이 좋네요."

"오오! 이게 보물이냐!! 응? 운이 좋다고?"

지난 2주간 별 대화를 나누지 않은 채 일행의 뒤를 따라다녔던 킬이 큰 목소리로 외친다.

'뭐지, 연출에서 레어 아이템 느낌이 팍 솟는데?'

최하층 보스가 떨어뜨리는 보물 상자는 나무 상자, 은 상자, 금 상자까지 세 종류가 있다고 던전 총괄 운용 관리 시스템에게 말을 들었다. 각각의 출현율은 가르쳐주지 않았는데 아마도 나무 상자가 9할, 은 상자가 1할 미만, 금 상자는 1퍼센트에 못 미칠 테지. 금 상자는 아직 못 봤지만, 은 상자가 열 번에 한 번 정도의 비율로 떨어지니까 어느 정도 맞는 확률이라고 예상하고 있다.

보물 상자를 열자 미스릴제 방어구가 나왔다.

"버클러가 나왔네요. 미스릴제에 이 크기면 금화 열 닢 이상은 나갈 겁니다."

"금화 열 닢이라고! 오오오!! 또, 똑같이 나누는 거 맞지?"

"물론이죠."

일행은 흥분을 숨기지 못하는 킬과 함께 던전 바깥으로 귀환했다. 방어구 가게가 아직 영업 중이어서 가져갔더니 버클러는 금화 열다섯 닢이었다. 그 돈을 5등분한 금화 세 닢과 마수를 쓰러뜨려서 얻은 마석도 균등하게 나눈 뒤 킬에게 건넸다.

마석을 전부 알렌이 사용한다는 조건은 제시하지 않은 관계로 5분의 1은 킬의 소유다.

"고, 고맙다."

그렇게 말한 뒤 킬은 이미 어두워진 거리 안쪽에서 마도 열차의 역을 향하여 쭉 달음박질쳤다.

* * *

킬과 함께 던전을 공략했던 다음 날, 킬이 파티에 들어오고 싶다는 말을 꺼냈다. 금화 세 닢이 결정타였나 보다. 그날 곧바로 모험가 길드에 가서 킬을 『폐인 게이머』 파티에 등록했다.

『킬을 동료로 받아들였다.』

이 덕분에 마도서로 킬의 스테이터스를 열람할 수 있게 되었다.

스테이터스에 가문의 이름이 표시되지 않는다. 킬은 역시나 귀족이 아니었다. 귀족이 아니라면 전장에 가야 할 책무가 없다.

이후 킬이 전장까지 동행할지는 알 수 없으나 학원에 오고 1개월 남짓 지나서 승려를 동료로 영입한 것은 큰 성과였다. 차근차근 『폐인 게이머』 파티의 장점을 알려주면 된다.

킬의 괜찮은 점을 하나 더 말하자면 목적이 「돈」이라는 사실이었다. 여름 방학의 과제로 주어지는 던전 공략만이 목적이라면 이미 관계가 끝났을 테지.

파티에 받아들였기에 킬에게 두 가지 선택을 제안했다.

· 킬도 거점에서 같이 지낸다
· 평일에도 C급 던전 최하층 보스를 잡는 일과에 참가한다

거점에서 같이 지내자는 제안은 거절당했다. 안 된다고 짧게 대답했을 뿐이다.

일과는 기뻐하면서 참가하겠다고 말해줬다.

모험가 길드에서 확인한 바로는 B급 던전에 가기 위해서는 함께 던전에 들어가는 참가자 전원의 모험가 랭크를 C로 올릴 필요가 있었다. 파티 리더만 C랭크로 올린다고 해결되는 것이 아닌가 보다.

킬 혼자만 C급 던전의 공략 숫자가 하나 부족했다. 알렌 일행이 맨 처음 갔던 던전을 또 공략하면 다 같이 B급 던전에 도전할 수 있다.

파티에 들어와준 킬을 위해서 모험가증을 C랭크로 만들자고 다 같이 상의한 뒤 결정했다.

학원의 수업이 시작된 지 2개월이 지난 6월 초순, 드디어 염원했던 순간을 맞이했다. 시간은 이틀 연휴의 마지막 심야.

알렌은 홀로 자신이 사는 거점의 2층에 있는 방에서 마도서를 들여다보며 히죽히죽 웃고 있었다.

거점의 방 배정을 잠시 언급하자면 알렌과 드골라가 2층에, 클레나와 세실이 3층에 각각 방을 가지고 있다.

『합성 스킬의 경험치가 1천만/1천만을 달성했습니다. 합성의 레벨이 6으로 올랐습니다. 소환의 레벨이 6으로 올랐습니다. 마도서의 확장 기능이 레벨 5로 올랐습니다. 각성 스킬을 획득했습니다.』

'흐흐, 2년 11개월 만에 소환 레벨이 올라갔다.'

마도서의 로그를 확인하며 자신의 성장 기록을 메모했다.

앞으로 보낼 3년의 학원 생활 중 몇 가지 목표가 있다. 그중 하나가 소환 레벨을 7로 올려서 B랭크 소환수를 소환하는 것이었다.

마법 강사가 이야기하기를 마왕군의 병력 중에는 A랭크 마수가 잔뜩 굴러다닌다고 했다. 과거의 경험상 한 단계 높은 랭크의 마수까지는 여유를 갖고 쓰러뜨릴 수 있었다. 두 단계가 높은 랭크의 마수라면 상당히 아슬아슬한 싸움이 되고, 마석을 대량으로 소비해야 한다.

'덕분에 돈과 C랭크 마석을 거의 다 써버렸지만. 다음 달에는 또 마석 의뢰를 재개하고 싶어.'

금화 수십 닢과 C랭크 마석 천 개 정도를 남긴 채 전부를 써버린 덕에 소환 레벨이 6으로 올라갔지만, 금화와 마석은 바닥이 나고 말았다.

마도서의 스킬 및 소환수 페이지를 확인한다.

· 스킬 레벨
【소 환】 6
【생 성】 6
【합 성】 6
【강 화】 6
【각 성】 1
· 스킬 경험치
【생 성】 1004/1억
【합 성】 0/1억
【강 화】 3180/1억
【각 성】 0/1천
· 취득 가능 소환수
【벌 레】 CDEFGH
【짐 승】 CDEFGH
【 새 】 CDEFG
【 풀 】 CDEF
【 돌 】 CDE
【물고기】 CD
【 — 】 C
· 홀더
【벌 레】
【짐 승】 D 9매
【 새 】 G 3매, E 3매
【 풀 】
【 돌 】
【물고기】 D 30매
【 — 】

'소환 레벨이 6으로 올라서 소환수가 한 종류 추가됐군. 합성이 하나 올랐고, 새로운 스킬이 하나 늘어났고. 좋아.'

소환 레벨이 6으로 올라서 달라진 것을 하나씩 파악하며 카드를 수납 가능한 홀더의 숫자를 확인했다.

홀더의 공간이 늘어나서 카드를 60매 저장할 수 있게 되었다. 소환 레벨이 오를 때마다 열 장씩 늘어났었고, 이번에도 똑같이 열 장이 늘어났다.

'남은 건 C랭크 소환수와 각성 스킬인가. 드디어 성장하는 스킬이 손에 들어왔어.'

강화 스킬 이후는 성장하는 스킬을 얻지 못했다. 수납과 공유는 무척 편리한 스킬이지만, 고정된 효과만 발휘할 수 있다. 반면에 지금은 스킬 경험치 칸에 새로 얻은 각성 스킬이 표시되어 있다.

알렌은 마도서의 생성과 합성을 사용하며 우선 C랭크 소환수가 무엇인지 알아보기로 했다. C랭크 마석이 천 개나 있으니 전부 다 알아낼 수 있을 듯 하다. D랭크 소환수 때 개방된 물고기 계통까지 쭉 만들어 갔다. 카드에서 전해지는 분위기로 이름도 붙여줬다.

· 전갈처럼 생긴 벌레C의
스테이터스
【종　류】 벌레
【랭　크】 C
【이　름】 피온
【체　력】 320
【마　력】 0
【공격력】 214
【내구력】 500
【민첩성】 500
【지　력】 310
【행　운】 120
【가　호】 내구력 50, 민첩성 50
【특　기】 마비침

· 멧돼지처럼 생긴 짐승C의
스테이터스
【종　류】 짐승
【랭　크】 C
【이　름】 보탄
【체　력】 500
【마　력】 0
【공격력】 500
【내구력】 360
【민첩성】 220
【지　력】 320
【행　운】 200
【가　호】 체력 50, 공격력 50
【특　기】 돌진

· 화식조처럼 생긴 새C의
스테이터스
【종 류】 새
【랭 크】 C
【이 름】 프랑
【체 력】 76
【마 력】 0
【공격력】 125
【내구력】 240
【민첩성】 500
【지 력】 500
【행 운】 340
【가 호】 민첩성 50, 지력 50
【특 기】 질주하기

· 가지처럼 생긴 풀C의
스테이터스
【종 류】 풀
【랭 크】 C
【이 름】 마보
【체 력】 78
【마 력】 500
【공격력】 42
【내구력】 45
【민첩성】 67
【지 력】 82
【행 운】 500
【가 호】 마력 50, 행운 50
【특 기】 약미

· 강철제 풀 플레이트처럼 생긴
돌C의 스테이터스
【종 류】 돌
【랭 크】 C
【이 름】 철강
【체 력】 500
【마 력】 0
【공격력】 455
【내구력】 500
【민첩성】 280
【지 력】 390
【행 운】 123
【가 호】 체력 50, 내구력 50
【특 기】 대역

· 상어처럼 생긴 물고기C의
스테이터스
【종 류】 물고기
【랭 크】 C
【이 름】 흐늘날개
【체 력】 200
【마 력】 0
【공격력】 420
【내구력】 127
【민첩성】 160
【지 력】 500
【행 운】 360
【가 호】 마력 50, 지력 50
【특 기】 상어 기름

'이름은 괜찮게 지은 것 같아. 그건 그렇고, 능력치가 꽤 많이 높아졌네.'

능력치는 최대 수치가 500이며, 강화까지 마치면 1000에 다다른다. 그런 소환수를 최대 육십 마리까지 동시에 소환할 수 있다.

가호도 능력치를 합계 6천이나 올려준다.

'이제【—】를 확인해야겠다.'

모든 경우의 수를 조합해서【—】의 자리에 있는 새로운 계통의 소환수를 조사했다. 새C와 물고기C 소환수를 합성했더니 마도서가 밝게 빛난다. 아마도 합성에 성공한 것 같았다.

"오오! 영혼이다! 유령 계통의 소환수일까?"

영혼C라고 쓰여 있는 소환수의 카드는 프랑스 인형처럼 하늘하늘한 드레스를 입은 소녀의 외형을 갖고 있었다.

'응? 가호가 세 개나 있어.'

카드의 오른쪽 아래에 내구력 +50, 지력 +50, 물리 내성이라는 표시가 있다. 능력치만 올려주는 것은 아닌 것 같다. 마도서에 쓰여 있는 스테이터스를 자세하게 확인해봤다.

· 소녀의 인형처럼 생긴 영혼C의
스테이터스
【종　류】 영혼
【랭　크】 C
【이　름】 마리아
【체　력】 200
【마　력】 300
【공격력】 290
【내구력】 500
【민첩성】 350
【지　력】 500
【행　운】 210
【가　호】 내구력 50, 지력 50, 물리 내성
【특　기】 사이코

'인형이군. 얼굴은 다섯 살 아이쯤 되어 보이고, 제법 예쁘장하네. 별로 크지는 않을 테니까 소환해볼까. 마리아, 나와라.'

그러자 30센티미터쯤 되는 서양풍 드레스를 입은 소녀가 나타났다.

『알렌 님, 처음 뵙겠 · 사 · 와요. 소환해주셔서 고맙 · 사 · 와요.』

공중에 하늘하늘 떠있는 상태로 머리 숙여서 인사를 한다. 영혼이어서인지 등 뒤쪽의 벽이 비쳐 보였다.

"오오! 말을 할 수 있구나!!"

소환수가 C랭크에서 처음으로 말을 했다. 지력의 영향일까, 아직 꺼내지 않은 C랭크 소환수들도 어서 검증하고 싶다는 생각이 든다.

『후후, 말할 수 있 · 사 · 와요.』

당돌하게 웃음을 지으며 두 손을 허리에 대고 가슴을 쭉 펴고 있는 모습이다. 알렌의 놀란 반응이 기쁜 듯했다.

“네 이름은 마리아야. 앞으로 잘 부탁할게.”

『이름을 지어주셔서 고맙·사·와요.』

‘흠흠, 능력치가 전반적으로 다 높아. 지력도 올라가서 말을 주고받을 수 있는 건가. 거점을 방어하는 데도 꽤 쓸모있겠어. 유령처럼 생겨서 그런지 말꼬리에『사』가『죽을 사(死)』처럼 들리기도 하네.’

지능이 높고 크기도 작아서 걸리적거리지 않을 테니까 거점에 하나를 놓아두는 것도 괜찮을 것 같다. 홀더가 육십 칸으로 늘어났으니 셋은 놓아둬도 부담이 되지 않는다.

『알렌 님, 왜 그러시와요?』

알렌이 영혼C 소환수를 빤히 바라보다가 생각에 잠기니 얼굴을 가까이 내고 들여다보며 묻는다.

“아니, 아무것도 아니야. 그건 그렇고, 마리아는 혹시 벽이나 문을 통과해서 지나갈 수 있어?”

『네? 벽 말이와요?』

질문을 받은 영혼C 소환수가 벽에 얼굴을 쏙 집어넣었다. 언제나 벽을 지나다닐 수 있는 것 같다.

“좋아, 괜찮네. 던전에서도 제법 쓸 만하겠어.”

땅속을 헤엄칠 수 있는 물고기 계통의 소환수에 더해서 벽을 지나다닐 수 있는 소환수가 늘어났다. 물고기 계통과 시야를 공유해도 땅속은 새카매서 안 보이니까 쓰임새가 거의 없었는데 벽 건너편을 볼 수 있는 영혼C 소환수는 던전 공략에 적합한 큰 가능성을 느낀다.

‘얘는 자아를 갖고 있으니까 자주 대화를 나누면서 성격도 잘 알아 두어야겠어.’

다음은 각성 스킬을 검증한다. 알렌은 벌레H 카드 한 장을 생성했다.

이제 알렌의 머릿속에서 실험은 벌레H 소환수를 써서 진행하는 것으로 새겨졌다. 그동안에도 영혼C 소환수는 상태를 확인하기 위해서 방 안에 띄워 놓았다.

'좋아, 각성해라!'

그러자 카드의 여백이 무지갯빛으로 빛난다.

"오오오! 뭔가 변했어! 좋아, 소환하자. 덴카, 나와라."

각성한 카드에서 소환수를 소환한다. 그러자 은은하게 빛나는 벌레H 소환수가 나타났다. 무엇을 각성했을까 두근두근하며 마도서의 스테이터스를 확인했다.

【종 류】	벌레	【민첩성】	5
【랭 크】	H	【지 력】	1
【이 름】	덴카	【행 운】	2
【체 력】	3	【가 호】	내구력 1, 민첩성 1
【마 력】	0	【특 기】	뛰어오르기
【공격력】	2	【각 성】	무리 짓기
【내구력】	5		

'각성이라는 항목이 새로 생겼네. 스킬이 늘어났어. 다른 소환수도 마찬가지인가?'

마도서로 다른 소환수의 스테이터스를 살펴봤는데 따로 추가된 내용은 없었다. 아마도 각성시킨 소환수의 스테이터스에 추가되는 것 같다.

'무리를 짓는 다는 게…… 뭘까. 바로 써보자. 덴카, 무리를 지어라.'

벌레H 소환수가 이쪽을 보고 은은하게 빛을 발했다.

곧이어.

"흐앗?!"

놀랍게도 벌레H 소환수가 백 마리쯤 늘어났다. 방을 가득 채우는 큼지막한 메뚜기 떼. 밤에 악몽을 꿀 것 같다.

"엑! 잠깐, 원래대로 돌아와!!"

그 말에 반응해서 벌레H 소환수는 한 마리로 돌아왔다.

"후유, 엄청난 광경을 봐버렸어. 다시 한번 써볼까."

잠시 마음을 가다듬고 스킬의 지속 시간을 확인하기 위해 다시금 각성 스킬을 써보자는 생각을 했다.

'어라, 아무것도 안 나오네. 혹시 카드 한 장에 한 번만 쓸 수 있나?'

카드를 집어넣었다가 다시 꺼내봐도 각성 스킬이 발동하지 않는다.

'무슨 원인 때문에 발동을 안 하는지 확인해야겠군. 우선 덴카를 다시 생성한 다음 시도해볼까.'

벌레H 소환수를 한 장 더 만들어서 각성 스킬을 발동했다. 이상 없이 각성이 완료되었다.

'좋아, 한 번 더 각성을 써보자.'

마음의 준비를 하고 다시금 벌레H 소환수를 소환해서 각성 스킬을 사용했다. 벌레H 소환수 한 마리가 또 백 마리 정도로 불어나서 방을 꽉 채웠다. 곧장 소환을 중단하고 카드로 회수했다.

'카드 한 장당 한 번 쓸 수 있구나. 자, 검증은 대강 끝났군.'

검증 결과를 마도서의 메모 기능으로 적었다.

· 소비 마력은 100
· (지금 시점에서는) 카드 한 장당 한 번만 각성 스킬을 사용할 수 있다

검증 필요
· 각성 스킬은 시간이 흘러가도 한 번밖에 쓰지 못하는가?

카드 한 장으로 한 번뿐이면 각성 스킬을 쓸 때마다 마석을 소비해야 한다. A랭크 소환수라면 은근히 신경쓰이는 부분이다. 전세에서 게임을 하던 때 스킬에 「10초에 한 번만 사용할 수 있다」 같이 쿨타임의 제약이 있었던 것을 떠올렸다. 강력한 스킬일수록 연속으로 쓰지 못하게 막는 경우가 많았던 것 같다. 아무튼 연속 사용이 불가능한 것은 쿨타임에 따른 제한이 있기 때문이라고 가정한 뒤 시간을 두고 다시금 각성 스킬을 사용해보기로 했다.

'다음은 어떤 카드가 어떤 각성 스킬을 쓸 수 있는지 하나하나 잘 파악해야겠구나.'

통상의 특기와 각성 스킬을 비교하면 각성 스킬이 더 뛰어난 효과를 발휘하는 것 같았다. 이번에는 쥐의 형태를 지닌 짐승H를 생성해서 각성시켰다.

【종 류】 짐승
【랭 크】 H
【이 름】 쵸로스케
【체 력】 5
【마 력】 0
【공격력】 5
【내구력】 2
【민첩성】 3
【지 력】 1
【행 운】 2
【가 호】 체력 1, 공격력 1
【특 기】 뛰어다니기
【각 성】 꼬리 물기

'흠, 꼬리 물기인가. 불길한 예감만 들어.'

쥐의 외형을 지닌 짐승H 소환수를 소환해서 각성 스킬을 사용했다.

그러자 짐승H 소환수가 두 마리로 불어났다. 꼬리에 또 꼬리를 물고 네 마리, 여덟 마리, 열여섯 마리로 쭉쭉 불어난다.

"덴카랑 똑같잖아!!"

바로 그때.

"에잇, 몇 시까지 떠들 셈이니!!!"

'앗! 한창때 남자가 있는 방이니까 함부로 들어오면 안 되지!!'

네글리제를 입은 세실이 문을 열고 들어왔다. 수많은 쥐 떼와 눈을 마주치더니 순식간에 핏기가 싹 가시는 모습이었다. 「소란을 부려 죄송합니다」라고 둘러댄 뒤 짐승H 소환수를 없앴다.

"알렌, 뭐 해?"

잠옷을 입은 클레나도 시끌벅적한 소리를 듣고 알렌의 방에 들어온다.

게다가 방 바깥 복도에서 또 발소리가 들렸다. 같은 층에서 푹 자고 있었던 드골라가 너무 시끄러웠던 탓에 마침내 깨어났나 보다.

"……야, 밤중에 뭔…… 꺼흑!!!"

세실이 얼굴을 새빨갛게 물들이며 팬티만 달랑 입고 알렌의 방에 난입한 드골라에게 주먹을 때려 박았다.

"얘! 저번에도 말했잖아! 옷 입고 다녀!!"

알렌은 그 모습을 바라보며 클레나 마을에서 여름철 드골라는 거의 언제나 이런 차림이었다고 혼자서 어린 시절을 회상했다.

『알렌 님과 아는 분들이와요?』

"맞아. 내 동료들이야. 마리아도 사이좋게 지내줘."

『그럼요, 알겠 · 사 · 와요.』

영혼C 소환수가 떠들썩한 상황을 즐겁게 바라보고 있었다.

제5화 검성 드베르그가 오다

평소와 같이 교실의 한쪽 구석에 학생들이 쭉 모여 있었다.

"슬슬 우리 파티도 다음 계층으로 넘어갈 생각이거든."

"우스터, 지금 시점이면 시련을 극복한 경험이 적은 참가자는 꽤 힘들어. 이번 달은 현재 계층에서 더 훈련하는 것이 좋지 않을까 싶다. 그리고 진형도 이렇게 살짝 변경을……."

알렌의 소환 레벨이 6으로 오르고 이틀 후. 아침 조회가 시작하기 전, 같은 반 학생 우스터가 알렌의 책상에 양피지를 올려놓고 던전의 공략 상황에 대해 상담하고 있다. 알렌은 공략의 타이밍 및 구성의 장단점을 고려하며 조언을 했다. 그렇게 대화 나누는 알렌과 우스터의 곁에는 많은 학생들이 둥글게 둘러싸서 귀를 기울이고 있었다.

5월 초순에 여름 방학의 과제를 통지받은 이후부터 많은 학생들이 이미 던전 공략의 실적을 보유하고 있는 알렌에게 조언을 요청하고자 다가왔다. 알렌은 각각의 레벨 및 파티 구성에 맞춰 기꺼이 상담을 맡아주고 있다.

학생들 틈에 킬은 없었다. 혼자 덩그라니 떨어진 곳에 앉아 있다.

'아직도 점심 식사를 거르는 건가? 한번 진지하게 대화를 나눠야겠군.'

킬은 최근 20일쯤 C급 던전을 돌고 보수를 받았다. 그럼에도 불구하고 무슨 이유인지 식사 여건은 개선되지 않았다.

킬의 생각을 하던 동안에 담임이 교실에 들어왔다.

“다들 자리에 앉아라. 연락 사항을 전달하겠다.”

모두가 알렌의 곁에서 뿔뿔이 흩어지고 각각 자리에 앉는다.

“저번 주에도 알려줬는데, 검성 드베르그 님이 오후 수업을 맡아 주실 거다. 실례를 저지르지 않게 조심하도록.”

검성 드베르그는 학원에서 학생들을 지도해주기 위해 지난주부터 학원 도시에 체류하고 있다. 듣자 하니까 용사 헤르미오스 이외에도 제국의 검성까지 같이 데려왔다고 했다.

1학년은 삼천 명이니 제대로 지도를 하기 위해서 지난주부터 몇 번에 걸쳐 수업을 진행하고 있다. 전장은 괜찮은건가 생각도 들긴 하는데 아마 잘 조정해서 시간을 내지 않았을까.

알렌은 문득 같은 검성인 클레나를 봤다.

‘엑! 틀림없이 뭔가 꾸미는 눈빛이야.’

클레나가 의욕에 가득 찬 눈빛으로 담임의 이야기를 듣고 있다. 알렌은 저 반짝이는 눈을 보니 불안에 휩싸였다.

오전 수업이 끝나고 점심에는 교실의 반 학생들에게 이끌려서 식당에 갔다. 던전 공략은 목숨이 걸려 있는지라 다들 필사적이었다. 알렌은 수업이 끝나면 매일 던전에 가기 때문에 방과 후에는 시간을 내지 못한다. 알렌이 학생들의 상담 요청을 받아줄 수 있는 시간은 아침 조회 이전과 점심 식사 때뿐이었다. 킬과 잠시 이야기를 나누고 싶었는데, 학원을 쉬는 날에 해야할 것 같다.

검성 드베르그의 수업은 희망자라면 누구든 받을 수 있다고 한다. 여러 반이 합동으로 수강하니까 인원수가 꽤 많았는데, 오늘은 수강 희망자가 시합용 격투장에 모였다. 알렌도 인파 속에서 클레나, 세실, 드골라와 함께 격투장으로 향했다. 킬의 모습은 보이지 않았다.

오래 지나지 않아 교관에게 둘러싸여서 세 명의 인물이 나타났다.

'오오! 드베르그다. 드베르그는 처음 봐. 게다가 자칭 용사와 누나인가.'

안대를 낀 백발의 남자이며 얼굴에는 수많은 흉터가 있다.

드베르그의 이름을 맨 처음 들었던 것은 다섯 살 무렵의 감정 의식 때였다. 개척촌까지 이름이 전해지는 명성이니까 분명 왕국에서도 첫째, 둘째를 다투는 유명인일 것이다.

검성 드베르그는 농노 출신이고, 지금은 일흔 살을 넘겼다. 저 사람 이외에도 왕국에 검성이 몇 몇이나 태어났었지만, 지금까지 살아남은 자는 드베르그뿐이었다.

검성 드베르그는 전투에 인생 전부를 바쳤다. 1년 대부분은 전장을 전전하고 있지만, 학원은 왕국을 방문하는 몇 안 되는 이유 중 하나라고 한다.

검성을 처음 본 사람도 있어서인지 검성이 얼마나 굉장한 존재인지 장황하게 이야기해줬다. 마왕군 이야기를 슬쩍 넘기며 하는 설명이라서 결국 내용은 추상적이었다.

이윽고 교관들은 설명 대상을 용사로 변경했다. 「용사가 정말 있었구나」라면서 술렁거리는 학생도 있다. 용사는 그림책 속에서만 나오는 가공의 존재라고 생각하고 있는 학생이 대부분이었는데, 그 당사자인 용사 헤르미오스는 변함없이 생글생글 웃으며 「정말 용사인가?」라는 의문의 목소리에 반응하여 손을 가볍게 흔들고 있다.

검성에게 실례를 저지르지 않도록 진행된 사전 설명에 따르면 우선 담임에게 세 사람의 무용담을 들은 뒤 검성 및 용사와 질의응답의 시간을 갖고, 이어서 훈련 방법 등 지도를 받는 순서인 것 같다.

30분쯤 들여서 세 사람의 무용담을 들었다. 이제 질의응답 시간이다.

"그래. 용사 헤르미오스 님, 검성 실비아 님, 검성 드베르그 님께 무엇인가 질문을 할 학생은 있나?"

담임이 모든 학생에게 소리 높였다.

"네! 검성 드베르그 님에게 질문이 있습니다!"

귀에 익은 목소리가 옆쪽에서 들린다. 클레나였다.

용사와 검성이 나란히 서 있는 상황에 부담감을 느껴서 다들 머뭇머뭇하는 와중에 분홍색 머리카락의 소녀가 똑바로 손을 치켜드는 모습을 보고 드베르그의 눈살이 꿈틀 올라갔다.

"……오, 클레나인가. 검성 드베르그 님에게 질문이 있다고?"

"클레나?"

드베르그가 클레나의 이름에 날카롭게 반응했다.

"올해 들어온 검성입니다."

담임이 클레나의 재능을 알려준다.

'음, 드베르그에게는 정중한 말투를 쓰는 건가.'

알렌은 혼자 다른 생각을 했다.

"그래, 클레나. 검성 드베르그 님에게 할 질문은 뭐냐?"

"네! 어떻게 해야 스킬을 쓸 수 있을까요?"

해맑게 웃음을 띤 얼굴로 클레나가 질문했다.

"뭣?!"

담임이 말이 막힌다. 「스킬이 뭐야?」라는 목소리가 학생들 사이에서 드문드문 들려왔다.

"클레나, 저질렀구나……."

드골라가 한숨을 쉬며 중얼거렸다.

4월부터 던전 공략을 시작한 이후 클레나와 드골라는 아직 스킬을 발동시키지 못해서 고민해왔다. 알렌은 검과 창, 도끼를 쓰는 실기 수업을 몇 군데 들어봤는데 체력 단련을 위한 운동과 무기술 훈련이 대부분이고 스킬은 아직 가르쳐주는 곳이 없었다.

"크, 클레나. 스킬 훈련은 내년부터 시작한다고 저번에 말해줬잖냐!"

담임이 어째서 이런 질문을 했느냐며 얼굴을 시뻘겋게 물들인 채 소리 지른다.

'내년부터? 클레나, 담임한테 벌써 물어봤었구나.'

아마 클레나는 담임이 가르쳐주지 않으니까 검성에게 스킬 사용 방법을 물어볼 작정이었나 보다.

올곧은 눈동자로 자신을 쳐다보는 클레나를 검성 드베르그도 한 쪽 눈으로 뚫어져라 바라봐준다.

"클레나인가……. 클레나, 어째서 스킬을 쓰길 원하느냐."

클레나를 바라보면서 드베르그는 되물었다.

"네! 알렌한테는 커다란 꿈이 있습니다! 저도 같이 이루어주고 싶기 때문입니다!"

"알렌?"

그 녀석은 누구냐는 표정을 짓는다.

"아, 저쪽에 있어. 저번에 말했던 까만 머리 소년이야."

용사 헤르미오스가 알렌을 가리키며 대답해줬다. 드베르그는 잠깐 알렌을 쳐다봤다가 곧 시선을 클레나에게로 되돌렸다.

"헤르미오스, 실비아, 나는 클레나라는 소녀를 상대해야 하니 뒷일은 맡기도록 하마."

"아~ 예이, 예이."

헤르미오스가 손을 휘휘 흔들며 대꾸했다.

"클레나, 스킬을 가르쳐 줄 테니 이리로 나오거라."

'오, 좋은 사람이네. 가르쳐주는구나.'

"네!!"

클레나가 웃는 얼굴로 대답했다. 학생들이 모여 앉은 곳에서 벌떡 일어나더니 드베르그의 부름에 따라 가운데로 나온다.

드베르그는 교관에게 대련용으로 칼날을 무디게 만든 검을 가져오도록 지시했다.

클레나에게 대련용 검을 건네주고 본인도 검을 들어 올린다.

"덤벼라."

"네?"

"스킬을 써서 나를 공격하거라."

"알겠습니다!!"

스킬 발현의 요령을 구체적으로 알려주는 것일까 하고 생각했는데 아무래도 실전에서 익히는 훈련인가 보다.

'현재 클레나의 힘이 전선에서 40년 이상 활동한 드베르그에게 과연 얼마나 통하려나. 어쩌면 클레나의 미래를 대강이나마 예측해볼

수 있겠어.'

무척 귀중한 기회이니 알렌은 클레나의 스테이터스를 확인했다.

【이 름】 클레나
【연 령】 12
【직 업】 검성
【레 벨】 30
【체 력】 1240
【마 력】 474
【공격력】 1240
【내구력】 872
【민첩성】 838
【지 력】 494
【행 운】 595
【스 킬】 검성 〈1〉, 참격 〈1〉, 검술 〈5〉
【엑스트라】 한계 돌파
【경험치】 14,570/30,000
· 스킬 레벨
【검 성】 1
【참 격】 1
· 스킬 경험치
【참 격】 0/10

클레나의 공격력은 2개월 사이에 네 자릿수까지 올라갔다. 던전에서는 공략을 우선하는 까닭에 마수 사냥은 최소한으로 자제하고 있다. 레벨 30은 최하층 보스 파밍의 성과였다.

드베르그와 마주 선 클레나가 속도를 단박에 확 올려서 거리를 좁히고자 한다. 그리고 검을 치켜들었다가 들입다 때려 박듯이 전력이 담긴 일격을 드베르그에게 내리휘둘렀다.

"흐앗!"

다만 드베르그는 손쉽게 검을 막았고, 또한 가볍게 팔을 흔들자 클레나가 휙 날아갔다.

"뭐 하나? 어서 스킬을 써라. 써질 때까지 쭉 상대해줄 테니."

스킬이 발동될 때까지 이 훈련을 계속하려나 보다.

'좀 구식 아닌가? 어떻게 해야 스킬을 쓸 수 있는지 한 마디도 안 알려주잖아. 이러는 게 진짜 맞아?'

질의응답은 끝났고 넓은 격투장의 투기대에서 검을 휘두르는 방법 따위를 지도하기 시작했다. 알렌도 창잡이 및 도끼잡이 학생들 틈에 섞여서 검성 실비아에게 검술을 배울 계획이었는데, 이대로 세실과 함께 클레나의 훈련을 지켜보기로 했다. 드골라는 도끼술 지도를 받기 위해서 투기대를 벗어나서 다른 곳으로 이미 이동했다.

두 시간이 경과했다.

"뭐 하나? 아까부터 똑같은 동작만 자꾸 반복되는군. 이래서는 아무리 시간을 쏟아도 스킬은 못 쓸 것이다."

"네, 네엣!"

드베르그가 휙 날아갔다가 아등바등 일어나고자 하는 클레나를 도발했다. 조언도 건네지 않은 채 오로지 클레나를 날려버리기만 한다.

또다시 두 시간이 지나갔다. 클레나가 드베르그에게 세차게 검을 휘둘렀다가 또 볼품없이 날아가버렸다.

"지쳤다면 슬슬 그만할 테냐? 1년을 들여 천천히 배워야겠군."

"괘, 괜찮습니다!"

'역시 스킬의 요령을 익히는 데는 1년쯤 걸리는 건가.'

내년부터 검과 도끼의 스킬을 발현하는 수업이 시작된다. 습득하는 데 1년쯤 걸린다고 계산해보면 지금부터 시작해도 2년을 들여야 하는 셈이다.

"세실."

"왜?"

"마법 스킬 수업은 이미 시작됐지?"

"물론이야. 이제야 막 마법을 쓰게 된 아이도 있는걸."

킬도 두 달을 애써서 회복 마법을 습득했다고 말한 적 있었다. 공격 마법과 회복 마법은 보통 두세 달쯤 들여서 익히나 보다.

'검사한테는 누구든 익힐 수 있는 스킬이 있어. 하지만 스킬 체득까지 걸리는 기간이 길어. 마법사는 마법 없이는 아무것도 못 하니까 스킬 익히는 속도가 빠른 건가. 좀 이상한 밸런스 조정이네.'

마법사는 마법 없이는 아무것도 못 해서인가, 직업에 따른 지력의 차이 때문인가. 원인은 잘 모르겠다.

또다시 두 시간이 경과하여 마도구의 불빛이 투기대를 비추고 있다. 이미 헤르미오스와 실비아의 지도는 끝났다. 두 손님과 교관, 아울러 알렌 일행이 언제 끝날지도 알 수 없는 클레나의 훈련을 바라보고 있었다.

이곳에 없는 킬에게는 새G 소환수를 써서 오늘은 던전에 못 갈 것 같다고 연락을 마쳐 두었다.

"뭐 하나? 해가 저물어버렸잖느냐. 더 전력을 다하여 칼을 휘두르거라!!"

"네, 네엣!!"

이미 기진맥진해서 의식이 흐리멍덩한 클레나와 달리 조금도 지친 기색을 내비치지 않고 드베르그가 소리 높여서 닦달했다.

"끄엑!!"

클레나가 또 맞아서 날아간다. 몇백 번째인지 이미 알 수가 없었다. 비틀비틀하며 죽기 살기로 일어나고자 애써도 더는 다리에 힘에 들어가지 않는다.

"친구와 같이 꾼 꿈이 기껏해야 이 정도이더냐?"

"아, 아니야!"

일어서지 못하는 클레나에게 드베르그가 외쳤다.

"무엇이 아닌가! 보아라! 네 몸을!! 고작 이런 정도로 일어서지도 못하지 않나!!"

"아니야! 알렌은 쭉 노력해왔어!!"

클레나가 버럭 외치고 머리카락까지 뒤죽박죽 엉킨 모습으로 다시 한 번 일어섰다.

"좋다, 덤벼라! 검으로 증명해라!"

"네, 네엣!"

클레나가 비틀비틀하며 몸을 움직인다.

"와라, 스킬을 발동하는 것만 생각해라. 모든 것을 쏟아부어라."

"……."

의식이 흐리멍덩해져서 클레나는 대답을 하지 못했다. 나가떨어졌던 곳부터 천천히 드베르그가 있는 위치를 향해 다가가면서 고개 숙인 채 검을 치켜들었다.

그리고 검을 머리 위까지 올렸다가 휘둘렀다.

부웅.

던전 공략에서 한 번도 보여준 적 없는 신속한 일격이었다.

클레나의 검은 드베르그가 손에 든 검을 때려서 거뜬하게 부러뜨렸고, 곧바로 드베르그의 어깨를 박혔다.

쩌억.

클레나의 검은 어깨에서 막혔지만, 그 충격이 드베르그의 몸을 꿰뚫고 발밑의 투기대에 균열을 만든다.

"훌륭하다. 그것이 스킬이다. 잊지 말거라."

"해, 해냈다……."

클레나는 드베르그의 앞에서 털썩 쓰러졌다.

"이런. 클레나, 클레나!!"

알렌과 함께 세실, 드골라도 클레나의 곁으로 달려간다. 알렌이 클레나를 안아 들어서 살펴봤더니 정신을 잃은 채 안도한 표정을 짓고 있었다.

"어휴, 그냥 스킬을 직접 보여줘서 가르쳐주면 안 되나? 그게 더 빨랐을 텐데."

줄곧 기다리고 있었던 헤르미오스가 드베르그에게 다가갔다.

"헤르미오스여, 모두가 너처럼 요령껏 무엇이든 빨리 익히지는 못함을 알게. 이 아이는 언뜻 보아도 머리로 생각해서 익힐 수 있는 부류는 아니었잖은가. 그건 그렇고 하루 만에 습득했군. 생각보다 더 빨랐어……."

드베르그는 신기하다는 표정을 짓고 알렌의 품에 안긴 클레나를 바라봤다.

“드베르그 님!!”

“음?”

클레나의 검에 맞았던 어깨를 걱정해서인지 교관이 허둥지둥 달려왔다.

“어라라? 살짝 다쳤구나. 힐.”

헤르미오스가 회복 마법을 걸었다.

“누군가의 칼에 베인 것은 오랜만이군. 새로운 검성은 이미 상당한 수준에 올라섰다는 것인가.”

“에이, 이 정도 능력치와 스킬에 베이지는 않을…… 응? 어라!!”

눈을 은은하게 빛내며 클레나를 감정한 헤르미오스가 놀라서 소리 높였다.

“뭔가, 헤르미오스.”

“아니, 이 아이의 능력치가 엄청나게 올라갔…… 어라? 어라라? 잘못 봤나봐. 미안해.”

“그런가…….”

‘클레나의 능력치가 뭐 어쨌다고?’

알렌도 마도서로 클레나의 스테이터스를 살펴봤다. 위쪽부터 차례차례 살펴봤는데, 체력은 가득 차 있는데 마력이 2만큼 줄은 것이 보였다.

‘오! 스킬 경험치가 올랐어!’

· 스킬 레벨
【검 성】1
【참 격】1
· 스킬 경험치
【참 격】2/10

드디어 클레나의 스킬 경험치가 상승했다. 알렌은 기뻐하면서 클레나 대신 「감사합니다」라며 고맙다는 뜻을 전했다. 클레나의 발밑에는 자루 부분이 찰흙처럼 찌부러진 대련용 검이 떨어져 있었다.

* * *

클레나가 스킬 사용법을 익힌 뒤 맞이한 첫 번째 주말. 알렌의 신규 스킬 각성은 요 며칠 사이에 거의 다 파악이 끝났다.

벌레H 소환수로 각성 스킬을 계속 써봤더니 스물네 시간이 지나면 다시 발동할 수 있었다. 한 시간쯤 뒤에 재사용이 가능했다면 더 좋았을 텐데, 아무튼 횟수 제한이 딱 한 번은 아니었다는 것은 다행이다.

6월에 들어서며 결국 금화와 C랭크 마석이 바닥났지만, 그 전에 소환 레벨이 올랐기에 이후 계획에는 문제없었다. B급 던전에서 C랭크 마석을 매주 일천 개 이상 수집하면 매주 일만 개의 D랭크 마석 수집 의뢰를 재개할 수 있다.

지금 위치한 곳은 6계층까지 있는 던전의 3계층. 오늘은 이곳부터 던전을 공략한다.

"오늘은 여기부터구나."

"응, 오늘도 쭉쭉 치고 나가자!"

알렌의 말에 클레나가 반응했다.

물론 클레나는 언제나 씩씩했지만, 스킬을 익히고 나서 요 며칠은 한층 더 씩씩한 모습이었다. 스킬을 쓰고 싶어서 몸이 근질근질한가 보다. 그 마음은 모르는 바가 아니었다.

C급 던전 뺑뺑이로 참격의 스킬 레벨이 2로 올랐고, 그에 따라서 검성의 레벨도 2로 올라갔다. 또한 새로운 스킬 「비검」을 습득했다.

비검은 원거리용 단일 공격이며, 눈에 보이는 형태로 참격이 날아간다. 검성 드베르그의 특훈으로 습득한 「참격」도 단일 공격인지라 슬슬 범위 공격도 생기면 좋겠다고 알렌은 생각하고 있다. 참격도 비검도 어떤 수준의 위력인지는 알지 못한다. 지금은 클레나의 통상 공격으로도 던전 안 C랭크 마수를 여유롭게 쓰러뜨릴 수 있어서였다.

클레나는 검성 레벨 2에서 익힌 스킬 비검도 금방 요령을 깨달은 것 같았다. 아무래도 의식을 집중시켜서 마력의 흐름을 이해하는 것이 중요한 것 같다. 참고로 드골라는 아직 스킬을 쓰지 못한다. 혼자서 계속 고생하는 중이었다.

"오늘은 새로운 소환수를 시험한댔나?"

"맞아요, 공략을 시작하기 전에 시간이 잠깐 필요합니다."

킬의 질문에 알렌이 대답했다. 아직껏 킬과 거리감이 조금 있지만, 가급적 평범하게 대화를 나누기 위해 신경을 쓰고 있다.

"알렌, 뭐 하려고?"

“클레나여, 바로 이 녀석이라네!! 나와라, 프랑들아!!!”

알렌은 클레나의 말에 대답한 뒤 새C 소환수 다섯 마리를 소환했다.

『『『뀨우우우우잉!!!』』』

날지 못하는 이족 보행의 새, 화식조와 닮은 소환수가 나타난다. 머리까지 길이는 2.5미터 정도, 몸높이는 2미터에 약간 못 미쳤다. 새치고는 상당히 큰 부류다. 머리에는 커다란 벼슬이 있고, 근육이 잘 발달된 다리는 무척 튼튼할 것 같았다.

“커다란 새군. 다섯 마리나 꺼내서 어쩌려고?”

“드골라. 이 녀석들 등에 타서 던전을 공략할 거야.”

“얘, 얘네들 등에 탄다고? 말처럼 올라타는 거냐?”

알렌은 언제가 탈 수 있는 소환수가 나올 것이라 예상했었다. 이동 수단을 손에 넣음으로써 활동 범위를 넓히는 것은 게임의 기본이다. 그리고 C랭크 새 계통은 이동에 어울리는 특기인 「질주하기」를 보유하고 있다. 오늘은 알렌의 예상이 맞았는지를 확인한다.

『여기에 타는 것이와요?』

“그렇다, 마리아여.”

『알겠 · 사 · 와요.』

알렌의 머리 위쪽에 올라가 있던 영혼C 소환수가 둥실둥실 떠올라 새C 소환수의 벼슬 위로 이동했다.

어째서 영혼C를 소환해 놓았느냐고 묻는다면 다른 이유가 아니라 본인의 희망 때문이다. 말을 주고받을 줄 아는 영혼C 소환수는 강한 자아를 가지고 있는데, 어느 날 알렌에게 「항상 소환된 상태로 지내고 싶다」라며 제 뜻을 전했다. 알렌 일행이 부재중에도 거점에서 머무르고, 던전 안쪽에서는 항상 소환되어 있는 상태다. 다만 인형을 품에 안은 채 걸어 다니자니까 아무래도 꽤 부끄러운지라 거리에 데리고 나갈 순 없다고 말해 두었다.

"프랑, 쪼그려 앉아. 우리를 태워줘."

『『『뀨우우우잉.』』』

새C 소환수들이 알렌의 지시에 따라 다리를 접어서 바닥에 배를 깔았다.

알렌이 일행을 대표해서 먼저 타본다. 몸체에 다리를 벌려 올라탔고 이제는 일어설 차례였다.

"좋아, 일어나."

『뀨우우잉.』

새C 소환수가 천천히 일어선다.

'제법 높은걸. 오히려 좋은가? 이왕이면 시야도 높은 게 좋잖아.'

던전의 천장은 높이가 10미터 이상이었다. 기승을 해도 천장에 부딪힐 걱정은 없겠다.

계속해서 지시 내리며 주위를 걸어 다녀봤다.

'오! 전혀 안 흔들려. 게다가 깃털 덕분에 푹신푹신해!!'

걸어 다니며 안정성을 확인한다. 전혀 흔들림이 없고 안정적이었다. 명백하게 기승 특화의 개성을 가지고 있다.

"나도 타볼래!"

구경하던 클레나가 두근두근하는 모습으로 알렌에게 말했다.

"좋아, 같이 타자. 이대로 던전을 쭉 돌파하자고!"

안전성을 확인했으니 전원이 새C 소환수에 타기로 했다. 처음에는 다들 주뼛주뼛 망설였으나 편안한 승차감에 놀란 것 같았다. 지금까지와 같이 드골라와 클레나가 선두에, 세실과 킬을 중앙에, 최후방에 알렌이 서는 대열로 쭉 전진한다.

내구력이 낮은 세실과 킬을 더 단단히 지켜주기 위하여 좌우에 영혼C 소환수 두 마리를 배치한 뒤 옆에서 같이 이동하도록 시켰다. 머리 위쪽에서는 새E 소환수가 색적을 하며 날아가고 있다.

'기마대는 아닌데, 기수대인가? 아무튼 꽤 멋있어졌어!'

지난 2개월 남짓, 어쩔 수 없이 느린 이동 속도가 난점이었으나 이제 해소되었다. 무한히 확대되는 가능성을 느낀다. 점심 전 최하층 보스 토벌을 마쳐서 지금 막 알렌 일행의 눈앞에 나무 상자가 떨어졌다.

"눈 깜짝할 사이에 공략이 다 끝났어!"

"빨라~!"

세실과 클레나가 감동하고 있다. 언제나 틈틈이 휴식을 하며 하루에 1계층씩 공략했었는데, 오늘은 순식간에 2계층 길이의 공략을 끝낸 뒤 최하층 보스까지 도착할 수 있었다.

'프랑의 성능은 대강 알겠군. 끝내주게 유용한 녀석이야. 빨리 각성시키고 싶은걸.'

· 이동 속도는 시속 50킬로미터쯤

· 특기를 쓰면 시속 100킬로미터쯤

· 지치지 않는다

· 말하지 못한다
· 기승한 채 검과 도끼를 편하게 휘두를 수 있다
· 다른 사람의 지시를 따르도록 지시할 수 있다

새C 소환수는 말처럼 몸통이 길지 않아서 앉아있는 위치와 무기의 사정거리와 적과의 거리가 짧다. 대검, 도끼처럼 큰 무기를 쓰는 클레나와 드골라가 몸높이의 위치에서 편하게 무기를 휘두를 수 있다.

"좋았어, 이제 다섯 명 모두 C랭크 모험가증을 확보했군."

"그러게. 생각보다 많이 빨랐어."

알렌의 말에 세실도 동의했다. 이제 전원이 함께 동시에 C랭크 모험가증으로 교환할 수 있다.

"그리고 모처럼 점심 전에 끝났으니까 거점에서 승급 축하회를 여는 게 어떨까?"

"축하회? 괜찮네."

순간 더 싸울 수 있다는 표정을 지었는데, 곧 드골라도 다 같이 축하하는 것이 괜찮겠다는 생각을 한 것 같다.

"아직 킬 씨 환영회도 안 했잖아. 킬 씨는 어때요? 시간 괜찮은가요?"

알렌은 슬슬 킬과 허물없이 지내고 싶은 마음이었다. 따라서 축하회를 구실로 거점에 데려가고자 했다.

"어? 나는 좀, 어려운데……."

"뭔가 곤란한 사정이 있는 건가요?"

알렌은 킬이 무엇인가 문제를 갖고 있다면 이 기회에 해결하고 싶다고 생각했다. 넓은 공간에 떠다니는 침묵을 깨뜨리고 킬이 말을 꺼냈다.

"……사실은 가족이 있어."

드디어 나온 고백이었다.

'가족인가, 역시 가족이었구나.'

거의 매일같이 C급 던전의 최하층 보스를 잡은 뒤 자기 몫의 보수를 받아서 갔다. 오늘이 세 번째 던전 공략이었는데, 앞선 두 번의 보수만 해도 최소한 은화 마흔 닢 이상. 하루에 버는 돈이라기에는 분명 충분한 금액이다.

그럼 어째서 킬은 언제나 돈이 궁한가. 떠오르는 이유는 세 가지였다.

· 빚을 변제하기 위해서 돈이 필요하다
· 부양할 가족이 있어서 돈이 필요하다
· 단순히 돈을 엄청나게 좋아한다

전세 때도 돈을 몹시 좋아하는 게이머는 꽤 많았던 기억이 난다. 그런 부류는 최소한의 무기와 방어구를 갖춘 뒤 오로지 돈벌이만 되풀이한다. 소지금이 몇 억씩 쌓여도 돈벌이를 멈추지 않는지라 분명 현실에서도 돈을 좋아하는 사람이리라고 생각했었다.

그러나 이곳은 이세계이며, 지금은 이 세계가 진짜 현실이다. 분명 첫 번째나 두 번째가 이유일 것이라고 예상을 했다.

"가족요? 많이 계신가요?"

아직 다섯 명 모두 던전의 보스 방에 있었다. 킬의 고백을 듣고 알렌이 질문했다.

"그래, 일곱 명이야."

'꽤 많군. 인두세가 면제되는 건 학원의 학생뿐이잖아?'

고향에 있는 가난한 가족을 위하여 돈을 보내주는 것일까. 다만 알렌의 상상과 달리 이래서는 거점에서 같이 살려고 하지 않는 이유가 되진 않는다.

"학원 도시에 가족이 있고, 킬 씨가 일을 하는 건가요?"

"아, 아니, 일을 좀 하긴 하는데……."

킬은 가족이 다 같이 학원 도시에 왔다고 한다. 가족 중 일할 수 있는 인원은 조금이나마 생활에 보탬이 되기 위하여 일을 하지만, 연줄도 소개장도 없는 처지인지라 좋은 일자리는 구할 수 없다고 했다.

'응? 같이 산다고? 게다가 굳이 고향에서 다 같이 이사를 왔다고?'

"어머? 마침 잘됐네. 얘, 알렌."

"왜? 세실. 아, 맞네! 킬 씨, 저희 거점으로 이사를 오면 어떨까요?"

세실의 말에 거점의 문제점을 떠올렸다.

"어? 뭐?"

당황하는 킬에게 알렌은 현재 거점의 문제점에 대해 이야기했다. 학원과 던전 탐색에 시간을 써야 하는지라 집 안 청소며 식사 부분에서 지장이 발생하고 있다고. 아직 빈방이 많으니 가족이 다 함께 거점에 들어와서 살지 않겠느냐고 제안했다.

"물론 집안일을 맡아주시면 급료도 드리겠습니다."

“어, 어째서 그렇게까지?”

“동료니까요.”

알렌의 대답에 다른 세 사람도 고개를 끄덕거렸다.

킬은 고민하는 눈치였다.

‘꽤 고집이 센걸.’

분명히 경제적으로 힘든 상황에 있을 텐데도 줄곧 아무런 말을 꺼내지 않았다. 스스로 떠안은 채 해결하고자 한다.

“그럼 이렇게 하는 게 어때?”

고민하는 킬에게 세실이 또 제안했다.

지금 던전에서 획득하는 보수는 다 같이 5등분해서 나눴다. 그 돈을 6등분하고, 6분의 1은 거점에서 쓰는 생활비 및 킬의 가족에게 줄 급료로 배분한다. 그 대신 마석은 모두 알렌에게 맡기기로 한다.

“그렇군, 괜찮은 방법인데?”

“응응, 역시 세실이야!”

드골라와 클레나도 동의했다. 처음 모집할 때 마석은 알렌이 전부 쓰겠다는 말을 꺼내지 않았던 터라 킬 몫의 마석은 줄곧 건네줬었다.

가족에게 살 공간과 일자리도 제공해주니 마석은 전부 알렌에게 넘기라는 것. 이렇게 하면 서로가 빚지는 것 없다는 제안이다. 킬의 부채감도 같이 해소될 테지.

여기까지 말을 듣다가 킬이 살짝 수그리고 있었던 얼굴을 들어 올렸다.

“미안하다, 그렇게 부탁해도 되겠냐?”

“물론이죠! 그럼 모험가증을 교환하고 환영회 준비를 하죠.”

킬을 거점에 초대하게 되었다.

모험가 길드에 가서 다섯 명 모두 모험가증을 C랭크로 바꿨다. 모험가 길드의 직원 누나가「벌써 C랭크가 되셨네요. C급 던전과는 난이도가 많이 다르니 B급 던전에 가기 전 미리 조사를 많이 하세요」라고 가르쳐줬다. 길드에서 나온 뒤 가족을 모두 데려오겠다는 킬과 잠시 헤어졌다.

알렌 일행은 킬의 가족을 맞아들이기 위해서 환영회 준비를 했다. 저녁 전 킬의 가족이 올 것이다. 어린아이도 있다기에 귀가하면서 고기와 빵 이외에 과자와 과일도 구입하기로 했다.

준비 도중에 내일은 던전을 공략하는 대신에 다 같이 킬의 집으로 가서 짐 옮기기를 도와주자고 이야기를 나눠서 결정했다. 식기와 일용품도 구입해야 한다.

'좋아, 좋았어. 최소한의 준비는 갖춰졌어. 이제 킬 씨도 정식으로 파티 동료구나!'

아직은 조금 거리감이 느껴지기도 하고, 알렌 이외의 세 사람은 킬과 거의 대화가 없기는 하다. 어쨌든 서먹함은 곧 해소될 것이다.

저녁이 가까워졌다. 머지않아 약속한 시간이었다.

나머지 일행에게 환영회 준비를 부탁하고 알렌은 바깥에서 킬의 가족이 도착하기를 기다리고 있다.

멀리서 킬을 포함하여 여덟 명의 사람들이 다가오는 광경이 눈에 들어왔다.

'꽤 젊은걸. 그냥 젊은 게 아니라 전부 어린애잖아?'

당연히 부모도 같이 올 것이라 생각했었고, 몸이 불편한 조부모도 있지 않을까 생각했었다. 그런데 어른이 한 명도 없다. 아래는 여덟 살부터 위는 열다섯 살 전후. 기묘한 집단이었다. 열다섯 살은 이 세계에서 어른 취급을 받지만, 알렌의 머릿속에서는 아직 어린아이의 부류에 들어간다.

“미안하다, 옮길 수 있는 물건들을 최대한 옮기려고 하다 보니까 이렇게 됐다. 조금 늦었나?”

킬은 커다란 보자기에 짐을 가득 담아서 메고 있었다. 다른 사람들도 커다란 짐을 가지고 왔다.

“아니에요, 저희도 환영회 준비가 이제야 거의 막 끝났는걸요. 그러면 저희 거점을 안내하…….”

마쉬와 비슷한 나이이려나. 아마도 열 살쯤 되어 보이는 소녀가 알렌의 앞에 다가왔다. 킬과 똑같은 금발이다.

“저는 니나라고 합니다. 오늘 이렇게 초대해주셔서 감사드려요.”

그렇게 말한 뒤 프릴 스커트를 집어 올리면서 머리 숙였다.

“그, 그래, 잘 부탁할게.”

무척 정중한 인사인지라 당황했다. 알렌과 클레나에게 익숙한 평민의 인사가 아니다. 인사를 한 니나의 뒤쪽에 있는 사람들을 잘 살펴보니 낯익은 복장이었다. 남자아이가 입고 있는 의복은 알렌이 저택에서 지낼 때 입었던 옷과 무척 비슷하다. 남자아이의 옷도, 니나의 프릴 스커트도 고급이라는 말은 하기 어렵지만 평민의 일상복과는 명백하게 다른 만듦새였다.

“미안하다, 이래저래 사정이 좀 있어. 나중에 이야기할게.”

“네, 알겠습니다.”

당황하면서도 킬의 가족을 거점 안으로 맞아들였다. 일단 짐은 1층의 한 곳에 내려놓았다가 나중에 각자의 방에 옮기기로 했다.

모두를 평소에 넷이서 식사를 하는 1층의 다목적실로 안내했다. 스무 명이 생활할 수 있는 규모의 집이라서 다목적실도 꽤 넓다.

'비치된 탁자가 있어서 다행이야.'

큼지막한 탁자에는 이미 인원수에 맞게 의자가 배치되었고, 탁자 위에는 환영의 뜻을 표시하기 위해서 요리를 상당히 많이 쭉 늘어놓았다. 이곳은 모험가들이 많은 지역인지라 음식도 푸짐한 종류가 많다. 고기도 빵도 무척이나 커다랗기에 탁자가 좁게 느껴질 만큼 많았다. 과일과 과자 종류도 산처럼 쌓여있다.

킬은 예상하지도 못한 호화로운 환영회가 이렇게 시작되었다.

제6화 환영회

『어머, 손님이 왔 · 사 · 와요.』

"엑!!"

영혼C 소환수가 아무렇지도 않게 벽을 뚫어서 나타난다. 그러고 보니 2층에서 얌전히 있으라고 말하는 것을 깜빡했다.

"어머나, 귀여워라!"

니나가 반색하며 소리 높였다.

『후후, 고맙 · 사 · 와요.』

영혼C 소환수는 그렇게 말한 뒤 니나에게 하늘하늘 가까이 다가가더니 품에 쏙 안겼다. 무척 잘 어울리는 구도인지라 모두 저절로 미소를 머금었다.

"이제부터 킬 씨와 가족분들을 맞이하는 환영회를 시작하겠습니다."

어린아이들이 더는 못 기다리겠다는 분위기라서 인사만 간단하게 하고 식사를 하기로 했다.

"응, 먹자! 배가 꼬륵꼬륵이야!!"

클레나도 더는 못 기다리겠나 보다.

킬과 니나가 자리에 앉았지만, 다른 여섯 사람은 자리에 앉으려고 하지 않는다.

"응?"

'뭐지, 왜 자리에 안 앉아?'

"얘들아, 계속 말했잖아. 이제 괜찮아. 같이 앉아서 먹자."

"네, 네엣. 킬 님."

"이, 이런. 님 붙이지 말라니까."

"……죄송합니다."

킬보다 나이가 많은 열다섯 살 정도의 남자가 사과한다. 말투와 외모, 아울러 용모까지. 핏줄로 연결된 형제 같지는 않다. 여덟 명 중에 금발은 킬과 니나뿐이었다.

'역시나 가족이라는 말은……. 그런 의미의 가족이었구나?'

가족이라는 개념에 대해 그란벨 가문의 시종장 리켈에게서 들었던 말을 떠올렸다. 세실도 무엇인가 깨달았는지 킬과 다른 가족들을 빤히 쳐다보고 있다.

"자, 요리가 잔뜩 있으니까 마음껏 먹자. 사다 둔 음식은 더 많아."

그 말을 신호로 각자 탁자에 놓인 커다란 빵과 고기를 먹기 시작했다. 배가 꽤 고팠었는지 급하게 우걱우걱 먹는 아이도 있다. 클레나와 드골라도 식사를 시작하자 요리가 쑥쑥 줄어들었다.

알렌은 넉넉하게 사다 두기를 잘했다고 생각했다. 이 탁자에 다 올려놓지 못할 만큼 요리를 많이 사 왔다. 킬의 가족은 처음으로 온 공간이라서 조금 긴장한 모습이었지만, 식사를 하면서 점점 편안함을 느끼는 것 같았다.

알렌은 식사를 들며 티 나지 않게 킬의 가족들을 관찰했다. 열 살쯤 되어 보이는 니나. 그리고 여덟 살에서 열다섯 살쯤 되었을 남녀가 세 명씩 있었다.

'그건 그렇고……. 이러면 일할 사람이 부족해서 킬이 삐쩍 말랐

던 것도 이해되는군.'

그런 생각을 하던 중 불현듯 킬과 눈이 마주쳤다.

"알렌. 이렇게 거점의 방을 내줘서 진짜 고맙다. 한숨 돌렸어."

"고맙긴요, 별것 아닙니다. 킬 씨."

"그리고 『킬 씨』는 이제 그만해라. 다른 녀석들처럼 편하게 얘기해줘."

'오! 멋져!! 임시 파티원이 이제 딱 고정 파티로 들어왔다는 느낌이야!'

"좋아, 그렇게 할게, 킬."

"그래."

"그나저나 킬이 귀족이었을 줄은 몰랐네."

세실이 입을 열었다. 알렌도 같이 고개를 끄덕거린다. 세실은 킬과 연상의 「가족」이 나눈 대화에서 어떠한 관계인지 대강 눈치챈 것 같았다.

"그래……. 난 귀족 교육도 제대로 못 받은 놈이라서 말투부터 이 모양이니까. 여태껏 말을 안 해서 미안했다. 다만 지금은 귀족이 아냐. 귀족 『출신』이었을 뿐."

"귀족 출신이었다고? 뭔가 사정이 있었나 봐?"

세실은 한층 더 적극적으로 킬과 대화를 이어 나갔다. 킬과 허물없이 지내고 싶은 마음과 현재 상황을 확인하고 싶은 마음이 뒤섞인 것 같다. 킬은 최근에 발생했던 정쟁 때문에 가문이 무너졌다고 대답했다. 비록 가문은 잃었으나 자신에게는 여동생이 있다. 또한 지금까지 헌신해준 의지할 곳 없는 고용인들이 있다. 모두의 생활을 지키고 싶은 마음 하나로 자신이 직접 책임지게 되었다고 한다.

"어머, 미안해. 내가 괜한 질문을 했네."

"신경 쓰지 마라. 그러고 보니 세실이 오히려 귀족 같은데."

"어머나? 나는 귀족이 맞답니다?"

"어라, 세실이 귀족이라고 말을 안 했던가?"

세실의 대답에 킬의 가족들이 일제히 놀랐다. 클레나는 입속에 빵을 가득 넣고서 여태 말을 안 했었나 떠올리려고 한다. 알렌은 맨 처음에 일행의 이름만 짧게 알려줬을 뿐, 제대로 자기소개를 하지는 않았었다. 킬 또한 전력으로 던전 공략에 집중하느라 다른 사람들을 알고자 할 여유는 전혀 없었다. 고용인 출신 중에는 반사적으로 몸을 일으키려고 하는 아이도 있었다.

"앗, 앉아 있어요. 학원에서 귀족 신분은 그냥 허울인걸."

세실이 서둘러 달래준다. 그러자 손님들은 「그렇습니까……」라면서 머뭇머뭇 다시 자리에 앉았다.

'최근에 망한 가문이라면 설마…….'

알렌이 킬의 사연을 여러모로 생각하던 때 영혼C 소환수를 끌어안은 니나가 말을 꺼냈다.

"킬 오라버니. 정말 이렇게 멋진 집에서 살아도 되는 거예요?"

티 나지 않게 화제를 바꾸려는 듯 보이기도 했다.

"그래, 괜찮아. 그리고 집안일을 잘 담당해주면 급료도 받을 수 있어. 모두 열심히 일하도록 하자."

"네, 맡겨주십시오."

가장 나이가 많은 남자를 시작으로 조그만 아이까지 포함해서 커다랗게 대답을 했다.

'이렇게 어린아이만 잔뜩일 거라 생각은 못 했는데. 하지만 뭐, 나도 여덟 살부터 시종으로 일을 했었지. 이 세계에서는 평범한 건가?'

"응응. 뭐, 무리하지 않는 정도로 괜찮아. 집을 비우는 시간도 많을 테니까 잘 부탁할게."

알렌의 말에 킬의 가족들이 더욱 큰 목소리로 대답을 했다.

"집을 비운다니……. 오라버니, 아직 던전에 가는 거예요?"

니나는 걱정이 많은 듯하다. 던전에 가는 킬의 안위를 염려해서겠지. 문득 세실의 표정이 흐려졌다. 오빠를 걱정하는 니나의 태도에서 미하이와 자신이 겹쳐 보였나 보다.

"그래, 니나. 하지만 안심해도 돼. 다들 강하거든."

"그게 정말이에요?"

나지막이 대꾸하더니 해맑게 커다란 빵 덩어리를 냠냠거리며 먹고 있는 클레나를 본다.

"아무튼 이제 어떻게 할 거냐? 예정한 대로 가구라든가 뭔가를 사러 가는 건가?"

드골라가 고기를 한 손에 들고 이후의 예정에 대해 물었다.

"그러게. 예정한 대로 움직이면 될 거야."

드골라는 알겠다고 대답한 뒤 뼈째 구운 고기를 먹기 시작했다.

"여러분은 모두 사이가 좋으시네요?"

니나가 대화 나누는 알렌과 드골라를 바라보다가 묻는다.

"그렇지. 나와 저쪽에 클레나랑 드골라는 같은 마을 출신이거든."

"아, 저번에 잠깐 이야기를 했었지."

킬도 대화에 참가한다. 알렌은 킬에게 네 사람이 같은 고향의 출신이라는 것을 알려줬다.

“나랑 클레나는 농노 출신이었어. 지금은 이래저래 사연이 있어 평민이 되었지만.”

이 기회에 자기 신상의 이야기도 했다.

“어라, 진짜냐? 표현이 조금 안 좋아서 미안한데 전혀 그렇게 보이지는 않아.”

“알렌은 옛날부터 이런 느낌이었다. 마을에서도 농노 같지가 않다는 말을 들었지.”

“응응, 알렌은 달라진 게 없어.”

드골리의 말에 클레나도 동의했다.

‘아니, 나도 꽤 성장했잖아. 클레나 녀석, 끄으응.’

“음? 그럼 세실은 같은 영지의 귀족이었던 건가? 영주 가문의 따님이라든가?”

줄곧 넷이서 행동했다는 인상을 주는 세실이 혼자 똑같은 마을 출신이 아니었다는 것을 깨달은 킬이 물었다. 알렌 대신에 드골라가 그 물음에 답했다.

“맞다, 알렌은 여덟 살 때부터 영주님 댁에서 시종으로 일을 시작했지.”

“맞아, 맞아! 같이 학원에 오게 될 줄은 몰랐어!”

클레나는 만면에 미소를 띠고 맞장구쳤다.

“나는 옛날부터 친구가 없었으니까……. 뭔가 부럽네. 어디에서 일을 했는데?”

"그란벨이야. 어라? 말을 안 했던가?"

"그란벨? 지금, 그란벨이라고 말했냐?"

식사를 하던 킬의 손이 멈췄다. 시선이 세실에게 향한다.

"설마, 세실은?"

"세실은 그란벨 영주님 댁의 아가씨야!"

클레나의 대답에 킬과 고용인들이 벌떡 일어섰다.

덜컹.

"엥? 갑자기 왜?"

알렌과 친구들이 놀라는 가운데 왜 이러냐면서 클레나가 손님들의 태도 변화에 의문을 표시했다.

"니, 니나 님. 무, 물러나주십시오!!"

가장 연장자 고용인이 알렌과 친구들에게서 떼어 놓으려는 듯이 니나를 감싸며 소리쳤다. 돌발 상황에 니나가 당황한다. 조그만 아이들도 마찬가지였다.

"어, 어떻게, 이럴 수가. 설마, 거, 거짓말이지!"

킬은 세실을 바라보며 믿기지 않는다는 표정을 짓고 있었다.

"뭐가 거짓말이라는 거야? 맞아, 난 그란벨 가문의 세실 그란벨이야."

킬의 표정이 증오로 가득 차오르는 것을 알 수 있었다. 마치 부모의 원수를 보는 듯하다.

"네가 그란벨 가문의 영애였다는 말이냐!!"

"……맞다니까. 그럼 너는, 카르넬 자작의 자식이었구나."

"그래! 카르넬 자작은 나의 아버지다! 감히 우리 집안을! 카르넬 가문을 무너뜨렸겠다!!"

킬은 격앙한 채 세실에게 노골적인 적의를 쏟아냈다. 세실은 무엇인가 깨달은 듯 침착한 표정이었다.

"도대체 뭔데? 뭐가 어떻게 된 거야?"

상황을 이해하지 못한 드골라가 우왕좌왕했다.

"아, 드골라와 클레나는 작년 말 일어났던 사건을 몰랐지? 이웃 영지인 카르넬 영지와 그란벨 영지 사이에서 분쟁이 있었거든."

드골라와 클레나는 미스릴 광물 채굴에 얽힌 두 가문의 분쟁에 대해 아무것도 알지 못한다. 함부로 떠들고 다닐 이야기도 아니었던 터라 뒤늦게나마 알렌이 간단하게 설명해줬다.

'흠, 킬은 카르넬 가문의 자식이었구나. 본인이 「최근에 무너졌다」라고 말을 했었고……. 뭐, 생각해보면 카르넬 가문의 사람이 학원 도시에서 세실과 맞닥뜨릴 가능성은 충분히 있었지.'

카르넬 가문의 킬이 우연히 같은 교실에 있었던 것은 아니었다. 이만 명이 지원하는 학원의 시험은 혼잡 방지를 위하여 일정 지역에 따라 나누어서 진행되니까.

이번 시험은 아무래도 리폴의 가문이 다스리고 있는 해밀턴 백작의 영지, 그란벨 영지, 구 카르넬 영지에서 온 학생들이 같은 시기에 치른 것 같다.

알렌 일행과 킬의 가족들 사이에서 긴장이 감돈다. 알렌은 수납으로 단검을 꺼내 들었다. 은빛의 장식이 달린 그란벨의 가문의 귀빈임을 증명하는 단검이었다.

"나는 카르넬 가문이 무너지는 데 제법 큰 공헌을 했어. 그때, 포상으로 이 단검을 받았지."

드골라와 클레나에게 보이도록 단검을 내밀었다.

"진짜냐. 그란벨 가문의 귀빈이 되었다는 게 그게 이유였냐."

"이 자식! 공헌이라니, 무슨 짓을 한 거야!!"

이번에는 킬이 입을 열었다.

'응? 킬은 사정을 자세하게 듣지 못했던 건가?'

"그란벨 자작님에게 왕가의 지지를 받아낼 수 있는 방법을 건의했거든. 새로 발견한 미스릴 광산의 채굴권을 이용하면 카르넬 가문을 확실하게 무너뜨릴 수 있다고 말한 사람도 나야. 이게 포상이자 그 증거고."

단검을 보여주면서 핵심만 알려줬다.

"네, 네놈!!!"

'좋아, 좋아. 화는 나한테 내라. 툭 까놓고 말해서 세실은 상관없잖아.'

알렌에게로 대상을 바꿔서 킬이 적의를 드러내자 영혼C 소환수가 반응했다. 니나의 품에 안긴 채 생글생글하며 웃던 얼굴에서 표정이 싹 사라지는 것을 알 수 있었다. 무표정한 마리아는 살짝 무섭다.

'야, 인마, 마리아, 절대 공격하진 마라.'

표정을 싹 없앤 채 영혼C 소환수는 고개를 살짝 끄덕거렸다.

"얘, 알렌. 이건 그란벨 가문과 카르넬 가문에서 일어난 문제잖니."

"응?"

알렌과 킬의 대치 국면에 끼어들어서 세실이 말을 꺼냈다.

"알렌이 이 문제로 카르넬 가문 사람에게 적의를 받아야 할 책임은 전혀 없다는 말이야. 그 단검은 카르넬 가문의 포악질에서 구해준 알렌에게 그란벨 가문 일동이 주는 보답이니까.”

“포, 포악질이라니! 카르넬 가문이 무슨 짓을 했다는 거냐!!”

“어머, 아무것도 몰랐나봐? 몰랐더라도 너 또한 귀족 명부에 이름을 올린 가문의 후손이잖아. 별로 태도가 좋지는 않네. 일단 자리에 앉는 게 어떨까?”

“아, 아무것도 모른다고? 왕가의 사절에게 이미 다 들었다! 그란벨 가문의 모략 때문에 카르넬 가문이 무너졌다고!!”

“이래서는 설명도 못 해주겠네. 어서 앉아!”

세실이 킬에게 버럭 외쳤다. 알렌은 잠자코 추이를 지켜보기로 했다.

“앉으면 무슨 일이 있었는지 가르쳐주는 거냐?”

“좋아. 그런데 너도 어떻게 된 사정인지 알려줄래?”

세실은 자기 집안의 사정도 제대로 알지 못하는 킬을 이상하게 생각하는 것 같다. 또한 가난한 처지임에도 학생이 되어 학원에 다니고 있는 목적도 털어놓도록 요구했다.

뭔가 복잡한 사정을 가지고 있는 킬에 대해서, 아울러 왕가의 사절이 배후에 있는 듯 발언하는 근거를 알아야 했다. 어쩌면 분쟁이 아직 끝나지 않았을 가능성이 있음을 세실은 경계했다.

“좋다, 어서 얘기해줘라.”

킬이 자리에 앉자 세실이 니나 및 다른 손님들에게 눈짓을 했다.

“……킬에게만 이야기하겠어. 다른 사람들을 자리를 비워주렴.”

“아, 안 됩니다!”

가장 나이가 많은 시종 출신으로 보이는 한 인물이 항의했다. 킬이 소리 높여 말했던 인물에게 한 차례 시선을 옮겼다가 다시 세실을 똑바로 바라보며 말을 건넨다.

"왜 다른 사람이 들으면 안 된다는 거냐. 모두 내 가족인데."

"이것은 그란벨 가문의 중요한 이야기거든? 아무에게나 들려줄 만한 이야기가 아니야."

"……."

그 말에 침묵이 발생한다. 시녀일까, 열다섯 살쯤 된 다른 고용인 한 사람이 「자리를 비켜드리도록 하죠」라며 재근했다. 세실이 자리를 비우라고 말한 이유를 깨달은 것 같다. 니나도 3층 방으로 고용인들과 함께 이동한 것을 영혼C 소환수와의 공유로 확인했다.

방금 전과는 달리 다섯 명만 남은 다목적실. 클레나와 드골라도 자리를 비우려고 했지만, 한 파티의 동료니까 같이 앉아서 들어달라며 세실이 잡아 놓았다.

세실은 「사실대로 얘기는 해줄텐데, 믿거나 말거나 마음대로 하렴」이라고 먼저 선언한 뒤에 사태의 발단부터 이야기했다.

이야기는 카르넬 자작이 왕가의 사절과 함께 저택에 나타나서 미스릴 광맥을 공동 관리하자는 제안을 한 부분부터 시작되었다. 요구를 거절하자 당일에 바로 3인조 도적이 들이닥쳐서 세실과 알렌을 납치한 뒤 마도선에 태워 카르넬 영지로 데려갔다.

이야기가 진행됨에 따라 「말도 안 되는 소리 늘어놓지 마라」라면서 킬이 항의하려고 들었으나, 매번 세실에게 제지당했다.

그 후 세실과 알렌은 카르넬 자작이 고용했다는 암살자를 피해서 도망치면서도 애써 그란벨 영지를 향해 나아갔으나 결국은 발견당하고 말았다. 그리고 살해당할 위기에 처했을 때, 때맞춰 나타난 기사단장에게 구조되었다.

두 사람이 무사히 그란벨 영지로 복귀한 이후 그란벨 남작은 문제 해결을 위하여 왕가를 찾아가서 직접 카르넬 자작의 행동을 고발했다. 이때 왕가가 확실하게 행동에 나서도록 미스릴 광맥 중 하나를 양도하기까지 했다.

그 결과, 카르넬 자작 및 부정부패에 관여한 인물 다수가 투옥. 카르넬 자작의 부인은 왕성 가까운 곳에 있는 별궁에 연금되었다. 이때 카르넬 자작 측의 많은 귀족들 또한 부정이 발각되었다. 누군가는 투옥당했고, 누군가는 작위를 몰수당했다.

"내가 아는 경위는 여기까지야. 이제 납득이 돼?"

"어…… 어떻게……. 거……, 거짓말이다."

'진짜냐, 아예 작정을 하고 일을 벌였구나.'

「그란벨 가문의 난」이라며 귀족들이 두려움에 떨었던 작년 사건의 전모는 알렌도 지금 처음으로 듣는다.

세실이 니나와 다른 고용인들을 내보낸 이유는 카르넬 자작의 포악질을 굳이 들려주지 않고자 했던 배려였다.

"몇 번이든 말해줄게. 믿든 안 믿든 전부 네 자유야. 만약 못 믿겠다면 왕도에 가서 조사해보렴? 카르넬 자작이 서명한 공동 관리 문서 정도는 보여줄지도 모르니까."

킬은 너무나 큰 충격을 받아 고개를 푹 수그리고 있었기에 모든 사실을 곧장 받아들이기는 어려울 듯했다.

"그럼 이번에는 네가 학원에 온 목적을 가르쳐줄래?"

"……그래."

시선을 떨어뜨려서 탁자만 바라보던 킬이 얼굴을 든다.

"……학원에 온 이유 말이지. 꽤 옛날에 겪은 이야기부터 시작해야 할 텐데, 괜찮겠냐?"

킬이 학원에 온 이유는 작년에 일어났던 사건 하나만으로는 설명되지는 않는가 보다.

"난 딱히 상관없어."

"그래……."

킬이 떠듬떠듬 이야기를 시작했다.

아버지 카르넬은 킬을 애지중지하며 길렀다고 한다. 어릴 적부터 많은 고용인들을 데리고 다녔고, 원하는 것은 무엇이든 가질 수 있었다. 하지만 다섯 살의 감정 의식을 경계로 축복받았던 환경은 달라졌다.

킬에게는 승려 재능이 있었다.

감정 결과를 보고 모두가 기뻐하는 와중에 카르넬 자작만이 보여준 절망에 찬 표정은 잊히지 않는다던가. 그날 이후로 머지않아 킬은 갑자기 저택에서 쫓겨났고, 몇 명의 고용인들과 함께 영내의 다른 도시에서 살게 되었다. 확실하게 알진 못하나 아마도 자작의 지시 때문일 것이다.

"……."

세실은 자기 자신의 처지와 비교하며 저런 취급이 말이 되냐는 표정을 하고 있었다.

그 이후는 귀족이 받아야 할 교육도 받지 못하고 7년을 살았다. 카르넬 자작이 보내주는 생활비는 몹시 적었고, 여동생 니나만큼은 자신을 걱정해서 매달 한 번 정도는 일부러 고용인들과 함께 놀러 와줬다.

그리고 열 살을 맞이하자 강사가 파견되었다. 재능이 있는 귀족은 학원에 가는 것이 책무인지라 반드시 시험을 치러 합격해야 한다는 당부를 듣고 「자신은 아직 카르넬 가문에 이름이 올라가 있구나」라고 실감했다.

안도하는 마음과 섭섭한 마음이 당시에는 교차했었다.

그리고 작년 말. 왕가의 사절이 고용인들과 함께 살던 곳으로 들이닥쳤다. 아무것도 영문을 모른 채 「카르넬 자작의 자식이 틀림없는가」라며 질문받았다. 맞다고 대답했더니 「승려 재능이 있는가」라고 또 묻기에 역시 맞다고 대답했다. 왕가의 사절은 학원에 가면 돈을 주겠다고 말한 뒤 카르넬 영지에서 일어난 사건에 대해서도 가르쳐줬다.

또한 왕가의 사절은 학원을 졸업한 이후 이야기도 늘어놓았다.

「국왕 폐하께서 네가 5년간 귀족의 책무를 완수한다면 카르넬 가문의 가주 자리에 올라서 다시 가문을 일으켜도 된다고 말씀하셨다.」

귀족에게는 온갖 마수가 나타나는 위험한 지역에 가서 3년간 싸워야 할 책무가 있다. 카르넬 가문은 죄를 저지른 것에 대한 처분을 받아 5년의 책무를 수행해야 하지만, 어쨌든 책무를 완수하면 모든 죗값을 치를 수 있다고 했다.

알렌은 5년의 기간이 재능 있는 죄인이 처분받는 가장 무거운 종군 형벌이라는 사실을 떠올렸다.

킬은 그 제안에 알겠다고 즉답했다고 한다. 아울러 니나도 함께 학원 도시에 보내달라고, 의지할 곳 없는 고용인들도 자신이 책임지고 싶다고 왕가의 사절에게 요청했다. 왕가의 사절은「그 정도는 상관없다, 마음대로 해라」라며 승낙해주었다. 이후 4월이 될 때까지는 카르넬로 돌아가서 교회에 신세를 졌다.

학비는 왕가에서 내주었다고 한다. 학원에서 쓸 생활비로 받았던 돈은 전원의 교통비로 사라졌다.

"나는 말이다, 줄곧 가문에서 쫓겨난 계기가 됐던 이 재능을 원망했었다. 하지만 나의 재능에는 의미가 있었어. 의미가 있었던 거야……."

킬의 마음속에서 무엇인가가 흘러넘친다. 다들 묵묵히 킬의 말을 마지막까지 들었다.

"나는 기필코 카르넬 가문을 다시 일으켜야 해. 내가 가주가 되어서, 나의 가족을 위해서 돌아올 곳을 되찾겠다고 결심했으니까."

그렇게 말한 뒤 킬은 이야기를 끝냈다.

클레나도 드골라도 슬픈 얼굴로 킬의 이야기를 듣고 있었다.

'왕가의 사절 녀석들이 다 붙잡히지는 않았다는 말이군. 흑막도 아직 건재하고. 아무튼 지금 확인해야 할 것은 다른 부분이야.'

카르넬 영지가 몰수 처분을 받은 이후에도 왕가의 사절은 쭉 암약해왔다.

"있잖아, 온갖 마수가 나다닌다는 곳이 어디인지 설명은 잘 들었어?"

"응? 무슨 소리냐?"

'역시 마수가 조금 많은 곳이라는 말밖에 못 들은 건가. 어차피 마

왕사는 학원에 들어가서 다음 해에 배울 테니까 일단 학원에 집어 넣는 게 목적이었겠군.'

"모르는 건가. 어쨌든 마침 잘됐어. 그렇구나. 킬, 너는 책무가 있었구나?"

'더 빨리 말해주면 좋았을 텐데.'

"뭐?! 뭐가 잘됐다는 거냐!!"

"세실과 클레나한테도 책무가 있어."

귀족으로 태어난 세실과 검성이라는 재능이 있는 클레나. 알렌과 드골라에게 병역 의무는 없지만, 두 사람을 지키기 위해 마수가 잔뜩 넘쳐나는 전장에 간다는 말을 꺼낸다.

"……그게 어쨌다는 건데."

킬이 쌍심지를 세우며 알렌의 진짜 말뜻을 캐묻는다.

"같이 책무를 수행하자."

"머, 멍청한 놈아! 너, 얘기 제대로 들었냐……. 나는 카르넬 자작의 아들이라니까."

"그딴 건 아무래도 좋아."

"그, 그딴 거라고……?"

알렌의 말에 충격을 받아 놀라고 또한 어이없어한다.

'그건 그렇고, 신기하다는 생각은 했는데 보통은 이런 느낌이겠지. 각자 싸워야 하는 목적이 완전히 똑같다는 게 말이 안 되잖아?'

알렌이 전세 때 했던 게임에서는 꽤 손쉽게 동료를 모집했던 기억이 난다. 초기부터 동료가 쭉쭉 늘어나기도 했고, 개중에는 처음 방문한 도시에서 주점에 가면 어째서인지 동료를 잔뜩 영입할 수 있는 경우도 많았다. 목숨을 걸고 라스트 보스를 쓰러뜨리겠다고 모든 동료와 간단하게 각오를 공유할 수 있는 것인가.

막상 이세계에서 살다 보니까 결코 간단하지 않았다.

알렌의 눈앞에는 여동생과 의지할 데 없는 고용인들을 위해 가문을 다시 일으키고자 하는 기껏해야 열두 살 된 소년이 있다. 이 소년의 목적은 결코 마왕 토벌이 아니었다.

"킬, 너는 못 들었나 본데 그곳에 가는 사람들은 3년 안에 절반이 죽는다더라. 5년이면 아마 7할이었을 거야. 대부분의 마수가 B랭크 이상이랬는데, 왕가의 사절이 이런 이야기도 안 빠뜨리고 해줬어?"

킬은 놀라서 눈을 커다랗게 떴다가 고개를 옆으로 흔들었다. B랭크 마수는 모두가 잘 아는 위협이었다.

'마수가 강해졌다는 말도 마왕의 말도 당연히 못 들었겠지.'

B랭크라는 말에 일순간 위축되었던 킬이 각오를 다지고 다시 말했다.

"그게 어쨌다는 거냐? 그래봤자 내가 할 일은 달라지지 않는다."

'그렇겠지. 너한테는 이미 확고한 목적이 있으니까.'

킬에게는 가족을 지키겠다는 강한 책임감이 있었다.

"우리가 갈 곳을 잘 생각해봐. 얼마나 위험한 곳인지, 최대한 던전을 다니면서 그날을 위해 준비하는 거야. 그러면 고작 3년 따위는 눈 깜짝할 사이에 지나갈걸?"

"……그랬던 건가."

킬도 이제야 알렌 일행이 어째서 던전에 매진하는지를 이해했다.

"킬, 우리와 가자. 같이 싸우자. 동맹을 맺자. 목적은 각자 달라도 상관없잖아?"

'마왕군 이야기는 일단 했는데, 마왕 어쩌고는 나중에 또 설명해야겠네. 그리고 마왕을 쓰러뜨리는 데 5년이나 들일 생각은 없어. 그러면 더 빨리 영지로 돌아갈 수 있겠지.'

지금 마왕 이야기까지 꺼내면 상황이 복잡해지는지라 언젠가 다시 또 날을 잡아야겠다고 생각했다.

"동맹?"

"그래. 킬, 너는 자신의 목적을 위해 싸우면 돼."

킬은 망설이고 있다. 이곳에서 나가는 것은 간단하다. 다만 충동에 따라 나가버리면 니나와 고용인들은 다시 가난하게 살던 시절로 돌아가야 한다.

미래의 카르넬 가문 가주로서 지금 어떠한 선택을 해야 하는가. 깊이 고민할 문제는 아니었다.

"……나, 나는, 자신의 목적을 위해 검성도 이용할 거다. 자신의 가문을 위해 너희의 무력도 이용할 거다. 그래도, 상관없다는 거냐?"

"응응. 같이 싸우자!"

검성이라는 말에 반응한 클레나가 킬에게 손을 내민다.

해맑게 웃는 얼굴이었다.

"결정났네. 앞으로도 잘 부탁한다. 세실도 드골라도, 이렇게 해도 괜찮지?"

보통 알렌의 의견대로 행동하는 때가 많았지만, 중요한 문제는 항상 모두가 같이 결정해왔다.

"뭐, 괜찮아. 설마 카르넬 가문의 사람과 같이 살게 될 줄이야. 그

란벨 가문에선 내가 처음이 아니려나?"

"문제없다. 솔직히 중간부터는 뭔 얘기인지 전혀 못 알아들었는데, 킬은 우리의 동료잖냐."

드골라는 가문 간 분쟁의 내용은 비록 이해하지 못했지만, 킬을 동료로 받아들이자는 말은 알겠으니 충분하다는 것 같았다.

"자, 아직 식사 도중이고 배도 덜 찼을 테니까 환영회를 계속 하자."

"응응, 다들 불러올게!"

"도대체 뭐야……."

알렌이 말을 꺼내자 클레나가 웃는 얼굴로 킬의 가족들을 부르러 간다.

킬은 눈앞에서 본 광경인데도 전혀 따라가지 못했다. 세실은 「너도 빨리 익숙해지렴」이라고 말하면서 고개를 절레절레 젓고 한숨을 쉴 따름이었다.

제7화 함정과 검증

킬과 여동생 니나, 카르넬 가문에서 일했던 고용인들이 거점에서 같이 살게 되었다. 「이곳에서 같이 살겠다」라는 킬의 선언에 열다섯 살쯤 된 고용인은 진심이냐며 불만이 있는 반응을 보였다만, 킬이 설득하자 더 이상 아무런 말도 하지 않았다.

다음 날은 이사를 돕고 침구와 일용품을 구입하니 하루가 다 지나갔다. 고용인 여섯 사람이 받을 급료도 결정했다. 연령에 맞춰 아래와 같은 액수로 합의했다.

· 열다섯 살 보좌관, 금화 1닢
· 열다섯 살 시녀, 금화 1닢
· 열 살 시종, 은화 50닢
· 열 살 여종, 은화 50닢
· 여덟 살 남녀 각각 한 명은 심부름꾼, 은화 20닢

급료는 고정 금액이나 생활비로 던전에서 번 돈을 6분의 1만큼 할당하자는 규칙은 변경되지 않는다. 식비 및 기타 비용 전부를 던전에서 번 돈으로 조달할 수 있을 것이다.

승려 재능을 보유한 킬이 거점에서 살게 됨으로써 모든 것이 잘 풀리는 듯 했지만, 문제가 없는 상황은 또 아니었다.

그것은 카르넬 자작이 킬에게 취한 행동이었다. 자기 자식이 감정 의식에서 재능 보유자라고 판명된 귀족은 두 종류의 행동을 취하는 것으로 알려졌다.

하나는 자기 자식의 처지를 슬퍼하며 어떻게든 책무를 면제받고자 발품을 파는 것. 그란벨 가문은 이 경우에 해당한다. 딸을 귀족의 책무에서 빼내기 위해 미스릴 광산 채굴을 서둘러 진행했다.

다른 하나는 자기 자식의 재능에 환희하며 기뻐하는 것. 사실 귀족은 옛날부터 이쪽이 더욱 많았다. 왜냐하면 책무를 완수하는 귀족에 대한 우대 사항이 많기 때문이다. 왕성에서 근무한다면 여러 중요 요직에 쉽게 오를 수 있다. 영지를 가지고 있는 귀족이라면 감세 조치가 이루어진다.

해밀턴 가문의 리폴을 예로 들면, 항상 장군을 배출해왔던 명가에서 태어난 리폴은 나긋나긋하고 가냘픈 소년이었다. 이대로 가면 리폴의 대에서 중요 직책에 오르지 못할 것이다.

그런데 리폴에게는 검사 재능이 있었다. 학원을 졸업하고 3년의 책무까지 잘 완수하면, 리폴은 몰라보게 훌륭한 남자가 되어 귀환할 수 있을 것이고 게다가 우대 조치까지 따라온다.

실제 리폴은 기뻐하는 아버지에게서 「학원에 잘 다녀오거라」라며 배웅을 받았다고 했다. 가문의 번영을 첫 번째로 여기는 귀족이라면 아이에게 재능이 있는 것을 기뻐하는 법이다.

킬은 둘 중 무엇도 아니었다. 이야기를 들었을 때, 처음에는 킬을 아껴서 왕가의 눈을 피하기 위해 집에서 멀리 내보냈을 것이라 생각했었지만, 그렇다기에는 꽤 심한 대우를 받았던 것 같다.

그리고 킬의 거처에 찾아왔던 왕가의 사절은 무엇이었을까. 카르넬 가문의 부흥이 정말 확실한 약속이냐는 의문도 포함해서 이후 조사해야 할 필요가 있을 것 같다.

다음 날, 알렌은 파티원들과 모험가 길드의 3층에 있는 자료실을 방문했다. 조사 대상은 킬의 문제가 아니라 B급 던전이었다. C랭크를 신청할 때 직원에게 들은 말인데 학원 도시의 모험가는 C랭크가 된 이후 1년 이내의 사망률이 특별히 더 높다고 했다. 게다가 원인은 전투가 아닌 함정. B급 던전에 있는 함정의 종류와 대책을 파악하고자 알렌, 세실, 드골라, 킬 넷이서 자료를 찾으러 왔다.

"나, 나도 조사할래……."

클레나가 울먹거렸다.

"아니, 클레나는 거기 써 놓은 내용을 외워."

알렌은 함정 관련의 자료를 쭉 훑어보면서 클레나에게 매정하게 말했다.

"으으……. 너무해……."

클레나에게는 다른 과제가 있다. 다음 달 교양 필기시험을 대비하는 복습이다.

마왕군에는 제대로 된 지휘 계통이 있어 통솔이 잘 이루어진다. 마왕군의 움직임에 맞춰 연합군의 작전도 시시각각 변하는지라 상식 수준의 어휘 및 지식이 없다면 전장에서도 상관의 지시를 바르게 수행하지 못한다. 그런 이유로 학원에서는 1학년 때의 교육에서는 특히 일반교양에 힘을 들인다고 했다.

다섯 사람은 같은 자리에 앉아서 조사한 내용을 공유했다.

"밟으면 C랭크 마수가 수십 마리나 갑자기 튀어나와서 포위당하는 함정이 있다더라."

드골라가 자료를 보고 가르쳐줬다.

들어보니 조그만 방의 바닥에 섞인 스위치를 밟으면 느닷없이 마수들에게 포위당하는 함정이 있는 것 같다. B급 던전의 소환 함정에는 C랭크 마수가 나타나는 경우가 많고, 한 번에 소환되는 숫자는 다섯부터 서른 마리까지 랜덤이라고 알려졌다.

"독에, 수면에, 화살까지. 종류도 꽤 많군. 난 아직 해독용 회복마법은 못 익혔다. 척후는 고용을 안 하는 거냐?"

킬도 대화에 참가했다.

"이 이상 동료를 늘릴 생각은 없어."

파티원 모두에게 함정 해제용 스킬을 보유한 척후 및 도적 계열의 직업은 받아들이지 않겠다고 전달했다. 동료로 영입해도 마왕군과 싸울 때 데려갈 수 없어서였다.

마왕과 싸울 수 있는 도적이 과연 있겠냐는 것이 알렌의 생각이다.

알렌은 색적 등 각종 편리한 특기를 보유한 소환수를 사역할 수 있다. 킬은 해독 등 상태 이상을 회복하는 마법을 아직 익히지 못했지만, 이후 하나둘 습득하면 독 계열의 함정 및 마수에게도 대응할 수 있을 것이다. 게다가 풀C 소환수의 특기 「약미(藥味)」로 해결이 가능할지도 모른다. 독과 수면을 막아주는 약도 존재하니까 당분간은 약방에서 필요한 약을 구입해서 대응하고자 생각하고 있다.

마왕에 대해서는 또 자리를 만들어서 킬에게 이야기했다. 아마도

반신반의하는 것 같았다.

알렌도 자신이 조사했던 내용을 이야기했다.

"독을 쓰는 마수도 있는 것 같아. 데스 스파이더가 나온다더라. 그리고 B급 마수 미믹이 보물 상자로 의태하는 경우도 있다는데, 이 녀석들은 전부 쓰러뜨리자."

B급 던전은 벌레 계열 및 사령 계열 등 던전에 따라 출몰하는 마수도 달라진다. 상태 이상을 쓰는 마수도 많아서 벌레 계열이라면 독과 마비 대책은 필수였다. 사령 계열이라면 물리 공격이 잘 통하지 않으므로 마법 등 다른 수단으로 대처해야 한다.

그리고 B급 던전에서는 보물 상자로 의태한 미믹에게 희생당하는 모험가가 압도적으로 많았다.

"미믹을 전부 쓰러뜨리겠다고? 진심이냐?"

"맞아. 아마도 꽤 귀중한 아이템을 떨어뜨리는 것 같거든."

"그럼 쓰러뜨리는 게 좋겠군!!"

귀중한 아이템이라는 말을 듣고서 킬은 위험도 아랑곳 않고 알렌에게 동조했다.

돈벌이, 귀중한 장비, 그리고 「마력 회복 링」. 전부 다 던전 공략의 중요한 목적이다. 미믹이 떨어뜨린다는 아이템의 기록 중에는 금화 백 닢 이상의 가치를 지닌 무기도 있었다.

"그건 그렇고, 이 던전은 도대체 뭘까? 1000년 전에도 이미 있었다는 것 같던데."

세실은 옛날 자료를 훑어보며 중얼거렸다.

'응? 세실만 조사의 의미를 잘못짚었네.'

알렌은 게임의 설정 및 스토리, 배경을 조사하는 행동은 거의 하지 않았다. 제아무리 장엄한 스토리가 있는 게임이어도 실제로 하는 것은 레벨 올리기와 더욱 강해지는 것뿐이다. 탑을 공략하러 가도 그 탑이 어째서 세워졌는지 그 이유에는 흥미를 갖지 않았다.

세실이 조사한 내용을 모두에게 가르쳐줬다. 던전은 왕국이나 제국 등 세계의 온갖 위치에 있다고 한다. 모험가를 끌어들이기 위해 만들어졌다는 등 여러 가설이 있는데, 사실 여부는 알 방법이 없다.

"다만 1000년 이전의 자료는 찾을 수 없어."

어떤 자료도 던전 관련의 기록은 1000년 전에서 끝난다고 한다.

클레나가 세실에게 자료를 받아서 읽기 시작했다.

"흠흠."

"그러고 보니 클레나, 마도서 읽기는 다 끝냈어?"

"흐음~ 흐음~."

클레나는 자꾸 늘어지는 목소리를 내면서 얼굴을 숨긴 채 양피지를 읽었다.

"음, 클레나는 거점으로 돌아가도 계속 공부를 시켜야야겠……."

그때였다. 클레나가 무시무시한 기세로 출구를 향해 뛰었다. 하지만, 알렌이 도주하는 클레나를 붙잡았다.

"히잉……."

클레나는 인생이 다 끝났다는 듯이 칭얼거리며 고개 숙였다. 지금은 아직 알렌의 민첩성이 더 높은 듯 했다. 세실, 드골라, 킬까지 세 사람이 동정의 눈빛으로 클레나를 바라보면서도 결국 도와주려고 하진 않았다.

'조사도 어느 정도 끝났겠다, B급 던전에 도전해볼까.'

알렌은 클레나를 붙잡아 끌고 가면서 새로운 던전을 목표로 나아갔다.

* * *

"식사 중에는 마리아를 편하게 놓아주는 어때?"

"괜찮아요. 마리아도 제 무릎 위를 좋아하는걸요."

『맞 · 사 · 와요…….』

킬의 여동생 니나는 거점에서 생활하게 되고 쭉 영혼C 소환수와 같이 지냈다. 이제껏 쓸쓸하게 보낸 시간이 길었기 때문일까, 아니면 단순하게 마음에 들어서일까. 품속에 꼭 안아서 항상 함께 다녔다.

지금도 아침 식사 중이지만, 무릎에 영혼C 소환수를 올려놓고 있었기에 킬이 주의를 주던 참이었다.

'완전히 애완동물이 됐군. 고양이를 길러본 적은 없지만, 마치 애묘인처럼 애지중지하는걸.'

남의 일처럼 알렌은 바라만 봤다.

킬의 가족과 살게 되고 5일이 지나갔다. 가끔 어색할 때도 있었지만, 첫날의 소동과 비교하면 서로 간에 꽤 허물없는 사이가 됐다.

파티 『페인 게이머』는 매일 C급 던전 세 군데를 다니고 있다. 최하층 보스의 토벌 보수 덕분에 하루 수입은 대략 금화 세 닢. 그중

6분의 1, 즉, 은화 오십 닢이 하루당 식비 및 급료 등 거점 관리 운영비이니까 시간이 지남에 따라 점점 더 유복해졌다.

"자, 다들 준비하자. 오늘부터 B급 던전 공략을 개시할 거야."

드디어 B급 던전 공략이 시작된다.

"오늘도 던전 공략 열심히 하자!"

클레나가 공부할 때보다 몇 배는 씩씩하게 일어선다. 알렌의 한마디에 식사를 마친 파티원 모두가 대답을 했다. 거점에서 나설 때 불안해하며 바라보던 니나의 머리를 킬이 톡톡 두드려줬다. 이것은 던전에 진입할 때 반복되는 일상사였다.

B급 던전은 거점 근처에 두 군데가 있다.

각각의 B급 던전은 나타나는 마수의 구성에 특징이 있었다. 이번에 도전하는 던전은 짐승 계열 편중형이었다. 짐승 계열은 공격을 예측하기 쉽고, 독 등등 상태 이상이 함정과 보물 상자뿐이라서 공략이 수월하다. B급 초보자용으로 마침 적당할 것 같다.

거점에서 잠시 걸어가자 이번 공략 대상인 던전이 눈에 들어왔다. 쭉 늘어서 있는 모험가도 지금껏 C급에서 보아왔던 사람들보다 강한 분위기다.

모험가 중 8할은 C급 던전을 공략할 수 있다고 한다. 하지만 B급 던전을 공략할 수 있는 모험가는 2할 정도다. 수많은 함정과 무시무시한 강적을 맞닥뜨리고 많은 사람이 목숨을 잃는다. 또한 최하층 보스까지 다다랐어도 재능 없이는 결코 쓰러뜨리지 못한다고 한다.

이곳에 재능의 유무에 따른 넘어설 수 없는 벽이 있었다.

어린 학생 파티가, 게다가 고작 다섯 명이서 B급 던전에 나타났다. 몹시 신기한 광경이었는지 건물에 들어갈 때 「괜찮겠냐?」라며 직원이 말리기도 했다. 알렌은 「문제없습니다」라며 C랭크 모험가증을 보여주고 건물 안으로 들어갔다.

『어서 오십시오. 던전 총괄 운용 관리 시스템 B304입니다.』

C급 던전과 마찬가지로 방에 들어가자 큐브가 있었다.

"분위기는 C급 던전과 다를 게 없군."

드골라가 도끼를 어깨에 짊어지고 주위를 둘러본다. 천장부터 바닥까지 전체가 돌로 만들어진 던전이었다.

"그래, 그런데 함정이 있다니까 신중하게 이동하자."

파티원 모두에게 만약을 대비하고자 해독제를 나눠줬다. 하나에 은하 세 닢이라서 결코 싼값은 아니었지만, 미리 마시면 효과가 하루는 지속되니까 모두 다 출발 전 마시기로 했다.

새E 소환수를 먼저 보내서 길을 탐색한다.

일반적인 B급 던전에 대해

· B급 던전은 10층에서 12층

· B급 던전 1계층의 이동 시간은 12시간 정도

· 던전 상층은 D랭크 마수, 하층에 내려갈수록 C랭크 마수가 나타난다

· 최하층 보스는 B랭크 마수

'으음, 여기는 12층까지 있는 던전이었지? 최단 이동 시간이 열두 시간이라면 시속 5킬로미터로 걸었을 때 11층까지 660킬로미터인가.'

걷는 속도로 계층 전역의 이동 거리를 가정했다. 미믹을 사냥할 테니 시간이 더 걸릴 것 같고, C랭크 소환수의 성능 등 검증하고 싶은 과제도 몇 가지 있었다.

“길은 대강 파악했어. 자, 나와라. 프랑들.”

『『『뀨우우우우잉!!!』』』

특기 「질주하기」는 안 쓰고 천천히 전진했다. D랭크 마수만 나오는 곳이지만, 함정 대처라든가 여러모로 신경을 써야하기에 처음부터 쭉 내달리는 행동은 하지 않는다.

신중하게 전진했는데도 아침 여덟 시 무렵에 던전에 진입해서 점심 전에 2계층 너머까지 도착할 수 있었다.

“보물 상자가 전혀 안 보이는걸. 한두 개는 나오지 않을까 생각했었는데.”

세실이 빵을 먹으며 이야기했다. 이 귀족 아가씨도 지난 2개월 동안 바깥에서 하는 식사에 꽤 익숙해졌다.

“뭐, 어쨌든 간에 던전을 공략하는 게 우선이니까. 느낌상 보물 상자가 썩 많지는 않은 것 같은데?”

그리고 오후에도 1계층을 더 공략해서 4계층을 앞에 두었을 때, 드디어 목표 대상을 발견할 수 있었다.

“오! 보물 상자다!”

작은 방 안쪽에 있는 보물 상자를 보고 몸부터 쏠리려고 하는 킬을 다 같이 제지한다. 독 함정에는 대책을 갖춰 두었지만, 어쩌면 미믹일지도 모른다.

“마리아, 가라. 살펴보고 와.”

『알겠 · 사 · 와요!』

영혼C 소환수가 보물 상자가 있는 곳으로 하늘하늘 날아간다. 소환수에게 보물 상자의 함정 체크를 맡기는 작전이었다.

알렌의 소환수는 손발이 달린 종류가 더 많이 있다. 하지만 영혼C 소환수는 벽을 통과할 수 있고, 대화도 나눌 수 있었다.

만약 함정이라면 발동을 피할 수 있지 않을까 기대해서 내린 선택이었다.

모두가 두근두근하며 영혼C 소환수를 바라봤다. 여차하면 킬이 회복 마법을 걸어주기 위해서 대기하고 있다. 회복 마법 및 회복약은 소환수에게도 유효했다.

킬이 레벨 30까지 성장한 만큼, 알렌이 소지하고 있는 회복 아이템을 쓸 기회는 꽤 줄었다.

【이　름】 킬
【연　령】 12
【직　업】 승려
【레　벨】 30
【체　력】 397
【마　력】 749
【공격력】 298
【내구력】 421
【민첩성】 479
【지　력】 661
【행　운】 603

【스　킬】 승려 〈2〉, 회복 〈2〉, 견고 〈2〉, 검술 〈3〉
【엑스트라】 신의 물방울
【경험치】 26,550/3만
· 스킬 레벨
【승　려】 2
【회　복】 2
【견　고】 2
· 스킬 경험치
【회　복】 28/100
【견　고】 15/100

'스킬도 순조롭게 성장하고 있군. 분명 교회에 가서 기도를 올리

면 회복 마법을 익힐 수 있다고 했지?'

킬을 동료로 받아들였을 때는 승려 레벨도, 회복 레벨도 1이었다. 그리고 세실과 똑같이 레벨 10을 넘긴 시점에서 직업 레벨이 2로 올라갔다. 회복 마법도 공격 마법도, 레벨 제한이 있는 것 같다.

참고로 회복 스킬은 지력에 영향을 받는다고 한다.

알렌이 이것저것 생각하는 동안에 영혼C 소환수가 보물 상자의 바로 앞쪽까지 다가갔다. 알렌도 공유를 써서 영혼C 소환수의 시야로 뚫어져라 보물 상자를 바라봤다.

아무 특별할 것 없는 나무 상자이지만, 함정이나 미믹일 가능성도 있었다.

영혼C 소환수를 물질을 투과할 수 있으니까 보물 상자을 열지 않은 채 안쪽을 들여다보려는 작전이다. 평범한 보물 상자라면 열어도 되고, 함정이라면 이대로 방치한다. 그런데 미믹이라면 과연 어떻게 될까.

영혼C 소환수가 나무 상자에 손과 얼굴을 넣어서 다가간다.

『카르르르!』

갑자기 보물 상자의 뚜껑이 확 열렸다. 테두리에는 톱니처럼 커다란 이빨이 잔뜩 줄지어 있다.

"미믹이다!!"

『흐앗! 주, 죽어버려요!! 사이코!!!』

느닷없이 보물 상자가 덮쳐드는지라 놀란 영혼C 소환수. 손에서 회색의 둥근 배구공만 한 구체가 생겨나더니 미믹에게 굉장한 기세로 날아간다.

『크?! 카르아아!!』

『죽어버려요! 죽어버려요!』

미믹이 영혼C의 특기 「사이코」를 맞을 때마다 휙휙 나가떨어진다. 영혼C 소환수는 가차 없이 사격을 쏟아부었다. 벽까지 날아가서 충돌을 해도 공격을 멈추지 않았고, 결국 미믹이 움직임을 멈췄다. 죽어버렸나 보다.

『미믹을 1마리 쓰러뜨렸습니다. 경험치를 2만 획득했습니다.』

'흠흠, 강화한 마리아는 마력을 절반쯤 쓰고 B랭크 마수를 혼자 쓰러뜨릴 수 있는 건가.'

"어휴, 미믹은 B랭크 마수잖아?"

드골라가 경악하며 중얼거렸다. 영혼C 소환수의 마력은 여섯 시간이 지나면 최대로 회복되니까 그동안 미믹과 두 번 조우해도 문제없이 잡을 수 있다.

"와! 창이 나왔어!!"

미믹은 B랭크 마석과 미스릴 창으로 바뀌었다. 미믹이 가끔 아이템을 떨어뜨린다는 말은 진짜였다. 클레나가 새C 소환수에서 내린 뒤 창과 마석을 줍는다. 이 창을 매각하면 금화 오십 닢 정도는 받을 수 있다.

이렇게 B급 던전 공략이 차근차근 진행되었다.

* * *

"허억?!"

알렌은 돌바닥 위에서 깨어났다. 주위를 둘러보면 동료들이 알렌을 둘러싸고 빤히 내려다보고 있었다.

"일어났어? 역시 알렌도 잠 깨는 약을 먹는 게 좋지 않을까?"

'오, 수면 함정에 걸려서 잠들어버린 건가? 이 함정을 기다렸다!!'

알렌은 자신이 잠들었다가 지금 막 깨어났다는 것을 이해했다. 이곳은 B급 던전의 6층에 있는 작은 방이다.

파티 중에서 알렌만 특기를 검증하기 위해 잠 깨는 약을 먹지 않았었다.

"마리아, 약미를 써준 거야?"

『네, 맞 · 사 · 와요!』

"몇 초만에 깨어났지?"

『10초도 걸리지 않았 · 사 · 와요!』

'잠들었던 시간은 불과 몇 초인가. 의식도 분명하니까 전투에 복귀하는 건 수월하겠어.'

"알렌, 어디 안 좋아?"

클레나가 걱정하면서 빤히 쳐다본다.

"아니, 괜찮아. 잠깐 이 함정으로 검증을 하고 싶은데 괜찮을까?"

"검증이구나. 알았어."

"아, 검증이군? 그럼 클레나, 잠깐 훈련이나 도와줘라."

"응, 알았어!"

또 검증이냐고 혀를 내두르며 세실이 동의했다. C랭크 소환수와 각성 스킬은 알지 못하는 부분이 많기 때문에 몇 가지 검증이 필요하다.

던전 공략은 이런 이유로 가끔씩 중단될 때가 있었다.

물론 던전 공략도 중요하다. 하지만 진짜 위기에 빠졌을 때는 그동안 이 같은 검증을 철저하게 해왔는지가 생사의 갈림길을 헤쳐나갈 때 도움이 되는 요소로 작용한다.

이번에 검증할 것은 수면에 대해서였다.

알렌의 검증은 몇 시간씩 걸리는 때도 있는지라 드골라는 이렇듯 클레나에게 연습을 도와달라고 부탁한다. 아직 스킬을 쓰지 못하는 드골라는 검성 드베르그와 클레나가 했던 훈련처럼 스킬을 의식하면서 도끼를 휘두르면 언젠가 스킬 발동에 성공하리라 믿고 있었다.

그 연습을 클레나가 같이 도와주고 있다.

드골라의 스킬 훈련은 거의 매일같이 이루어진다. 학원에서 돌아오면 던전 빵빵이가 먼저이지만, 그래도 한 시간이나 두 시간은 짬을 내고는 했다.

B급 던전부터 화살과 독 함정이 있다. 척후 직업을 파티에 영입하지 않은 터라 함정에 당하면 그냥 회복약으로 치료하고 움직이자는 강행군 방식으로 공략 중이다.

또한 다른 소환수에서 체력 회복약, 마력 회복약이 나왔으므로 약미는 분명히 상태 이상 회복약이라고 추측하고 있다.

다만 지금껏 독 함정과 화살 함정만 겪었기에 미처 검증을 하지 못했기에 독 함정이 아닌 수면 함정이 나오기를 기다려왔다. 혹시 짐작이 틀려서 허망하게 독에 당하면 죽어서도 얼굴을 들 수가 없다.

다른 네 사람을 작은 방의 구석으로 보낸 뒤, 알렌은 중앙에 있는 함정을 주시했다.

'이 함정도 겉으로는 분간이 안 되네.'

다른 돌바닥과 완전히 똑같아 보인다. 영혼C 소환수가 말하기를 이 돌바닥을 밟으면 쑥 꺼지면서 하얀 연기가 가득 피어오른다고 했다.

알렌은 다시 돌바닥의 함정을 밟았다. 주위에 하얀 연기가 차오른다.

'독 함정과 마찬가지구나. 범위는 밟은 지점에서 5미터 정도이려나? 연기는 몇 초 안에 걷히고.'

연기가 이미 사라졌는데도 알렌의 의식은 또렷했다.

'약미의 효과인가? 졸리지 않아. 효과가 판매하는 잠 깨는 약과는 달라.'

시판하는 잠 깨는 약의 효과

· 마시면 수면 상태에서 깨어날 수 있다

· 미리 마시면 하루 정도 효과가 지속된다

· 효과는 한 번뿐

· 가격은 은화 세 닢

풀C의 특기 「약미」는 한 번 발동해도 효과가 사라지지 않는 듯했다. 재차 함정을 발동시켰는데 아무렇지도 않다.

또 검증할 만한 사안을 빠뜨리지는 않았나 머리를긁으며 되새기던 중, 입가에 상처가 있다는 것을 깨달았다.

'어라? 언제 다쳤지? 맞아, 잠들기 전에…….'

알렌은 중요한 것을 떠올렸다. 알렌이 잠들어버린 때 한창 이동 중이었다. 새C 소환수는 특기를 쓰지 않아도 시속 50킬로미터로 날 수 있다.

'나는 프랑을 타고 있다가 의식을 잃고 잠들어서 굴러떨어진 건가?'

"마리아, 프랑들은 연기에 휩싸여서 어떻게 됐어?"

『모두 푹 잠들었 · 사 · 와요.』

영혼C 소환수가 당시 상황을 가르쳐줬다. 한데 뭉쳐서 이동 중이었던 새C 소환수가 함정에 걸려 잠들어버렸는데, 알렌 이외의 사람은 해독제와 함께 잠 깨는 약을 미리 마셨기에 곧장 낙법을 해서 무사했었지만, 푹 잠든 알렌은 넘어지는 소환수와 함께 부상을 당했던 것 같다.

알렌은 거기까지 말을 듣고서 마도서를 꺼내 스테이터스를 확인했다. 알렌도 포함해서 전원 체력이 줄지 않은 채 멀쩡한 상태다.

"마리아, 킬이 회복 마법을 걸어준 건가?"

『맞 · 사 · 와요.』

아마도 킬이 쓴 회복 마법 덕분에 넘어졌던 새C 소환수들과 함께 체력이 회복된 것 같다.

'아하, 풋고추처럼 생긴 이 약미로 검증할 게 늘어났구나.'

알렌은 소환수를 꺼내서 거듭 함정을 밟았다. 어느 소환수가 수면에 걸리고 또한 걸리지 않는지를 검증하기 위해서였다.

알렌은 착각을 할 뻔했다. 영혼C 소환수가 몇 번이나 하얀 연기에 휩싸였는데도 태연했던지라 모든 소환수에게 수면 내성이 있을 것이라고 생각했었다.

랭크뿐 아니라 계통에 따라서 상태 이상 수면의 효과가 각각 달라진다는 것을 파악할 수 있었다.

수면의 효과 정도
· 벌레 계통 100%
· 짐승 계통 100%
· 새 계통 100%
· 풀 계통 0%
· 돌 계통 0%
· 물고기 계통 100%
· 영혼 계통 0%

'아하, 생물 계통은 거의 100퍼센트로 효과가 있고, 생물이 아닌 계통은 안 먹히네. 풀은 생물이어도 식물이라 잠들지 않는 셈이고.'
통일감이 있어서 파악하기가 쉽다.
이제까지 파악한 약미의 검증 결과를 정리했다.

검증이 끝난 것
· 수면을 해제한다
· 소환수에게도 효과가 있다
· 효과는 지속된다
검증하지 못한 것
· 독에도 유효한가?
· 효과의 지속 시간은?

'지속 시간이 따로 있다면 미리 마시는 게 좋겠군. 그건 그렇고 소환수가 덜컥 잠들어서 하마터면 다들 위험할 뻔했어.'

검증 결과를 대강 정리했기에 「오래 기다렸지, 다시 출발하자」라고 동료들에게 말을 꺼내려던 때.

"우와아아아아아아아아아아아!!!! 해냈다아아아아아아아아아아!!!!"

드골라가 우렁차게 고함질렀다.

"만세! 해냈구나! 드골라!!"

"드골라, 스킬 발동에 성공한 거야?"

"그래. 해냈어, 나도 스킬을 쓴다!"

감자 얼굴 드골라가 만면에 미소를 띤다. 클레나보다 조금 늦게나마 드골라도 스킬을 발동할 수 있게 되었다.

알렌은 마도서로 마력이 소모되었음을 확인했다.

'오! 진짜 드골라의 스킬 경험치가 올라갔어.'

【이 름】 드골라
【연 령】 12
【직 업】 도끼잡이
【레 벨】 35
【체 력】 772
【마 력】 416
【공격력】 1016
【내구력】 670
【민첩성】 424
【지 력】 282
【행 운】 458
【스 킬】 전투 도끼 〈1〉, 혼신 〈1〉, 도끼술 〈4〉
【엑스트라】 전심전력
【경험치】 59,630/7만
· 스킬 레벨
【전투 도끼】 1
【혼 신】 1
· 스킬 경험치
【혼 신】 2/10

“응? 알렌, 조사는 이제 다 끝났냐?”

드골라는 훈련에 열중하느라 알렌의 검증이 마무리된 것도 알아차리지 못했나 보다.

“그래, 충분해. 다들 기다렸지.”

“그러냐, 좋아, 또 던전 공략을 하러 가자고! 이 감각을 잊기 싫으니까 말이다!!”

드골라가 도끼를 짊어지고 가장 먼저 새C 소환수의 등에 올라탔다. 빨리 마수를 상대로 스킬을 쓰고 싶은 듯하다.

알렌은 「그러자」라고 답했고, 이날은 다 같이 던전 공략에 매진했다.

* * *

오늘은 학원이 쉬는 날이다.

“포치, 착하다~ 착해, 착해.”

『멍! 멍!』

꼬리를 흔들며 재롱부리는 짐승F 소환수와 알렌이 놀아준다. 본래 대형견 비슷하게 우락부락한 녀석인데 지금은 치와와 같은 소형견의 모습이었다.

식기 찬장의 위쪽에서는 「그게 재밌어?」라며 짐승E 소환수가 쳐다보고 있다. 평소에는 맹수의 모습이지만, 이 녀석도 지금은 새침한 고양이처럼 얌전하다. 식기 찬장의 가장 위쪽에 아무것도 넣지 않은 공간을 점령한 채 털 고르기를 하고 있다. 이 짐승 두 마리는 각성을 써서 모습이 달라졌다.

짐승F 소환수의 각성 스킬, 「충견」
짐승E 소환수의 각성 스킬, 「빌려온 고양이」

효과는 각각 「소형견처럼 잘 따른다」, 「집고양이처럼 늘어진다」. 이 모습은 1개월 지속된다.

외형도 효과도 언뜻 의미가 없는 듯 보이지만, 실은 아니다. 이 모습이라면 집 안에서 기를 수 있기에 위장 상태에서 경호가 가능하다. 이래 보여도 강화를 마쳐서 양쪽 다 공격력과 체력이 500씩 올라갔다. 짐승F와 짐승E 소환수는 거의 고용인들의 애완동물 취급을 받고 있었다.

각성 스킬의 검증은 진행 중이지만, 효과의 지속 시간이 제각각인지라 상당히 공이 들어갔다는 느낌이다.

"자, 슬슬 가볼까."

"그래! 빨리 가자고!!"

드골라는 몸이 근질거리나 보다. 드디어 스킬을 사용하는 데 성공한 테라 던전을 탐색하려는 의욕이 굉장히 높다. 스스로 성장하는 기쁨을 알게 됐다는 것이 무척이나 기꺼웠다.

오늘은 B급 던전에서 처음으로 보스 사냥을 하는 날이다.

평소와 같이 건물에서 B급 던전의 최하층으로 이동했다. 다른 계층이라면 통로로 이동될 텐데, 최하층은 커다란 문의 앞쪽으로 이동된다. 문양이 새겨져 있는 웅장한 문을 열자 커다랗고 둥근 공간이 나타나면서 중앙에 떡하니 자리를 잡은 최하층 보스가 눈에 확 들어왔다.

"저게 뭐였더라? 아마도 휴즈 보어였던 것 같은데……."

"맞아, 그레이트 보어의 상위 마수라는 녀석이었어."

킬이 알렌의 말에 대답해줬다. 최하층 보스의 방 중심에는 클레나 마을에서 쭉 사냥했던 녀석과 같은 C랭크의 마수, 그레이트 보어가 열 마리쯤 있다. 또한 중앙에 자리를 잡은 몸높이 5미터 정도의 거대한 보어가「휴즈 보어」다.

짐승 계열의 던전 최하층 보스로 어울린다는 생각이 든다.

'……B랭크가 있어도, 도무지 질 수가 없는 기분인데?'

【이　름】 클레나
【연　령】 12
【직　업】 김성
【레　벨】 37
【체　력】 1520 +900
【마　력】 586
【공격력】 1520 +900
【내구력】 1068 +900
【민첩성】 1027 +900
【지　력】 606
【행　운】 735
【스　킬】 검성 〈3〉, 참격 〈3〉, 비검 〈3〉, 강체 〈1〉, 검술 〈5〉
【엑스트라】 한계 돌파

【이　름】 세실 그란벨
【연　령】 12
【직　입】 마도사
【레　벨】 37
【체　력】 637
【마　력】 1069 +600
【공격력】 406
【내구력】 664
【민첩성】 628 +600
【지　력】 1470 +600
【행　운】 592
【스　킬】 마도 〈3〉, 불 〈3〉, 흙 〈3〉, 예지 〈1〉 격투 〈2〉
【엑스트라】 메테오

【이　름】 킬
【연　령】 13
【직　업】 승려
【레　벨】 37
【체　력】 475
【마　력】 899 +300
【공격력】 358
【내구력】 505
【민첩성】 575
【지　력】 793 +300
【행　운】 723
【스　킬】 승려 〈3〉, 회복 〈3〉, 견고 〈3〉, 신앙 〈1〉, 검술 〈3〉
【엑스트라】 신의 물방울

킬은 얼마 전 열세 살이 되었다. 파티원들 중 생일이 가장 빠르다. 거점에서 생일 파티를 열었는데, 최근에는 킬도 이 같은 분위기를 받아들이기 시작한 것 같다.

B급 던전을 드나들면서 스킬 사용 빈도가 올라간지라 드골라를 빼고 직업 스킬이 레벨 3에 다다랐다. 새로 획득한 스킬은 각각 클레나가 「강체」, 세실이 「예지」, 킬이 「신앙」이다.

강체는 능력치 4개를 900씩 올려준다.
예지는 능력치 3개를 600씩 올려준다.
신앙은 능력치 2개를 300씩 올려준다.

'저에게도 가호를 받을 수 있는 직업은 소환사뿐이라고 생각했던

시기가 있었습니다.'

알렌은 소환사가 별 여덟 개짜리 희귀 직업이라서 특별히 가호가 추가되는 것이라고 생각했었다. 그런데 알고 보니까 다른 직업에도 가호와 비슷하게 능력치 증가 스킬이 있었다.

모두가 알렌의 백 배의 속도로 성장하고 있다.

'내 예상이 진짜로 정답이었어. 노말 모드는 절대 약하지 않아. 그런데도 마왕군한테 고전 중인걸 보면, 아마 상대가 지나치게 강한 거야.'

기사단장도, 암살자 더글라하도 터무니없이 강했다. 그러나 철저하게 단련된 노말 모드의 강자가 3년 사이에 절반이 탈락하는 전장이 있다.

"올 프로텍트."

알렌은 킬이 견고 스킬을 쓰는 목소리에 정신 차렸다. 견고 레벨 3은 파티 전원의 방어력을 10퍼센트 상승시켜준다. 이것만으로도 클레나는 방어력이 200 가까이 상승한다. 강체 및 소환술의 가호로 늘어난 능력치에 비례해서 10퍼센트가 가산되므로 무척 유용한 스킬이다.

"자, 가자!"

"그래! 앞쪽은 맡겨줘라!"

클레나가 외치자 드골라가 덩달아 소리 질렀다. 새C 소환수에 올라탄 채 나아간다.

클레나와 드골라가 있는 최전열에는 거대한 멧돼지의 형태를 한 짐승C 소환수가 나란히 특기 「돌진」으로 달린다. 그레이트 보어가 클레나와 드골라를 무시하고 킬과 세실을 공격하는 경우를 대비하기 위한 전법이었다. 약한 사람, 후방에 있는 사람을 우선해서 노리는 마수도 있다. 특히 마수가 C랭크가 되면서 이 같은 경향이 더욱 뚜렷해졌다. 평소 이동할 때는 알렌이 최후미를 보호하지만, 최하층 보스전의 경우는 클레나와 드골라의 뒤쪽에 알렌, 최후미에 킬과 세실이 서는 진형을 기본으로 해서 알렌은 중앙에서 소환수들에게 지시를 내린다.

"플레임 랜스!"

세실의 마법과 알렌의 소환 스킬로 그레이트 보어를 쓰러뜨리고, 클레나와 드골라에게 최하층 보스인 휴즈 보어를 맡기는 작전이었다. 세실이 범위 공격인 불 마법을 난사했다. C랭크 마수가 통구이 신세가 되어 소멸한다.

『꾸워어어어어어!!!』

클레나가 스킬 레벨 3에 도달한 참격을 사용하며 휴즈 보어의 머리를 반으로 자를 기세로 강한 일격을 내리찍었다. 이미 몇 방이나 공격을 맞았던지라 이것이 결정타였다.

"B랭크 마수를 쓰러뜨렸다! 올 힐!!"

전투가 끝나는 때를 가늠해서 킬이 파티에 회복 마법을 걸어줬다.

'한 번에 전원에게 회복 마법을 걸어줄 수 있다는 게 진짜 편하네.'

알렌이 감탄했다.

"이제 B급 던전도 한 군데 공략했네……. 어라, 오오!!"

휴즈 보어 토벌의 보수. 보물 상자의 색깔은 은빛이었다.

"오, 은색이잖아! 은 상자가 나왔다!!"

흥분 상태의 킬이 가장 먼저 달려가 보물 상자를 여니 안에는 화황금(火廣金) 너클이 들어 있었다. 주홍빛으로 빛나는 화황금 무기는 판매하면 금화 수백 닢이나 나가는 고급품이다.

킬은 신나서 너클을 들었다. 알렌은 킬이 돈이 집착하는 이유는 가족을 위해서라고 생각했지만, 같이 행동하다 보니까 가족의 사정은 별개로 킬은 단순하게 돈을 무척이나 좋아하는 것 같았다.

"……돈의 망자는, 아니겠지? 재는 돈의 성자이려나?"

세실은 알렌과 같은 생각을 했는지 어이없다는 목소리로 중얼거리며 한숨을 쉰다. 돈의 성자라는 기묘한 표현이 이곳에 생겨난 순간이었다.

이렇게 알렌 일행은 첫 번째 B급 던전 공략을 무사히 완료했다.

제8화 고향에 돌아가서

지금은 8월 초순. B급 던전을 공략한 지 대략 1개월이 경과했다.

클레나는 무사히 모두와 함께 교양 시험에 합격했다. 거점에서는 합격을 축하하는 파티가 열렸고, 클레나는 식탁에 있는 진수성찬 덕분에 내내 기뻐했다. 내년 2월의 교양 시험이 끝났을 때도 꼭 합격 파티를 열어주고 싶다.

던전 공략도 순조로워서 이미 B급 던전을 두 군데 공략했고, 이제 한 군데만 더 공략하면 A급 던전에 들어갈 수 있다. 던전의 실태를 알지 못하는 상태에서 탐색을 개시했던 것치고 빨리 공략을 진행했다는 생각이 든다. 클레나는 이미 단독으로 B랭크 마수를 쓰러뜨릴 수 있는 실력을 갖춘지라 성장 속도에 혀를 내두르게 된다.

D랭크 마석의 매입 의뢰는 7월부터 재개했다. B급 던전에서는 C랭크 마석을 1계층마다 이백 개쯤 회수할 수 있었다. 소환수를 세팀으로 나누면 하루에 육백 개를 회수할 수 있다.

소환수 부대를 써서 계층 하나를 하루 종일 사냥해도 마석은 이백 개가 한계였다. 마수가 출현하는 속도에 제약을 받기 때문이었다.

이백 마리 이상의 마수를 사냥하려면 마수 소환 함정을 찾아내야 했다. 함정을 건드리면 소환수가 조금 피해를 입게 되지만, 천 개 정도의 C랭크 마석을 회수할 수 있는 짭짤한 방법이다.

함정과 보물 상자의 위치는 밤 0시에 변경되는 듯하니 날짜가 바뀌면 조금이라도 더 빨리 마수 소환 함정을 찾아내는 것이 중요했다.

알렌의 소환수만으로 1개월 동안 벌어들인 마석과 돈
· C랭크 마석 34,760개
· 보물 상자의 보수, 금화 425닢

C랭크 마석을 전부 다 처분하면 삼십 일만 개의 D랭크 마석을 매입할 수 있다.

모험가 길드의 직원이 울먹이며 「주마다 매입하는 D랭크 마석은 최대 일만 개로 줄여주면 좋겠다」라며 하소연했다. 이제 의뢰를 맡겨 매입할 수 있는 마석은 매달 오만 개가 최대치다.

파티에 필요한 여러 물품은 소환수가 회수한 보물 상자의 보수로 사들이고 있다. 거점에서 장보기 등 활동을 위해 쓸 마차와 시계 마도구를 장만했다. 각각 금화 오십 닢이었다. 마당에 마구간이 있었기에 열다섯 살 고용인에게 말 관리를 부탁했다.

이제 여름 방학 중 던전에 쭉 틀어박혀서도 시간 파악을 수월하게 할 수 있다.

지금, 알렌은 학원이 아닌 다른 곳에서 소환수가 되어 상공을 날아가고 있다.

'드디어 도착했다. 휴, 되게 멀었어.'

예전에 새G 소환수로 상공에서 보았을 때와 같은 광경이 보인다. 클레나 마을이었다.

예전에는 거의 달마다 새G 소환수로 찾아왔었지만, 오늘은 비둘기처럼 생긴 새F 소환수로 왔다. 다리에는 짐이 든 바구니를 묶어 놨다.

알렌 일행은 학원에서 무사히 여름 방학에 들어갔는데, 2개월의 여름 방학 동안에 귀성하지 않고 던전에 다니기로 같이 결정했다. 마력 회복 링이 나올지도 모르는 A급 던전에 하루라도 빨리 가고 싶었기 때문이다.

귀성은 하지 않아도 볼일이 있어 그란벨 영지에 새F 소환수를 보낸 것이다. 겸사겸사라고 말하기에는 조금 그렇지만, 본가에 들러서 근황 보고를 할 계획이다. 또한 겸사겸사로 새F 소환수의 비행 훈련도 겸하고 있다.

새F가 본가에 도착했다. 집 안에 들어가자 점심때였는지 가족이 모두 있었다.

『저 왔어요. 휴~ 되게 멀더라.』

가족들이 점심으로 찐 고구마를 넣어서 먹던 중, 날개를 펄럭거리며 흙마루로 들어온 비둘기가 알렌의 목소리로 이야기했다.

"어라? 새님이 말을 했어!"

뭐라의 손에서 찐 고구마가 굴러떨어졌다. 로단과 테레시아도 딱딱하게 굳었다.

'좋아, 좋아. 잘 들리는구나.'

새F 소환수도 새G와 마찬가지로 목소리를 낼 수 있다. 하지만, 성대모사는 하지 못하고 알렌의 목소리가 나온다.

새F의 특기 「전달」의 능력

· 알렌의 목소리로 반경 3킬로미터까지 말을 전달할 수 있다
· 대상을 선정할 수 있고 대상이 아니면 목소리를 듣지 못한다
· 거리 및 장해물의 유무와 관계없이 목소리의 크기는 일정하다

새F의 각성 스킬 「전령」의 능력

· 알렌의 목소리로 반경 100킬로미터의 대상에게 정보를 전해줄 수 있다
· 알렌이 본 광경이라면 영상도 전할 수 있다
· 거리 및 장애물의 유무와 관계없이 목소리 크기, 영상의 화질은 균일
· 쿨타임은 하루

터무니없이 유용한 스킬이다. 명백하게 광범위 전장을 의식해서 구성된 스킬 구성이다.

각성 레벨은 5다. 각성 스킬을 익힌 덕분에 알게 된 사실도 무척 많았다. D랭크까지 다른 새 계통의 각성 스킬은 아래와 같다.

새G의 각성 스킬 「지저귐」의 능력

· 성대모사로 기억한 다수의 말을 동시에 소리 낼 수 있다
· 쿨타임은 하루

새E의 각성 스킬 「천리안」의 능력
· 반경 100킬로미터 이내의 대상을 파악한다
· 차폐물 너머는 보지 못한다
· 주간에만 유효
· 쿨타임은 하루

새D의 각성 스킬 「백야」의 능력
· 반경 100킬로미터 이내의 대상을 파악한다
· 차폐물 너머는 보지 못한다
· 야간에만 유효
· 쿨타임은 하루

"아, 알렌이냐?"

로단이 흠칫흠칫하며 새F 소환수에게 말을 건넨다.

『응응, 저 왔어요. 오늘은 짐이 무거워서 삐삐가 아니라 이 녀석이랑 왔어.』

'사실은 삐삐가 아니라 짜삐지만 말이야.'

가족들은 알렌이 짜삐라고 이름을 붙인 새G 소환수를 「삐삐」라고 부른다.

새F 소환수는 바구니를 바닥에 내려놓고 이야기를 했다. 이 바구니에는 클레나, 드골라, 세실이 쓴 편지가 들어 있었다. 클레나와 드골라의 편지를 각각 집에다가 전해주도록 로단에게 맡긴다. 클레나의 아버지는 글자를 읽지 못하니까 새F의 스킬로 낭독해서 내용을 전달할 예정이다.

이어서 알렌은 새F를 통해 가족들과 이야기를 나눴다. 이 비둘기도 삐삐와 마찬가지로 자신의 능력이라는 것, 학원에 다니며 모두 사이좋게 살고 있다는 소식을 전했다.

그리고 스킬의 능력에 대해서도 털어놓기로 했다.

“그랬던 건가. 뭐, 대강 짐작은 하고 있었다. 그 새가 마쉬나 뮈라를 대할 때 특히 알렌과 비슷하게 굴었으니까.”

‘끙, 눈치챘던 건가. 역시 아버지야.’

그다음에도 잔뜩 이야기를 나눴다. 올해 4월에 뮈라가 재능 감정을 받았는데 유감스럽게도 재능 없음 판정이었다고 한다. 뮈라가 벌써 여섯 살이라는 것에서 시간의 흐름을 느낀다.

“맞다. 그리고 내가 말이다, 촌장을 맡아보라고 영주님의 사절이 와서 말하더구나.”

『오! 아버지, 촌장이 되는구나!』

‘드디어인가, 내가 처음 들었을 때가 여덟 살 무렵이었으니까 4년 반 이상 걸렸네.’

“그렇게 되었단다. 아주 난처해.”

왕국 내부에 마왕군과 싸우기 위하여 영내 개척령이 발령되어 있다. 알렌이 시종이 되어 일했던 여덟 살 때 아버지 로단이 촌장 후보로 꼽혔다는 말을 그란벨 가문의 집사에게 들었었다.

느닷없이 미스릴 채굴지의 백룡이 이동한 탓에 새로운 개척촌 이야기는 중지되었다. 이제 미스릴 광산 채굴이 궤도에 오른 덕분에 내년 4월부터 로단 촌장이 주도하는 개척이 시작된다고 했다. 새로운 마을은 클레나 마을로부터 걸어서 이틀 정도의 거리에 있다. 곧 영내에서 개척자를 모집할 테고, 클레나의 아버지 겔다도 동행한다.

'뭐, 아버지도 벌써 서른두 살이고 어머니는 서른 살이니까 시기가 딱 좋기는 하네.'

개척촌을 만들려면 10년에서 15년 정도 멀리 내다봐야 한다. 촌장이 너무 젊으면 통솔하는 데 문제가 발생하고, 너무 나이를 먹으면 체력이 못 버텨준다. 지금 로단 정도의 나이이 딱 적당하지 않을까.
개척 이야기를 듣고, 알렌은 뭔가 도와줄 것이 있을지 고민했다.

어느 정도 이야기를 나눈 뒤 알렌은 다음 목적지를 향하여 이동하기로 했다.

'자, 다음은 그란벨로 가자. 아버지를 촌장으로 임명해줘서 고맙다고 인사도 하는 게 좋겠다.'

『이만 갈게, 편지 잘 전해줘.』

새F 소환수는 알렌의 본가에서 나와 그란벨로 날아올랐다.

* * *

새F 소환수와 공유를 써서 그란벨로 도착했다. 5개월 전까지 더부살이로 일했던 그란벨 가문의 저택에 내려앉는다.

똑똑.

부리로 창문을 두드렸다.

방에 있던 그란벨 자작이 바구니를 든 비둘기를 발견했다. 의아해하는 표정으로 창문을 열자 비둘기가 쓱 방에 들어오더니 책상 위쪽에 내려선다.

『오랜만에 다시 뵙습니다. 알렌입니다.』

"음?! 알렌이더냐?"

비둘기가 말을 꺼내는지라 자작은 등을 휙 젖히며 놀랐지만, 얼마 지나지 않아 침착한 모습을 되찾았다.

기사단장에게 알렌의 목소리로 이야기하는 잉꼬에 대해 보고받았던 것을 떠올렸나 보다.

새F가 세실의 편지를 가져왔다는 것과 여름 방학은 던전 공략을 위해 귀성할 수 없다는 소식을 전한다. 그란벨 자작은 던전 공략이라는 말을 듣고서 순간 눈살을 찌푸렸을 뿐 따로 책망하지는 않았다. 학생들이 신의 시련을 극복할 수 있도록 학원 측에서 던전 공략을 과제로 내주는 것은 많이 알려진 이야기였기 때문이다.

"굳이 보고까지 하러 와주니 고맙구나."

비둘기의 모습이어도 알렌에게 꼬박꼬박 치하의 말을 건네준다.

『사실은…… 세실 님의 편지에도 쓰여 있습니다만, 카르넬 가문의 문제로 드릴 말씀이 있습니다.』

이미 세실이 편지의 내용은 알려줬다.

"뭐라, 카르넬 가문이라고?"

그란벨 자작이 노골적으로 불쾌한 표정을 지었다. 그런 자작에게 알렌은 카르넬 가문의 킬과 만나서 동료로 영입했다는 사실을 보고한다.

『그런 일이 있어, 지금은 거점에서 같이 지내고 있습니다.』

"그 말은, 세, 세실도 함께 지낸다는 말이더냐?"

『예.』

"후우……."

자작은 비둘기에게서 시선을 떼고 창밖의 저편을 내다보다가 불현듯 눈자위를 손가락으로 꾹꾹 눌렀다. 자작은 아무래도 여름 햇살에 두통이 도진 것 같다.

『킬의 이야기에 따르면 왕가의 사절이 「5년의 책무를 완수하면 가문을 다시 일으킬 수 있다」라고 말했다더군요. 이 조건이 정말 진실인지를 확인하고자 왔습니다.』

알렌이 굳이 먼 길을 날아서 새F로 찾아온 까닭은 저 말을 확인하기 위해서였다. 카르넬 가문 복권을 언급하는 이야기가 정말 있었다면 이웃 영지인 그란벨 자작의 귀에도 들렸지 않았겠는가.

"……그것이 과연 사실일지는 알 수 없구나."

'그란벨 자작은 모르는 건가. 킬한테만 슬쩍 이야기를 했을 수도 있겠지만 말이야.'

알렌이 생각하던 중 자작이 계속해서 말을 꺼냈다.

"다만…… 킬이라는 아이의 재능이 승려라면 가능성은 있는 이야기로군."

『자주 있는 이야기입니까?』

자작은 어디까지나 일반론이다만…… 이라고 전제한 뒤 이렇게 말했다.

"왕후 귀족은 승려 재능을 가진 귀족을 혹사시킨단다."

왕족도 귀족도 자기 자식은 아낀다. 가문을 위해 자식을 기꺼이 전장에 보내는 부모이더라도 당연히 귀환을 확실하게 보장해주고 싶다.

그러나 승려 등 회복 계열의 재능이 있는 아이는 교회에서 주로 데려가기도 하고, 애당초 숫자가 적었다. 가능하면 자기 자식의 곁에 회복이 가능한 누군가가 있어주기를 바란다.

『그렇게 숫자가 적은 겁니까?』

3년 동안 5할이나 죽는 이유는 치료사가 없기 때문이냐는 생각을 했다.

“뭐, 적기는 하지. 왕후 귀족을 우선하다 보니까 결과적으로 하급 귀족을 위해 배치되는 치료사가 거의 없어지는 형편이다. 치료사가 적은 이유도 있어서, 약정에 따라 로젠헤임에서 엘프 부대가 파견되어 회복을 맡아주기는 해도 말이지.”

‘바우키스 제국이 마도구로 중앙 대륙을 지원해준다는데 대국 로젠헤임은 마법으로 지원해주는 건가. 중앙 대륙은 도움만 잔뜩 받네. 뭐, 중앙 대륙이 함락되면 두 대륙은 전방위에서 공격을 받게 될 테니까 당연한가.’

엘프가 함께 수비에 임해주는 터라 여전히 부족하기는 부족해도 필요 최소한의 대응은 이루어지고 있다고 한다.

다만 엘프가 파견을 오는 이유는 전쟁에서 승리하기 위해서이지 왕후 귀족의 억지를 들어주기 위해서가 아니었다. 한 명의 엘프는 수백 명 규모의 부대를 유지할 수 있다. 그런 인력을 한 명, 혹은 소수의 왕족을 위해 전속시키는 것은 당연히 불가능하다. 너무 억지를 부리면서 무리한 명을 내리면 엘프들은 로젠헤임으로 귀환할 것이다. 그것은 곧 전선의 붕괴를 의미한다.

그래서 어떻게 하였는가.

초기에는 평민과 농노 가족에게 돈을 건네거나 신분 상승을 보장하는 대가로 회복 계열의 재능을 가진 인물을 고용했다. 다만 이 같은 방법은 에르메아 교회 측에서 맹반대했다. 신이 부여한 재능을 귀족의 보신을 위해 이용하는 것은 부도덕하다는 까닭이다.

『교회와 왕국의 관계가 비등비등한가 보군요.』

"그렇단다. 제국에서는 황제가 절대적인 권력을 갖고 있지만, 왕국에서는 교회며 모험가 길드와 같은 단체가 일정 수준 이상의 발언권을 가지고 있지."

교회의 권위가 강한 것은 나라의 특색인 것 같고, 모험가 길드 등 각종 길드도 제법 세력이 있다고 한다. 난처하게 된 왕후 귀족은 회복 계열의 재능이 있는 귀족을 징집해서 마구잡이로 혹사시키기에 이르렀다.

귀족의 문제를 귀족 사회 안에서 해결한다면 교회도 강하게 간섭하기는 어렵다.

전장에는 언제나 왕후 귀족의 아이가 있는지라 왕후 귀족들은 언제나 치료사가 자기 아이의 곁에 있어주기를 바란다. 치료사가 병역을 마친 뒤에도 계속 있어주기를 바라는 것이 귀족의 본심이다. 따라서 왕족과 대귀족이 포상이나 가문의 번영을 미끼로 붙잡아 놓는 사례도 있고, 부모들끼리 맺은 약속 때문에 죽을 때까지 전장에 붙잡히는 아이도 있다고 한다.

『킬의 경우는 후자로 속아 넘어간 겁니까?』

"그렇다, 십중팔구는."

'왕가의 사절이 또 은밀하게 움직이고 있었군. 남은 건 누가 왕가의 사절을 조종하고 있느냐인가.'

킬의 승려 스킬은 지난 1개월 사이에 또 하나가 올라 레벨 4에 다다랐다.

회복량은 지력에 영향을 받는 것 같다. 지력과 회복량의 정확한 수치는 아직 계산하는 중이지만, 킬의 회복 마법이 상당히 유용하다는 것은 알렌도 이미 실전에서 느낀 바 있다.

킬의 회복 마법을 쓰면 통상적인 진형일 경우 백 명 이상의 병사를 한 번에 회복할 수 있다.

'뭐, 그렇게 말하자면 각성 스킬은 흉악하지.'

7월에 D랭크 마석 십만 개를 매입하고 모두 스킬 경험치에 쏟아부어서 각성 레벨 6을 달성했다. 덕분에 각성 스킬을 제법 파악할 수 있었다.

· 풀F의 각성 스킬「허브」

향기를 들이마시면 24시간 동안 마력 회복의 주기가 3시간으로 단축된다

· 풀E의 각성 스킬「생명의 잎」

반경 50미터 범위에서 파티 전체의 체력을 1000만큼 회복한다

· 풀D의 각성 스킬「마력의 씨앗」

반경 50미터 범위에서 파티 전체의 마력을 1000만큼 회복한다

· 풀C의 각성 스킬「향미 야채」

반경 50미터 범위에서 파티 전체의 상태 이상을 회복한다. 효과는 24시간 유지

반경 50미터라면 통상적인 진형일 경우 이천오백 명 이상의 인원을 한꺼번에 회복할 수 있다.

지금 길드에 맡긴 의뢰는 매달 오만 개의 D랭크 마석 매입이었는데, E랭크 마석 매입 의뢰를 추가했다. E랭크도 매달 십만 개 정도는 모을 수 있을 것이라고 예상한다.

알렌도 전장에 가면 마왕군의 섬멸, 마왕의 토벌까지 몇 년이 걸릴지 알 수 없다. 회복약은 아무리 많아도 모자라다. 지금 함께 배우고 있는 학생들과 같이 전선을 지키려면 대량의 회복약이 필요했다.

'뭐, 아직은 꽤 나중 이야기지만. 지금은 당장의 이야기를 해야지.'

『카르넬 가문이 몰수 처분을 받은 탓에 점찍어 놓았던 치료사가 사라졌고, 이대로 두면 큰일이라는 생각에 5년간 전장으로 보내기 위해서 구두 약속을 했다, 이렇게 된 겁니까?』

알렌이 자작의 이야기와 자신이 한 예상을 근거로 킬이 처하게 된 상황을 정리했다.

"마, 맞을 것이다. 5년이라는 조건은 아마 내년부터 학원에 들어올 아이를 위한 기간일 터이지."

외형은 비둘기처럼 생겼는데도 알렌의 말투에는 분노가 담겨 있었다.

『그렇습니까, 상황은 파악했습니다. 감사드립니다.』

“어찌할 생각이더냐?”

『염려 마십시오, 그란벨 가문에 폐를 끼치지는 않겠습니다.』

“아니, 제대로 말해주거라. 무엇을 할 생각이더냐?”

『국왕 폐하에게 카르넬 가문의 복권을 부탁드리고자 합니다.』

“폐하께서 거절하면 어찌할 생각이지?”

『거절하지 못하도록 충분한 공을 세운 이후에 요청을 올릴 계획입니다.』

‘만약 제안을 거절하면, 왕국은 끝장이야. 그때는 내가 제2의 마왕이 되어줄 테니. ……이 말은 농담이라고 치고, 거절하지 못하게 작전을 잘 세워야겠다.’

킬과 알게 되고 몇 달밖에 지나지 않았지만, 킬에 대해 많은 것을 알았다. 킬은 좋은 녀석이다.

상당한 수전노라서 세실에게 「돈의 망자」가 아닌 「돈의 성자」라는 말까지 듣고 있지만, 본인에게 저런 말을 꺼낸다는 것은 같은 파티의 동료로 녹아들었다는 증거이기도 하다. 벌어들인 돈 또한 아마도 가족을 위해 안 쓰고 저축하는 것 같다. 낭비는커녕 절약하며 검소한 생활을 계속하고 있다.

본인은 특별히 말을 안 했지만, 자신이 5년간 없는 동안에도 가족이 생활하는 데 불편함이 없도록 기반을 갖춰주기 위함일 것이다.

알렌은 킬의 신변에 일어난 이 정치 공작을 가만히 방치할 생각은 털끝만큼도 없다.

자작이 눈자위에 손가락을 가져다 대며 상념에 잠긴다. 그렇게 잠시 사이를 두었다가 말을 꺼냈다.

“알렌. 다시 한번 확인하겠다만 5년이라고 말을 했더냐? 3년도, 7년도 아니고 말이다.”

『예, 5년으로 들었습니다.』

“그런가, 5년인가.”

자작은 작게 중얼거렸다. 아마도 짐작되는 바가 있는 듯했다.

“ 알렌.미안하다만, 이 사안은 내가 맡아도 문제는 없을 터이지?”

『예? 자작님께서 직접 움직여주시는 겁니까?』

“그렇다. 왕가의 사절이 나의 이름을 언급했었다지?”

알렌은 킬이 겪게 된 사건의 내막을 알고 싶었을 뿐이었다만, 자작은 본인이 직접 움직이는 것이 마땅하다고 이야기해줬다.

『감사드립니다.』

그란벨 자작은 이제 왕성에 가서 확인을 청할 것이다. 조금 시간이 걸릴지도 모르겠으나 기다려달라고 알렌에게 말했다. 알렌도 「기다리고 있겠습니다」라고 비둘기의 모습으로 대답했다.

그 후, 알렌은 킬의 문제를 그란벨 자작이 알아봐주기로 했음을 동료들 모두에게 이야기했다.

킬은 「알겠다」라고 짧게 대답했다. 본인도 사절의 제안이 수상쩍다는 것을 어렴풋이 깨달았었는지도 모르겠다.

또한 킬은 던전 공략을 이전과 같이 계속하겠다고 선언했다. 어떤 결과를 맞이하든 간에 가족을 위해서 돈이 필요하다는 것은 변함없다.

그 이후로 8월도 중순에 들어섰다.

학원은 여름 방학 중이라서 주 6일 중 4일은 던전에 들어간다. 오늘은 하루를 다 사용해서 할 일이 있는 관계로 던전 탐색은 쉬는 날이었다.

알렌 일행은 다 같이 모험가 길드를 방문했다. 평소 같았다면 모험가 길드에 오는 용건은 마석 수령 및 추가 의뢰 수속이 전부였겠으나, 오늘은 달랐다.

"어서 오십시오. 오늘은 어떤 용건으로 오셨습니까?"

"모험가증 갱신과 마석 의뢰를 위해 왔습니다. 그리고 확인하고 싶은 사안이 있습니다."

알렌 일행은 여름 방학이 되어 던전에 들어갈 기회도 늘어난 터라 드디어 세 번째 B급 던전을 공략했다.

잠시 기다려달라는 안내에 따라 2층의 한 곳에서 차례를 기다린다.

'역시 학원의 학생들이 많군. 여름 방학이니 다들 던전에 들어가야겠지. 1학년뿐 아니라 상급생도 마찬가지 일테고.'

꽤 많은 학생이 방문한 광경을 보고서 전용 공간이 마련된 것을 납득했다. 마왕사를 배우는 때가 2학년 여름 방학 이후라는 것을 생각하면, 3학년이 상당히 많을 듯싶다. 고작 반년 후면 전장에 가야 하니까 조금이라도 더 단련을 하고 싶은 마음일 테지.

그런 생각을 하던 중 차례가 왔다.

평소와 같이 나지막한 카운터로 안내를 받아 다가가자 용건을 묻는다. 거의 매주마다 마석을 매입하는지라 직원과도 낯이 익었다.

"오늘도 마석 의뢰일까요?"

단골 식당처럼 의뢰 내용을 알아서 말해준다.

"네. 마석 의뢰도 맡길 생각입니다만, B급 던전을 세 군데 공략해서 모험가증을 갱신하러 왔습니다."

직원은 잠깐 놀라다가 곧 갱신할 테니 지금 소지한 모험가증을 내어달라고 말한 뒤 카운터 안쪽으로 가지고 갔다.

"갱신에 조금 시간이 걸립니다. 그동안 의뢰를 진행 하시겠습니까?"

"네. 그동안 D랭크 마석을 매입했습니다만, 이제 E랭크 마석도 매입하고 싶습니다. 매입하는 개수에 제한이 혹시 있을까요?"

"그, 그렇군요. D랭크 마석과 비슷한 수량이라면 아마 매입이 가능할 겁니다."

알렌은 3년 뒤 전장에 갈 때를 대비해서 E랭크 마석 수집을 시작했다. 직원은 매달 십만 개 정도, 매주 이만 개를 최대치로 해주면 좋겠다고 말했다. D랭크 마석은 매달 오만 개가 상한이다.

"이제부터는 아마 A급 던전에 가시겠지요. 부디 조심하십시오."

직원이 주의를 준다. 말을 들어보니까 A급 던전을 중심으로 활동하는 모험가는 거의 없다고 했다.

A급 던전은 최하층 보스가 A랭크의 마수이기 때문에 공략하지 못하면 의미가 없으니까.

다들 던전에 가는 목적은 최하층 보스를 쓰러뜨리고 보수를 획득하는 것이니 A랭크 마수를 쓰러뜨리지 못하면 갈 이유가 없기 때문이다.

"알겠습니다, 나중에 자료를 쭉 확인하고 싶군요. 그리고 한 가지 더 여쭙고 싶은 것이 있습니다. 괜찮으실까요?"

"물론입니다."

"경매에 대해 가르쳐주시면 좋겠습니다."

알렌 일행의 무기는 C급 던전을 공략할 때와 거의 달라지지 않았다. 알렌이 금화 이백 닢 정도 들여서 마련한 장비들이다.

미스릴과 비슷한 가격대의 장비를 구입했는데, C급이나 B급 던전에서는 별로 값비싼 장비가 나오지 않았던 탓에 이후로 장비를 교체하지 못했다.

레벨 올리기뿐 아니라 좋은 장비를 맞춰야 더욱 강해질 수 있다. 상점에서 파는 물건도 좋지만, 더 나중을 대비하려면 주목해야 할 곳이 희귀한 장비를 거래하는 경매장이었다.

하루에 한 사람당 금화 몇 닢씩을 벌어들이고 있고, 앞으로 A급 던전에 출입하면 수입은 더 많이 늘어날 것이다. 그 돈을 써서 졸업 때까지 최고의 장비를 손에 넣고 싶었다.

노리고 있는 장비에는 마력 회복 링도 포함되는데, 이것이 전부는 아니었다. 최강의 무기, 철벽의 방어구, 편리한 마법 아이템 등 구비하고 싶은 물품은 많다.

"모험가 길드에서 주최하는 경매 말씀이군요."

직원이 경매에 대해 가르쳐줬다.

· 매달 1일에 진행된다
· 지난달 20일에 경매장 출품이 마감된다
· 수수료는 낙찰 가격의 5퍼센트
· 중개인을 고용하는 경우에 성공 보수는 낙찰 가격의 5퍼센트

'아하. 당연히 좋은 아이템이 나오면 경매장에다가 내놓는 게 가

게에 파는 것보다 좋은 가격이 붙을 가능성이 높으니까. 그렇구나'

들은 내용을 마도서에 기록하면서 더 질문했다.

"오리하르콘 검처럼 귀한 물건도 혹시 출품됩니까?"

"오, 오리하르콘 말입니까? 지금까지는 아직 사례가 없군요. 무기의 소재라면 아다만타이트가 경매에 나오는 최고 장비입니다."

아다만타이트 검은 금화 천 닢 이상으로 거래되는데, 아다만타이트 재질의 무기도 매달 출품되는 것은 아니라고 한다.

검의 대략적인 가격대

· 미스릴, 금화 30닢

· 화황금, 금화 100닢

· 아다만타이트, 금화 1000닢 이상

· 오리하르콘, 가격 없음

클레나와 드골라가 쓰는 대검과 도끼는 검보다 크기가 커서 더 비쌀 것 같다.

알렌은 전세부터 쭉 최강의 무기와 방어구를 추구해왔다. 하지만 그런 무기와 방어구는 결코 돈으로 얻을 수 없었다.

거래가 불가능하다거나, 능력치 및 레벨에 제한이 있다거나 장비하는 데 특정 퀘스트의 수행을 요구했던 기억이 난다.

알렌이 돈에 별달리 집착하지 않는 까닭은 돈으로 구입할 수 있는 장비는 어차피 뻔한 수준임을 잘 알아서였다.

"어떤 물건이 출품되는지 대강이라도 괜찮으니 종류를 가르쳐주실 수 있으실까요?"

"물론입니다."

경매장에는 최소 금화 수십 닢부터 최대 수천 닢짜리 상품이 나온다고 한다.

· 체력 링
· 공격력 링
· 지력 링
· 독 내성 링
· 수면 내성 링

직원의 이야기에 따르면 능력치를 올려주는 반지와 독 따위를 막아주는 반지도 있다고 했다. 시세는 금화 수백 닢 정도.

'능력치를 얼마나 많이 올려주는지는 모르겠는데 꽤 값이 나가네. 전장에 가는 귀족들에게 수요가 있을 것 같아.'

그란벨에서 존재한다는 말을 들었던 내성 링은 금화 백 닢 전후라고 한다.

'가격이 특별히 높이 올라가지 않는 이유는 잠 깨는 약과 해독약을 시장에서 판매하고 있기 때문이겠지. 미리 마시면 효과도 유지되기도 하고.'

마법과 브레스에 높은 내성이 있는 방어구도 가금 출품된다고 알려줬다. 드래곤을 소재로 쓴 방어구는 무척 비싸서 금화 천 닢을 넘는 물건도 있다고 한다.

아직 경매에 참가하지는 않았지만, 성장의 여지가 더 있는 것 같아 가슴이 두근두근했다.

"감사합니다."

"아닙니다. 이게 새로운 모험가증입니다."

"와아! 새로운 모험가증이다!!"

클레나가 모험가증을 받고 기뻐했다. 경매 이야기는 잘 모르겠나 보다.

"그럼 던전을 조사하고 어떻게 할지 작전을 잘 짜야겠군."

드골라도 새로운 모험가증을 받아들자 가슴이 뛰어오르나 보다.

'좋아, 드디어 A급 던전을 공략하러 간다!'

내일부터는 고대했던 A급 던전 공략이 시작된다.

제9화 A급 던전

여름 방학도 반쯤 끝나서 9월 초순이다.

알렌 일행은 A급 던전 공략을 본격적으로 시작했다.

목적은 레벨을 올리기 위해, 더욱 고가의 무기 및 방어구를 갖추기 위해. 그리고 마력 회복 링을 손에 넣기 위해서. C급, B급 던전을 순조롭게 돌파했던 알렌 일행도 막상 A급 던전을 공략하려 하니 꽤나 시간을 들이고 있다. 9월부터 경매장을 둘러볼 계획이었는데, 지금은 던전 공략이 최우선이다.

A급 던전의 정보

· 최고 난이도 A급 던전에서는 C, B, A랭크의 마수가 나타난다

· 학원 도시에 A급 던전은 4군데

· A급 던전은 15층에서 20층

· A급 던전 1계층의 최단 이동 시간은 24시간 정도

1계층의 이동 시간이 무척 큰 난관이었다. 던전 자체가 엄청나게 넓다.

시속 5킬로미터의 도보로 가정해서 최단 거리는 120킬로미터인데, 무척 복잡한 긴 미로 형태로 길이 뻗어 나간다.

올바른 길을 찾기 위해서 새E 소환수를 날려 보내도 갈림길이 곳

곳에 있어서 목적지를 찾아내기가 무척 까다롭다. 시작 지점에서 어느 정도 방향을 파악하면 일단 출발해야 한다. 아니면 아예 움직이지도 못할 테니까. 다만 첫 시도에 목적지까지 가지 못해서 제법 이동을 한 뒤에 도로 물러나야 하는 경우도 꽤 많았다. 던전의 길을 전부 연결하면 거리가 1000킬로미터는 여유롭게 넘길 것 같다.

게다가 A급 던전부터는 새로운 함정이 몇 가지 추가되었다. 그중 하나로 「전이 함정」이 있다. 난감하게도 이 함정을 밟으면 마법진 안에 들어가 있는 사람이 던전 어딘가에 무작위로 날아가버린다. 이동한 곳에서 마수가 기다리고 있을 가능성도 있어 당연히 위협적이지만, 이 함정의 진짜 무시무시한 점은 따로 있었다. 그것은 이 광대한 던전의 대체 어디로 날아갈지 알 수 없다는 두려움이다.

알렌 일행은 가상 화면 비슷한 스킬로 맵을 확인하면서 던전 공략을 진행하는 것이 아니다. 알렌의 마도서로 지도를 직접 제작하며 나아가고 있지만, 만약 전이 함정 때문에 파티가 찢어지면 자력으로 돌아와 다시 파티에 합류해야 한다.

덕분에 첫 번째 A급 던전을 공략하는 데 몇 주가 소모되었다.

"좋은 아침."

"그래, 좋은 아침이다."

옆에서 자고 있었던 드골라가 대꾸했다.

딱히 드골라와 같은 방을 쓰게 된 것은 아니다. 이곳은 A급 던전의 12계층이다. 알렌 일행은 하루에 공략을 다 마칠 수 없었던 까닭에 던전의 작은 방에서 묵기로 했다. A급 던전도 절반 이상의 진행률로 공략 중이다. 여름 방학 동안에 A급 던전을 최소한 한 군데는 공략하고 싶었다.

당연히 이곳에는 클레나와 세실, 킬도 있었다.

작은 방이라고 표현했을 뿐, 넓이가 수영장만 하기에 숙박하는 데 불편함은 없다. 장작을 때고 저녁 식사도 던전 안에서 먹었다. 숙박 세트도 수납에 넣어 가지고 왔다. 수납에 들어가지 않는 대형 텐트 따위는 포기했다. 던전에서 야영하는 날은 기껏해야 하루 이틀이니까 짐은 가능한 한 적게 줄였다.

"마수들이 쳐들어오지는 않았어?"

『조금 나타났었는데 다 죽였 · 사 · 와요.』

이 작은 방은 던전의 막다른 길이었지만, 마수들은 항상 이동하면서 모험가를 공격한다. A급 던전의 중간 계층을 지나서 깊이 내려온 것도 있어서 이 주변에는 모험가를 발견하면 무리를 지어 덮쳐들 만큼 머리가 꽤 돌아가는 B랭크의 마수도 빈번하게 출몰했다.

알렌은 부동산 길드에서 들었던 모험가 파티가 스무 명이나 오십 명씩 대규모로 활동한다는 이야기를 떠올렸다. 아마 던전에서 숙박을 할 때 방어 인력도 감안했던 숫자인 것 같다.

알렌 일행은 고작 다섯 명뿐인 파티였지만, 취침할 때는 항상 영혼C 소환수를 다섯 마리씩 배치하고 있다. 소환수는 휴식도 수면도 필요하지 않아서 순번제로 불침번을 설 필요도 없었다. 알렌은 밤에는 편하게 자고 싶다. 수비 태세가 든든하니까 불침범은 서지 말자고 합의했다.

"오늘은 조용했구나."

『맞 · 사 · 와요. 카베오가 자폭을 하지 않았 · 사 · 와요.』

'방어를 든든하게 하면 공격을 안 받네. 마수의 조우 빈도에도 영향을 주는 요소가 있구나.'

돌E 소환수 카베오는 무척 뿌듯해하며 가슴을 쭉 펴고 있었다.

돌 계통의 각성 스킬과 얼마 전 추가된 돌C 소환수의 특기 분석도 진행하고 있다.

· 돌C의 특기「대역」

대상 1인이 공격당할 때 대미지를 대신 받는다. 반경 50미터에서 유효. 특기 발동 중에도 움직일 수 있다.

· 돌E의 각성 스킬「자폭」

지정한 대상이 반경 5미터에 접근하면 폭발한다. 폭풍의 유효 범위는 10미터 정도. 폭발하면 소환수는 죽는다.

풀 계통 소환수와 마찬가지로 한 번 각성 스킬을 발동하면 카드로 돌아오지 않고 소환수 보유 숫자에서 제외되기에 몇 마리든 자폭 대기 상태의 돌E 소환수를 배치할 수 있다. 소환수의 지시에 따라 언제든 자폭시킬 수 있으나 움직이지 못한다. 스물네 시간이 경과하면 소멸하는 제약이 있기도 하다.

· 돌D의 각성 스킬「생명 보호」

내구력이 다섯 배로 늘어난다. 알렌의 지시로 해제 가능. 지속 시간은 한 시간. 쿨타임은 하루

· 돌C의 각성 스킬「자기희생」

반경 50미터 범위에서 파티 전체의 대미지를 대신 받는다. 각성

스킬을 발동하는 동안에도 움직일 수 있다. 지속 시간은 한 시간. 쿨타임은 하루

돌E 소환수의 각성 스킬「자폭」은 가까운 곳에서 폭발하면 위험하지만, B랭크 마수도 쓰러뜨릴 수 있다. 돌E 소환수를 방으로 들어오는 통로에다가 몇 마리 배치하고, 마수가 접근하면 폭발시킨다. 적을 쓰러뜨리는 것이 목적인데, 지금 같은 상황에서는 경보기 역할도 겸할 수 있다.

돌D 소환수의 각성 스킬「생명 보호」는 미끼 기능이다. 공격은 하지 못하나 압도적인 내구력 덕에 끈질기게 버틴다. 마수의 표적을 분산시킬 수 있다.

돌C 소환수는 전투 중 소환해서 방어가 약한 세실과 킬의 호위를 맡기고 있다. 이곳에는 B랭크의 마수도 꽤 나타나는지라 받는 대미지도 높아졌다.

다들 잠에서 깨어나고 짐을 정리한 뒤 이동을 개시했다.

새C 소환수를 여덟 마리 소환했다. 다섯 마리는 기승용이지만, 세 마리는 함정을 먼저 건드리는 미끼로 써서 선행시켰다. 함정을 아주 다 막아주지는 못하지만, 이 작전 덕분에 전이 함정을 밟는 횟수가 매우 줄어서 공략이 꽤 수월해졌다.

"전방에 오크 킹 두 마리, 사이클롭스 한 마리!"

"드골라, 이번에는 뒤로 빠뜨리지 마!"

"그래, 명심할게!"

세실이 드골라에게 마수를 후방으로 빠뜨리지 말도록 주의를 준다.

선행했던 새C 소환수 세 마리가 마수와 접촉했다.

클레나와 드골라 두 사람이 무기를 꽉 쥐고 마수 세 마리를 목표로 돌진한다.

A급 던전 공략을 시작하고 날짜가 꽤 지났기에 두 사람은 레벨이 상당히 많이 올랐다. B랭크의 마수를 앞에 두고도 위축되지 않는다.

두 사람의 특기 참격과 혼신은 레벨이 오름에 따라 위력이 더욱 강해졌다. 스킬 레벨 4에 다다른 스킬을 사용해서 차근차근 마수의 체력을 깎아 나간다.

우선 클레나가 오크 킹 한 마리를 쓰러뜨렸고, 곧 드골라도 다른 한 마리를 쓰러뜨렸다. 클레나의 공격력이 드골라보다 상당히 높기 때문에 세실은 드골라가 표적으로 삼은 마수부터 먼저 협공해서 숫자를 줄이는 것을 우선하고 있다. 이런 방식의 연계도 꽤 매끄러워졌다.

"좋아, 남은 건 사이클롭스뿐이다!"

알렌의 말과 함께 오크 킹보다 더욱 덩치가 큰 사이클롭스를 둘러싸고 공격했다. B랭크 마수는 5미터나 7미터짜리 대형종도 흔해서 표적이 크다. 영혼C 소환수도 특기 「사이코」를 날리면서 사이클롭스의 체력을 깎아냈다. 그리고 클레나와 드골라가 둘이서 함께 공격에 집중하다가 마무리 일격을 날리려던 참이었다.

『크르아아아아아!!!』

사이클롭스가 손에 꽉 쥔 곤봉을 크게 휘둘렀다. 드골라가 도끼로 막아 방어했지만, 새C 소환수의 등에서 나가떨어져 후방으로 날아갔다.

"드골라, 괜찮아?!"

상당히 후방에서 지원하고 있었던 세실의 위치까지 날아가버렸다. 세실이 불안해하며 소리 높인다. 킬은 막 날아온 드골라를 위해서 회복 마법을 걸어주려고 했고, 알렌도 드골라의 상태를 염려하며 스테이터스를 확인했다.

"그래, 아무렇지도 않아."

드골라가 도끼를 꽉 쥐고 전선에 다시 복귀하려던 때였다.

딸깍.

"엥? 이게 뭐야?"

드골라의 발밑에서 마법진이 나타났다. 드골라가 상황을 이해하기에 앞서서 전이 함정이 발동되고 말았다.

그렇게, 드골라와 세실이 일행의 곁에서 사라졌다.

두 사람은 던전 어딘가로 함정에 의해 전이되어버렸다.

"드골라, 세실!!"

'큰일이다, 하필이면 재네 둘이야.'

회복 능력도 없는 드골라와 세실이 이 광대한 미궁 어딘가로 날아가버렸다. 주위에 B랭크 마수가 배회하는 곳인데.

알렌은 곧장 수색을 시작했다. 경험치와 마석 회수를 위해 배치했던 소환수 부대를 전부 제거하고 홀더를 열어 영혼C 소환수 생성을 시작했다.

'우선 두 사람을 찾아내서 회복약을 가져다줘야 해.'

클레나에게 사이클롭스 처리를 맡긴 채 알렌은 마도서를 움직이

기 시작했다. 이미 소환한 영혼C 소환수부터 차례차례 날려 보냈다.

영혼C 소환수는 알렌의 지시에 따라 던전의 벽을 투과하며 쭉 직진했다. 손에는 생명의 풀과 마력의 씨앗을 몇 개 들려줬다. 평범한 회복약은 벽을 투과할 수 없지만, 풀 계통 소환수로 생성한 회복약은 함께 투과할 수 있다.

"알렌, 이제 어떡하냐? 우리도 찾으러 가나?"

"아니, 마구잡이로 찾아다녀봤자 소용없으니까 우선은 마리아 부대에게 위치 확인을 맡기자."

이미 마수를 쓰러뜨리고 알렌에게 와서 서 있는 클레나와 킬도 걱정하며 말을 꺼냈다.

'일단 드골라와 세실도 회복약을 갖고 있기는 하니까. 버프 효과도 아직 사라지지는 않았을 테고.'

미리 파티원 모두에게 전체 체력 회복 효과가 있는 생명의 잎과 전체 마력 회복 효과가 있는 마력의 씨앗을 열 개씩 나누어 줬다. 모험가에게 절대 안전은 없는지라 만에 하나 알렌이 파티에서 이탈했을 때 동료들을 던전 바깥으로 귀환시키기 위한 보험이었다. 아울러 오크 킹과 사이클롭스와 조우하면서 얼마 전 파티 전체에 물고기 계통의 특기 및 각성 스킬로 네 가지 버프를 걸어주었다.

· 물고기C의 특기「상어 기름」

크리티컬 확률 상승. 효과는 24시간

· 물고기D의 각성 스킬「흩뿌리기」

약 10퍼센트의 확률로 물리 공격 및 마법 공격을 무효화한다. 효

과는 1시간. 쿨타임은 하루

· 물고기C의 각성 스킬 「상어 피부」

약 10퍼센트의 확률로 크리티컬 발생. 효과는 1시간. 쿨타임은 하루

물고기 계통의 버프는 반경 50미터 이내에 있다면 유효하다.

적에게 받는 공격을 일정 확률로 회피할 수 있는데, 이때 「회피」의 성공 여부는 적의 민첩성 및 스킬 레벨과 공격을 받은 대상의 민첩성을 반영하여 결정된다. 마법의 경우는 물리 공격과 계산식이 다른 것 같은데, 맞을 확률이 더 높다는 인상이었다.

물고기D 소환수의 특기 「흩날리기」는 물리 공격과 마법 공격의 회피율을 상승시켜준다. 마수의 민첩성과 스킬 레벨을 정확하게 알지는 못하지만, 체감으로도 느껴질 만큼 상승한다.

또한 물고기D 소환수의 각성 스킬 「흩뿌리기」는 적의 공격을 1할의 확률로 무효화한다. 적이 아무리 민첩해도, 적이 아무리 강력한 마법을 써도 열 번 중 한 번은 맞지 않는다. 효과는 한 시간만 지속되지만, 솔직히 사기 수준의 능력이라고 생각한다.

그리고 물리 공격과 마법 공격에는 크리티컬이라는 개념이 있다. 발동하면 대미지가 두 배로 오른다. 이것도 공격하는 상대의 민첩성 및 스킬에 따라 발생률이 다르다. 급소를 가격했을 때 더 자주 발생하는 것 같다. 더글라하에게 마구 칼질을 당했을 때는 회심의 공격을 마구 먹었던 기억이 난다.

물고기C 소환수의 각성 스킬 「상어 피부」를 쓰면 크리티컬이 반드시 1할은 발생한다.

영혼C 소환수를 날려 보내고 30분이 경과했다.

"으랴아아아아아아아아아아아아아아아!!"

"플레임 랜스!!"

'찾았다!! 저곳인가!!!'

영혼C 소환수가 벽을 투과해서 전진한 곳, 공유를 쓴 시야에 비치는 막다른 곳의 작은 방에서 가장 먼저 눈에 들어온 것은 피투성이로 세실을 등 뒤에 두고 보호하며 싸우는 드골라의 모습이었다. 드골라를 포위하는 진영으로 B랭크 마수가 세 마리 있다. 바실리스크 두 마리와 오거 한 마리. 아무래도 이 공간으로 도망을 쳐서 갇혀버린 것 같다.

불과 30분 사이에 회복 아이템을 전부 소모했는지 드골라는 이마에서 피가 흐르고 있다. 흘러내리는 피 때문에 한쪽 시야가 막힌 드골라는 도끼를 한쪽 손에 꽉 쥐고 7미터에 가까운 거구의 오거와 교전하고 있었다. 뒤쪽에서는 세실이 마법을 구사하며 죽기 살기로 지원하고 있다.

'위험한데. 마리아, 폴터가이스트를 써라!!'

『네, 몰살하겠 · 사 · 와요! 폴터가이스트!!』

영혼C 소환수가 각성 스킬「폴터가이스트」를 발동했다. 그러자 회색 배구공 크기의 구체가 수십 개 나타나서 마수들을 목표로 쭉 날아간다.

소비 마력이 한 번에 100이고 쿨타임 하루짜리 스킬인데, 구체 하나하나가 특기「사이코」와 같은 위력을 발휘하는 전체 공격이었다.

눈 깜짝할 새에 B랭크 마수 세 마리를 몰살한 뒤 생명의 잎으로 드골라와 세실을 회복시켰다.

『무사하시와요?』

"……그래, 좀 아슬아슬하긴 했지만 말야. 덕분에 살았다."

드골라가 숨을 몰아쉬면서 도와줘서 고맙다는 말을 꺼냈다.

평소 공략은 언뜻 여유로워 보일지라도, 그것은 동료 전원과 소환수가 같이 다니는 덕분이었다. 드골라와 세실뿐이라면 매우 버거웠다.

『곧 구하러 와주실 테니 이곳에서 움직이지 말고 대기하…….』

『『푸르르!』』

아무래도 아직 근처에 마수가 있는 듯하다. 마리아가 말을 마치기 전에 휴즈 보어가 두 마리 나타났다.

"……이곳에서 『마수를 쓰러뜨리며』 대기해야겠네."

세실이 완드를 꽉 쥐며 중얼거렸다.

'위험해, 전투가 계속 이어진다!!! 마리아 부대, 장소 변경!'

던전에 흩어졌던 영혼C 소환수 스무 마리를 세실과 드골라가 있는 곳으로 보냈다.

"드골라와 세실은 무사해."

"정말이냐!"

"장소를 확인했으니까 바로 움직이자!"

"응, 알았어!"

세 사람이 올라타자마자 새C 소환수가 달음박질쳤다.

"클레나, 킬, 빠르게 갈거니까 프랑을 꽉 붙잡아."

『『『뀨우우우우잉!!!』』』

한층 더 드높은 울음소리와 함께 새C 소환수의 넓적다리가 몹시 단단해지더니 전력을 다해서 달려 나간다.

“와앗?!”

“왜 이렇게 빨라?!”

클레나의 놀란 소리와 킬의 비명이 들려왔다. 위타천은 새C 소환수의 각성 스킬. 한 시간 동안 시속 300킬로미터로 달릴 수 있고 쿨타임은 하루다.

목을 지면과 평행으로 두고 직각의 모퉁이에서도 감속하지 않은 채 냅다 돌파했다. 관성 때문에 옆으로 쏠리지만, 다들 떨어지지 않으려고 새C 소환수의 깃털을 꽉 붙들었다.

킬이 「진짜 못 버티겠다!」라며 아우성쳐도 알렌은 새C 소환수를 유도하면서 떨어지지 않게 힘내라고 외쳤다. 함정 대책으로 선행시켰던 새C 소환수가 마수와 맞닥뜨렸으나 지금은 상대해줄 여유가 없다. 속도로 강행 돌파했다.

‘제발 무사히 도착하자.’

드골라와 세실이 있는 위치는 확인했어도 알렌 일행은 벽을 투과하지 못한다. 미궁 비슷한 구조인지라 멀리 돌아가야 한다는 것도 감안해야 했다. 잠깐 길을 잘못 들어도 위타천의 이동 속도로 다시 따라잡았다.

‘오, 저기 있구나. 다행이다.’

“으라아아아아아아아!!!”

알렌 일행이 이동을 개시하고 대략 한 시간. 작은 방으로 합류했을 때, 마침 드골라가 B랭크 마수 오거를 베어서 쓰러뜨렸다.

드골라와 세실의 주위에는 영혼C 소환수 스무 마리가 떠다니고 있다. 전원이 생명의 풀을 들고 있어서 회복 준비는 만전이었다.

"다행이다, 다친 데 없어? 미안하다. 함정 탐지에서 실수를 해버렸어."

"엉? 내가 함정을 밟은 탓이잖냐."

알렌이 먼저 사과했는데 드골라도 자기 때문에 파티에 폐를 끼쳤다고 생각하는 것 같았다. 사과 따위 필요 없다고 말한 뒤 모두가 같이 무사해서 다행이라며 안부를 확인했다.

"아무튼 이번에는 꽤 위험했어. 역시 함정을 탐지할 수 있는 척후를 영입하는 게 좋을까?"

알렌은 이곳에 올 때까지 생각했던 말을 입에 담았다. 아마 함정을 탐지할 수 있는 직업을 영입했다면 이번 위기는 회피했을 가능성이 높다.

"음~ 글쎄다. 여기까지 왔는데 이제 와서라는 느낌은 있어."

'뭐, 확실히 그렇긴 하지.'

킬은 이제 와서 또 여섯 번째 파티원을 영입하기는 좀 애매하다는 의견이었다. 학원의 학생을 받아들이려면 C급 던전 세 곳을 제패하는 단계부터 다시 도와줘야 한다.

"나랑 킬이 전투 중 너무 뒤쪽으로 물러나 있었어. 알렌의 바로 뒤쪽 정도가 좋겠네."

드골라와 함께 날아갔던 세실도 반대인 것 같다. 전투 중 진형을 조정해서 대응할 수 있다고 주장했다. 그 밖에 함정 대책의 이야기를 몇 가지 주고받았다.

일단 척후를 영입하는 건은 보류하기로 했다.

"자, 다시 공략을 시작할까."

"오늘 중에 다음 계층으로 가자!"

클레나가 흥흥거리며 분발하고 있다. 이렇게 일행은 다시 A급 던전 공략에 착수했다.

*　*　*

9월 말. 곧 여름 방학도 끝난다.

던전에서 한 번 세실과 드골라가 전이됐었지만, 이후에 같은 사고는 일어나지 않았다. 가능한 한 마법진의 범위 안쪽에 다 같이 위치하도록 신경을 썼고, 소환수가 먼저 달려 나가며 사전에 함정을 확인하고 있다.

척후를 영입하지 않기로 방침을 결정했을 때는 그렇다면 어떤 동료가 필요하겠냐는 이야기도 같이 나눴다.

알렌은 버프 계열의 스킬을 메인으로 하는 직업이 필요하다고 역설했다. 알렌과 킬도 보조 스킬이 있기는 하나 전문으로 하는 직업은 아니었다. 보조 계열의 스킬에 특화된 동료가 있어준다면 분명이 파티는 더욱 강해진다. 또한 탱커라고 불리는 수비 전문 직업도 알렌의 파티에는 없었다.

아직 발전의 여지가 많은 파티라는 공통 인식을 동료들과 함께 가질 수 있었다.

그란벨 자작의 이야기에 따르면 전장에서는 반 단위로 활동하는 경우도 많은 것 같다. 전장은 시시각각 상황이 변화하지만 같은 학년, 같은 교실 출신이 같은 요새 등 여러 전장에 가는 사례가 매년 많았다고 한다.

또한 왕국이 담당하고 있는 요새는 세 군데에 불과하다는 것을 가르쳐줬다. 대부분의 요새는 제국이 지키고 있다. 중앙 대륙에 라타쉬 왕국과 기암트 제국만 있지는 않으니까 다른 나라에서 지키는 요새도 많다.

요새는 국가 단위로 수비하는 것이 기본이다. 그 이유는 지휘 계통을 강화하기 위해서. 제국의 장군이 왕국의 병력에게 지시 내려도 사기가 떨어질 뿐 제대로 활약하기는 힘들었다. 병력까지 섞여 버리면 하나로 뭉쳐 힘을 발휘하기는 불가능하다. 그 결과로 함락당한 요새도 과거에는 다수 있었다.

그란벨 자작의 저택에는 킬의 문제로 상담을 요청했던 이후부터 연락용 새F 소환수를 대기시켜 놓았다. 구체적인 얘기는 아직 없지만, 몇 번인가 왕도에 다녀온 듯하니 이리저리 알아봐주고 있는 것 같다. 자작이 맡겨달라고 말했던 만큼 사태에 변동이 있을 때까지 기다릴 생각이었다.

그리고 오늘이 A급 던전 최하층 보스 공략을 목표로 하는 날이다.

거점에서 식사를 하고 이곳의 생활에 완전히 익숙해진 고용인들과 대화를 나눈 뒤 던전으로 향했다. A급 던전 최하층 보스를 쓰러뜨릴 수 있게 된다면 마력 회복 링 획득에도 가까워진다. A급 던전의 최하층 보스 토벌 보수로 마력 회복 링이 나올 가능성이 있었다.

던전의 건물에 들어가서 최하층으로 전송을 받아 이동했다.

웅장한 문을 열고서 최하층 보스의 방에 들어간다. 보스의 방 중앙에 떡하니 자리하고 있는 것은 10미터에 가까운 거대한 풀 플레이트 갑옷과 오크 킹 열 마리였다.

'다행이다. 갑옷 계열이네. 짐승이면 더 좋았을 텐데.'

최하층 보스에게는 다양한 패턴이 있다. 모험가 길드의 자료를 보고 어떠한 마수가 최하층 보스로 나타나는지 조사했다.

· 용종 계통: 토벌 난이도가 높다. 모든 최하층 보스 중 최강. 광범위 브레스를 쏜다
· 사령 계통: 고도의 마법을 구사한다. 물리 공격이 가끔 무효화된다
· 갑옷 계통: 물리 내성이 몹시 높다. 체력도 끝없이 높다
· 짐승 계통: 내성은 거의 없다. 공격력이 몹시 높다
· 벌레 계통: 상태 이상 공격을 구사한다

최하층 보스는 랜덤으로 결정된다. 가장 수월하게 쓰러뜨릴 수 있는 짐승 계통이 더 좋았겠지만, 방어 특화인 갑옷 계통도 나쁘지는 않았다.

"잠깐 기다려. 카드를 변경할 테니까."

'갑옷한테 벌레 계통은 효과가 없을 테니까 이렇게 할까. 저택에 있는 뽓포는 슬슬 소환 기한이 끝날 테니까 복귀시켜야지.'

상대에 맞춰 홀더의 카드를 변경했다. 중앙에 있는 마수들은 접근

하지 않는 한 전투태세에 들어가지 않으니 입구 앞에서 마도서를 펼쳐 최적의 카드로 변경할 수 있다.

【이 름】 알렌
【연 령】 12
【직 업】 소환사
【레 벨】 49
【체 력】 1240 +1300
【마 력】 1940 +70
【공격력】 682 +1000
【내구력】 682 +1250
【민첩성】 1273 +250
【지 력】 1950 +1270
【행 운】 1273
【스 킬】 소환 〈6〉, 생성 〈6〉, 합성 〈6〉, 강화 〈6〉, 각성 〈6〉, 확장 〈5〉, 수납, 공유, 제거, 검술 〈3〉, 투척 〈3〉

· 홀더
【벌 레】
【짐 승】 C 20매
【 새 】 C 5매
【 풀 】
【 돌 】 E 10매, C 4매
【물고기】 C 1매, D 1매
【영 혼】 C 19매

알렌은 4월부터 쭉 동료들과 함께 던전을 공략하면서 레벨을 49까지 올렸다. 한편 나머지 네 사람은 레벨을 56까지 올릴 수 있었다. 다섯 명은 신중하게 보스를 향해 접근했다.

“일단 멈추자. 이 이상 다가가면 보스가 움직일 거야.”

알렌의 한마디 말에 따라서 새C 소환수 다섯 마리가 멈췄다. 곧바로 돌C 소환수를 네 마리 소환했다. 강철로 만들어진 풀 플레이트의 몸에 거대한 방패와 창을 들고 있다. 돌C 소환수는 공격도 가능하지만, 기본은 방어였다.

특기「대역」을 발동해서 세실과 킬을 보호하는 데 주력한다.

"그러면 작전대로 내가 먼저 공격할게. 공격이 끝나는 것을 신호로 클레나와 드골라가 전진해줘."

"그래."

"응, 알았어."

드골라도 클레나도 무기를 두 손으로 꽉 쥐고 고개를 끄덕거렸다.

"세실."

"응? 왜 불러?"

"미안한데 이번에도 마법 이름을 빌릴게."

"뭐? 저번에도 말했지만 딱히 일일이 허락 안 받아도 된다니까?"

알렌은 뛰는 가슴을 달래며 두 손을 앞에 내밀었다. 그런 알렌을 보고「바보 같아」라며 세실이 한숨을 쉰다.

'자, 간다!!!'

"메테오(돌 E)!!!"

알렌이 소리치는 동시에 최하층 보스와 그 주위를 둘러싼 마수 열 마리의 상공에 돌E 소환수 열 마리가 나타나서 자유 낙하를 시작한다. 마수들이 돌E 소환수의 접근에 반응해서 움직였다.

"좋아, 카베오, 자폭해라!!"

알렌의 말과 동시에 돌E 소환수가 갑자기 새빨갛게 물든다. 그리고 최하층 보스 졸병들이 대응할 틈조차 없이 돌E의 새빨갛게 불타는 파편과 폭풍이 충격음과 함께 마수들을 덮쳤다.

콰아아아아아아아아아아아앙!!!

알렌 일행에게도 충격파가 덮친다.

"오! 잡았냐?!"

그 위력에 킬이 승리를 확신했다.

"아니, 보스는 아직 살아있어. 이쪽으로 온다!!"

최하층 보스인 갑옷형 A랭크 마수는 몸으로 연기를 내며 일행을 향해 다가들었다. B랭크 마수 오크 킹 열 마리는 메테오(돌 E)를 맞아서 이미 폭사했기에 쓰러뜨려야 할 목표는 움직이는 거대 갑옷뿐이다.

"갈게!"

"우옷!"

클레나의 기합 소리와 함께 클레나와 드골라가 새C 소환수에 타고 최하층 보스를 향해 돌진했다. 시속 300킬로미터로 들이닥치는 클레나의 움직임을 놓치지 않은 최하층 보스가 큰 대검을 휘두른다.

쿠우우우우우우우웅.

"클레나, 괜찮냐!!"

킬이 당황했다. 클레나는 최하층 보스가 휘두른 대검을 손에 든 대검으로 막아 냈지만, 수백 킬로그램은 넉넉히 나갈 무게의 충격 때문에 바닥 판자가 깨지고 새C 소환수의 다리가 파묻힌다.

“괜찮아! 으랴아아앗!!”

클레나가 스킬을 발동하자 대검이 새빨갛게 물들었다. 최하층 보스의 대검이 튕겨 나가며 상반신이 뒤로 쏠린다. 강인한 다리를 지닌 새C 소환수도 무사한 것 같았다.

이 틈에 드골라가 혼신의 힘을 담아서 도끼를 때려 박는다. 표적이 커다란 만큼 알렌과 세실도 소환수와 공격 마법으로 적의 상반신을 노려서 집중공격했다.

‘좋아, 클레나가 공격을 막을 수 있다면 전투는 안정적이겠어.’

클레나가 최하층 보스의 공격에 견딤으로써 승리를 확신할 수 있었다. 조금 단단해도 시간문제다.

전원이 공격하기를 수십 분. 최하층 보스는 아무 소리도 없이 쓰러졌다.

『그레이트 워리어를 1마리 쓰러뜨렸습니다. 경험치를 480000 획득했습니다.』

“오오! 해냈다!!”

마구 공격당해서 몸 곳곳에 출혈이 있는 드골라가 승리를 기뻐하며 우렁차게 외친다. 그런 드골라를 포함해서 킬이 전체 회복 마법으로 치료해줬다. 감탄하는 동료들의 목소리가 겹쳐 울리는 가운데 최하층 보스는 야구공만 한 크기의 보라색 마석으로 바뀌었다.

‘역시 A랭크 마수 한 마리는 다 같이 싸워야 쓰러뜨릴 수 있네. 갑옷 계통은 상대하기가 꽤 쉽기도 하고.’

이 름】 클레나
【연 령】 12
【직 업】 검성
【레 벨】 56
【체 력】 2280 +900
【마 력】 890
【공격력】 2280 +900
【내구력】 1600 +900
【민첩성】 1540 +900
【지 력】 910
【행 운】 1115
【스 킬】 검성 〈5〉, 참격 〈5〉,
비검 〈5〉, 홍련파 〈5〉, 호뢰검 〈3〉,
강체 〈1〉, 검술 〈5〉
【엑스트라】 한계 돌파

【이 름】 세실
【연 령】 13
【직 업】 마도사
【레 벨】 56
【체 력】 960
【마 력】 1620 +600
【공격력】 615
【내구력】 1006
【민첩성】 951 +600
【지 력】 2230 +600
【행 운】 896
【스 킬】 마도 〈5〉, 불 〈5〉,
흙 〈5〉, 바람 〈5〉, 물 〈3〉,
예지 〈1〉 격투 〈2〉
【엑스트라】 메테오

【이 름】 드골라
【연 령】 13
【직 업】 도끼잡이
【레 벨】 56
【체 력】 1234 +300
【마 력】 668
【공격력】 1625 +300
【내구력】 1069
【민첩성】 676
【지 력】 450
【행 운】 731
【스 킬】 전투 도끼 〈5〉, 혼신 〈5〉,
도끼 투척 〈5〉, 폭렬격 〈5〉, 설붕
쇄 〈3〉, 전의 〈1〉, 도끼술 〈5〉
【엑스트라】 전심전력

【이 름】 킬
【언 령】 13
【직 업】 승려
【레 벨】 56
【체 력】 735
【마 력】 1399 +300
【공격력】 558
【내구력】 785
【민첩성】 895
【지 력】 1233 +300
【행 운】 1123
【스 킬】 승려 〈5〉, 회복 〈5〉,
견고 〈5〉, 치유 〈5〉, 마벽 〈3〉,
신앙 〈1〉, 검술 〈3〉
【엑스트라】 신의 물방울

"오! 보물 상자가 나왔다! A급 던전의 보물 상자라고! ……쳇, 나무 상자잖아."

킬이 최하층 보스가 있던 장소에서 조금 후방에 출현한 보물 상자를 보고 반응했다. 이번에는 유감스럽게도 나무 상자였다.

보물 상자의 비율은 나무 상자가 9할, 은 상자가 1할. 4월부터 던전을 드나들기 시작했으나 금 상자는 어느 던전에서도 나오지 않았다. 출현 확률은 1퍼센트 정도라고 예상했었는데, 금 상자의 확률은 대략 0.01퍼센트 정도로 무척 낮을지도 모르겠다.

"와아! 화황금 도끼다!!"

나무 상자를 열자 나무 상자보다 큰 도끼가 튀어나왔다. 어떤 원리인지는 알 수 없는데 가끔은 보물 상자보다 큰 물건이 나오고는 한다.

"도끼인가. 그럼 드골라가 가져야겠군. 이제 미스릴은 졸업이구나."

"엉?! 괜찮겠냐?"

드골라는 그렇게 말하면서도 이미 도끼를 쥐려고 손을 내밀고 있다. 거절할 생각은 전혀 없는가 보다.

이만한 크기의 화황금이라면 금화 삼백 닢 아래는 아닐 것이다. A급 던전 최하층 보스의 토벌 보수는 아무리 낮아도 금화 백 닢은 나갈 것이다.

"다들 장비는 던전에서 더 좋게 맞추자고 결정했었잖아? 대검이 나오면 클레나, 완드가 나오면 세실, 로드가 나오면 킬, 레이피어나 평범한 검이 나오면 나야."

이세계에서는 동, 철, 강철, 미스릴, 화황금, 아다만타이트, 오리하르콘까지 소재의 경도에 따라 무기의 위력이 점점 올라간다. 모두 지금은 아직 미스릴 무기를 장비하고 있는지라 더욱 강력한 무기가 나오면 장비 가능한 사람에게 주자고 상의해서 결정했다. 아다만타이트 및 오리하르콘 재질의 무기와 방어구가 나와도 마찬가지다.

'마왕군에게 자꾸 밀리는 이유는 무기와 방어구가 너무 약하기 때문이라는 주장도 있으니까 말이지.'

마왕군과 맞서기 위해 충분한 병력을 준비했어도 정작 무기와 방어구를 갖추지 못한다면 의미가 없다. 이번에 최하층 보스를 쓰러뜨리는 데 시간이 꽤 걸린 이유도 무기가 약하기 때문이 아니었을까. 전장에 갈 때까지 무기를 최소한 전원 아다만타이트급으로 맞추고 싶다. 가능하면 오리하르콘 무기와 방어구면 좋겠지만.

그런 생각을 하던 중 갑자기 눈앞에 무엇인가가 출현했다.

부웅.

"와앗, 뭔가 튀어나왔다?!"

클레나가 감탄하며 소리 질렀으나 경계는 하지 않았다. 언제나 던전 안내를 담당해주는 큐브 형태의 물체가 나타났기 때문이었다.

『A급 던전 토벌을 축하드립니다. 파티명 「폐인 게이머」 여러분.』

'오, 저 이름으로 불러주는 건 오랜만인데. 쑥스러운걸.'

『저는 던전 총괄 시스템입니다. 여러분에게 A급 던전 공략 증명서를 발행하기 위해서 찾아뵈었습니다.』

알렌의 눈앞에 새카만 카드가 출현했다. 명함 정도의 크기의 새카만 카드에는 잘 알아볼 수 없는 문장 비슷한 것이 자그맣게 하나 새겨져 있다.

"공략 증명서? 뭐야?"

세실은 처음으로 듣는 말이라 금방 느낌이 안 오는 듯했다. 알렌이 손에 든 공략 증명서를 의아해하며 바라본다.

'어라, 예전에 분명 비슷한 걸 봤었는데. 혹시?'

알렌이 딴생각을 하는 동안에도 던전 총괄 시스템이라고 소개한 큐브 형태의 물체가 계속 설명을 이어 나갔다.

『A급 던전 공략 증명서에 지금 막 표시를 하나 추가했습니다. 표시를 다섯 개 모으면 S급 던전에 입장할 수 있는 자격 증명서와 교환해드리겠습니다.』

"오오!! 스탬프 카드다!!!"

"얘?! 알렌?"

모두가 A급 던전보다 더 난이도 높은 던전이 있었냐고 놀라는 와중에 알렌의 반응을 보고 「또 시작됐다」라면서 어이없어한다.

전세의 기억에도 같은 등급의 퀘스트 및 토벌, 공략 따위를 몇 번인가 완수하면 더욱 상위 등급의 퀘스트 에 도전하는 자격을 주는 조건으로 한 번의 공략마다 스탬프를 하나 찍어주는 스탬프 카드라는 시스템이 있었다. 어째서 이런 시스템이 있는지는 잘 모르겠는데, 아마도 유저가 금방 클리어하지 못하게 제한하고 다음 패치를 위한 시간 벌기가 목적이라는 가설이 유력했음을 기억한다. 어쩐지 던전을 공략하다 보면 전세의 기억이 자주 되살아나는데, 분명히 던전의 구조 때문이라는 생각이 든다.

이렇게 첫 번째 A급 던전 공략이 끝났다. 또한 S급 던전에 입장하기 위한 자격의 표시도 하나 획득할 수 있었다.

제10화 학원 무술 대회 ①

오늘은 10월 1일. 즐거운 던전 공략 방학이 끝나버렸다. 알렌은 열세 살이 되었다.

모험가 길드에 가서 A급 던전 공략 증명서를 보여주자 직원 누나가 「거짓말이죠?」라고 진지한 얼굴로 되물었다. 직원은 알렌 파티가 학원의 1학년 학생이라는 것도 알고 있었다.

A급 던전 공략자는 학원 도시에서도 손꼽히는 소수뿐이었다. 터무니없는 공략 속도였나 보다. 소환수를 활용하는 탐색, 이동 수단이 없었다면 분명 공략에 1년 정도는 걸리지 않았을까. 이 공략 증명서를 제시하는 것이 S급 던전의 정보를 제공받을 수 있는 조건이었다. 모험가 길드가 파악하고 있는 몇 가지 자료를 넘겨줬다.

정말 S랭크 던전이 있었다. 들어보니 표시를 다섯 개 모으면 큐브 형태의 물체가 S급 던전으로 안내해준다고 한다.

이 왕국에는 위험한 A급 던전 다섯 군데를 공략해서 S급 던전에 가는 모험가는 아직은 없는 듯했다.

학원에 갔더니 A급 던전을 공략한 이야기가 이미 퍼져서 곧장 학생들에게 둘러싸이고 말았다. 그런 와중에 해밀턴 백작가의 리폴 해밀턴이 「점심에 시간을 내줄 수 있겠어?」라고 따로 만나자면서 말을 건넸다.

아무래도 중요한 이야기가 있는 것 같다.

알렌과 파티원들은 약속 장소인 학원 교사의 어느 한 곳에 모였다.

“자, 무슨 용건이야? 던전 공략 이야기를 자세하게 듣고 싶어서 불러낸 것 같지는 않은데.”

“맞아, 카르넬 가문 때문이야.”

‘역시나.’

킬이 움찔거리며 반응했다.

리폴은 킬이 카르넬 가문의 인물이라는 사실을 알고 있었다. 또한 세실이 그란벨 가문의 인물이라는 사실도 알고 있다.

세실이 그란벨 가문의 영애라는 것은 이제 교실에서도 널리 알려진 사실이었다. 그란벨 영지 출신의 학생이 이 교실에 세실이 있다는 소식을 전해 들었는지 얼굴도장을 찍기 위해서 매일 아침마다 세실에게 평안하셨냐며 인사를 하러 왔기 때문이다.

“카르넬 가문이면, 요컨대 킬 이야기구나?”

“응. 덕분에 또 왕성이 시끄러워졌거든. 이 이상 왕성이 시끄러워지면 아버님도 여러모로 힘드실 거야.”

리폴이 눈살을 찌푸리며 난처하다는 표정을 짓는다.

‘음? 자작한테는 아무런 말도 못 들었는데 꽤 열심히 움직였나 보네? 그나저나 너희가 주군 가문이면서 할 말은 아니지 않냐?’

주군 가문, 수하 가문과 같이 귀족 사회에는 주종 관계가 있다. 주군 가문에 해당하는 대귀족은 수하 가문에 속하는 하급 귀족을 돌봐준다. 그란벨 자작가의 주군 가문은 이웃 영지인 해밀턴 백작가였고, 카르넬 자작가의 주군 가문이기도 하다. 수하 가문끼리 사이가 안 좋았던 것은 주군 가문의 책임이라고도 말할 수 있겠다.

작년부터 카르넬 가문이 일으켰던 여러 말썽거리도 따지고 보면 주군 가문이 제 역할을 하지 않았던 것이 간접적인 원인이었던 셈이다. 그란벨 자작이 과연 얼마나 해밀턴 가문에 의지했는지는 알 수 없으나 분명 중재를 요청했으리라고 생각한다.

해밀턴 가문 또한 오래도록 미스릴을 채굴하여 높은 경제력을 보유한 카르넬 가문을 상대로 강하게 주의를 주지 못했던 사정은 있다.

"왕성이 시끄러워졌다면, 자작님이 뭔가 하셨다는 뜻이야?"

왕성에서 뭔가 사건이 있었냐고 물어봤다. 작년 겨울에 미스릴 채굴권을 포기하는 대가로 직접 왕도에 가서 손을 써달라고 요청했었던 때와 다르게 이번에는 딱히 등을 떠밀고자 입장 표명을 하지는 않았다고 생각한다.

리폴은 지난달 왕후 귀족들이 쭉 모인 알현장에서 일어났던 사건을 이야기해줬다.

자작은 무릎을 꿇고 국왕에게 「카르넬 자작의 자식이 보인 활약에 따라 카르넬 영지를 복권하는 것을 고려해주시겠다니, 진심으로 감사드립니다!」라고 큰 목소리로 외쳤다.

국왕은 「대체 무슨 말인가?」라며 어리둥절했다고 한다. 알현장은 무슨 이야기냐며 웅성웅성하는 왕후 귀족들의 목소리로 가득 차올랐다.

또한 자작은 「제 귀에도 소식이 이미 들어왔습니다. 왕가의 사절이 카르넬 영지에 와서 복권에 대하여 확약을 해주셨다고 했습니다. 5년의 복무 기간으로 가문의 복권을 고려해주신다더군요」라고 말했다.

거기까지 들었을 때, 국왕은 모든 사실을 이해했다. 왕가의 사절을 움직일 수 있는 인물은 국왕, 아울러 왕위 계승권을 가진 왕족으로 제한된다. 국왕이 알지 못한다면 왕족 중 누군가가 움직였다는 뜻이다.

「이게 어떻게 된 일인가?」라며 같은 알현장에 있는 왕자와 왕녀들에게 물었다. 하지만, 아무도 대답을 하지 않았다.

국왕은 자작에게 재차 「진실로 하는 말이겠지?」라고 묻는다. 그러자 자작은 「이것이 도항 기록이옵니다」라며 왕가의 사절이 카르넬 자작령에 갔을 때 마도선에 탑승했던 기록을 제출했다.

'저게 지난달 이야기라면, 자작은 1개월을 들여서 조사해준 건가.'

"그래서, 누가 킬에게 왕가의 사절을 보냈는지 밝혀졌어?"

"아니. 왕가의 사절은 자기는 모르는 일이라면서 결국 아무런 말도 하지 않았어. 그런데 말야, 킬을 찾아갔던 사절도, 작년에 그란벨 자작가를 찾아갔던 사절도 어느 높은 분의 수족으로 움직이고 있는 사람이거든."

기본적으로 왕가의 사절은 왕족 중 누군가의 전속인지라 도항 기록의 이름을 보면 누구의 휘하인지 곧장 파악할 수 있다.

"으음, 누구를 섬기는 사람이었어?"

'뭔가, 이 이상 들었다간 큰일이 벌어질 것 같은 예감이 팍팍 솟는구나.'

"왕태자님. 국왕 폐하의 조카이고, 차기 국왕이 될 예정이신 분이야."

알렌은 또다시 리폴에게 물었다.

"혹시 왕태자님한테 자식분이 계셔?"
"열 살이 된 공녀 전하가 계시는 걸로 알아. 분명히 재능 보유자라고 했어."
리폴은 킬의 사정을 완전히 파악하고 있는 것 같았다. 여름 방학 중 던전을 열심히 다녔을 텐데 꽤 자세하게 안다. 정기적으로 소식통을 학원에 보내주는 것일까 생각이 들 정도였다.
"그란벨 자작님은 국왕 폐하도 손을 못 대는 분에게 대항한 거야. 진짜 큰일 났어."
국왕과 왕태자의 관계는 잘 모르겠지만, 아무래도 리폴은 이 말을 해주고 싶었나 보다. 국왕은 이미 일흔을 넘겼기에 언제든 왕태자가 국왕 자리에 오를 수 있으니 유념하라는 말도 덧붙였다.
하지만 왕태자가 차기 국왕이 된다는 말을 듣고도 알렌은 전혀 개의치 않았다.
'세실을 납치하고도 멀쩡하게 나다니는 녀석이 아직까지 있단 거네.'
그란벨 가문의 난이 일어났을 때 많은 귀족이 체포당했고, 또한 관여했던 왕가의 사절도 철퇴를 맞았다. 다만 왕가의 사절을 직접 조종했던 왕족은 건재하다는 것을 알게 되었다.

킬에게 불쑥 나타났던 자는 왕태자의 수족이었고, 정작 국왕은 킬의 「책무」와 얽힌 약속을 알지 못했다.
다만 곧장 행동에 나서지는 않았다. 자작에게 맡기겠다고 말한 이상은 뭔가 큰 변동이 있을 때까지 조용하게 있을 예정이다. 자작가의 손님 대접을 받는 알렌은 자신이 직접 움직이는 때가 온다면 자작가나 킬에게 재앙이 닥쳐든 상황이라고 생각하고 있다.

점심시간이 끝난 뒤, 리폴에게 이것저것 가르쳐줘서 고맙다고 인사를 했다. 리폴은 언제나 좋은 정보를 제공해준다. 제법 큰 빚을 졌다는 생각이 들었다.

오후부터는 각 재능에 맞춘 수업이 진행된다. 여름 방학 전에는 다양한 수업을 쭉 둘러봤었지만, 지금은 검술 레벨을 올릴 겸 검술 수업에 집중하고 있다. 목표는 졸업까지 검술의 스킬 레벨을 4로 올리는 것이다.

“애송이들, 여기다! 줄 똑바로 서라!!”

검호 재능을 보유한 담임 카를로바가 큰 목소리로 외치자 검을 배우는 학생들이 우르르 모여여들었다. 검 재능을 가진 1학년 학생이 모두 모이는지라 인원수는 이백 명 이상이었다. 옆에는 클레나와 검사 재능 보유자인 리폴도 있었다.

“여름 방학이 지나도 수업 내용은 달라지지 않는다. 후리기 백 번, 그다음은 대련을 한다.”

“““네!!!”””

학생들은 알렌의 전세로 치면 중학교 1학년쯤 되었다만, 어린아이 같지가 않게 기합이 가득 차서 대답했다. 곧바로 간격을 벌려 쭉 늘어선 뒤에 후리기를 시작한다. 검은 대련용이지만 강철제였다.

‘역시 모두들 던전 공략을 진행하고 있어서 여름 방학 전과는 움직임이 다른걸.’

“알렌, 나랑 대련하자.”

“그래.”

리폴이 알렌에게 말을 걸어왔다.

"에엥~!"

알렌과 대련을 하고 싶어서 다가오던 클레나가 소리를 내며 불만을 표시한다.

'이런. 클레나, 공격력 3200인 너를 상대하는 건 많이 버겁다고. 평소처럼 대련 상대는 담임한테 부탁해라. 너 때문에 왕도에서 데려온 사람이라잖아?'

알렌의 공격력은 소환수 부대를 구성하는 소환수의 종류에 영향을 받는 터라 지금은 1300에 불과하다.

"너희는 가만히 뭐 하냐."

그런 생각을 떠올리던 때 담임이 검을 짊어지고 다가왔다. 담임이 똑같이 대검을 쓰는 클레나를 상대해주려는 것 같다. 아쉬워하며 클레나가 조금 떨어진 곳으로 이동했다.

그리고 일제히 대련이 시작되었다. 곳곳에서 강철 검 맞부딪치는 소리가 들려온다.

'리폴도 레벨이 꽤 올랐구나. 공격력이 800은 조금 넘기겠어. 레벨로 치면 35 전후일까. 드골라는 같은 레벨에서 1000 정도 됐었지.'

리폴의 검에 실리는 위력으로 공격력을 예상해본다. 아마 이 정도가 검사 재능을 보유한 1학년 학생의 표준적인 무력일 테지.

리폴과 검을 겨루다 보니 세실의 오빠 미하이가 떠올랐다. 미하이가 어떤 생각을 갖고 학원에 다녔을지 자꾸 상상하게 된다.

채애애애애앵.

알렌이 상념에 잠긴 채 리폴과 대련하던 중 교사에 설치된 운동장에서 귀를 찌르는 금속음이 울려 퍼졌다.

'퍕?!'

조금 떨어진 곳에서 환성이 터져 나온다.

"야, 봤냐! 선생님 손에 있는 저 커다란 검이 부러졌다고!"

"카를로바 선생님, 전력이 아니었던 건가?"

"클레나 검도 뿌러졌어!"

대련용 대검이 두 자루 모두 클레나와 담임 카를로바의 공격력에 견디지 못해 뚝 부러져버렸나 보다.

"……오호라, 잠깐 기다려봐라."

"네!"

클레나가 대답을 하자 카를로비는 밑동부터 뚝 부러진 검을 꽉 쥐고 교사로 돌아간다.

알렌은 그 모습을 지켜보다가 다시 리폴과 대련을 재개했다.

담임이 돌아왔는데, 칼날을 뭉개지 않은 미스릴 대검 두 자루를 양쪽 어깨에 짊어져서 가져온 터라 수업을 돕던 다른 교관 중 한 사람이 허둥지둥 제지했다.

"앗?! 카를로바 씨, 곤란합니다! 그건 대련용 검이 아니잖아요!"

"엉? 괜찮아."

"뭐, 뭐가 괜찮다는 겁니까?!"

"여긴 좀 좁은데. 클레나, 조금 떨어진 곳에서 하자."

카를로바 교관은 옆에서 말려도 개의치 않고 클레나에게 말을 건넸다.

"네!!"

두 사람은 다른 학생들과 떨어진 곳으로 이동한 뒤 대련을 재개했다. 미스릴 대검이 다시 맞부딪쳤다. 알렌이 있는 곳에서는 거리가 상당히 먼데도 검 부딪치는 소리가 귓속을 쾅쾅 울린다.

'아주 약간이지만 카를로바 선생님이 살짝 우세인가? 능력치는 거의 비슷비슷할 텐데 검술 스킬은 선생님이 더 우위에 있다는 건가? 클레나는 검술이 아직 레벨 5니까.'

레벨을 57까지 올렸음에도 아직 클레나에게 검술로 우위를 점하고 있는 담임이 살짝 앞서는 것 같다. 싸울 맛 나는 대결이기 때문인지 클레나가 무척 기뻐한다는 것이 전해졌다. 검을 마구마구 휘두르고 있다.

클레나는 싸우는 것 자체가 즐거운가 보다.

2000에 가까운 공격력을 보유한 드골라하고도 검술 연습은 하고 있지만, 클레나가 적당히 힘을 빼줘야 한다. 이제는 B랭크 마수도 꽤 약하게 느껴졌다. A랭크 마수는 무척 강하니까 던전에 가는 즐거움이 늘었을 테지. 또한 지금은 눈앞에 본인보다 더 강한 인물이 있다. 카를로바를 아직은 이길 수 없다는 것이 못 견디게 기쁜가 보다.

그로부터 두 시간쯤 경과했을 때, 종이 울렸다.

"과, 과연, A급 던전을 공략할 만한 실력이구나……."

담임이 어깨를 들썩거리며 클레나를 칭찬한다.

'응? 뭔가 눈이 마주쳤던 것 같은데?'

아무래도 담임은 클레나가 강해진 과정에서 알렌이 관여했다고 생각하는 듯했다. 클레나가 담임의 예상을 크게 웃돌아서 무척 강해진 걸까 생각을 했다.

"가, 감사합니다! 내일도 잘 부탁드립니다!!"

클레나도 가쁘게 가슴으로 호흡을 하고 있었다.

"기특한 녀석이군. 아, 맞다. 클레나, 알렌."

모두가 종례를 위해 교사로 돌아가려던 때에 담임이 막 떠올렸다는 듯이 두 사람을 불러 세웠다.

"부르셨나요?"

"학장님 호출이다. 너희 파티원 다 같이 학장실로 가라."

* * *

오후의 실기 훈련이 끝나고 알렌 일행은 담임과 함께 학장실로 향했다.

문득 담임이 걸음을 멈추더니 여기다, 라고 말했다. 학장실은 평소에 알렌 일행이 수업을 받는 교사와는 다른 건물에 있었다. 안에 들어갔는데, 학장은 없었다.

"쳇, 어쩔 수 없군. 잠깐 기다리고 있어라."

담임이 학장을 부르러 갔다. 학장은 엘프의 나라인 로젠헤임의 왕족인데, 타국의 왕족에게도 혀를 차는 모습을 보건대 담임은 신분을 신경 안 쓰는 사람이겠지.

소파에 앉아 잠시 기다리자 담임이 돌아왔다. 학장도 곧 온다고 알려줬다.

"그나저나, A급 던전을 제패한 소감은 어떠냐?"

학장을 기다리는 동안 담임이 던전 이야기를 꺼낸다.

"꽤 넓었죠. 여름 방학 중 공략이 끝나서 다행입니다. 마수보다 함정이 오히려 더 골칫거리였습니다."

알렌은 솔직하게 느꼈던 바를 말했다.

"그랬군. 그래서, 이제는 어떻게 할 계획이냐? 공략 증명서, 받았을 테지?"

더 깊이 캐묻는다. 알렌 일행의 이후 동향이 궁금한가 보다.

"일단 일년 동안 나머지 A급 던전 세 군데를 공략한 뒤 왕국 내 다른 A급 던전을 또 한 곳 공략해야겠죠."

"오! 재학 중 S급 던전을 목표로 하는 거냐?!"

담임이 기뻐하면서 반응했다.

'응? 뭔가 태도가, 우리 쪽 동향을 알고 싶다는 게 아니라 던전 공략 자체에서 낭만을 느끼는 건가? 하긴 카를로바 선생님은 전직 모험가였지.'

알렌과 동료들 사이에서는 이미 재학 중 S급 던전 공략을 목표로 하자고 상의해서 결정했다. A급 던전을 한 군데 공략하는 데 4개월 정도 걸릴 것 같으니 단순 계산으로 세 군데를 공략하려면 12개월이 걸리지만, 내년 3월에 봄 방학이 있으니 그때 또 공략에 전력을 쏟아 10개월 정도로 끝내자는 계획이었다. 그렇게 하면 올해 안에 학원 도시에 있는 A급 던전 네 군데 전부를 제패할 수 있다. 또한 내년에도 여름 방학 2개월 동안 왕국 안에 있는 다른 A급 던전을 공략하자고 목표를 세웠다.

"많이 기다렸나."

학장이 들어오더니 늦게 도착한 것을 짧게 사과한 뒤 소파에 앉았다.

“너희 파티가 A급 던전을 공략했다는 소식을 들었다. 학원 무술 대회의 참가와 관련하여 이야기를 나누고자 불렀다.”

“학원 무술 대회요?”

‘어라? 그런 행사가 있었던가?’

“그래, 보통 1학년은 참가를 하지 않는다. 카를로바 선생도 딱히 언급을 하지 않았을 테지.”

일행들의 얼굴을 쭉 둘러보며 학장이 학원 무술 대회에 대한 개요를 설명해줬다.

매년 10월에 개최되는데, 참가자는 주로 2학년과 3학년 학생이다.

대회는 학원에 설치된 투기장에서 진행된다. 명칭이 무술 대회인 만큼 참가하는 학생은 검과 도끼, 창, 격투 등 물리 공격 재능 보유자가 출전한다고 했다.

토너먼트 형식이고 참가자는 백 명 정도다. 그리고 예선에서 열여섯 명으로 줄인 뒤 이후 본선을 진행한다. 마지막 한 명이 우승이다. 예선에 하루, 본선에 하루를 쓰는 일정이었다.

‘한 학년에 삼천 명은 있는데 겨우 백 명만 참가할 수 있네.’

알렌은 숫자가 무척 적다고 생각했다.

“각국에서 내빈도 온다. 왕국에서도 왕족이 오고 말이다.”

“그렇군요.”

“그러니 알렌과 클레나가 대회에 나와주면 좋겠구나.”

학장의 갑작스러운 제안이었다.

“와아!”

“예?”

대회에 나와달라는 말은 같이 들었는데, 클레나의 기쁨이 담긴 목소리와 알렌의 의문이 담긴 목소리가 겹쳤다.

"뭔가 문제가 있나?"

"아뇨, 어째서 제가 대회에 참가해야 합니까? 드골라를 잘못 말씀하신 게 아닌가요?"

"아니, 지금의 드골라는 어려울 게다. 이 대회에 참가하려면 학원 측의 추천이 필요하지."

학장은 분명하게 드골라는 힘들다고 말했다.

'흠, 기준이 꽤 높은가 본데? 별 하나짜리 재능을 가진 1학년 학생한테는 어렵다는 건가?'

"……."

드골라는 그러냐는 표정을 지은 채 아무런 말도 꺼내지 않았다.

"저는 공격력 능력치가 E입니다. 무술 대회라면 드골라보다 더 적절하지 않을 텐데요?"

알렌의 능력치는 후위형이기에 무기를 들고 싸우는 대회에는 적합하지 않다.

"이 대회에서는 스킬 사용이 가능하다. 소환사의 재능을 써도 문제없단다."

학장이 물고 늘어졌다.

'소환사의 재능을 보고 싶어서 그러는 건가? 수험 때도 보여달라면서 자꾸 귀찮게 했었지. 쵸로스케는 봤잖아?'

알렌은 가족과 동료를 위해서라든가 은혜 갚기 등 이유가 있다면 무엇이든 하는 반면, 자신이 관심을 가지지 않는 분야와 의미가 없는 행동은 하기 싫어한다. 아울러 이 세상에서 가장 쓸모없는 짓이 대인전이며, 아울러 쓸데없이 싸우는 대회라고 생각한다. 특훈이나 스킬 레벨 올리기가 목적인 싸움이라면 납득할 수 있지만, 단순히 힘을 겨루는 대인전에는 전혀 의미가 없다. 『PVP(플레이어 대 플레이어)는 아무것도 만들어 내지 못한다』라는 격언도 있다.

"에이, 아니죠. 제 소환술은 학원에서 가려서 뽑은 선배님들에게 보여드릴 만한 재주가 못 되니까요."

"우승하면 검성 드베르그에게 도전할 수 있다만?"

"와, 멋진 말씀이네요. 클레나가 현역 검성과 얼마나 잘 싸울 수 있을지 궁금해집니다."

알렌은 현재 클레나의 성장 수준, 이후의 성장 가능성도 확인할 수 있겠다고 생각했다.

"클레나가…… 말인가. 자신은 끝내 참가하지 않겠다고."

"참가는 해도 괜찮습니다만, 첫 대결에서 져버릴 텐데요? 참가해봤자 아무런 이득도 없고 말이죠."

만약 억지로 출전시키면 전력으로 첫 대결에서 패배하겠다고 선언했다. 학장과 알렌의 이 같은 대화를 동료들도 담임들도 듣고 있었다. 담임은 어딘가 감탄한 것처럼 보이기도 했는데, 아마 모험가라면 이러한 태도가 정답일 테지. 세실은 진짜 변함없구나, 라는 느낌으로 한숨을 쉬고 있었다. 그란벨에서도 알렌은 언제나 이런 식이었다.

"이득이라. 그래, 왕국의 왕족이 오니 말이지. 우승하면 아주 좋은 대우를 받는다는 이야기도 있더구나."

"왕족인가요."

"그렇다. 참가할 마음이 좀 드나?"

"아니요, 전혀."

"……."

"그런가. 후, 어쩔 수 없군."

포기했나 보다. 대회는 자유 의지로 참가하는 것이 원칙인지 아예 강제를 할 생각은 없었나 보다.

"혹시 왕족은 어느 분이 오십니까?"

"분명 왕태자가 온다고 들었구나."

1000년을 살아온 학장은 타국의 왕족에게도 경칭을 붙이지 않았다.

'응? 왕태자가 오는 건가. 잘됐네, 얼굴 정도는 익혀둬야겠어.'

알렌은 추천을 거절했고, 클레나가 우승을 목표로 참가하게 되었다. 또한 10월 두 번째 주말의 학원 무술 대회에 왕태자가 직접 올 예정이라고 한다.

* * *

학원 무술 대회가 시작됐다. 어제 실시된 예선에서 대회 참가자는 이미 열여섯 명으로 좁혀졌다.

무술 대회의 목적은 각국에 존재하는 학원 도시에서 마왕군 토벌이라는 목적을 위하여 재능 보유자 학생들을 잘 육성한다는 것을 확인하는 데 있다. 각국의 내빈이 감시의 눈을 번뜩이고 있는 와중에, 대회는 계속 진행되었다. 타국의 서기관으로 짐작되는 인물이 학생들의 대결을 주시하며 기록을 하고 있었다.

9시가 지나 시작된 본선은 토너먼트 형식이니 쭉 이겨서 올라가면 우승이다. 그 후, 우승자와 검성 드베르그의 대결이 기다리고 있다. 대회는 벌써 결승전을 맞이하였다. 클레나가 대검을 쓰는 덩치가 크고 근육도 불끈불끈한 학생과 싸우고 있는 참이었다.

학원 부지 안쪽에 설치된 투기장의 관객석은 두 부류로 나뉘어 있다. 그중 3분의 2가량은 오천 명 남짓한 학생들이고, 각국의 내빈과 왕태자 및 왕국의 귀족들은 귀빈석에서 관전하고 있다. 명백하게 신분이 높아 보이는 옷을 입은 사람들이 호위 기사단에게 빈틈없이 경호를 받고 있었다.

알렌은 관전하면서도 새E 소환수를 하늘에 날려서 왕후 귀족과 귀빈석의 중앙에 떡하니 자리 잡은 왕태자를 매의 눈으로 관찰했다.

'저 자식이 왕태자인가. 일찌감치 얼굴을 알아 두었으니 잘된 셈이군. 재능 보유자라는 열 살짜리 딸은 안 데리고 온 건가.'

나이는 40대 초반쯤 되었을까. 전세의 해외 드라마에서 본 기억이 있는 올백으로 머리를 꾸민 미남이었다. 배우를 하면 악역이 잘 어울릴 것 같았다. 부하인가, 대신인가. 옆쪽에 있는 귀족에게 이야기를 들으며 관전하고 있다.

'승패는 곧 결정 나겠구나. 클레나의 상대, 꽤 오래 버텼어.'

"클레나는 제법 성장을 하였구나. 아직 1학년인데도 3학년을 밀어붙일 줄이야."

옆쪽에 있는 매처럼 날카로운 눈빛의 남자가 말을 걸어온다.

"네, 그란벨 자작님."

클레나가 학원 무술 대회에 나가기로 한 때는 지난주였지만, 새F 소환수를 써서 소식을 전했더니 그란벨 자작은 「나도 가겠다」라고 말한 뒤 갑자기 기사단장을 데리고 학원에 찾아왔다. 사랑하는 딸의 납치를 명령한 장본인인 왕태자가 온다니까 불안감을 느꼈을 테지.

알렌은 왕후 귀족이 앉아있는 자리에서 세실과 함께 관전하는 중이다. 당연히 학원의 허가도 받아 놓았다.

『오오, 이럴 수가! 아직 1학년인 클레나가 우승 후보 트리벨가를 격파했습니다!!』

투기장 전체에 마도구 스피커로 목소리가 울려 퍼졌다. 클레나의 대전 상대가 무기를 내팽개치고 쓰러져서 하늘을 올려다봤다. 결국 클레나가 우승을 거머쥐었다. 1학년이 3학년 우승 후보를 무너뜨린 까닭에 학생과 귀족들도 무척 떠들썩했다.

검성이 이토록 강한 존재였던가, 재능이 이토록 큰 차이가 생겨난다는 말인가. 재능에 따른 격차를 또렷이 실감하게 되는 결과였다.

『자, 이제 잠시 휴식을 취한 뒤 검성 드베르그 님과 시합을 진행하겠습니다.』

인사를 하고 두 사람이 투기대에서 내려온다. 관객들은 큰 백수로 쌍방의 선전을 칭찬했다.

'흠흠. 무기는 클레나가 화황금이고, 대전 상대는 미스릴이었지. 그건 그렇고 상대만 스킬을 마구 사용했네.'

물론 이 대회에서 스킬 사용은 가능하지만, 클레나는 얼마 전 화황금 대검을 손에 넣었기에 대전 상대가 다칠까 봐 염려해서 스킬을 쓰지 않았다. 무기가 달라졌을 때 공격력 상승 수치는 상당히 크다.

"우승했어! 알렌!!"

"그래. 클레나, 축하해."

클레나가 운동회의 종목을 마친 아이처럼 일행을 향해 똑바로 돌아왔다. 자작과 동료들도 클레나의 우승을 칭찬했다.

'음, 왕태자가 이쪽을 보고 있어.'

클레나가 동료들과 대화 나누던 때, 가장 높은 위치에 있는 왕족 전용의 귀빈석에서 왕태자가 클레나를 주시하는 것을 새E 소환수의 매의 눈으로 포착했다. 왕태자는 잠시간 이쪽을, 클레나를 지켜본 뒤에 시선을 옮겼다.

짧은 휴식이 끝나고 알렌 일행은 다시 투기대를 바라본다. 투기대 위쪽에는 두 명의 검성이 서 있었다.

『자, 이제부터 우승자와 검성 드베르그 님의 시합을 진행하겠습니다. 매년 우승자를 압도했던 드베르그 님의 검 솜씨를 과연 오늘도 볼 수 있을까요!』

심판에 개시 신호를 외치자 드베르그가 클레나에게 말을 건넨다.

"흠, 스킬을 가르치고 몇 개월도 안 지났건마는 이런 경지에 오르다니."

"응."

"좋은 동료를 두었구나. 소중히 여기도록 해라."

"응!"

짤막하게 말을 주고받은 뒤, 드베르그는 칠흑으로 빛나는 아다만타이트 대검을 치켜들었다. 그 모습을 보고 클레나도 화황금 대검을 치켜들어서 대치한다.

"나는 마수를 사냥하는 자. 마족을 도륙하는 자. 마신을 멸하는 자."

검을 치켜든 자세에서 드베르그가 뭔가 중얼거렸다.

"응? 뭐라고 말했어?"

클레나가 잘 들리지 않았는지 소리를 높였다만, 드베르그는 아랑곳 하지않고 말을 계속했다.

"와라, 검성 클레나. 네 녀석의 모든 것을 쏟아내거라!!"

"응!!"

척안을 부릅뜨고 클레나를 힘껏 도발한다. 그 외침에 반응하듯, 클레나가 단숨에 속도를 끌어올려서 대검을 치켜든 채 돌진했다.

전력으로 내리 휘둘러지는 화황금 대검. 그러나 상대의 검에 맥없이 막혀버린다.

"이게 무어냐?! 전력으로 오라 말했을 텐데. 내가 가르친 스킬은 어찌했느냐!!!"

"꺄흑!!"

드베르그가 클레나의 복부를 걷어찼다. 바닥에 튕기며 휙 날아간다. 알렌 일행은 몸을 쭉 내밀며 클레나의 이름을 외쳤지만, 클레나는 엎드린 채 드베르그만을 응시하고 있었다. 한눈을 팔 수 있는 상대가 아니었다. 천천히 일어서더니 곧장 대검을 꽉 쥔다. 배를 세게 강타당한 탓에 호흡을 하기 버거워하는 모습이었다. 기침을 하면서 호흡을 가다듬고자 한다.

"뭐 하나. 벌써 끝이더냐? 내가 가도록 하마. 검성 클레나!!"

처음으로 드베르그가 공세에 나섰다. 발을 내디딜 때의 충격으로 투기대 바닥에 균열이 생겼다. 아직 호흡을 가다듬지 못한 클레나는 응전하기 위하여 스킬을 발동했지만, 드베르그도 스킬을 발동하며 전부 받아넘겼다.

그렇게 10분쯤 경과하자, 클레나가 온몸에 부상을 당한 채 바닥에 누워 있었고 아무런 상처도 없는 검성 드베르그가 클레나를 내려다보고 있었다. 구호조가 허둥지둥 올라와서 온몸에 피가 나는 클레나를 후송한다. 너무나 일방적인 대결이었기에 모두 침묵하고 말았다.

알렌 일행이 서둘러 의무실로 갔을 때, 클레나는 마법으로 치료를 받고 있었다. 알렌은 주변 사람들의 눈을 신경도 안 쓰고 생명의 잎을 써서 클레나를 완전 회복시켰다. 회복 마법을 걸어주던 구호조의 사람이 경악한다.

"져버렸어……."

알렌과 눈을 마주친 클레아가 아쉬워하며 중얼거렸다.

"클레나."

"응."

"힘도 스킬도 무기도, 전부 드베르그가 더 강했네."

"응, 그러게."

모든 면에서 드베르그가 강했다. 압도적인 힘의 차이였다. 방금 전 시합에서, 드베르그는 전력을 드러내지도 않았다.

"적어도 저 사람만큼은 강해질 수 있다는 뜻이 아닐까?"

"……글쿠나, 맞아!"

클레나는 더 설명하지 않아도 무슨 말을 하려 했는지 알아들었다. 당장 실력이 부족해도 앞으로 쌓아나가면 된다. 클레나는 줄곧 노력해왔다. 검성 클레나의 성장 가능성이 몹시 막대하다는 것은 잘 알았다.

"내년 학원 무술 대회때 드베르그 정도는 간단하게 쓰러뜨릴 수 있는 실력자가 되자."

"응!!"

내년 10월에 또 열리는 학원 무술 대회의 목표는 검성 드베르그와의 설욕전으로 결정됐다. 검성 드베르그의 무력을 겪어보고 클레나가 목표를 세우게 된 학원 무술 대회는 이렇게 막을 내렸다.

제11화 왕태자의 부름

학원 무술 대회는 클레나가 우승했고, 아울러 검성 드베르그에게 대패를 하고 끝났다. 내년의 학원 무술 대회에서 다시 만날 드베르그와의 설욕전이 클레나의 목표다.

드베르그가 매년 우승한 학생과 대결하는 이유는 우승함으로써 가질 수 있는 「자만심」을 꺾어주기 위해서인지도 모른다. 졸업 후 학생들이 가야 할 곳은 전장이다. 우승으로 자만심을 갖고 전장에서 무모하게 나서는 버릇이 든다면 본인뿐 아니라 부대 전체의 죽음으로 연결될 수 있다.

그 후로는 대회 뒤풀이가 학원 내 행사장에서 열렸다. 귀족 및 각국의 내빈들이 참가하는 뒤풀이 행사에는 본선 진출자 열여섯 명 전원이 불려갔다. 귀족중에는 그란벨 자작도 있었다.

왕태자가 본선 진출자 대표 클레나에게 축사를 읊어줬다. 상패와 상장, 금일봉 같은 포상은 없는 것 같다. 알렌은 물론 이 뒤풀이 행사에 직접 참가하지는 못했지만, 클레나의 주머니에 새G 소환수를 슬쩍 넣어두었기에 행사장의 내부 상황을 알 수 있었다.

"훌륭한 대결이었다. 이후에는 왕국을 위해 검을 휘둘러주도록."

"네!"

왕태자가 그렇게 말하자 클레나는 행사장 전체에 울려 퍼질 정도의 큰 목소리로 대답을 했다. 왕태자의 얼굴은 보지 않았지만, 주변의

술렁술렁하는 반응을 듣고 짐작하면 꽤 황당했던 것이 아니었을까.

뒤풀이 행사가 끝난 뒤 알렌 일행이 클레나와 합류해서 거점에 돌아왔을 무렵에는 이미 밤늦은 시간대였다. 평소에 식당으로 쓰는 다목적실에는 자작이 있었고, 자작 앞에는 킬이, 킬의 옆에는 여동생 니나가 앉아있다.

자작은 또 하나의 목적을 수행하기 위해 거점을 방문했다. 알렌, 클레나, 세실, 드골라도 동석했다.

“그런가, 어딘가 카르넬 자작의 흔적이 묻어나는구나.”

“……네.”

킬이 조금 긴장하면서도 대답을 했다.

지금 킬과 대면한 인물은 그란벨 가문의 난을 일으켰던 당사자이다. 자작을 앞에 둔 차기 카르넬 가문 가주는 꼿꼿하게 처신하고자 애썼다. 자작이 킬의 딱딱한 태도를 보고는 어쩔 수 없는가, 라고 중얼거리며 한숨을 쉰다.

“그렇게 긴장하지 않아도 된다. 오늘은 이 문서를 가져왔단다.”

그 말과 함께 자작의 뒤에 대기하고 있었던 기사단장이 킬에게 다가가더니 둥글게 말아둔 양피지를 한 장 펼쳐서 탁자에 올려놓았다.

“무엇입니까?”

“계약서다. 국왕 폐하의 서명은 이미 받았다.”

킬뿐 아니라 세실과 드골라도 「계약서」라고 작게 되뇌었다. 클레나만 「흠흠」 소리를 내며 이야기를 듣고 있었다. 어떤 상황인지 이해하지 못했을 테지.

지면에는 카르넬 가문이 복권되기 위하여 킬이 수행해야 하는 조건이 쓰여 있었다.

· 5년간 왕국 혹은 5대륙 동맹이 지정하는 전장에서 임무를 수행할 것
· 상응하는 전공을 세운 경우, 기간 단축을 검토한다

자작이 말했던 대로 국왕의 서명과 함께 왕가의 문장이 각인된 옥새가 찍혀 있었다.

"국왕 폐하께서 직접 카르넬 가문의 복권을 약속해주신 겁니까?"

"그렇다."

지금까지 카르넬 가문의 복권은 단순하게 왕가의 사절이 홀로 언급한 구두 약속이었다. 하지만 자작이 2개월 동안 행동에 나서준 덕에 국왕의 정식 허가를 받아 계약서를 획득하는 단계까지 일이 진행되었다.

왕가에서 친히 발행한 계약서는 일반적인 것과는 달리 강력한 효력이 있는 계약으로 취급받는다. 아울러 타국 및 대귀족과의 사이에서 계약 및 약속이 필요한 경우에 한정되어 사용하는지라 무척 특별한 수단이었다. 보통 귀족과의 자질구레한 계약 사항은 대신이 맡아 처리한다. 그런데 이번에는 국왕이 오직 킬 한 사람을 위해서 계약서를 작성해줬다.

"어째서 이렇게까지 해주시는 겁니까?"

아버지 카르넬 자작이 저질렀던 잘못을 생각하면 국왕과의 계약을 주선해준 것은 정말 각별한 대응이다. 게다가 리폴에게도 이야

기를 들은 바 있었다. 차기 국왕인 왕태자에게 밉보였으니 자작 본인도 입장이 위태로워진 셈이다.

"모름지기 귀족이라면 계약을 지켜야 한다. 또한 자신의 행위에 책임을 져야 한다. 그란벨 가문의 가주로서 나는 마땅히 해야 할 일을 했다."

자작은 카르넬 가문을 멸문시켰던 지난 일에 대해서는 일말의 후회도 없다고 말을 이었다. 그러나 비록 딸 세실을 위해서라지만, 수백 년의 이웃 영지였던 카르넬 가문을 멸문할 지경으로 몰아넣었다는 행동에는 책임을 느끼고 있다. 이번에 킬을 위해서 움직인 것은 귀족 가문의 가주로서 무엇을 해야 하는가 고민했던 결과로 나선 행동이었다고 한다.

"그리고 이 부분도 살펴보거라. 나와 해밀턴 백작님의 서명도 있다."

"예?"

잘 살펴보니 계약서에는 그란벨 자작과 해밀턴 백작의 서명도 있었다. 그 아래에 또 무엇인가가 쓰여 있다.

"이게, 저, 정말입니까?"

"한번 무너졌던 가문을 다시 일으키려면 보통 고생이 아닐 터이다. 여기에는 해밀턴 가문, 그란벨 가문의 두 가주가 재건에 협력해야 할 의무에 대해 써 놓았다."

그곳에는 킬이 가문을 재건할 때는 해밀턴 백작가가 주군 가문으로서 최대한 원조하고, 그란벨 자작가도 협력할 의무를 진다는 내용이 쓰여 있었다.

게다가 자작은 계약서에 직접 쓰지는 않았지만, 니나를 포함하여 다른 고용인들은 킬이 책무를 수행하는 동안 해밀턴 가문의 저택에서 생활하게 될 것이라는 말을 덧붙였다.

“감사드립니다.”

킬의 입에서 감사의 말이 새어 나왔다. 이제껏 그란벨 가문에 품어왔었을 증오 전부가 녹아내려서 사라져 가는 표정이었다.

킬은 망설이지 않고 계약서에 서명했다. 니나가 옆에서 조용하게 지켜보고 있다. 이제 킬이 책무를 완수하면 카르넬 가문의 복권은 현실로 이루어진다.

“한데 말이다, 이제부터 하는 이야기도 잘 들어주거라.”

킬도 서명을 마쳤을 때 자작이 어떠한 우려에 대해 언급했다.

그것은 국왕 본인의 용태였다. 국왕은 현재 일흔에 가까운지라 이 세계에서는 장수를 한 부류일지언정 요즈음 자주 앓아눕는 등 건강 상태에 문제가 있다. 그 때문에 왕성 내 여러 행사를 왕태자가 도맡아 지휘하는 경우가 늘어났다고 한다.

카르넬 가문 복권은 킬이 졸업하고 또 5년이 지나야 하는 나중의 일인지라 왕태자가 국왕으로 즉위했을 상황도 감안해야 했다. 선왕과 맺은 계약이어도 당연히 유효하지만, 계약이 반드시 이행되리라는 보장은 없기 때문이다.

다만 설명을 들은 킬의 얼굴에서 불안감은 찾아볼 수 없었다.

“염려 마십시오, 저도 귀족 신분을 되찾을 사람으로서 마땅히 할 일을 하겠습니다.”

카르넬 가문 복권의 길은 만들어졌다. 도중에 어떤 곤경이 있더라도 똑바로 길을 나아갈 뿐. 자신의 굳은 각오를 내비치는 말이었다.

킬이 서명한 계약서는 그란벨 가문에서 맡아주기로 했다. 왕태자가 국왕으로 즉위하면 파기할 우려가 있기 때문이었다. 이제 자작은 볼일을 다 마쳤기에 알렌이 옆 방에서 어느 물건을 가지고 왔다.

조그마한 상자 하나다.

"이것은 파티 일동이 그란벨 자작님께 드리는 답례입니다."

세실과 또래의 소년 소녀들이 마련한 답례인지라 자작은 몹시 감격했다.

"그런가, 기쁘구나. 사양 않고 열어보겠다. 음, 반지인가?"

"예. 던전에서 입수한 독 방어 링입니다."

A급 던전에서 획득한 이 반지를 자작에게 답례로 선물하자는 것은 모두가 상의해서 결정했다. 다만 막 계약서 이야기를 들은 알렌은 반지 하나로는 부족하다는 생각을 했다.

"괜찮겠느냐? 나보다 세실이 착용해주면 좋겠다만."

던전에는 독을 내뱉는 마수도 있다. 딸을 아끼는 부모의 마음으로 자작은 선물을 다시 돌려주고자 했다.

"아니에요, 아버님. 저희는 상태 이상을 막아주는 회복약이 있어서 언제나 사용하니까요."

세실이 대답했다.

풀C의 각성 스킬 「향미 야채」는 사용 시 반경 50미터 이내에 있는 파티원 모두에게 효과가 부여된다. 모험가 파티에 속하지 않은 니나와 고용인들에게도 효과가 적용되기에 매일 아침마다 거점에서 아침 식사 때 사용하고 있다. 아마도 파티의 정의가 알렌이 생각하는 것보다 훨씬 너그럽게 설정되어 있는 것 같다.

자작은 감개무량하다는 듯이 반지를 살펴보다가 알렌 일행에게로 얼굴을 들어 올렸다.

"그렇구나. 세실, 좋은 동료를 두었어."

자작이 귀족 가문의 가주가 되고 30년쯤 지났을까. 음모와 계략으로 가득 찬 귀족 사회에서 살아온 자작은 무척 오랜만에 동료라는 말을 입에 담았다.

"너무 늦게까지 눌러앉아 있었군. 제노프, 이만 돌아가세나."

자작이 기사단장에게 말을 건네고 일어선다.

"아닙니다, 이왕 오셨는데 묵고 가시는 게 어떻겠습니까?"

빈방도 많이 있으니까 말이죠……. 알렌이 또 말을 꺼내려던 순간에.

덜컹덜컹.

이미 문은 닫아 놓았는데도 바깥쪽 정면 방향에서 뭔가 소리가 들렸다.

알렌이 무슨 일인가 의아해하며 나가봤더니 밖에는 남자 두 명이 서 있었다. 그중 한 사람의 손에 들린 마도구의 등불이 비추고 있는 마차에 눈길이 간다. 하필 왕가의 문장이 새겨져 있었다.

"이런 밤중에 무슨 일이십니까?"

"이곳에 그란벨 자작이 있을 터. 꽤 오래 찾아다녔군."

남자가 알렌을 보고 불만스럽게 말을 툭 던졌다.

"그란벨 자작님 말씀입니까?"

"그렇다."

밤늦게 불쑥 나타나서 대놓고 위압적인 말투를 쓴다. 알렌은 두 사람의 복장을 본 기억이 났다. 이전에 카르넬 자작의 수행원들이 같은 복장을 입고 있었다.

"늦은 시간입니다. 자작님은 이미 휴식을 취하고 계십니다. 어느 분께서 오셨다고 전해드리면 되겠습니까?"

"우리는 왕가의 사절이다. 왕태자 전하의 용건이라는 말을 전하도록."

"그러하시군요. 알겠습니다, 객실로 안내해드리겠습니다."

알렌은 가만히 대답한 뒤 문을 열고 평소에 쓰는 다목적실이 아니라 2인용 소파를 비치해 놓은 객실로 안내했다. 또한 곧바로 다목적실에 있던 자작에게 왕가의 사절이 찾아왔다고 알렸다. 자작이 알렌, 기사단장과 함께 객실로 향하자 왕태자의 분부라면서 내일 식사에 초대한다는 말이 나왔다. 자작이 학원에 왔다는 소식을 들었는데 이참에 저녁 식사나 함께 하자는 제안이었다.

"가, 갑작스럽군."

자작은 내일 점심때 마도선으로 귀환할 예정이었다.

"각하의 초청을 딱 잘라 거절하겠다는 말인가. 원한다면 그렇게 해라. 고스란히 전해드릴 뿐이니."

"아니, 거절할 뜻은 없네. 기꺼이 찾아뵙도록 하지."

"가주님. 그렇다면 저도 동행하겠습니다."

기사단장이 대화에 끼어들었다.

"음? 왕태자 전하께서 초대해주신 만찬에 호위가 필요하단 말인가? 그렇다면 대응을 달리해야 하겠군?"

왕태자와의 식사 자리에 어째서 호위가 필요한가. 자작만 혼자 오라는 으름장이었다.

자작은 순간 답을 망설였다. 적대 관계에 있는 왕족의 거처로 혼자 갔다가 숙청을 당할 가능성도 부정할 수 없다. 단순하게 행방불명으로 처리하거나 혹은 불한당을 만나서 살해당했다고 날조할 수도 있다. 어느 쪽이든 간에 왕태자를 추궁할 수 있는 사람은 아무도 없을 것이다.

왕가의 사절이 빨리 대답하라며 재촉하는 와중에 알렌이 말을 꺼냈다.

"가주님, 내일은 왕태자님과의 만찬 자리에 참석하시는군요. 그러시다면 제가 수행하겠습니다."

교복을 입은 알렌이 시종이었던 시절처럼 공손하게 머리 숙였다.

"가……."

귀족이 혼자서 훌쩍 외출하면 위신이 서지 않기에 알렌도 시종으로서 수행하겠다는 뜻을 전한다.

알렌은 귀빈이 되었을 때, 자작를 부르는 호칭을 「가주님」에서 「그란벨 자작님」으로 바꿨다.

자작은 시종을 그만두고 싶다며 그란벨 가문을 떠나지 않았느냐는 말을 꾹 삼켰다. 알렌 같은 실력자가 같이 가준다면 자작도 마음을 놓을 수 있다.

'시종 복장을 반납하지 않길 잘했군. 그만두고 겨우 반년밖에 안 지났으니까 아직은 입을 수 있을 거야.'

수납에는 지금도 지급받은 뒤 반납하지 않은 시종용 옷이 있다. 반납한 것은 그란벨 가문의 문장뿐이었다. 알렌은 성장기인지라 반년 사이에 키가 좀 자랐으나 문제는 없을 것이다.

왕가의 사절은 시종이 따라온다는 말에는 아무 대꾸를 하지 않았다. 「고용인이 학원에 다니고 있는 것인가」 정도의 생각만 하는 것 같았다. 제시간에 오라는 말만 남기고 돌아갔다.

그리고 다음 날. 알렌 한 명만 자작과 함께 왕태자가 숙박하는 곳이라는 고급 숙소에 가기로 했다. 세실도 가고 싶다는 말을 꺼냈지만, 전날에 이미 자작이 안 된다면서 못을 박아 놓았다. 상대는 세실을 납치하도록 사주했던 왕가의 사절의 배후에 있는 왕태자였다. 또 어떤 위험한 상황에 처할지 모르는 만큼 지극히 타당한 판단이다.

자작과 합류한 뒤 사절이 지정해준 고급 숙소로 향했다.

'왕국파의 왕태자인가.'

리폴에게 왕태자의 정보를 들은 지 1주일 이상 지났다. 왕태자뿐 아니라 왕성에서 일어나고 있는 사건에 대해 파악한 것이 있었다. 마왕의 출현 이래로 왕국에는 「왕국파」와 「동맹파」라는 두 가지 파벌이 발생해서 서로 싸우고 있는 듯싶다.

왕국파는 왕국의 이익을 첫 번째로 생각한다. 따라서 5대륙 동맹에 대한 협력은 최소한으로 생색만 내면 충분하다는 입장이었다. 애당초 왕국은 마왕이 나타나기 전 수백년 동안 끊임없이 패권주의를 내세운 제국의 침공을 받아왔다. 그런데 무슨 낯짝으로 제국의 요청에 응한다는 말인가. 제국이 아예 멸망하면 곤란하니 영원히 전선 유지만 하며 마왕군과 전쟁이나 하면 좋겠다는 생각까지 하고 있다.

한편, 동맹파는 5대륙 동맹의 이념 및 협력을 첫 번째로 생각한다. 마왕이 세계를 멸망시키려 하는 이때에 국가의 사정을 우선하여 고집부리면 어쩌냐는 것이 저들의 생각이며, 또한 학원파는 동맹파 안에 속하는 조직이다.

두 개의 파벌이 싸우는 이유는 국왕이 2대에 걸쳐 동맹파였기 때문이다. 영내 개척령을 선포하거나 마왕군과 싸워야 하는 책무를 수행한 귀족부터 직책 및 세금 면에서 혜택을 주는 등, 마왕군과 싸우기 위해 아낌없이 협력했다.

이같은 조치에 유서 깊은 대귀족들은 많은 불만이 있었다. 애당초 재능 보유자가 잘 태어나지 않는 처지에 있는 자신들은 혜택에서 배제당하는데 책무를 완수한 하급 귀족은 계속 혜택을 받는다. 요즈음 들어서는 장군 등 무관뿐 아니라 대신과 같은 직책에도 동맹파가 손을 뻗고 있다. 이대로 두면 자신들의 지위가 위태로워질 것이라 생각했다.

그래서 왕국파의 대귀족들은 현 국왕의 형이 낳은 왕태자를 다음 왕으로 추대하기로 결정했고, 왕태자도 본인이 적극 나서서 왕국파를 끌고 나갔다. 현 국왕에게도 왕자는 있었지만, 왕성에서 권력을 지닌 대귀족들의 지원에 밀려 조카를 왕태자로 삼을 수밖에 없었다. 국왕은 노령인지라 옛날처럼 힘을 휘두르지 못한다.

학원을 장악한 동맹파에게는 무력이 있다. 왕국파는 대귀족들의 권력이 있다. 두 파벌이 맞버티는 탓에 왕국은 하나가 되지 못하고 쭉 분열 상태가 이어졌다. 왕태자는 마왕군 토벌을 위한 협력 수준을 절반으로 줄이자고 주장했다고 한다.

“이쪽에서 기다려주십시오.”

“알겠네.”

고급 숙소에 도착한 뒤 왕가의 사절이 지정한 대합실로 향했다.

'여기가 왕가 전속의 고급 숙소구나! 오! 한 번도 못 봤던 과일이 있어. 마, 맛있다!'

알렌은 탁자에 놓여 있는 과일을 쏙쏙 집어 먹었다. 어차피 자작의 뒤에 서 있어야 하니 식사는 하지도 못할 것이다. 자작은 딱히 먹을 생각이 없다기에 미처 못 먹은 과일은 수납에 넣어서 챙겨 돌아가기로 했다.

제법 오래 기다렸는데 아무도 나타나지 않고 시간만 자꾸 흘러갔다. 알렌은 관엽 식물의 근처에 주저앉은 채 뭔가 바스락바스락 작업을 하기 시작했다.

"무엇을 하고 있는 것이냐?"

"회복약을 만들고 있습니다. 몇 개쯤 드릴 테니까 유사시에 사용해주십시오."

"괜찮겠느냐?"

"물론입니다."

알렌은 회복약을 생성하느라 무척 바쁘다. 1주일마다 E랭크와 D랭크 마석을 합계 삼만 개 의뢰하고 있다. 여름 방학 이전의 세 배였다. 이것들을 생명의 잎과 마력의 씨앗으로 바꿔 놓아야 했다.

평소에는 오전 중 수업을 들으며 학원에서 슬쩍슬쩍 작업을 한다. 요즘은 목표량을 늘렸기에 생명의 잎 생성이 점점 지체되고 있었다. 가진 시간을 최대한 다 활용해서 생성, 합성, 강화, 각성 스킬을 올려야 한다.

'A급 던전은 아직 소환수 소모가 심하니까. 강화 레벨을 빨리 7로

올리고 싶네.'

가능한 한 강화 레벨을 우선하면서 마력을 소비하고 있다.

다시 한 시간이 경과했다.

'꽤 오래 기다렸는데. A급 던전 일과를 못 하잖아. 오늘은 진짜 금 상자가 나올 것 같으니까 빨리 좀 끝내줘라.'

다시 한 시간이 경과했다.

'좀 심한데? 언제까지 기다려야 하냐. 빨리 튀어나와라. 내 금 상자 돌려내라고. 오늘 못 가면 금 상자가 안 나올 것 같단 말이다.'

지금까지 금 상자가 안 나온 이유도 왕태자 때문이라는 생각이 들기 시작했다.

잠시 후 드디어 왕가의 사절이 부르러 왔다. 안내를 받아 간 곳은 최상층에 있는 왕족 전용의 호화로운 식당이었다. 넓은 탁자에 혼자 앉은 채 올백으로 머리 모양을 깔끔하게 다듬은 왕태자가 유리잔을 기울이고 있다. 올백 머리에 못된 낯짝을 가진 저 인물이 바로 인부엘 폰 라타쉬, 즉, 알렌이 태어난 왕국의 왕태자였다.

"오래 기다렸나."

"아닙니다, 왕태자 전하의 부름이시라면."

얼마든지 기다리겠습니다, 라고 자작은 대답했다.

'아니, 전혀 못 기다리겠거든? 멋대로 따라와 놓고 좀 뭐하지만.'

"흠, 좋은 마음가짐이다. 동맹파에도 자네와 같은 태도를 보이는 자가 늘어나주면 좋겠군."

왕태자의 등 뒤에는 호위인 듯 완전 무장한 기사들이 있었다. 자작이 일순간 숨을 멈췄다.

알렌을 자작을 위해 의자를 빼주고 뒤쪽에 섰다. 왕태자에게는 시선을 주지 않는다.

왕태자는 잠깐 알렌을 바라봤지만 「꽤 어린 고용인을 한 명 데리고 왔군」이라고 생각했는지 곧 시선을 돌렸다.

요리가 나오고 서로 말도 하지 않은 채 식사가 진행되었다. 기사들은 미동도 않고 끊임없이 자작을 매섭게 노려보고 있다. 왕태자의 신호가 떨어지면 언제든 검을 뽑을 기세였다. 왕태자가 요리에 독을 탔는지 알 수 없지만, 만약에 대비하기 위하여 자작에게도 상태 이상을 막아주는 풀C의 각성 스킬 「향미 야채」를 미리 사용했다.

"어제는 꽤 놀랐다네. 검성 클레나에게 교육을 하지 않은 것인가? 제멋대로 짖는 강아지 같더군. 그건 그렇고 검성 드베르그는 변함없더구나. 아무런 말 없이 전장으로 돌아가버렸어."

갑자기 왕태자가 입을 열었다. 왕태자를 눈앞에 두고 클레나가 큰 목소리로 대답을 했던 뒤풀이 행사의 이야기를 하는 것이다. 검성 드베르그는 뒤풀이 행사에 참가하지 않고 마도선에 올라탄 뒤 전장으로 복귀해버렸다. 아마 짐작건대 왕태자에게 따로 인사도 하지 않았을 테지. 리폴의 이야기에 따르면 드베르그는 옛날부터 저런 식이었다고 한다.

농노 출생인 검성 드베르그에게는 많은 일화가 있다. 유명한 이야기로는 후작 작위를 받았을 때도 왕성의 부름을 무시한 채 전장에서 검을 휘두르고 있었다고 한다.

"검성 클레나는, 지금은 자유롭게 자라도록 두고 있습니다. 왕태자 전하께 실례되는 태도를 취했던 것은 늦게나마 대신 사죄드리겠습니다."

자작이 왕태자에게 머리 숙였다.

"그래, 알겠네. 자작의 방침이 훌륭했기에 1학년이면서 대회에 나가 우승할 수 있었겠지."

"감사드립니다."

"영지 운영은 순조로운 것 같군."

"예? 그, 그렇습니다만."

"영내에서 검성이 태어났고, 미스릴 채굴이 재개되었고, 경쟁자는 몰락시켜버렸고……. 순풍이 가득 불어오는 형세 아닌가. 무엇을 해야 이토록 일이 잘 풀리는지 나도 알고 싶다네."

"몰락시켰다는 말씀은……."

자작은 후계자였던 미하이를 잃은지라 결코 순풍이 부는 형세는 아니었는데도 굳이 언급하지 않았다. 단지 몰락이라는 표현만 에둘러 부정했다.

"알현장에서 보인 연기도 훌륭했네."

그란벨 자작이 왕성 알현장에서 취한 행동을 거론한다.

"연기, 말씀입니까?"

"아니었나?"

왕태자가 자작에게 눈을 번뜩인다. 그에 호응하듯이 기사들이 아주 살짝 중심을 앞에 실었다. 자작의 대답을 기다리는 것 같았다.

"……."

"……뭐, 되었네. 그건 그렇고 폐하도 별난 결정을 내리셨어. 고작해야 하급 귀족의 어린 자식을 상대로 직접 계약을 체결하다니.

누군가가 설치고 다닌 바람에 나까지 책임을 져야 하는 신세가 되었군."

아무래도 침묵이 정답이었던 것 같다고 생각했다.

왕태자는 기가 막히다는 듯이 고개를 옆으로 흔들었다. 킬과 체결한 계약서의 이야기는 왕태자의 귀에도 이미 들어갔나 보다.

"저 또한 연대 서명을 한 입장이오니 책무를 마친 이후에는 카르넬 영지 재건에 진력하고 싶은 마음입니다."

"오호, 책무를 잘 마친다면 말이지."

'응?'

그 말을 기다리고 있었는지 왕태자가 히죽 웃음을 지었다.

"어떠한 뜻의 말씀이신지요?"

"분명 계약서에 배속 지역은 왕국이 지정하는 곳으로 한다고 쓰여 있잖나. 나 또한 기암트에서 자꾸 기개가 높은 인물을 내놓으라는 통에 난처하던 참이네. 검성과 함께 보내주는 것이 좋겠군."

킬이 클레나와 함께 지내고 있다는 것도 조사를 마쳤나 보다. 계약서대로 왕국이 싸울 장소를 지정한다고 한다.

'오! 위험한 전장으로 보내주겠다는 거냐? 가장 위험한 곳을 희망한다!'

알렌은 감정을 죽인 채 자작의 뒤쪽에 서 있었지만, 이때만큼은 잠깐 웃음을 흘리고 말았다.

어차피 가야 한다면 가장 위험한 곳이 좋다고 생각한다.

"……그, 그렇습니까."

"당연하네만 함께 활동하고 있는 자네의 딸도 같이 보낼 것이다."

"기, 기다려주십시오!"

자작이 일어선다. 곧장 왕태자의 뒤쪽에 대기 중이던 기사들도 반응했다. 왕태자가 손을 들어 올리자 기사들이 원래 자세로 돌아갔다.

"왜 놀라나. 너희 동맹파가 책무를 완수하면 그만 아닌가? 어차피 누군가가 피를 흘려야 하는 전장은 있으니까 말이지."

요컨대 왕태자는 이 말을 하고 싶었나 보다. 5대륙 동맹에 협력하고 싶다면 본인의 딸을 내놓으라고. 드베르그 이후 탄생한 왕국의 검성은 모두가 이미 사망했다. 킬과 클레나가 무참하게 죽는다면 자신에게 대항하는 자가 어떻게 되는지 동맹파에 경고를 줄 수 있다.

그뿐 아니라 막 태어난 검성을 위험한 전장에 내몲으로써 제국에도 적극 협력했다고 생색을 낼 수 있다. 왕태자에게는 좋은 결과만 있는 계책이었다.

'오호, 왕태자는 머리가 꽤 돌아가는구나. 자, 슬슬 움직여야겠군. 이러다가 자작이 뭔가 양보하면 안 되니까.'

"오히려 전공을 세울 절호의 기회입니다."

알렌은 이 순간에 처음 자작에게만 들릴 만큼 조그마한 목소리로 중얼거렸다.

"뭐라?! 알렌!! 무, 무슨 뜻이냐."

"안심하십시오. 세실 님은 제가 지킵니다. 그러니 안심하십시오."

심하게 동요하는 자작을 달래준다.

"음, 무슨 짓이지? 그러고 보니, 머리가 까만 네 녀석은……."

작게 대화를 나누는 자작과 알렌을 보고 왕태자가 수상쩍어했다. 자작의 뒤쪽에 있는 소년이 어제 투기장에서 클레나와 자주 대화를 나는 흑발의 소년임을 깨닫는다. 이 세계에서는 흑발이 드문지라 인상에 남은 것 같았다.

"예. 왕태자 전하, 부르셨습니까."

가볍게 머리를 숙여 인사했다.

"너도 투기장에 있었지."

"검성 클레나의 동료로서 관전했습니다."

"동료라고?"

"예, 클레나와 같은 파티로 활동하고 있습니다. 제가 리더를 맡고 있지요. 세실 님도 킬도 제 파티의 소속입니다."

'드골라도 있고.'

"파티의 리더인가. 검성이 아니라 네가 말이더냐?"

"예. 힘만 가지고는 리더 역할을 맡지는 못합니다."

"호, 말재주가 제법이구나. 그러면 지금 이야기를 듣고 어떻게 생각을 했지?"

알렌을 계속 대화에 끌어들인다.

"왕태자 전하께서 배려해주신 덕분에 전공을 세울 기회가 늘어날 것 같습니다."

"풉."

자작은 못 견디고 입의 내용물을 뿜었다. 혼까지 같이 빠져나와서 졸도할 것 같다.

"이보게, 자작, 지저분하군……."

자작의 실수에 왕태자가 주의를 준다. 이때 자작은 차라리 혼자서 오는 것이 괜찮았을지도 모르겠다는 생각을 하고 말았다.

"그래. 지금의 국왕과 달리 농노를 덜컥 후작으로 올려줄 생각은 없다만, 학원을 졸업한 이후 뚜렷하게 전공을 세운다면 적절한 포상은 고려해주도록 하마."

아무것도 모르는 꼬마라고 생각한 듯 왕태자가 피식 웃었다.

"네!"

'좋아, 좋아. 이렇게 하면「검성의 힘만 믿고서 전공을 세우려 하는 고용인」으로 보이겠지.'

알렌은 깊숙이 머리 숙였다. 식사도 곧 끝났기에 자작과 알렌은 귀로에 올랐다.

이렇듯 각자가 다른 의도를 갖고 이야기는 계속 진행되었다.

제12화 A급 던전 최하층 보스

그로부터 3개월이 지나 1월을 맞이했다.

새해를 기념해서 소소하게 파티를 연 뒤, 또 매일매일 던전 공략에 집중하고 있다.

학원의 장기 휴가는 여름 방학과 봄 방학뿐이었다. 봄 방학은 3월부터이며 1월은 신년의 1일 이외에는 수업이 있다. 새해의 첫 연휴는 게임만 하는 것이 일상이었던 알렌에게는 무척 놀라운 일정이었다.

학원에 가는 날에는 최하층 뺑뺑이로 보스를 잡고, 매주 이틀의 주말마다 아침부터 던전 공략을 목표로 활동하는 계획표는 변함이 없다. 주말 이틀 동안 A급 던전의 계층 한 구간만큼 공략하는 것이 목표인 터라 하루는 던전에서 야영을 한다.

던전은 미로 구조라서 공략에 시간이 꽤 걸리기에 학원에는「던전 휴가」제도가 있다. 쉬는 날에 던전을 공략하다가 밖에 나오지 못하여 학원을 쉬게 되어도 학원에 사후 승인을 요청하면 결석 처리가 되지 않는다.

새C로 고속 이동이 가능한 알렌 파티도 1월까지 두 번 정도 신청했었다. 전이 함정을 두 번이나 밟아버려서 도저히 주말 동안에 복귀할 수 없었기 때문이다. 함정 회피를 위해서 새C 소환수를 세 마리 선행시켜도 역시 밟을 때는 밟는다.

모험가 길드에서 A급 던전 공략 파티가 어느 정도의 빈도로 최하층 보스를 사냥하고 있는지도 알았다. 이 학원 도시에 다섯에서 열 정도 있다는 A급 던전 공략 파티는 기껏해야 매주 한두 번 최하층 보스를 잡는다고 한다. 이번 달 처음으로 경매에 참가했는데, 최하층 보스 공략으로 얻는 물품의 값이 치솟는 이유를 수긍할 수 있었다. 애당초 출품되는 물건의 수가 적어서다.

경매장은 수많은 사람들로 북적거렸다. 아마 왕도나 다른 대도시에서 온 상인들이 낙찰을 위해 경쟁하는 것 같다. 마도구를 쓴 통신 기술로 각 모험가 길드의 사이에서 출품 정보를 교환하고 있기에 노리는 물품이 나오면 마도선을 타고 날아온다.

마도구 통신 기술은 왕국과 제국이 회의를 하는 데도 사용되고 있다. 바우키스 제국과 로젠헤임 등등 대륙을 넘어서도 연락을 취할 수 있다고 한다. 바우키스 제국에서 꽤 많은 기술을 제공받고 있구나 싶어 감탄했다.

아무튼 이번 달 중에 두 번째 A급 던전을 공략할 수 있을 것 같다.

던전 공략에 매진하던 중 알렌은 드디어 강화 스킬을 7로 올렸다. 효과는 능력치 두 개를 1000씩 늘려준다. 소환수가 B랭크 마수에게 당하는 일도 거의 사라졌고, 소환수 부대의 A급 던전 사냥이 꽤 수월해졌다.

소환 함정을 건드려서 마수에게 포위당하거나 어비스 박스와 싸워도 피해가 없다. 장비 수준도 3개월 사이에 많이 좋아졌다. 역시 강해지기 위해서는 좋은 장비가 필수다.

파티원의 무기와 마법 아이템 종류

알렌

· 화황금 검

· 체력 링(체력 +100)

· 공격력 링(공격력 +500)

클레나

· 화황금 대검

· 공격력 링(공격력 +100)

· 공격력 링(공격력 +100)

세실

· 광마의 지팡이

· 체력 링(체력 +100)

· 지력 링(지력 +100)

드골라

· 아다만타이트 도끼

· 체력 링(체력 +100)

· 공격력 링(공격력 +100)

킬

· 중재의 지팡이

· 체력 링(체력 +500)

· 체력 링(체력 +100)

아이템의 효과를 알 수 없는 경우가 꽤 많았다. 아이템의 효과를 알 수 없는 경우에는 거리에 있는 감정사의 가게를 찾아가면 되는데, 감정사가 장비품, 반지 등 마도구의 효과를 알아봐준다. 감정 요금은 던전의 랭크와 보물 상자의 랭크 조합에 따라 결정되는데, A급 던전의 나무 상자라면 금화 한 닢, 은 상자라면 세 닢쯤 된다. 꽤 자세하게 알아봐주는 덕분에 도움이 된다. 감정 스킬은 중요하다.

3개월 동안 필요한 물품은 거의 다 마련했기에 불필요한 물품은 경매장에 출품하기로 결정했다.

* * *

"드래곤이군."

드골라가 최하층 보스의 방에서 중얼거렸다.

"그러게, 드래곤이네."

알렌 일행의 앞에는 적갈색 날개가 달린 서양풍의 드래곤이 있다. 다리는 두꺼운 반면, 손은 비교적 작다. 두 발로 서서 다니는 부류인가 보다.

오늘은 보스 사냥의 날. 드래곤은 살짝 고개를 숙인 상태로 멈춰 있다. 지금까지 A급 던전 최하층 보스를 일흔다섯 번 정도 사냥했는데 드래곤은 처음이었다. 용 계통 이외는 전부 사냥했다.

‘드디어 나타났구나. 드래곤이 나오는 확률은 오십에서 백 번에 한 번쯤 되겠네.’

드래곤은 공격력, 방어력이 매우 높다고 한다. 백전 연마의 모험가 파티를 여럿 붕괴시켰다는 소문이 있다.

“알렌, 어떻게 할 거야?”

클레나가 물었다. 처음 겪는 상황과 맞닥뜨리면 모두 알렌에게 지시를 요청하는 것이 규칙이다.

“드래곤은 최하층 보스 중 최강이니까 첫 공격은 내가 맡을게. 광범위 브레스 대비로 철강을 네 마리 대기시키겠어.”

최하층 보스와 싸우는 방법은 몇 가지 패턴이 있는데, 알렌이 앞장서는 것이 속도가 가장 빨랐다. 하지만 효율적인 전술을 모색하기 위하여 항상 똑같은 방법을 쓰지는 않는다.

“화끈한 공격, 부탁한다.”

드골라가 도끼를 꽉 쥐고 알렌에게 말했다. 그리고 알렌의 말과 함께 모두가 자기 위치에 섰다.

이번에는 돌C 소환수도 꺼내서 수비 우선의 진형을 짰다. 마도서를 써서 카드의 편성을 바꿔 나간다. 세 개의 소환수 부대도 전부 복귀시켰다. 우선은 이 드래곤이 얼마나 강한지 알아내는 것이 중요하다.

“좋아, 간다.”

새C 소환수들은 다섯 마리를 전부 각성시켰다. 알렌이 중위이고,

전위는 클레나와 드골라, 후위가 세실과 킬이다.

다섯 사람이 신중하게 고개 숙인 드래곤이 있는 위치로 다가간다. 첫 공격의 타이밍은 중요하다.

“가라, 카베오 폭탄들.”

꽤 예전부터 「메테오(돌 E)」를 외치는 짓은 그만뒀다. 세실의 소중한 대사라서, 다른 사람의 멋진 대사를 빼앗으면 안 되니까.

돌E 소환수 열 마리가 드래곤을 에워싸며 나타나더니 한꺼번에 폭발했다.

『크, 무슨 짓인가!』

폭염 속에서 드래곤이 소리 질렀다.

드래곤이 분노하면서 상체를 천천히 일으킨다. 10미터는 될 것 같다. 돌E 소환수의 각성 스킬 「자폭」을 온몸으로 받아내고 뭉게뭉게 피어오르는 연기 속에 있었다.

“말을 하네.”

세실이 뜻밖이라는 표정으로 감상을 말했다.

알렌 일행은 드래곤의 상태를 확인하기 위해서 잠시 전진을 멈춘 채 집중했다. 연기가 걷히자 드래곤이 눈을 치뜨며 이쪽을 노려보고 있었다.

『오호, 가소롭도다. 고작 다섯 명의 모험가가 내게 대적하고자 할 줄이야. 지금까지 운 좋게 우리들 드래곤과 마주치지 않아 목숨을 건졌다는 것도 깨닫지 못하는가. 무지는 곧 죄일지니. 그 오만함에 경의를 표하여 나의 업화에 불타 몸부림치는 모습을…….』

“가라, 카베오들, 자폭해.”

드래곤이 말을 다 마치기 전에 또다시 돌E 소환수 열 마리가 드래곤을 에워싸고 자폭했다. 드래곤이 아군의 접근을 깨달았을 때부터 이미 알렌은 돌E 소환수를 추가 생성하는 데 착수했었다.

『괘씸한 것들아아아아아! 요, 요, 용서 못 한다!!』

말하는 도중에 공격한 터라 드래곤이 잔뜩 화나버렸다.

"뭔가 우리까지 같이 비난을 받는 것 같은데."

드래곤의 분노는 파티 전체에 쏟아지고 있는 것 같았다. 등 뒤로 세실의 흘겨보는 눈빛이 느껴졌다.

"뭐, 연대 책임이니까."

"……."

이 세계는 턴제 게임의 세계가 아니다. 아무 대응을 안 하면 일방적으로 공격을 당할 뿐이고 상대의 틈을 잘 노리면 2회 이상의 연속 공격도 가능하다. 스테이터스가 엇비슷한 상태라면 일방적인 공세는 어렵겠지만, 방금 전처럼 상대가 방심하며 이야기하고 있는 동안이라면 2회 공격은 무난하게 성공한다.

'이제 체력이 꽤 줄었겠지.'

드래곤이 얼마나 강한지 알 수 없으니 지금 체력을 가능한 한 많이 줄이고 싶었다.

강화 레벨이 7로 오름으로써 위력이 상승한 공격 계열의 각성 스킬은 많다. 돌E 소환수의 각성 스킬「자폭」도 그중 하나였다.

격노한 드래곤이 이빨을 드러내며 이쪽으로 달려들었다.

"간다! 진형을 무너뜨리지 마."

"응, 앞으로 치고 나갈게!"

클레나는 겁먹지 않고 드골라와 함께 무기를 꽉 쥐며 드래곤에게로 달려 나간다.

클레나가 날린 혼신의 일격이 드래곤의 다리를 가격했지만, 깊게 파고들지 못했다. 공격력 3000이 넘는데도 대단한 피해를 주지 못했다. 드골라의 공격도 딱히 통하지 않는 것 보였다.

새C 소환수를 조종해서 몸통에 비하여 작은 손, 엄니, 꼬리를 쓰는 드래곤의 신속한 공격을 죽기 살기로 회피한다. 그동안에도 과감하게 공격을 이어 나갔다.

'제길, 딱딱해. 그냥 방어력만 강한 게 아니야. 분명히 물리 내성이 있어.'

적에게 주는 대미지는 자신의 무기와 스킬 레벨, 공격력을 올리는 반지 등의 마법 아이템에 의해서 가산되는 공격력의 합계와 상대의 내구력으로 결정되는 것이 기본이다. 하지만 이게 전부는 아니었다. 영혼C 소환수가 보유한 물리 내성이라는 스킬이 있어서다. 드래곤에게도 똑같이 물리 내성이 있는 듯한데 애당초 몸뚱이가 딱딱한 탓에 대미지가 대폭 줄어버린다.

몇 분이나 공격을 하던 중 알렌은 문득 드래곤의 목 부분이 새빨갛게 빛나는 것을 발견했다. 목의 피부 안쪽으로부터 빛나는 무엇인가가 올라온다. 드래곤이 머리를 치켜올리며 상체를 확 젖혔다.

"브레스가 온다아아아아!!"

알렌의 외침에 이어 돌C 소환수 두 마리가 세실과 킬을 전력으로 방어했다. 나머지 두 마리는 각성 스킬 「자기희생」으로 파티 전체의 방어를 담당했다.

이 스킬은 돌C의 체력이 바닥날 때까지 대미지를 대신 받아준다. 범위 스킬인지라 피해를 입는 동료가 다수 있다면 전원의 대미지를 한꺼번에 받아주게 된다. 또한 대미지 계산은 돌C의 내구력에 비례한다.

드래곤의 입이 빛나며 무시무시한 열기가 알렌 일행을 덮쳤다.

'제길, 오래도 쓰네.'

끊임없이 이어지는 불꽃에 휩싸인 채 각성 스킬「자기희생」을 쓰던 두 마리가 빛나는 거품으로 바뀌어버렸다. 클레나, 드골라, 알렌이 브레스 안쪽에 있었던 터라 세 사람 몫의 대미지를 둘이서 대신 받아주다가 쓰러져버렸다.

알렌은 예비용 돌C 소환수 두 마리를 소환하고, 사라진 소환수의 자리를 채우기 위해 또 서둘러 생성했다.

브레스가 멎는 순간을 기다리다가 클레나와 드골라가 곧장 공격을 재개한다.

『방자하도다아아아아아!!!!』

그러자 드래곤의 목 부위가 다시 한번 빛나기 시작했다. 또 브레스인가 싶어서 경계했는데 이번에는 아니었다.

'엥? 혹시.'

"위험해! 힘을 모으고 있어!!"

마수 중에는 먼저 힘을 축적했다가 한꺼번에 쏟아내면서 공격하는 부류도 있다. 당연히 힘을 축적하는 만큼 대미지가 더 커진다. 클레나와 드골라가 계속 공격을 퍼부었지만, 도저히 쓰러뜨릴 기미가 안 보였다.

힘을 축적한 드래곤이 브레스를 마구 뿜었다. 아까 전보다 범위가 넓었던지라 추가로 꺼낸 돌C 소환수도 세실과 킬을 보호하던 돌C 소환수도 순식간에 사라져버렸다.

한 차례 브레스를 다 발사했는데 다시 목 부분이 빛나기 시작한다. 알렌 일행을 쓰러뜨리는 데는 브레스가 유효하다고 판단한 것 같다. 잠시 틈을 두었다가 세 번째 브레스가 날아왔다.

돌C 소환수 생성이 지체되고 있어도 어떻게든 세실과 킬을 지켜 줄 개체만은 소환했다. 세실과 킬이 이 브레스에 제대로 휩쓸리면 아마도 즉사할 것이다. 그만큼 강한 위력이었다.

클레나, 드골라, 알렌은 브레스를 정통으로 맞고 불꽃에 휘감긴 채 뒤로 날아가버린다. 세 사람이 타고 있었던 새C 소환수는 모두 빛나는 거품으로 바뀌어버렸다. 브레스의 범위 밖 상공에 있던 영혼C 소환수가 허둥지둥 다가와서 아이템으로 회복시켜줬다.

공격이 끝나자마자 곧바로 목 부분이 빛나기 시작했다.

'제길, 철강을 소환하기에는 이미 늦었나.'

"애, 애! 알렌! 또 브레스가 날아올 거야! 어떡해?!"

"전원 한 줄로 서서 물러나! 장기전이 될 거야!!!"

알렌은 세실의 말에 대답하며 새로운 작전을 전달했다.

"알겠다. 똑같이 막 덤볐다간 당할 것 같군."

드골라도 동의했다. 드래곤이 쏘는 브레스의 범위와 위력, 공격 속도를 파악했으니 무계획 싸움은 중지했다. 이제부터 새로운 작전을 생각해야 한다.

"클레나! 클레나도 일단 물러나!!"

드골라는 알렌의 말에 대답했다만, 클레나는 멍하니 선 채 검을 쥐고 있었다.

"클레나?"

'어, 어라, 어딘가에서 본 모습인데……. 앗, 설마?'

"이얏!!"

클레나가 커다랗게 소리 질렀다. 그리고 온몸이 아지랑이처럼 일렁거리는 동시에 드래곤을 목표로 달음박질친다.

드래곤은 클레나를 향해 거대한 브레스를 내뿜었다. 번쩍이는 불꽃이 클레나를 휘감는다.

"클레나!"

알렌은 허둥지둥 회복 아이템을 쓰려고 했다.

『크가아아아아아!!!』

그러나 알렌이 다음에 본 것은 대검에 드래곤의 한쪽 팔뚝이 베여 날아가는 광경이었다. 클레나는 브레스를 전혀 아랑곳 않은 채 건너편으로 치고 나갔다.

이때부터 클레나가 보인 움직임은 방금 전과는 다른 사람 같았다. 드래곤에게서 선혈이 터져 나온다. 드래곤은 비명을 지르면서도 작은 몸체와 재빠른 움직임으로 자신을 농락하는 클레나를 해치우고자 기를 쓰고 있다.

클레나의 이 힘이 언제까지 지속될지 알 수 없었다. 알렌은 진형을 다시 갖추기 위해 서둘러 소환수를 생성했다.

'이대로 잡아버릴 수 있을까? 능력치가 진짜 엄청나게 올라갔구나. 엥? 체력도 초 단위로 1퍼센트씩 회복되는데?'

클레나의 능력치는 당황스러울 정도로 대폭 올라갔다. 온몸에 브레스를 뒤집어써서 입은 화상도 눈 깜짝할 사이에 완치된다.

【이　름】 클레나　체력초회복
【연　령】 13
【직　업】 검성
【레　벨】 58
【체　력】 2360 +3900
【마　력】 922 +3000
【공격력】 2360 +3900
【내구력】 1654 +3900
【민첩성】 1594 +3900
【지　력】 942 +3000
【행　운】 1155 +3000
【스　킬】 검성 〈5〉, 참격 〈5〉, 비검 〈5〉, 홍련파 〈5〉, 호뢰검 〈5〉, 강체 〈1〉, 검술 〈5〉
【엑스트라】 한계 돌파

『이, 이, 이 빌어먹을 계집아아아아아아아아아아아!!』

처음엔 위엄있게 말을 하던 드래곤의 말투가 점점 거칠어진다.

온몸을 깊이 베여서 피를 흘리는 드래곤이 화내며 두꺼운 꼬리로 클레나를 때려 날렸다. 그러나 클레나는 곧장 일어나 드래곤을 향해 달렸다.

드래곤의 목 부위가 이제까지보다 더욱 강한 빛을 냈다. 아무래도 클레나를 날려버린 게 힘을 비축하고자 충분한 거리를 확보하려는 의도였나 보다. 하지만 브레스는 곧장 들이닥치는 클레나의 속도를 따라잡지 못했다.

클레나가 빛나는 목 부위에 대검을 박아 넣었다.

“이야아아아앗!!!”

『크흐아아아!!!』

목에서 대량의 불꽃이 넘쳐흘러 드래곤을 휘감는다. 그드래곤은 대로 힘없이 쓰러져버렸다.

『헤비 드래곤을 1마리 쓰러뜨렸습니다. 경험치를 1600000 획득했습니다.』

‘오, 클레나가 결국 드래곤을 잡아버렸네. 160만이면, 혼자 잡았다면 200만인가. A급 던전의 다른 보스와 비교해도 두세 배는 많은걸.’

드래곤이 A랭크의 마석으로 바뀌었다.

“클레나, 괜찮아?”

알렌 일행이 클레나에게 다가갔다. 클레나의 몸에서 나타나던 아지랑이 같은 현상은 이미 사라졌다.

“응, 드래곤을 해치웠어! 만세!!”

‘와. 엑스트라 스킬, 너무 대단한데.’

다섯 살 클레나가 부기사단장을 흠씬 두들겨 팼던 옛 기억이 떠올라서 알렌은 부기사단장을 동정했다.

클레나의 엑스트라 스킬「한계 돌파」의 효과

· 체력을 초당 1퍼센트 회복

· 모든 능력치를 3000씩 상승

“오, 오오오! 금 상자다!!!”

금 상자가 나왔음을 깨달은 킬이 소리쳤다.

처음으로 나온 금 상자를 보고 모두가 환성을 터뜨렸다. 은 상자와 비교할 수 없는 멋진 광채다. 클레나가 금 상자를 열었더니 안에는 반지가 한 개 들어 있었다.

"반지다! 마력 회복 링이면 좋겠네!!"

내용물이 반지였기에 클레나가 기뻐했다.

'반지 떴다아. 조, 좋아. 무조건 마력 회복 링이겠지? 다른 건 나오지 마!!'

알렌도 물론 온몸으로 기뻐했다.

"클레나, 껴봐."

알렌은 최대 마력이 줄어든 클레나에게 반지를 장비하도록 건네줬다.

마도서로 스테이터스를 확인했는데 마력은 회복되지 않는다.

"알렌, 아니야?"

"……마력 회복 링은 아니네. 드골라, 장비해봐."

실망하면서도 계속 효과를 확인해본다. 「그래」라고 대답하곤 드골라가 반지를 장착하자 체력이 최대치의 1퍼센트씩 회복되다가 머지않아 가득 차올랐다.

"이, 이건, 체력 회복 링이야……."

'끄응, 아깝군.'

"아쉽게 됐네. 어쨌든 잘된 일이야. 희망을 가질 수 있는걸."

세실이 충격을 받은 알렌을 격려해줬다. 체력 회복 링이 나왔다면 마력 회복 링도 언젠가 나올 것이다. 알렌은 마음을 다잡고 A급 던전 공략에 집중하자고 생각했다.

* * *

두 번째 A급 던전 공략 이후 3개월 가까이 지나 3월 말이 되었다. 작년의 지금 무렵에 학원 도시로 왔었다는 생각을 하니 눈 깜짝할 새에 지나간 1년이었다. 이제 곧 2학년 생활이 시작된다.

알렌 일행은 세 번째 A급 던전을 공략하기 위해 깊은 계층에 있었다. B랭크 마수가 덮쳐들었기에 막 사냥을 끝낸 참이다. 클레나가 위화감을 감지했다.

“어라? 올라버렸어.”

“그래, 레벨이 올랐어.”

‘그런가, 클레나도 결국 도달했구나. 네 사람 모두의 레벨업이 끝났어.’

클레나의 레벨이 60에 다다랐다. 그에 맞춰 능력치가 상승했는데, 마도서로 열람할 수 있는 스테이터스가 예전과 달라졌다.

【이　름】 클레나
【연　령】 13
【직　업】 검성
【레　벨】 60
【체　력】 2440 +1800
【마　력】 954
【공격력】 2440 +1800
【내구력】 1712 +1800
【민첩성】 1648 +1800
【지　력】 974
【행　운】 1195
【스　킬】 검성 〈6〉, 참격 〈6〉, 비검 〈6〉, 홍련파 〈6〉, 호뢰검 〈6〉, 강체 〈2〉, 검술 〈6〉
【엑스트라】 한계 돌파

【이　름】 세실 그란벨
【연　령】 13
【직　업】 마도사
【레　벨】 60
【체　력】 1028
【마　력】 1736 +1200
【공격력】 659
【내구력】 842
【민첩성】 1097 +1200
【지　력】 2390 +1200
【행　운】 960
【스　킬】 마도 〈6〉, 불 〈6〉, 흙 〈6〉, 바람 〈6〉, 물 〈6〉, 예지 〈2〉 격투 〈3〉
【엑스트라】 메테오

【이　름】 드골라
【연　령】 13
【직　업】 도끼잡이
【레　벨】 60
【체　력】 1322 +600
【마　력】 716
【공격력】 1741 +600
【내구력】 1145
【민첩성】 724
【지　력】 482
【행　운】 783
【스　킬】 전투 도끼 〈6〉, 혼신 〈6〉, 도끼 투척 〈6〉, 폭렬격 〈6〉, 설붕쇄 〈6〉, 전의 〈2〉, 도끼술 〈5〉
【엑스트라】 전심전력

【이　름】 킬
【언　령】 13
【직　업】 승려
【레　벨】 60
【체　력】 787
【마　력】 1499 +600
【공격력】 598
【내구력】 841
【민첩성】 959
【지　력】 1321 +600
【행　운】 1203
【스　킬】 승려 〈6〉, 회복 〈6〉, 견고 〈6〉, 치유 〈6〉, 마벽 〈6〉, 신앙 〈2〉, 검술 〈3〉
【엑스트라】 신의 물방울

경험치와 스킬 경험치 칸이 사라졌다. 스테이터스에서 레벨은 60, 스킬 레벨은 6이 상한인가 보다.

A급 던전은 넓고도 길기 때문에 오늘은 막다른 곳의 작은 방을 찾아서 휴식하기로 했다. 봄 방학이 조금 남아서 공략에 제대로 시간을 할애할 수 있으니 다행이었다.

야영 준비와 요리는 다 같이 담당한다. 다섯 명 모두 집안일 경험이 거의 없어서 요리 방법도 자연스럽게 단순해졌다.

알렌이 수납으로 장작을 꺼내고 불을 피운다. 고깃덩어리를 가는 철 막대에 꿰어서 향신료를 뿌리고 불에 굽는 게 전부다. 30센티미터 폭을 넘지 않는다면 무엇이든 수납에 들어가기에 크기를 맞춘 나무통에 음료수도 수십 개를 넣어 두었다. 1년을 들여 준비한 조금씩 야외 활동 세트도 충실해졌다는 생각이 든다.

"……그래서, 역시 이 이상은 강해질 수 없다는 거냐?"

드골라가 고기를 뜯어 먹으며 알렌에게 물었다.

"강해질 수 없다는 표현은 옳지 않아. 레벨과 스킬 레벨이 최대치까지 올라가서 더 이상 올릴 수 없을 뿐이지."

"아니, 똑같잖아."

드골라는 뭐가 다르냐는 표정을 지은 채 이번에는 모닥불로 데운 딱딱한 빵을 먹었다.

'레벨 제한에 도달한 셈이구나. 이 세계는 레벨 제한이 꽤 빨리 찾아오는군.'

보통 게임에는 레벨과 스킬 레벨에 최대치가 설정되어 있다. 알렌이 전세 때 했던 게임에서도 레벨 상한이 없는 게임은 없었다. 50으로 제한을 두는 경우가 있는가 하면 999까지 올라가는 게임도 있었는데, 전부 다 레벨은 최대치까지 올렸던 것 같다.

한 가지 의문점은 어째서 고작 1년 만에 레벨 제한에 다다랐냐는 것이다.

'아마도 마왕이 모든 마수의 랭크를 하나씩 올렸기 때문이겠지.'

알렌은 어린 시절부터 마수가 주는 경험치가 많다고 느꼈다. 던전의 마수도 포함해서 모든 마수가 랭크 하나씩 강해짐에 따라서 경험치도 같이 비례하여 올라가지 않았을까.

E랭크 마수 일각 토끼, 경험치 1 → 10

D랭크 마수 고블린, 경험치 20 → 200

C랭크 마수 그레이트 보어, 경험치 100 → 1000

B랭크 마수 오크 킹, 경험치 2500 → 25000

A랭크 마수 그레이트 워리어, 경험치 60000 → 600000

경험치가 본래 수치의 열 배라면 레벨 올라가는 속도도 열 배다.

"모두들 스킬 레벨이 6으로 올라서 무척 강해졌어. 하지만 이게 전부는 아니야."

"이게 전부는 아니라고?"

'스킬 레벨 6에서 한 번 더 레벨 3과 똑같이 능력치 증가 보너스를 받았을 때는 놀랐지만 말이야. 나도 소환 레벨은 6이지만, 증가한 수치는 검성이 오히려 1200이나 많네. 뭐, 그만큼 나와 다르게 스킬은 두 개나 적지만.'

직업의 희귀도에 따라 능력치 증가량이 달랐다.

· 별 1개 도끼잡이와 승려는 2개의 능력치를 600씩 합계 1200만큼 올려준다
· 별 2개 마도사는 3개의 능력치를 1200씩 합계 3600만큼 올려준다
· 별 3개 검성은 4개의 능력치를 1800씩 합계 7200만큼 올려준다
· 별 8개 소환사인 알렌은 합계 6000의 능력치를 올릴 수 있다

노말 모드는 스킬 레벨 3과 6에서 능력치 증가 보너스를 받는 것 같다.

두 번의 능력치 증가로 꽤 많이 올라갔지만, 정작 스킬의 숫자는 똑같이 스킬 레벨이 6인 알렌보다 꽤 적게 느껴진다. 능력치 증가 때문에 귀중한 스킬이 한 개 자리를 차지하는지라 스킬 레벨이 오를 때마다 새로운 스킬을 습득해왔던 알렌과는 달랐던 것 같다.

파티에 만렙 달성자가 늘어남에 따라 알렌은 이후 계획을 구상해야 했다. 일단 눈앞의 목표는 아래와 같다.

· 엑스트라 스킬을 능숙하게 발동한다
· 금 상자에서 나오는 능력치 증가 반지를 확보한다
· 오리하르콘 무기, 방어구를 확보한다

"우선은 다들 엑스트라 스킬을 능숙하게 쓸 수 있도록 훈련해야겠지."

다음 달부터 2학년으로 올라가니까 수업에서 배우면 된다.

그 밖에 이제부터 또 완수해야 할 과제도 있었다. 지금도 일부 방어구와 반지는 나무 상자에서 나온 물품을 장비하고 있는데, 은 상자는 열 번에 한 번의 비율로 제법 잘 출현하지 않던가. 이대로 쭉 A급 던전 최하층 보스 뺑뺑이를 반복하면 반년이 지나기 전에 은 상자 이상의 장비로 전부 다 교체할 수 있을 것이다.

금 상자는 1월에 쓰러뜨렸던 드래곤 이후 나오지 않았다. 그때 입수했던 체력 회복 링은 킬이 장비하고 있다. B랭크 이상의 마수는 지혜가 있기에 치료사를 적극 노린다.

킬은 체력이 드골라의 몇 분의 1밖에 안 되기에 다수의 적에게 공격당하면 오래 버티지 못한다. 능력치와 방어구의 내구력을 감안하여 죽음의 위험이 가장 큰 인원에게 주자고 이야기했다.

"……금 상자를 한 개라도 더 많이 찾아보자는 뜻이니? 두 번째는 좀처럼 잘 나오질 않네."

세실이 이후 계획을 확인하고자 묻는다. 레벨업으로는 더 이상 강해질 수 없음을 알고 모두가 적잖이 충격을 받은 듯싶었다.

"물론 금 상자는 노려야지. 다만 우리도 애쓰고 있기는 한데 이렇게 나올 확률이 낮다면 경매로 낙찰받는 방법도 생각하는 게 좋겠어."

전장에 갈 때까지 남은 시간이 얼마 없다. 그리고 나무 상자보다 은 상자에서 나오는 반지의 능력치 증가 수치가 더 높다. 그렇다면 금 상자를 노리는 것도 괜찮겠지. 금 상자가 매년 몇 개밖에 나오지 않는다면, 경매로 누군가가 금 상자에서 얻었을 값비싼 반지를 출품했을 때 낙찰받자는 이야기도 나눴다.

“그리고 오리하르콘 무기도 찾아야 해.”

클레나도 식사를 하며 이야기에 끼었다. 레벨 제한에 가장 충격을 받은 사람은 클레나일지도 모르겠다.

“근데 클레나, 오리하르콘은 경매에도 출품이 안 되는 데다가 모험가 길드에서도 입수 경로는 전혀 모르겠다잖아. 던전에서는 혹시나 나올 수 있다는 말이 전부였지.”

“응. 그러게.”

킬도 대화에 참가해서 클레나의 말에 답했다. 금 상자에서 나오는 반지와 달리 오리하르콘 무기의 입수 방법은 짐작도 되지 않는다. 어쩌면 A급 던전의 금상자에서 나올지도 모른다는 이야기는 들었는데, 신빙성은 떨어진다. 금 상자 자체의 입수 빈도가 적기 때문일까, 어쨌든 간에 정보가 부족했다. 어쩌면 S급 던전까지 가야 할지도 모른다.

“그러게 말이야. 강해지기 위해서는 모든 가능성을 시도해봐야겠지. 소문 수준의 분명하지 않은 정보도 일단 조사할 필요가 있어. 오리하르콘이나 반지 이외에도 엄청난 아이템을 구할 수 있을지도 모르니까.”

“동감이야. 하지만 마왕이 나타난 다음부터 다들 혈안이 되어 강해질 방법을 찾아다니지 않았을까?”

마왕이 나타나며 세계에 막대한 희생을 가져왔다. 그런 마왕에게 대항하기 위해서 강해질 수 있는 정보는 이미 닥치는 대로 조사를 끝내지 않았겠냐는 것이 세실의 의견이다.

“아니, 아직 밝혀지지 않은 정보는 반드시 있어. S급 던전도 마찬가지이고, 아무것도 모르는 부호가 엄청 대단한 물건을 가지고 있을지도 모르지. 폭넓게 조사하는 게 맞다고 봐."

정보 수집과 조사는 한층 더 강해지는 길을 찾으려 할 때 몹시 중요한 수단이 되어준다. 진실이 언제인가부터 전승 및 소문으로 형태를 바꿔 전해졌을 가능성도 있다. 어떤 정보든 간에 자신들을 강하게 만들어줄 가능성이 있다면 진위가 분명해질 때까지 조사하자. 전승은 학원 도서관에서 조사하는 것도 괜찮은 방법이겠다.

'파티를 강하게 만들 방법을 진지하게 찾아야겠어. 그래서 나는 전생한 거야.'

어떻게 해야 더 강해질 수 있을까, 알렌은 전세의 경험을 떠올리며 고민했다. 고작 1년 만에 레벨 제한에 부딪친 파티는 이후의 대응을 모색해야 했다.

제13화 전학생이 오다

4월을 맞이하여 알렌 일행은 2학년이 되었다. 오늘부터 새 학년이다. 1학년의 던전 공략 과제를 통과한 이천육백 명의 학생들이 2학년이 되어 새로운 교사에서 공부한다.

학원은 학년마다 교사가 달라지며, 각각 떨어져 위치하는지라 마도 열차의 승차역도 하나씩 차이가 있다.

알렌 일행은 새로운 건물의 같은 반 교실에 들어갔다.

이미 교실에 와 있는 낯익은 학생들. 학년이 달라져도 반 배정을 다시 하지는 않기에 같은 반 교실에서 같은 학생들이 공부를 하고, 졸업한 뒤에 다 같이 전장에 간다.

"좋은 아침이야, 알렌."

"응, 좋은 아침. 그리고 오랜만이야, 리폴."

평소와 같은 위치의 자리에 앉고자 했을 때, 1학년 때와 마찬가지로 앞자리에 앉아있던 리폴이 말을 걸어왔다.

알렌은 가볍게 대답하며 교실을 둘러봤다. 교실에는 자리가 서른 개 있는데, 학생은 스물일곱 명이다. 여름 방학의 과제를 통과하지 못해서 진급에 실패한 학생은 세 명이었다.

"오늘 누가 오려나?"

"흠, 글쎄."

새로운 교실에는 세 사람이 앉을 자리가 비어 있다.

'전학생은 세 명이려나.'

전학생이 몇 명 온다는 소식은 봄 방학 전에 정보통 리폴에게 미리 들었다. 사실은 전학생을 받아들이는 데도 이유가 있다.

2학년 여름 방학이 끝나면 마왕사를 다루는 수업이 시작된다. 어째서 2학년 여름 방학 이후인가 하면, 그 이유는 졸업하지 못하는 탈락자가 가장 많이 발생하는 시기가 2학년 여름 방학이기 때문이었다. 쓸데없이 마왕의 정보를 알려줄 필요는 없다.

왕국은 마왕에 대한 정보를 통제하고 있다. 절대 왕정의 세계인지라 자신들이 감당할 수 없는 마왕의 존재가 백성들에게 널리 알려지면 백해무익이라는 것이 권력자 측의 판단이었을 테지. 마왕의 존재가 경제 불안으로, 권력자에 대한 불만으로 연결될 수 있기 때문이라고 알렌은 추측하고 있다.

마왕사를 배울 때까지 학사 일정은 아래와 같다.

· 1학년 여름 방학 전, 왕국의 역사와 지리
· 1학년 여름 방학 후, 중앙 대륙 각국의 역사와 지리
· 2학년 여름 방학 전, 세계의 지리
· 2학년 여름 방학 후, 마왕사

이 세계는 전세처럼 정보 기술이 발달되지 않았다. 마도구를 쓰는 통신 설비가 있기는 한데, 이용이 가능한 사람은 극히 일부의 귀족뿐이다. 이곳에는 변경에서 올라온 농노도 있고, 그냥 평민 출신도 있다. 이러한 학생들에게 마왕사를 가르친들 과연 얼마나 믿어줄까.

적어도 학생들의 부모는 마왕에 대해 가르쳐주지 않았을 것이다.

인간은 믿을 수 있는 정보만 믿는다. 다만 이후의 학원 활동을 위해서라도, 더 이후의 전쟁을 위해서라도 세계와 마왕의 실상을 믿게 만들어야 할 필요가 있다. 따라서 확실한 방법을 쓴다.

"오, 왔냐. 다들 자리에 앉아라."

한 치수 큰 옷을 입은 근육의 담임이 교실에 들어왔다.

이어서 전학생이 세 사람, 담임의 뒤를 쫓아서 들어왔다. 남녀 엘프가 두 명, 드워프 여자아이 한 명이 교단 앞쪽에 나란히 선다.

""""와아아아!!!""""

그 순간 학생들에게서 환성이 터져 나왔다. 「진짜 있었구나」라며 감탄하거나 「뭐야? 귀가 길쭉해」라며 놀라는 등 학생들의 반응은 제각각이었다. 전학생의 정보를 알지 못했던 학생도 그 이상으로 종족의 차이에 놀랐다.

"조용히, 조용해라! 소개를 못 하잖냐!"

담임이 앞쪽 자리에서 먹이를 받아먹는 물고기처럼 떠들어 대던 학생들에게 꿀밤을 먹이고 있다. 알렌도 가끔 세실에게 당하는데, 겉보기와 달리 꽤 아프다.

담임은 학생들이 진정하기를 기다렸다가 세 사람에 대해서 이야기를 시작했다. 두 명은 중앙 대륙의 북동쪽에 있는 엘프의 나라에서, 다른 한 명은 중앙 대륙의 북서쪽에 있는 드워프의 나라에서 왔다고 한다. 엘프의 나라와 드워프의 나라가 어떤 곳인지는 이후 수업에서 배울 예정이란다.

'과연 엘프나 드워프를 본 경험이 없는 학생들은 반응부터 다르네. 뭐, 단순히 믿게 만들자는 게 엘프와 드워프 전학을 받아들인 이유 전부는 아니겠지만. 애당초 학장도 하이 엘프잖아. 존재감이 너무 약하다니까.'

알렌은 전학의 이유가 달리 더 있다고 추측하고 있다.

"좋아, 자기소개를 하도록."

담임이 지시하자 엘프 여성이 고개를 끄덕이고 가장 먼저 인사를 했다.

"여러분, 처음 뵙겠습니다. 저는 소피아로네라고 해요. 엘프의 나라 로젠헤임에서 왔답니다. 편하게 소피라고 불러주셔요. 잘 부탁드리겠습니다."

투명한 하얀색 피부, 은빛의 긴 머리카락에 금색 눈동자를 지닌 엘프가 자기소개를 했다. 학생들이 목소리에 매료되어 숨을 멈춘다. 어째서인지 옆쪽 엘프가 불만에 찬 표정을 하고 있었다.

'오, 뭔가 막 뚫어져라 쳐다보는걸. 음음, 질 수는 없지.'

인사말을 마친 소피가 줄곧 알렌을 뚫어져라 쳐다보는지라 알렌도 눈을 마주쳤다. 알렌과 소피의 공방 따위 아랑곳 않겠다는 듯이 다음에는 남성 엘프가 인사를 한다.

"나는 포르말이다. 하이 엘프이자 왕녀이시며 차기 여왕이 되실 소피아로네 님을 호위하고자 함께 학원에 왔다."

엘프일까 짐작을 했던 소피는 사실은 하이 엘프였다. 왕녀라는 말에 학생들의 시선이 다시 소피를 향한다. 소피는 모두에게 미소로 답했다.

은발의 소피아로네가 하이 엘프이고, 회색 머리카락을 가진 포르말은 평범한 엘프인가 하고 생각을 했다.

포르말은 자신의 호위 대상이 호기심 묻은 시선에 노출되어 발끈하고 있는 것 같다. 담임은 난처해하는 얼굴로 머리를 긁적이며 마지막으로 드워프 여성에게 자기소개를 지시했다.

"나는 바우키스 제국에서 온 메르르야. 잘 부탁해!"

'남자애처럼 말하네. 그런가, 이 세계에도 저런 애가 있구나.'

처진 눈매에 갈색의 피부, 단발머리에 옅은 초록색 머리카락, 키는 알렌보다 대략 머리 한 개만큼 작다. 남자애같은 말투라서 잠깐 성별을 착각했나 생각했는데, 외모를 봐도 여자아이가 맞았다.

대강 자기소개를 마치자 학생들로부터 담임에게 「다음은?」이라고 질문하는 듯한 시선이 모여든다.

"아, 맞다. 알렌."

"네?"

갑자기 호명당해서 뜻하지 않게 새된 목소리가 나왔다.

"여기 셋은 네가 돌봐줘라. 어차피 지금 다섯 명이잖냐."

알렌은 이 교실에서 제법 중심적인 인물로 자리 잡았다. 우스터와 리폴과 같이 비슷하게 중심적인 학생과도 사이가 좋은지라 담임은 알렌에게 맡기면 문제없다고 생각했는지도 모르겠다.

'조금 도와주는 정도는 별로 상관없는데, 학원을 안내해주면 되나? 그런데 나도 이 주변은 오늘이 처음이거든? 게다가 「다섯 명」이라는 말은 무슨 뜻이야?'

돌봐주라고 말은 하는데 어디까지 돌봐줘야 하는지 모르겠다. 마왕군과 싸우는 와중에도 돌봐주라는 말인가, 그 전에 던전은 어떻게 하라는 말인가. 이것저것 생각하던 중 뒤에서 세실이 말을 걸어왔다.

"알렌, 어떻게 할 거야?"

알렌은 뭔가 부탁받아도 자신이 싫다고 생각하면 거절한다는 것을 세실은 잘 알고 있었다. 옆에서 클레나도 어떻게 할 것이냐며 쳐다보고 있다.

"뭐, 딱히 상관은 없지 않을까? 일단 점심때 바로 다 같이 이야기를 나눠보자. 전학생이 어떻게 하고 싶은지 물어봐야지."

그렇게 말을 주고받는 동안에도 엘프 소녀가 금색 눈동자로 알렌을 쳐다보고 있다. 엘프 중 아는 사람이 있었던가 생각해봐도 학장 이외에 이세계에 와서 엘프를 본 적은 전혀 없었다.

"그래, 알았어."

알렌이 거절하지 않았기에 담임은 「나중에 저 녀석한테 뭐든 물어봐라」라고 말한 뒤 세 사람을 자리에 앉혔다.

'던전에 동행시키라는 말이었어도 여덟 명이면 지금이랑 받는 경험치가 달라지지는 않아. 나 빼고 모두들 레벨도 스킬도 제한에 막히기도 했고.'

경험치 배분에 대해 1학년 여름 방학 후 수업에서 배웠다.

인원수에 다른 경험치 배분(1명을 100%로 했을 때)

· 2인~8인은 80%

· 9인~16인은 60%

· 17인~48인은 40%

· 49인~252인은 20%
· 253인 이상은 10%

수업 때 듣고 경험치 배분 방식이 꽤 관대하다는 생각을 했다.

경험치를 받는 조건은 전투에 참가하는 것 하나뿐이기에 전투 중 아무 도움이 되지 않더라도 권리가 주어진다. 치료사가 회복 마법을 쓰기 위해 대기하다가 결국 회복 마법을 한 번도 안 쓰는 경우에도 경험치 배분의 대상에 들어간다.

무기 보급 등 지원조와 전선이 무너졌을 경우 나서는 후방 대기조처럼 마수를 직접 공격하지 않았을 경우에도 경험치는 들어오지만, 가만히 견학만 하면 결과는 똑같아도 경험치가 들어오지 않는다. 이 설명을 들었을 때는 마음의 문제냐며 어이없어했었다.

"아, 참고로 올해 과제도 전달하마. 완수하지 못하면 퇴학이니까 진지하게 임하도록 해라."

이어서 담임은 조회를 시작했다. 올해 과제는 4월부터 바로 가르쳐주려나 보다. 과제는 두 개라며 담임이 설명을 이어 나갔다.

· 여름 방학 기간까지 수행할 과제는 B급 던전을 하나 공략하는 것. 공략 파티는 16인까지
· 봄 방학 기간까지 수행할 과제는 스킬 발동에 성공할 것

스킬을 쓰는 방법은 이후 배우게 될 테니 집중해서 수업을 들으라는 말도 덧붙였다.

점심시간, 알렌은 전학생 세 명을 불러내서 교사 가까운 곳에 있는 2학년용 식당으로 향했다. 다른 반 학생들이 전학을 온 엘프와 드워프를 둘러싼 채 이야기하고 있다. 아마도 친목회를 겸하여 식당에 온 듯한데 하는 행동이 다들 비슷비슷하다고 생각했다.

다시 자기소개를 한 뒤에 알렌 일행이 던전에 매일같이 다니고 있다는 이야기를 했다. 돌봐주라는 지시는 받았는데 무엇을 하고 싶은지 물어보기도 했다.

그러자 소피가 「저도 던전에 같이 다니고 싶어요」라고 즉답했다. 매우 열렬한 태도인지라 무의식중에 살짝 몸을 빼내버렸다. 포르말이라는 엘프는 호위 대상인 소피의 의향을 존중하려는지 아무런 말도 꺼내지 않았다.

"나도 던전에 가고 싶어. 가족에게 돈을 보내주고 싶거든."

메르르에게도 무엇인가 하고 싶은 것이 있냐고 물어봤더니 던전에 가고 싶다는 답이 나왔다.

세 사람에게 재능에 대해 물어봤는데, 소피는 정령 마법사이고 포르말은 활잡이였다. 회복과 보조를 수행할 수 있는 소피와 원거리 공격을 주체로 하는 포르말은 전술의 폭을 넓혀줄 것 같다.

메르르의 재능은 「마암장(魔巖將)」이라는 처음 들어본 재능이었다. 듣자 하니까 천만 명 중 한 명이 가지고 태어나는 재능이라고 한다. 어떻게 활약하는지 물어봤다가 경악했다. 반드시 『폐인 게이머』 파티에 영입해야겠다.

거주지의 문제도 물어봤다.

알렌 일행의 거점에는 다섯 명 전원과 킬의 가족이 살고 있다. 방이 아직 남아 있다는 사실을 말해주자 또 소피가 「같이 살겠습니다」라며 몹시 열렬하게 즉답했다. 엘프는 열렬하게 답하기를 좋아한다는 새로운 가설을 발견한 것 같다. 소피와 포르말이 같이 살겠다기에 메르르도 덩달아 같이 살게 되었다.

소피에게는 엘프 고용인이 두 명 딸려 있다는데, 거주 공간에는 문제가 없다. 분명 고용인을 학원의 기숙사에 들이는 것은 기본적으로 금지되어 있다고 들은 기억이 있는데, 그런 규칙이 대국 로젠헤임의 왕족에게는 적용이 안 되는지도 모르겠다. 이번 주말에 곧장 다 같이 이사를 하자는 말로 대화를 마무리했다.

오후 수업이 끝났을 때 담임을 통해 학장에게 호출을 받았다. 용건은 전학생 세 사람이었다.

소피는 왕족인 학장보다 훨씬 더 높은 지위에 있는 듯 거듭 「왕녀님을 잘 부탁하네」라며 당부의 말을 들어야 했다. 엘프의 나라는 정령왕을 신앙하는 곳이며 실질적인 통치는 여왕이 맡아 수행하고 있다.

소피는 왕위 계승권을 보유한 하이 엘프였다. 똑같은 하이 엘프여도 학장은 왕위 계승권을 보유하지 못한 듯했다.

"왕족으로 태어난들 계승권이 없다면 기껏해야 소국의 학장이 한계다."

자조적으로 저런 소리를 했다. 과연 엘프의 나라는 여왕이 통치하는 곳임을 실감하며 알렌은 감탄했다.

그로부터 나흘이 지나 학원은 주말을 맞이했다.

거점으로 이사하기 위해 학원 기숙사에 살고 있었던 세 사람의 짐을 다 같이 협력해서 옮겼다. 기숙사의 방에는 붙박이 가구가 비치되어 있기에 의외로 짐이 적었다. 마차로 한 번 왕복하면 끝이다. 클레나와 세실에게는 저녁때로 예정한 환영회용 장보기를 맡겨서 먼저 마도 열차로 거점에 돌려보냈다.

기숙사에서 돌아오며 「마도 열차가 아니면 꽤 오래 걸리는구나」 등등 딴생각을 하던 중 이윽고 마차가 거점의 앞마당에 도착했다. 먼저 돌아왔던 클레나와 세실이 나온다. 영혼C 소환수도 앞마당까지 나와주었다.

『다녀오셨 · 사 · 와요?』

"응, 다녀왔어."

알렌에게는 매번 겪는 일상이지만, 언제나 인형이 태연하게 벽을 뚫고 나오는지라 이웃집 사람들은 유령의 집이라는 생각을 하고 있을지도 모르겠다.

"이, 이 아이는 무엇인가요?"

소피가 공중에 떠 있는 인형을 보고 눈을 동그랗게 뜬다. 이따가 설명해주겠다고 말한 뒤 우선은 거점 안쪽으로 짐을 들여놓자며 재촉했다. 다른 일행들도 거들어줘서 짐을 제각각 방에 넣었다.

카르넬 가문의 고용인들은 엘프와 드워프를 처음 보고 놀라는 모습이었는데, 알렌 덕분에 적응력이 좋아졌는지 곧 담담히 이종족의 존재를 받아들였다. 엘프나 드워프도 공중을 날아다니는 인형과 비교하면 딱히 큰 충격은 아니었을 테지.

'사람이 꽤 늘었어. 스무 명이 지낼 수 있는 큰 집을 선택하길 잘했군.'

알렌, 클레나, 세실, 드골라, 킬까지 다섯 명에 더하여 킬의 여동생 니나와 카르넬 가문의 고용인이 여섯 명. 소피, 포르말, 메르르, 아울러 소피의 고용인이 두 명. 그란벨 자작이 보낸 시녀가 한 명. 거점의 입주민은 전부 열여덟 명이 되었다.

그란벨 자작이 세실 전속의 시녀를 보내준 것은 작년 10월쯤이다. 카르넬 가문의 고용인들에게 마냥 신세를 지는 것도 안 좋다는 이유 때문이었다. 귀족에게는 귀족의 균형 관계가 있다고 한다. 급료는 자작이 지불해주기로 했다.

새로운 입주민들이 짐을 풀어서 정리하는 동안에 알렌 일행은 환영회를 위해 요리를 준비했다. 카르넬 가문의 고용인들 덕택에 킬의 환영회 때보다 무척 호화롭다. 커다란 탁자에 다 같이 열심히 만든 요리가 쭉 놓였다. 클레나의 눈이 한층 더 빛나고 있다.

"응? 소피의 고용인분들도 앉으세요."

알렌이 두 명의 엘프에게 말을 건넸다. 그러고 보니까 아직 이름을 묻지 않았다.

""아뇨, 괜찮습니다.""

'목소리가 합창을 하는 것 같네. 얼굴이 똑 닮았는데, 혹시 쌍둥이인가?'

"에이, 어서요. 여긴 학원의 규칙 때문에 귀족도 왕족도 여왕도 다 똑같거든요. 환영회는 기쁜 자리잖아요. 다 같이 즐기도록 해요."

극구 사양하면서 앉기를 거부하는 고용인 엘프 두 명에게 친절하게 말을 건넸다. 정작 알렌은 학원의 규칙을 잘 지키는 편이 아니다. 요컨대 같이 식사를 하자는 것이 목적이었다.

“알렌 님께서 직접 권해주셨잖아요. 자리에 앉으세요.”

소피가 두 엘프를 타일렀다. 이번에도 역시 열렬하게 말에 따라준다.

““네, 네엣.””

어째서인지 소피는 알렌을 가리켜서 알렌 님이라고 부른다. 자리에 앉는 두 사람을 지켜보다가 이제 환영회를 시작하고자 알렌이 간단하게 인사를 했다.

“거점에서 같이 생활할 동료가 새롭게 다섯 명이 와주셨습니다. 여러분, 사이좋게 지내도록 합시다.”

“잘 부탁해!”

메르르는 무척 활발한 성격이었다. 밝게 잘 부탁한다며 인사를 했다. 클레나가 「좋아!」라고 허락을 받은 애완견처럼 재빨리 요리에 손을 뻗는 와중에 네 명의 엘프는 두 손을 탁자 위쪽에 올려 맞잡고 무엇인가 중얼중얼 읊고 있었다.

“정령왕님께 올리는 기도인가요?”

그 모습을 바라보던 알렌은 기도가 끝나기를 기다렸다가 소피에게 물었다.

“네, 저희가 살아있는 것은 정령왕님 덕분이니까요.”

정령왕 로젠은 엘프의 여왕과 맺은 계약에 따라 엘프들에게 정령마법이라는 힘을 부여했다. 그것이 없다면 아마도 이미 마왕군에게 멸망당하여 엘프의 나라 로젠헤임은 사라졌을지도 모른다. 알렌은 나라와 종족이 다르면 문화도 다르구나 하고 생각했다.

문득 메르르를 돌아보니 기도를 올리지 않고 식사에 손을 가져가고 있었다.

"메르르의 나라에는 기도 올리는 습관이 없구나?"

"응. 디그라그니 님은 기도는 됐다고 하시거든."

"디그라그니 님?"

처음으로 듣는 이름이었다. 바우키스 제국의 유명인일까.

"아, 디그라그니 님은 우리들 드워프가 신앙하는 던전 마스터야. 이제 곧 아신이 될 수 있겠다며 기뻐하신다더라."

"던전 마스터? 아신?"

메르르의 말에 다르면 디그라그니는 모든 던전을 지배하고 있는 「던전 마스터」이자 모든 마도구의 근간이 되는 장치를 만든 존재이기도 했다. 편리한 마도선과 마도 열차, 등불 마도구 등등은 이것을 모방, 개량함으로써 제작된다고 한다. 따라서 드워프들 다수는 디그라그니를 신앙하고 있다.

'아, 던전에 나오는 큐브 형태의 물체도 마도구의 일종인가. 어딘가 체계적이긴 했지.'

엘프와 드워프가 와준 덕분에 앞으로도 새로운 사실을 많이 알 수 있을 것 같았다. 세계는 무척 넓다는 실감이 든다.

"저기, 메르르? 아신이 될 수 있다는 말은 무슨 뜻이야?"

세실도 이야기에 끼었다.

"그건, 어, 으~음……."

"사람들의 기도가 신을 만들어 내기 때문이랍니다."

메르르가 말을 못하자 소피가 천천히 입을 열었다. 정령왕도 처음에는 단순한 정령이었지만, 엘프들이 의지해주고 쭉 기도를 올린 결과 「정령왕」, 요컨대 아신이 되기에 이르렀다. 또한 이대로 기도가 이어진다면 아신은 신이 될 수 있다. 정령왕을 신으로 높이는 것이 엘프들의 공통된 소망이라고 한다.

디그라그니도 마찬가지로 드워프들이 계속 기도를 올리는 덕분에 아신이 될 날이 가깝다면서 기대감이 고조되고 있는 상황이다.

“뭔가 나라마다 많이 다르구나.”

소피의 이야기를 듣고 킬이 조용히 중얼거렸다. 알렌과 마찬가지로 세계가 넓다는 생각을 떠올렸는지도 모르겠다.

“던전 마스터 얘기도 재밌긴 한데, 당장에 던전 공략은 어떡할 거냐? 아직 이야기를 나누지 않았잖냐. 아예 B급 던전부터 다시 시작하나?”

드골라가 한 손에 고깃덩어리를 들면서 알렌에게 물었다. 세 사람이 『폐인 게이머』 파티에 들어오는 것은 결정이 난 사안인데, 확실히 아직 구체적인 이야기를 나누지는 않았다. 소피, 포르말, 메르르에게 던전 공략 상황을 물어봤더니 C급 던전 공략을 끝냈을 뿐 B급 던전은 한 군데도 공략하지 못했다고 했다.

알렌 일행은 현재 네 번째 A급 던전 공략을 진행하고 있는 중이다. A급 던전을 한 군데 더 공략하면 S급 던전 초대권을 입수할 수 있다.

아예 B급 던전부터 다시 시작할 것인가. 모두의 시선이 알렌에게 모여들었다.

“A급 던전 공략은 이대로 계속하자. 동시에 소피 쪽 세 사람의 던전 공략도 같이 진행하면 될 거야.”

“엉? 무슨 뜻이냐?”

"혹시 파티를 나누자는 말이니?"

"맞았어, 세실."

세실은 알렌이 하려는 말의 의미를 이해했다. 알렌과 드골라는 소피, 포르말, 메르르 파티와 함께 B급 던전의 공략을 돕는다. 클레나, 세실, 킬은 셋이서 네 번째 A급 던전 공략을 목표로 한다.

알렌과 드골라는 주말 이틀 중 하루와 반을 들여서 B급 던전을 공략한다.

알렌은 새 동료들이 중간에 가입할 가능성도 예상하고 있었다. 지금 파티에는 부족함이 느껴지는 직업도 많다. 동료가 늘어나면 이번처럼 진행도에 차이가 발생할 것인데, 중간 참가조를 빨리 성장시키기 위해서 지금까지 공략했던 던전의 길을 마도서에 기록한 뒤 지우지 않았다. 충분히 대응 가능하다.

소환수 부대, 두 개 파티를 구성하는 소환수와 알렌의 소환수는 다방면에서 풀가동하게 되었다. 또한 거점과 그란벨의 영주 저택에도 호위 소환수가 필요하다.

알렌 일행은 환영회 다음 날 모험가 길드로 가서 세 사람을 『폐인 게이머』 파티에 정식 등록했다. 그다음 주, 주말을 맞이해서 알렌 일행은 B급 던전에 진입했다. 엘프와 드워프 세 사람은 거리에서 후드를 눌러쓴 채 다녔다. 호기심 어린 눈빛을 받는 게 신경 쓰이는지라 스스로 쓰게 되었다고 한다.

학원이 2학년부터 엘프, 드워프를 받아들인 뒤 성적 우수자에게 도우미 역할을 맡기는 것은 해마다 반복되는 연례행사 같다. 엘프와 드워프를 전학시키는 이유도 중앙 대륙 바깥에 다른 종족이 살아가는 대륙이 존재한다는 것을 눈으로 보고 믿게 만들려는 목적이 있는 듯싶었다. 물론 다른 이유가 더 있을 것이다. 아마 전장에서 드워프, 엘프와 함께 싸워야 하니까 미리 적응할 수 있도록 학원 생활을 함께하며 연대감을 갖게 만들어주려는 의도가 맞을 것이다.

"메르르, 던전은 바우키스 제국도 비슷한 방식이야?"

"응응."

메르르는 외모에서 느껴지는 인상대로 싹싹한 성격이었다. 낯가림 없이 파티에 금방 녹아들어줘서 고마울 따름이다.

"우리 파티는 이 녀석을 타고 움직이지. 프랑들, 나와라."

『『『뀨우우우잉!!!』』』

"앗?! 커다란 새다!!"

거대한 화식조 형태의 새C 소환수를 목격하고 조그만 메르르가 온몸으로 경악한다. 대형 조류로 던전을 공략한다는 말은 미리 알려줬지만, 그래도 눈앞에 번쩍 나타났다는 것이 놀라운가 보다.

"어머나, 알렌 님! 이 새에 타는 거네요."

포르말의 뒤쪽에서 소피가 앞에 나왔다.

"아, 네. 잠깐 시범을 보여드릴게요."

알렌은 소피의 매우 열렬한 반응에 살짝 식겁하면서도 다리를 접고 배를 지면에 붙인 상태의 새C에 올라탔다. 메르르가 옆에서 보고 두근두근하는 모습으로 짧은 팔다리를 써서 알렌을 따라 했다. 소피가 올라탈 때는 포르말이 보조해줬고, 곧이어 포르말도 새C에 탑승했다.

전원의 준비가 끝난 것을 확인하고 알렌이 지시 내린다.

"좋아, 공략을 개시하자! 점심때까지 2계층 공략이 목표야!!"

"네! 알렌 님!!"

소피도 메르르처럼 힘차게 대답하면서 B급 던전 공략이 시작되었다.

그로부터 몇 시간이 지나 3계층의 시작 지점에서 점심 식사 준비를 시작했다. 빵과 마른고기, 고구마 말랭이, 과일 등 간단한 식사다.

"미안해, 나는 도움이 안 되네."

메르르가 무척 미안해하며 알렌에게 말을 건넸다. 이 아이는 창과 방패를 들고 싸우기는 했지만, 솔직히 거의 도움이 되지 않았다.

"응? 아냐, 신경 쓰지 마. 여기에는 골렘이 없잖아."

메르르는 드골라와 함께 전선에서 벽 역할을 맡아주고 있지만, 드골라가 이미 최고 레벨을 달성한지라 자신과 분명하게 차이가 나는 것을 체감한 것 같다. 드골라는 전위 역할도 수행하면서 마수를 마구 사냥하고 있다.

메르르에게는 「마암장」이라는 재능이 있다. 마도구 골렘에 탑승해서 조종하는 재능이라고 한다. 귀중한 골렘을 학원으로 가지고 올 수는 없었던 탓에 메르르는 역할 수행을 제대로 하지 못하고 민망해하며 사과의 말을 꺼냈다.

'골렘에 타기만 하면 드래곤도 박살낼 수 있다잖아?'

알렌은 전장에 해박한 마도사를 알고 있다. 세실에게 마법을 가르쳤던 강사다. 알렌은 제자를 떠나보냄으로써 은거 상태에 들어간 강사에게 골렘에 대한 설명을 들었다. 골렘의 위력에 대해 알아갈수록 메르르의 재능이 진짜 무시무시하다는 것을을 알게 되었다.

골렘을 가동하는 데는 재능이 필요하다. 브론즈급 골렘을 가동하려면 「마암병」, 아이언급에는 「마암사」, 미스릴급에는 「마암장」 재능이 필요하다.

미스릴급 골렘이 출진하면 드래곤조차 박살을 내버린다고 한다. 골렘을 조종하는 데는 조종자의 마력이 필요한지라 가동 시간에 제한이 있기는 하나 국지전에서는 최고의 전공을 올린다. 바우키스 제국은 골렘 부대 덕분에 마왕군의 침공을 허락하지 않는 것 같다.

그런 위력의 대가라고 할까, 메르르에게는 골렘을 운용하는 능력 이외에 다른 스킬이 없었다. 그냥 맨손이면 전투에 참가하려는 의지가 없는 것으로 간주되어 경험치가 들어오지 않기 때문에 아다만타이트제 창과 방패를 들려줬다.

메르르가 자꾸 고개를 숙이기에 화제를 바꿨다.

"저번에도 말했지만 우리는 왕태자한테 찍힌 처지라서 민폐를 좀 끼칠지도 몰라."

얼마 전 거점에서 꺼냈던 이야기를 언급했다. 그란벨 가문의 문제 때문에 왕태자에게 찍혔다는 것, 이대로 가면 격전지에 배속될 것이라는 이야기는 이미 했다. 세 사람을 도와주기는 할 텐데 오히려 민폐를 끼칠 수 있음을 설명하기 위해서였다.

"알렌 님, 굳이 신경을 쓰실 문제는 아니랍니다. 테오도실을 통해서 여왕 폐하께 이미 말씀을 올렸으니까요."

"테오도실?"

알렌이 아는 사람들 중에 테오도실이라는 인물은 없다.

"아, 이 학원의 학장이에요."

이때 알렌은 처음으로 학장의 이름을 알았다. 아무래도 소피에게 학장은 이름을 막 불러도 되는 상대인가 보다. 그건 그렇고 왕태자와의 갈등을 「신경을 쓸 문제는 아니랍니다」라고 한마디로 정리해버릴 수 있다는 데서 대국의 왕족이 큰 권한을 갖고 있음을 실감했다.

역시 미래에 패권을 쥐게 될 인물은 마음 든든하다. 5대륙 동맹의 내부에서 패권을 쥔 인물이 세 사람 있다. 중앙 대륙 기암트 제국의 황제, 드워프의 나라인 바우키스 제국의 황제, 그리고 엘프의 나라인 로젠헤임의 여왕이다. 중앙 대륙 중 남쪽 2대륙의 맹주는 위의 세 사람 정도의 권위를 갖지 못했다. 게다가 더 힘이 약한 라타쉬 왕국은 대륙의 맹주조차 못 되는 중소 국가다. 그런 중소 국가의 군주조차 되지 못한 왕태자의 압박 따위야 전혀 문제 될 것이 없다는 말이겠지.

"다만 전장은 따로따로 가게 될지도 모르겠는걸."

알렌은 소피와 계속 이야기했다.

"확실히. 국민을 어느 전장에 보낼지는 각국이 보유하고 있는 권한에 따라 결정되니까요."

신입생 세 사람도 마왕에 대해 충분히 잘 아는 듯했다. 하기야 다른 나라로 멀리 유학을 보내는데 진짜 목적도 알려주지 않고 혼란에 빠뜨리는 짓은 저지르지 않겠지.

각국의 국가 원수는 자국민을 어느 전장에 보낼지 지정할 수 있다. 5대륙 동맹의 지시는 요청의 범위를 벗어나지 못한다고 한다. 따라서 왕태자가 전장을 결정할 수 있는 대상은 왕국민인 알렌, 클레나, 세실, 드골라, 킬까지 다섯 명이다. 소피와 메르르는 졸업하면 다른 전장에 가게 될 수도 있겠다.

"그건 그렇고 『알렌 님』은 어떻게 좀 안 될까? 소피."

이야기를 하는 김에 호칭에 대해서도 언급해본다.

"어머, 마음에 안 드시나요?"

"마음에 드냐 안 드냐를 말하자면 안 들기는 하네. 내가 『님』을 붙여서 불러줄 만한 행동을 했던가?"

'뭐, 호칭이야 사실 아무래도 좋기는 한데 말이지.'

"그 이유는…… 아직 말씀을 안 드렸군요. 정령왕 님께서 알렌 님이 관하여 자주 예언을 해주셨거든요."

"엥? 예언? 나를 지목해서 얘기한 거야?"

무척 궁금해지는 발언이었다.

"으음, 언제나 단편적이라서 알아듣기가 많이 힘들긴 했는데요……."

소피가 정령왕 로젠에 대해 설명해줬다.

놀랍게도 정령왕은 여왕이 기거하는 성의 제단에서 줄곧 잠들어 있다고 한다. 그리고 10년 이상 전부터 「흑발의 소년이 태어난다」 「한가운데 대륙에 있는 커다란 나라의 아래」 「모든 재능이 최저」 등의 발언을 잠꼬대와 비슷하게 중얼거렸다던가.

정령왕을 모시는 엘프들은 모든 잠꼬대를 아등바등 기록했다고 한다.

'진짜냐? 엘프는 정령왕의 잠꼬대를 믿는 거냐.'

입학시험 때 학장의 태도를 돌이켜보면 알렌이 학원에 입학한 것도 정령왕의 잠꼬대로 이미 전달되지 않았을까 싶었다.

"와~ 뭔가 더 말해준 게 있어?"

"물론이에요!!"

알렌의 물음에 소피가 활짝 웃음을 짓는다. 분위기를 보아 짐작하건대 「그 말을 기다렸습니다」라는 느낌이려나. 「정령왕님의 이 잠꼬대를 듣고 엘프들이 무척 시끄러워졌었답니다」라고 말한 뒤 내용을 가르쳐줬다.

『하늘의 빛을 가로막을 만큼 큰 날아다니는 것에 올라선 흑발의 남자는 세상에서 어둠을 걷어 내리라.』

"알렌 님. 저는 오늘 그 예언이 진실이라는 것을 확신했답니다!"

소환수를 활용하는 알렌의 싸움을 보고 소피는 예언이 옳았다고 확신한 것 같았다.

그렇게 소피는 눈을 반짝거리며 또 말을 이어 나갔다.

제14화 로단 마을의 개척

4월 중순에 들어섰다.

파티를 둘로 나누어 소피, 포르말, 메르르와 함께 B급 던전을 하나 공략했다. 4월 중에는 두 번째 던전도 공략할 수 있을 것 같다.

알렌과 세실은 학원에서 담임에게 새로운 수업을 수강하도록 지시받았다. 지휘관이 되는 데 필요한 여러 이론과 전술에 관한 기본적인 교양 수업이다. 아마도 가문의 격과 1학년의 학원 생활을 보고 판단하는 것 같은데, 모인 학생들을 둘러보면 귀족의 자식이나 던전 공략 파티의 리더가 많았다. 리폴과 우스터도 같은 수업을 듣고 있다.

알렌은 전장에서 지휘관 역할은 귀족이 맡으면 되지 않겠냐는 생각을 가지고 있다. 평민과 농노에게 지휘받고 싶은가, 귀족에게 지휘받고 싶은가. 평민과 농민에게 묻는다면 당연히 귀족에게 지휘받고 싶다는 대답을 할 테지. 귀족은 고용인들과 함께 생활하며 지시를 하는 데 이미 익숙해졌지만, 평민 고용인에게 지시를 받는 상황에는 익숙할 리 없었다. 굳이 현재의 국가 체제를 무시하면서 지휘 계통을 만들 필요는 없지 않을까.

그 밖에도 올해 들어서 시작된 과제가 있다. 교실에 있는 모두를 육성하는 것이다.

이 교실의 학생들은 모두 알렌에게 자극을 받아서 던전 공략에 다른 반보다 더욱 적극적이다. 하지만 B급 던전까지 공략을 진행하면 출현하는 마수의 랭크가 D에서 C로 올라가는 데다가 함정도 있다. 알렌은 지금까지 모두에게 조언을 아끼지 않았으나, 무리하기를 바라지는 않는다.

그래서 파티 구성상 공략이 어렵다면 소환수를 빌려주기로 했다. 다른 교실의 학생과 던전에 가도 문제는 없는 만큼 사냥을 도와주기로 약속도 했다.

다만 소환수의 숫자에 제한이 있어서 한꺼번에 모두를 도와주기는 어렵다는 것도 설명해줬다.

엑스트라 스킬의 훈련도 시작했다.

클레나는 오후 수업에서 담임에게 엑스트라 스킬의 발동 방법을 가르쳐달라고 부탁했다. 본래 엑스트라 스킬은 3학년이 된 이후에 배운다는 것 같은데, 레벨이 더 이상 오르지 않는다고 이야기하자 어쩔 수 없다며 가르쳐주기로 했다. 세실, 드골라, 킬도 제각각 강사에게 부탁 중이다.

하루라도 빨리 엑스트라 스킬 발동에 능숙해지면 좋겠다. 암살자 더글라하도 자유롭게 쓸 수 있었으니까 시간을 들여 훈련하면 충분히 가능할 것이라고 생각했다.

『드디어 도착했다.』

강가의 살풍경한 장소에 도착한 새F 소환수가 알렌의 목소리로 혼잣말을 중얼거렸다.

시선의 저편에는 울창한 숲이 있고, 숲을 가로질러서 커다란 강이 흘러오고 있다.

“어, 어어, 알렌…… 맞지?”

알렌의 아버지 로단이 흠칫흠칫하며 새F 소환수에게 말을 건넨다. 알렌은 이번에 신규 마을의 개척을 위해서 합계 일곱 마리의 소환수를 파견했다. 농노들 백 명 정도가 새F와 로단이 대화 나누는 광경을 보고 있었다. 소환수들을 보고 상당히 겁먹은 것 같다.

“알렌이냐? 새가 말을 하는군.”

『오랜만이에요. 겔다 아저씨.』

클레나의 아버지 겔다와도 대화 나눴다. 드골라의 아버지도 로단 마을 이주를 결정했다만, 평민들의 이주는 내년 이후부터라서 아직 이곳에는 오지 않았다.

“와! 보어다!! 아빠, 사냥할 거야?!”

마쉬가 새F 소환수를 머리에 태운 커다란 짐승C 소환수를 보고 기다란 창을 꽉 쥐며 반응했다.

“아니, 이 녀석들은 같이 마을을 지어줄 동료란다. 그러니까 공격하면 안 된다?”

“와~ 그렇구나~. 네~.”

‘흠흠, 마쉬는 건강하게 잘 자라고 있군. 좋아, 좋아.’

울보였던 알렌의 동생 마쉬가 짐승C 소환수를 보고도 무서워하지 않아서 감격했다.

『맞다. 아버지, 그리고 겔다 아저씨, 이 보어의 등에 달아둔 짐을 내려줘.』

“짐? 여기 묶어 놓은 자루인가. 이건 창이냐?”

“이게 뭐야? 빨간데? 녹슬었나? 아니, 매끈매끈하고 멀쩡한데?”

겔다가 짐승C로부터 풀어낸 짐 안쪽에서 처음으로 보는 창을 손에 잡는다. 창날뿐 아니라 자루도 포함해서 전부가 붉은 금속으로 만들어졌다.

『그건 화황금이야. 두 자루는 화황금 창을 넣었어.』

"화황금이 뭔데? 강철보다 굉장한 건가?"

로단에게서도 질문이 날아온다. 화황금이라는 말 자체를 못 들어봤는지도 모르겠다.

『으음, 미스릴 창도 열 자루 가져왔으니까 써.』

일단 화황금 창이 얼마나 굉장한지는 나중에 설명하기로 했다.

"""앗?! 미스릴 창이 있다!!!"""

"진짜냐!"

농노들이 짐에 우르르 몰려든다. 그럼에도 반응하는 사람은 절반 정도. 아마도 기사라든가 다른 누군가가 쓴 물건을 본 경험이 있어서겠지.

이번에 알렌이 짐을 꾸려서 가져온 물품들은 아래와 같았다.

· 화황금 창, 2자루

· 화황금 방패, 2개

· 미스릴 창, 10자루

· 미스릴 갑옷, 12벌

· 금화 300닢

· 괭이와 톱 등등 수십 개

이것들을 짐승C 소환수 세 마리에게 나눠서 매달아 묶고 학원 도시부터 출발시켰다.

""미스릴보다 굉장한 무기가 있었다니……""

알렌에게 설명을 들은 로단과 겔다가 붉은색으로 빛나는 화황금 창을 손에 쥐고서 감탄한다. 이 무기는 마수 토벌용이다. 가을에는 보어 사냥도 시작할 예정이었다. 화황금 창은 로단과 겔다가 장비할 것이다.

이번 물자 조달에는 금화가 도합 천오백 닢 정도 소모되었는데, 다 같이 상의해서 알렌이 5할, 드골라와 클레나가 2할씩, 세실이 1할을 부담하고 킬은 제외시켰다. 알렌과 클레나, 드골라의 고향에서 쓸 물자이기 때문이었다. 셋이서 모든 비용을 낼 생각이었지만, 세실이 본인도 보태겠다며 자꾸 고집부려서 1할만 받기로 했다.

킬도 보태주고 싶어 했는데, 지켜야 할 가족과 이후 가문의 재건을 위해서라도 돈은 저축하라고 겨우 설득했다.

알렌이 강화 레벨을 7로 올림으로써 A급 던전에서 활동하는 소환수 부대의 사냥 효율도 압도적으로 상승했다. 알렌은 소환수 부대만으로 매달 금화 이천 닢 이상을 벌어들인다.

당연히 마력 회복 링이나 오리하르콘 무기와 방어구가 경매장에 출품되는 때를 위해서 모았는데, 모험가 길드에 가봐도 도무지 나오지 않는다. 이제는 왕국 전체의 출품 정보 조사를 부탁했다.

짐승C 소환수는 곧바로 젊은 농노들과 함께 개간 작업을 돕기 시작했다. 개간하는 곳은 숲 앞쪽에 펼쳐져 있는 곳, 나무들이 드문드문 자라난 초원이다.

그란벨 영지의 초원에는 어디든 나무가 드문드문 자라나 있는데, 이 나무들을 제거해서 밭이며 거주지를 만든다. 이때 제거한 나무들은 건축 자재나 울타리를 만들 재료로 쓰인다.

"꾸울~ 꾸울~."

『꾸워어!!』

'흠흠, 뮈라도 마쉬도 마수를 무서워하진 않네. 이따가 아버지랑 잠깐 상담해볼까? 식사도 해야 하니까 일석이조겠지.'

뮈라는 짐승C 소환수의 주위에서 놀고 있었다. 마수를 무서워하지 않는 성격을 보고 알렌은 한 가지 계획을 떠올렸다.

우두우두.

""""앗?!""""

갑자기 농노들이 놀라서 소리 높인다. 10미터는 넘는 나무의 뿌리 부분을 짐승C 소환수가 입에 물고서 힘으로 단숨에 잡아 뽑았다. 그대로 땅 울리는 소리를 퍼뜨리며 입에 문 나무들을 한곳으로 모아 놓는다. 세 마리는 저마다 돌아다니며 차례차례 나무를 뽑기 시작했다.

짐승C의 공격력은 강화를 받아 1500을 넘기기에 마더 가르쉬도 물어서 죽일 수 있다. 식사도 수면도 필요로 하지 않으며, 쉴 새 없이 개간 작업에 매진한다.

저녁이 되기 조금 전. 농노들이 모여들었다. 개척은 막 시작한 참이라서 건물은 전부 판잣집이었다.

오늘도 고생 많았다며 테레시아와 미틸다 등 여자들이 저녁 식사를 준비한다. 알렌도 그리움을 느끼는 보리죽, 고구마와 콩을 끓인 개척촌 특유의 요리였다.

‘역시 고기가 부족하군. 개척에 힘을 쓰려면 잘 챙겨서 먹어야지! 찾는 데 고생했다고!!’

“보어다! 떠돌이 보어가 나타났다!!”

이곳에서는 겨울이 왔는데도 백룡 산맥에 돌아가지 않은 그레이트 보어를 떠돌이 보어라고 부른다. 이 보어는 공유를 쓴 새E 소환수를 써서 알렌이 열심히 마을까지 데려온 녀석이었다. 사정을 알지 못하는 사람들이 덜덜 떨면서 큰 목소리로 외친다.

“남자들을 무기를 들어라. 여자와 아이들을 지켜라!!”

촌장 로단이 주민들에게 지시 내리기 시작했다.

『괜찮 · 사 · 와요. 저녁 식삿거리를 알렌 님의 소환수들을 써서 데려왔 · 사 · 와요.』

““““저녁 식삿거리?””””

보어가 결국 마을의 중심까지 들이닥쳤다. 이제부터는 자신이 나설 차례라는 듯이 영혼C 소환수가 하늘하늘 떠올라 농노들의 앞로 훌쩍 뛰쳐나간다.

『꾸울꾸우울!!!』

그레이트 보어는 다리로 흙을 걷어차며 영혼C 소환수를 위협하더니 기세 좋게 돌진했다. 로단과 겔다가 주민들에게 더 멀리 물러나라고 외치고자 했던 때.

『죽어버려요!』

영혼C 소환수가 중얼거리자 배구공 크기의 회색 구체가 나타나서 무시무시한 기세로 그레이트 보어를 향해 날아간다. 딱딱한 머리

가죽에 부딪치자 순식간에 머리가 터져 나갔다.

""""헉?!""""

머리를 잃은 그레이트 보어가 몇 발짝 비틀거리다가 옆으로 쓰러진다. 조그마한 인형이 C랭크의 마수를 순살하는 광경을 보고 로단과, 겔다, 다른 농노들도 바짝 굳어버렸다.

'이제 뮈라도 마수의 두려움을 깨달았으려나.'

뮈라를 확인해보니 매우 겁에 질려서 마쉬에게 달라붙어 있었다. 굳이 무서운 경험을 하게 만들어서 미안하다는 생각은 들지만, 아직 울타리도 세우지 않은 이 마을에서 장난이 지나쳐 마을 바깥으로 휙 뛰쳐나가면 곤란하지은가.

『영주에게 바치지 않아도 되는 고기가 생겼 · 사 · 와요.』

영혼C 소환수는 웃는 얼굴로 말했다. 개척촌은 2년간 납세가 면제된다. 다음 3년 동안은 징세율이 3할로, 6년 이후부터는 6할로 조정된다는 것을 잘 아는가 보다.

이렇게 소환수의 협력에 힘입은 상식을 깨뜨리는 개간이 본격적으로 시작되었다.

* * *

7월의 끝, 클레나는 교양 시험에 어찌어찌 합격했다. 알렌이 의자에 꽉 묶어 놓다시피 클레나를 붙잡아다가 공부시키는 모습을 질리도록 보았던 파티 일동은 모두 「이제 드디어 시험이 끝났구나」라는 기분이었다. 클레나는 아마도 스스로 공부를 할 생각이 없는 듯하다.

얼마 전 들어왔던 전학생 세 명은 B랭크 던전을 공략했고, 이어서 A급 던전도 한 군데 공략했다. B급 던전은 마도서에 기록한 지도가 있어서 진행이 빠르다. 전학생들은 왕국에 와서 이렇게나 빨리 B급 던전을 공략하게 될 줄은 예상하지 못한 것 같았다.

알렌, 클레나, 세실, 드골라, 킬 다섯 사람은 마침내 네 번째 A급 던전 공략을 끝내고 이제 한 군데만 남긴 단계까지 왔다. 이제 다음 달 여름 방학 동안에 학원 도시 외부의 다른 지역에 있는 다섯 번째 던전을 공략하면 된다. 어디로 갈지는 이미 결정했다.

엑스트라 스킬은 현재도 특훈 중이다. 발동은 마음과 마력 다루기의 문제라고 하는데, 이 부분만큼은 도와줄 방법이 없는지라 각자 열심히 노력해주기를 바랄 뿐이다.

로단 촌장이 지휘하는 개척촌 건설도 꽤 순조로웠다. 개간해야 할 마을 주변 토지의 나무 뽑기가 다 끝났다. 가을이 오면 그레이트 보어가 잔뜩 나타날 테니 지금은 마을을 둘러싸는 울타리를 제작 중이다. 지금도 멧돼지처럼 생긴 짐승C 소환수가 목재를 입에 물고서 운반하거나 콧등을 써서 흙을 일구는 등 개간을 거들고 있다. 2년의 비과세 기간을 최대한 활용하기 위하여, 목표는 내년부터 바로 밭농사에 집중할 수 있는 환경을 만드는 것이다.

오늘 담임이 수업 후 학장실에 가라는 말을 꺼냈다. 호출 대상은 알렌과 클레나였다. 작년에도 비슷한 일이 있었던 터라 어째서 하필 이 조합인지 불길한 예감만 잔뜩 솟는다. 파티 멤버들이 같이 와도 된다기에 여덟 명 전원이 담임과 함께 학장실로 향했다.

"들어가겠습니다."

"그래."

담임이 노크하자 곧 답이 들렸다. 문을 열었더니 학장의 옆쪽에는 웬 낯익은 청년이 같이 있었다.

"안녕, 알렌 군. 잘 지냈어?"

용사 헤르미오스였다.

"헤르미오스 님이시군요. 오랜만에 뵙습니다."

알렌은 공손하게 인사를 했다.

"어휴, 우리 사이에 딱딱하게 그러지 마. 편하게 헤르미오스라고 불러."

"아니요, 용사님께 감히 함부로 말을 낮출 순 없지요."

용사가 치근덕거리며 말을 걸어오기에 알렌은 쌀쌀맞게 내쳤다.

알렌을 비롯한 여덟 명에 더하여 학장, 담임, 헤르미오스까지 도합 열한 명. 소파에 전원이 앉을 수 없어서 원탁에 둘러앉았다. 착석한 헤르미오스가 알렌을 보며 싱글벙글 웃는다.

"학장님, 어떤 용건으로 호출하셨습니까?"

헤르미오스와 시선을 맞추지도 않고 알렌은 학장에게 용건을 물었다.

'오늘 일과인 보스 빵빵이가 늦어지니까 짧게 얘기해라. ……아마 듣기만 하고 거절할거지만.'

"그래, 오늘은 10월에 개최되는 학원 무술 대회에 추천하고자 호출을 했다. 대상은 알렌과 클레나다."

'역시나. 저번에는 대회 직전에 부르더니 올해는 여름 방학 전부터 말을 꺼내는구나. 작년에는 여름 방학 동안에 A급 던전을 공략

하던 중이라 끝난 다음에 불렀던 건가?'

"클레나는 대회에 참가할 겁니다만, 저는 사양하겠습니다."

알렌이 냉담하게 답했다. 소피가 쌀쌀맞게 거절한 알렌을 흥미진진하게 보고 있었다.

"이유를 물어봐도 되나?"

"글쎄요. 힘을 증명할 이유가 없기 때문이겠죠?"

"흠. 소피아로네 님께 정령왕님의 이야기는 들었나?"

'정령왕 이야기를 들려주려고 소피를 파티에 보내준 건가? 아니, 학장한테 그 정도 권한은 없을 거야. 그러면 반대인가?'

"네, 잠꼬대를 자주 하시는 분이라는 말씀은 들었습니다."

"풉!"

헤르미오스가 알렌의 말에 웃음을 터뜨렸다. 동감이라고 생각하는 것 같다. 학장과 소피는 쓴웃음을 짓고 있었다.

"『그 말씀』의 진정한 뜻은 알 수 없다만, 알렌 군의 힘이 마왕으로부터 세계를 구할 열쇠가 될지도 모른다. 따라서 우리는 소환사의 힘을 꼭 알아 두고 싶다. 요컨대 자네의 힘을 알고자 하는 이유는 세계를 위함이라네. 그러니 참가해주기를 요청하면 어찌할 텐가?"

'오? 학장이 수법을 바꿨어. 게다가, 마왕 이야기를 대놓고 꺼내는구나. 작년에는 마왕 소리는 아예 안 했잖아?'

"아뇨. 저는 그렇게 생각하지 않습니다."

"뭐라고?"

알렌은 설명했다. 소환수가 보유한 힘의 강약은 하루아침에 가늠할 수 없다. 세계를 위함이라며 소환사의 힘을 알고자 하겠다면 모든 힘의 전모를 상세하게 공개할 필요가 있는 셈이다.
공개했을 때 받는 불이익은 크다.
"불이익이라고?"
"네. 적군에게 정보가 알려질 우려도 있습니다."
'나는 아직 성장하는 도중이잖아. 「이 자식은 위험하다. 그래도 지금이라면 죽일 수 있다」라면서 덤벼들면 어쩔 셈이냐고. 굳이 그런 위험을 만들 필요는 없어.'
지당한 이유를 내세워서 대회 참가는 거절했다. 애당초 마왕군이 어떤 정보망을 갖고 있는지도 전혀 모른다.
"음, 분명 일리가 있군. 하지만 힘을 아예 보이지 않겠다는 것도 어렵지 않겠나?"
"아니요, 물론 전장에서는 유감없이 힘을 발휘할 생각입니다."
힘자랑을 위해서 힘을 쓰지는 않겠다. 간단한 주장이었다.
"도저히 안 되겠나?"
"네, 죄송합니다."
"이득이 없기 때문이라고 작년에도 말을 했었지."
"뭐…… 그렇긴 하죠."
학장이 한숨 쉬었다. 그리고 헤르미오스에게 시선을 보낸다.
아마도 어떤 신호였나 보다. 헤르미오스가 오른손 손가락에 끼고 있는 물건을 만지작거리기 시작했다. 그리고 탁자에 툭 굴린다. 알렌이 눈을 돌려서 살펴보니 웬 반지였다.
"와아! 귀중한 마력 회복 링을 떨어뜨려버렸다!!"
능청스럽게 대사를 주절거리더니 헤르미오스는 무척 당황했다는 듯이 반지를 주워 손가락에 끼운다.

"……."

"다행이다, 다행이야. 엘프 부대를 구한 보답으로 정령왕이 만들어준 반지를 망가뜨릴 뻔했네. 귀한 물건인데 잘 간수해야지."

알렌은 헤르미오스의 뻔한 연극을 무표정으로 바라본다. 학장이 작은 목소리로 「정령왕님이시다」라고 교정했다.

"알렌 군. 듣자 하니까 던전을 열심히 다닌다면서? 찾는 물건이 있어? 선배가 상담해줄까?"

"아니요, 됐습니다."

'나한테 이딴 선배는 없다고.'

"그렇구나. 참고로 찾는 물건이 뭔지 잘 모르겠는데 마력 회복 링은 A급 던전은 물론이고 S급 던전에서도 안 나와."

"예? 어째서 단정을 하는 겁니까?"

"비밀. 너는 아무것도 안 가르쳐줬는데 왜 나만 가르쳐줘야 해?"

헤르미오스는 어른스럽지 못하게 입을 삐죽거렸다.

'뭐, 이렇게 나올 것 같았지. 이 용사 진짜 얄밉네. 설마 반지를 자랑하려고 온 거냐?'

"그렇게 째려보지 마. 나는 착한 사람이니까 가르쳐줄게. 아, 디그라그니는 상성의 문제라서 마력 회복 링을 만들 수 없다더라."

"없다더라, 라고요?"

"본인에게 들은 말이야. 아신이 되면 가능할 것 같기도 한데 지금은 어렵다더라고. 유감이네. 아, 오리하르콘 무기는 열심히 하면 구할 수 있을지도 몰라. 그만두는 게 좋겠지만."

던전 마스터 디그라그니에게 직접 확인했다는 말에 메르르가 눈을 동그랗게 떴다. 저렇게 놀랄 만큼 쉽게는 만날 수 없는 존재인가.

'모험가 길드에서 정보가 샜군. 변함없이 개인 정보라는 개념이 없는 세계야. 그건 그렇고…….'

"그만두는 게 좋다고요?"

"여기에 있는 여덟 명이서 갈 거지? 지금 파티로 S급 던전에 들어가면 전멸을 당하지는 않더라도 몇 사람은 죽어야 나올 수 있을거야."

헤르미오스는 단언했다. 알렌 일행의 감정은 이때까지 대화를 나누는 동안에 다 마쳤나 보다.

"그래서, 무슨 말씀을 하려는 겁니까?"

"학장과 이야기해서 올해 대회의 우승자는 나랑 싸우기로 했거든. 만약에 네가 나한테 이기면 이 마력 회복 링을 주도록 할게."

'아하. 이 자칭 용사의 이야기가 사실이라고 가정하면 마력 회복 링을 구할 방법은 용사를 때려눕히거나 엘프한테 뭔가 은혜를 베풀어서 정령왕에게 직접 부탁을 할 필요가 있다는 건가. 어느 쪽이 확실할까? 아니, 틀렸어. 이럴 때는 양쪽을 다 노려야지.'

어떤 방법을 선택해야 가장 확실하게 마력 회복 링을 손에 넣을 수 있을까 생각한다. 이렇게 생각에 잠긴 모습을 신기해하며 모두가 바라보는 와중에 알렌이 입을 열었다.

"제가 참가한다고 치고, 조건을 두 개 제시해도 되겠습니까?"

"응? 뭔데?"

"클레나는 드베르그 님과 대결하는 날을 쭉 기다려왔습니다. 꼭 실력을 겨뤄보고 싶어 하지요. 검성 드베르그 님은 올해는 오지 않으십니까?"

"아, 드베르그도 올 거야. 준우승을 한 학생과 싸울 예정인데? 나머지 조건 하나는 뭘까?"

아무래도 드베르그는 원래 예년처럼 올 계획이었는데 헤르미오스가 끼어들었나 보다.

"그 반지가 진품인지 확인해보고 싶습니다."

"좋아. 자."

헤르미오스는 곧바로 마력 회복 링을 건네줬다. 스킬을 써서 마력을 쭉 소모한 뒤에 장착해봤다.

'으핫, 최대 마력에 맞춰서 초마다 1퍼센트씩 회복되네. 갖고 싶다. 스킬 경험치도 올릴 수 있고 전투 중 마력을 신경 안 써도 되잖아.'

"흠~ 알렌 군은 자기 마력량을 알 수 있구나."

헤르미오스는 알렌이 무엇을 하고 있는지 알아본 것 같았다.

'끙……. 뭐, 이 정도는 상관없나. 무척 귀중한 정보를 받기도 했고.'

"글쎄요, 무슨 말씀이신지요. 아무튼 진품이 맞군요."

시치미를 떼고 반지를 빼서 헤르미오스에게 돌려줬다.

"그러면 이제 알렌 군에게 대회에 참가할 만한 이유가 생긴 것인가?"

"네, 올해 대회에는 기꺼이 참가하겠습니다. 혹시 무기와 아이템은 자유롭게 사용해도 되는 겁니까?"

"물론이지. 뭐든 다 준비해서 가져와. 두 달 남았으니까 열심히 하자."

'전투 중 회복약 사용도 가능하다는 말이군.'

"예, 최대한 준비하겠습니다."

이렇게 알렌은 올해 학원 무술 대회에 참가하게 되었다.

제15화 학원 무술 대회 ②

알렌은 학원 무술 대회에 참가하기로 했다.

우승한 뒤 용사 헤르미오스와 대결해서 마력 회복 링을 손에 넣기 위해서다.

알렌은 이유도 없이 힘을 자랑하는 행동은 하지 않지만, 목적을 위해서라면 수단을 가리지 않는다. 왕족 및 내빈들을 앞에 두고 온갖 수단으로 용사를 흠씬 두들겨 패서 반지를 받아야겠다.

"그런 이유로, 내가 2개월 뒤 학원 무술 대회에 나가게 됐는데 말야."

평소와 같이 거점에서 이야기를 나누던 중에 알렌이 말을 꺼냈다.

"그런 이유구나. 뭐, 알렌답기는 하네. 어쩌려고? 용사를 이길 수 있어?"

반지를 손에 넣을 수 있다고 하니 대회에 나간다. 알렌의 이런 타산적인 부분을 세실은 잘 알아주는 것 같다. 다만 상대는 세계 최강, 인류의 희망이라며 명성이 높은 용사 헤르미오스다.

용사의 등장이 패전 연속이었던 마왕군과의 전황을 바꿔 놓았다.

그런 강자에게 이기는 것은 도저히 무리 아니냐는 눈으로 알렌을 본다.

"아마도 지금 이대로 싸우기는 많이 어려울 거야. 그래서 다음 달부터 여름 방학에는 단독 행동을 하고 싶어."

"뭐? 잠깐, 그게 무슨 소리니?"

또 뜬금없는 소리를 늘어놓는다는 듯이 세실이 반응했다. 알렌은 확실하게 용사를 쓰러뜨리고 마력 회복 링을 확보하려 한다. 대회까지 남은 기간은 겨우 두 달 남짓이다.

"그러니까, 학원 도시뿐만 아니라 왕국의 모든 지역에서 마석을 매입하고 싶어. 그리고 왕국 곳곳에서 거래되고 있는 귀중한 아이템도 찾아볼 생각이야."

여름 방학 동안에 소환 레벨을 7로 올리려면 마석이 대량으로 필요하다. 스킬 경험치를 올리기 위해 사용할 마력의 씨앗을 생성하려면 D랭크 마석이 많아야 한다. 학원 도시에서 거래할 수 있는 수량의 한계까지 D랭크 마석을 매입하고 있지만, 이 속도로 소환 레벨 7을 달성하려면 시간이 걸릴 것이다.

그러나 다행히도 왕국에는 학원 도시에 버금가는 규모의 도시가 다수 있었다. 그런 곳들까지 마도선을 타고 돌아다니며 각 지역의 모험가 길드에서 거래를 의뢰한다면 꽤 단축될 테지. 길드 한 곳에서 마석을 매입해주는 동안에 다른 도시의 길드에서 또 같은 의뢰를 한다. 그 의뢰를 마치면 다음 도시에서 또 같은 의뢰다. 이렇게 마도선으로 온 왕국을 돌아다니면서 매입할 수 있는 한계치까지 마석을 매입한다.

알렌에게는 금화 이만팔천 닢이라는 거금이 있다.

'겸사겸사 E랑 C랭크 마석도 같이 구입할까? 이런 시간이 언제 또 날지 모르잖아. 목표는 마석 백만 개다.'

지금은 자금이 매우 넉넉하기에 마석 매입을 계획할 수 있다. 전장에는 B랭크 이상의 마수만 나타난다고 하니까 E와 C랭크의 마석도 지금 미리미리 비축하는 것이 좋겠다.

당연히 도시를 돌아다니는 동안에도 귀중한 아이템을 발견하면 확보한다. 오리하르콘 무기도 왕국 전체를 다니며 찾아보고 싶은데 과연 확보가 될지는 모르겠다. 적어도 능력치를 500을 넘게 올려주는 효과가 있는 반지는 이 기회에 꼭 확보할 작정이다.

"그러면 알렌 님, 저희는 어떻게 하면 될까요?"

알렌이 왕국을 쭉 돌아다니는 동안에 할 일에 대하여 소피가 물었다.

"두 가지 선택지가 있지 않을까? 어느 쪽이 좋을지 다 같이 결정해보자."

첫 번째는 예정대로 알렌 이외의 동료들과 함께 학원 도시 외부로 나가는 것. 새로 파티에 들어온 세 사람은 A급 던전을 아직 한 군데밖에 공략하지 못했으니까 다음은 학원 도시 바깥의 A급 던전을 함께 공략한다. 두 번째는 새로 들어온 세 사람이 학원 도시에 남아서 A급 던전 세 군데를 공략할 수 있도록 다 같이 돕는 것.

선택지 중 무엇을 골라도 소환수로 보조해줄 수 있다. 마도선을 이리저리 갈아타는 동안에 소환수 보충도 가능하니 안심해달라고 말했다. 자리를 비우는 것은 알렌뿐이다.

"그렇군. 처음에 말한 계획이 좋지 않겠냐? 어차피 여름 방학이 끝나면 학원 도시 바깥에 있는 A급 던전은 공략을 못 하니까 말이지."

드골라는 이제껏 예정했던 대로 학원 도시 바깥의 A급 던전을 공략하자는 입장이었다. 모두가 저 의견에 동의했다. 학원 도시의 바깥 지역에 원정을 다녀올 만한 시기는 수업이 없는 여름 방학뿐이다.

"여러분께는 마지막이 되는 다섯 번째 던전을 공략하겠다는 말씀이시군요. 다만, 알렌 님? 용사 헤르미오스가 언급했던 말은 어떻게 생각하시나요? S급 던전도 공략에 나설 계획이실까요?"

헤르미오스는 지금 파티의 수준으로 S급에 도전하면 사망자가 발생해서 포기하게 될 것이라고 말했다. 모두 어떻게 해야 할지 알 수 없어서 불안해하며 알렌을 바라본다.

'아마 용사가 이 시기에 나타나서 제안을 한 것은 우연이 아니었겠지. 지금 속도라면 곧 다섯 번째도 끝내고 언제 S급 던전에 도전할지 알 수 없는 상황이었잖아? 뭐, S급 던전이 어디에 있는지도 모르지만.'

헤르미오스는 단순하게 알렌의 힘을 보고 싶어서 굳이 학원에 찾아온 것이 아니라 파티가 섣불리 S급 던전에 도전하지 않도록 못을 박으려는 의도를 갖고 나타났는지도 모르겠다.

"일단 다섯 번째 A급 던전부터 공략하자. 그다음에 또 생각을 하면 되지 않을까?"

아직 시간은 있다. 지금 결정하지 않아도 된다. 그 무렵에는 알렌의 소환 레벨도 올라갔을 테니까.

"맞아. 그러는 게 좋겠어. 그나저나, 알렌은 어떻게 하게? 알렌만 공략에 참가를 못 하는걸?"

세실도 동감했는지 S급 던전의 문제는 일단 미루자고 말했다.

"아, 그 부분도 문제없어. 잠깐 시간을 내서 뒤를 쫓아가면 돼."

모두와 동행하는 소환수를 쓰면 던전의 지도를 작성할 수 있다. 그렇게 만든 지도를 보며 새C 소환수의 각성 스킬인 위타천을 사용한다면 쭉쭉 따라잡을 수 있겠지.

"그렇군. 장소는 요새 도시 펠도라로 하면 되겠지?"

킬이 목적지에 대해 이전에 상의해서 결정했던 때 이후 변경은 없는지 확인했다.

요새 도시 펠도라는 제국에 맞서기 위해 건설되었던 왕국 북쪽의 요충지이며, 몇몇 던전 중에는 A급도 존재했다. 학원 도시만 한 규모는 아니어도 사람이 제법 많아서 번성하는 곳이다. 모험가 길드도 있으니까 마석 매입 때 일행과 합류하면 될 것이다.

"맞아, 장소는 변경할 필요 없겠지. 니나도 같이 데려간다고 했던가?"

"으음~ 가능하면 데려가주고 싶기는 한데 말이다."

"그럼 데리고 가자. 그만한 돈은 있으니까. 나도 거점이 나뉘어지면 소환수로 경비를 세우기가 번거롭거든."

이동에만 한 사람당 금화 한 닢은 드는 데다가 외부 지역의 거점을 확보하려면 더욱 큰 돈이 필요하다. 모두의 생활비 및 급료로 저축했던 돈을 확인해보니 금화 이천 닢 가까이 있었다. 파티가 여덟 명으로 늘어난지라 생활비로 할당하는 돈이 전체 수입의 6분의 1에서 9분의 1로 줄었지만, 전원이 A급 던전에서 활동하고 있는 덕분에 금액은 오히려 늘어났다.

메르르는 본가의 부모에게 넉넉히 돈을 보내줄 수 있다며 감동했었다. 아마 본가의 형편이 별로 유복하지는 않은 것 같았다.

"자, 오늘 이야기는 이만 끝낼까."

"질문 있어요! 저요! 저요!"

'응?'

클레나가 교실에 있을 때처럼 손을 들었다. 클레나의 장단에 되도록 맞춰주고 싶었기에 알렌은 담임의 흉내를 내며 지명했다.

"그래, 클레나 군. 뭔가?"

"알렌 선생님. 제가 용사를 쓰러뜨리고 선생님한테 반지를 넘겨주면 된다는 거죠!!"

당당한 표정으로 클레나가 말했다.

'아! 맞네, 맞아. 이제야 깨달았구나.'

알렌은 대회에서 우승한 뒤 헤르미오스와 싸운다. 그런 계획으로 쭉 대화 나눴다. 이 계획에서 클레나는 알렌에게 패해 준우승하고, 준우승자로서 검성 드베르그와 싸우게 된다. 클레나가 늦게나마 깨달은 것 같다.

"뭐, 먼저 클레나 군이 선생님을 이긴 다음에 이야기할까!"

"물론 이길 거야. 마을에서 헤어진 다음엔 못 이겨봤으니까!"

"꼭 전력을 다해 겨루도록 하자."

알렌은 여덟 살 때 마을을 떠났기에 이후 제대로 된 형태로 클레나와 싸운 경험은 없다. 마을의 기사놀이에서 패배를 겪은 채 줄곧 노력해왔던 클레나가 선전 포고를 한다.

이 자리에서 또 하나의 대결이 시작되었다.

* * *

여름 방학에 들어서며 알렌은 단독 행동에 나섰고, 파티는 거점을 요새 도시 펠도라로 옮겨서 A급 던전 공략에 매진했다. 알렌은 없어도 파티의 인원수가 많이 늘어난 덕에 2개월이 지나기 전에 공략을 마치는 데 성공했다. 그동안 전학생 세 사람의 레벨이 엄청난 기세로 올라갔다.

알렌도 며칠 늦게 다섯 번째 A급 던전을 공략했다. 최하층 보스를 쓰러뜨린 뒤 던전 총괄 시스템이 나타나지는 않았는데, 이유는 아마 신규 파티원을 셋 받아들였기 때문이었을 것이다. 다섯 번째 공략 증명서를 받으려면 파티에서 세 사람을 뺄 필요가 있다. 다섯 개의 A급 던전은 여덟 명이서 같이 한꺼번에 공략하자고 이야기를 나눴다.

9월 말을 맞이했을 때, 알렌은 학원 도시로 돌아가서 전학생 세 사람과 함께 세 번째 A급 던전 공략을 돕기로 했다.

알렌은 지난 2개월 동안 각 도시에서 매입할 수 있는 최대치까지 마석을 사들여서 E와 D랭크의 마석은 백만 개 가깝게 비축했다. C랭크 마석은 가격이 제법 나가는 터라 십만 개로 참아야 했다. 10월부터 마석 매입은 학원 도시에서만 할 예정이다.

알렌은 소환 레벨을 7로 올리는 데 성공했다. 강화 등 각 스킬에 더하여 B랭크 소환수를 소환할 수 있게 되었으며, 이미 분석도 완료했다.

10월에 들어서며 알렌은 열네 살이 되었다.

알렌의 눈앞에는 거의 배로 덩치 큰 남자가 대검을 꽉 쥐고 서 있었다. 두 사람의 사이에 있는 인물은 곧 시작하는 대결을 맡은 심판이다.

오늘은 학원 무술 대회. 이미 백 명의 학생들이 예선을 끝냈고,

지금은 예선에서 이기고 올라온 열여섯 명이 치르는 본선의 준결승전이었다.

심판이 주의 사항을 설명해주고 있다. 상대가 항복하면 공격을 멈춰야 한다는 것, 또한 항복의 자세를 가르쳐줬다. 어제부터 거듭 들었던 말이기는 한데 시합을 하기 전 반드시 설명하는 것이 규칙이다. 심판은 설명 마지막에 이제까지 시합이 너무 과열되어 학생이 목숨을 잃은 사례가 다수 있다는 말을 덧붙였다.

미스릴 대검을 쥔 근육질의 남자가 알렌을 노려보고 있다. 상대는 3학년이라고 했다.

이제 시합이 시작된다.

"양측, 준비."

심판의 호령에 따라 알렌도 아다만타이트 검을 겨눈다.

"시작!"

신호와 함께 곧바로 대전 상대가 들이닥친다.

알렌은 상대의 검을 전부 피했다. 상대가 대검을 휘두를 때마다 무시무시한 풍압이 느껴졌다.

'분명히 나랑 클레나를 빼고 예선에 참가한 사람 전원이 별 두 개였지?'

알렌은 대검을 회피하면서 생각했다.

생각에 잠기는 것이 딱히 상대를 우습게 보기 때문은 아니다. 알렌은 어떤 위험이 닥쳐도, 설령 죽기 직전이어도 사고를 멈추지는 않는다. 가령 마더 가르쉬에게 잡아먹힐 뻔했을 때도 마찬가지였다. 네 자릿수에 달한 지력이 사고의 정지를 허락하지 않을 뿐이다.

재능이 있는 사람들 중 대략 열 명에 한 명이 별 두 개다. 오천을 조금 넘기는 인원 중에서 백 명이 선발되었다면 참가자 거의 전원이 별 두 개라는 것도 납득할 수 있다. 실제로 별 하나로는 예선에 참가조차 못 하는 규칙이 있다고 한다. 능력치의 격차, 직업 스킬에 따른 추가 보너스를 고려하면 어쩔 수 없다.

알렌이 자꾸 여유롭게 회피하니까 저학년에게 우습게 보였다고 생각해서 열이 올랐는지 대전 상대가 점점 과격하게 검을 휘두른다.

'아직 어리네. 발끈하면 전장에서 위험한데 말이야.'

알렌은 커진 움직임에서 생기는 빈틈을 놓치지 않았다. 거리를 쭉 좁혀서 대전 상대의 품에 파고든다. 두 손으로 쥐고 있었던 검을 한 손으로 고쳐 쥐고 미스릴 갑옷에 주먹을 때려 박았다.

콰앙!

충격음이 투기대에 울려 퍼진다.

대전 상대는 경련하며 아무런 말도 못한 채 무릎 꿇었다. 시합을 끝내는 데는 충분한 일격이었나 보다.

심판이 대전 상대의 위치로 달려가서 이것저것 상태를 확인한 뒤 심판석을 향해 고개를 끄덕이고 오른손을 수직으로 치켜들었다. 시합 종료 신호다.

『어이쿠! 학장 추천을 받은 알렌 선수가 승리했습니다. 여전히 여유 넘치는 모습으로 싸우는군요. 이대로 우승까지 거머쥘 수 있을 것인가! 다음 시합은 드디어 클레나 선수와 결승전입니다!』

마도구를 쓰는 해설자가 알렌의 승리를 투기장 전체에 선언한다.

어째서인지 알렌을 소개할 때는 『학장 추천』이라는 수식어가 따라

붙는다. 보통은 담임이 추천을 하기 마련인데 알렌은 학장 추천을 받아 출전했으니까 그 부분을 강조하면 해설이 더 재미있어지기 때문이려나.

알렌은 딱히 승리에 기뻐하지도 않고 새E 소환수로 상공에서 투기장 전체를 둘러봤다.

'왕태자도 왔네.'

올해도 자기 파벌의 대신과 귀족들을 데리고 와서 자신의 권위를 과시하려는 것 같다.

물론 올해도 무술 대회에는 각국의 내빈이 초대를 받아 와 있었다. 각 대륙의 학원이 학생들을 열심히 길러내고 있는가 확인하는 것이 이 대회의 큰 목적이다. 시합 내용이 각국의 체면과 연결되는 터라 시답잖은 시합을 벌이는 날에는 5대륙 동맹의 회의장에서 쫑알쫑알 타박을 듣게 된다던가.

객석에서 관전하는 세실의 옆쪽에는 그란벨 자작도 같이 있었다. 올해도 왕태자가 온다는 말을 듣고서 걱정이 되어 찾아왔나 보다. 혹은 단순히 여름 방학 중 본가로 귀성하지 않은 세실과 만나고 싶어서였을까. 올해는 기사단장과 함께 시중을 맡아줄 집사까지 같이 데리고 왔다. 작년에는 알렌이 수행원 역할을 맡았었는데, 자작은 뭔가 마음에 안 들었던 걸까.

"올해 결승은 2학년끼리 붙는군. 한 명은 작년에 우승했던 클레나라는 이름의 검성인가."

"다른 한 명은 누구야? 학원에서 나눠준 자료에는 『소환사』라고 쓰여 있는데."

알렌의 승리를 본 각국의 내빈들은 미처 평가를 내리지 못하는 것 같았다.

알렌의 승리 이후 수십 분 후, 드디어 결승전의 때가 다가왔다. 큰 중상을 당했을 경우에는 치료를 받거나 다음 시합에 참가 의사를 확인하는 등 시간을 잡아먹지만, 알렌과 클레나는 거의 압승을 거두었던지라 만전에 가까운 상태였다.

"오랜만이네!"

클레나가 살짝 흥분한 채 말을 걸어온다. 호흡도 거칠고 뺨이 홍조되어서 무척 기뻐 보였다.

클레나와 시합을 하는 것도 그란벨 가문의 시종이 되기 전 헤어졌던 날의 이후로 처음이다. 대충 6년 만이려나.

"클레나, 다시 한번 묻겠는데 전력을 다하려면 소환 스킬도 써야 해. 괜찮겠어?"

어젯밤에도 확인했지만 지금 이 순간 한 번 더 확인했다.

"물론이야! 절대 봐주면 안 돼!"

알렌과 클레나는 결승전을 앞두고 서로 간에 두 개의 규칙을 결정했다. 회복약을 사용하지 말 것, 스킬은 전력으로 사용할 것.

클레나와 대치하자「검만 사용하면 내가 너무 유리하잖아. 알렌도 진짜 실력을 발휘해줘」라고 말했다. 아무래도 클레나 나름대로 지난 2개월 동안 시합 방법에 대해 생각했었나 보다.

알렌은「그렇구나」라고 말하며 검을 겨눴다.

그 움직임에 맞춰서 클레나도 검을 겨눈다.

이렇게 마주 서니까 당장에라도「나의 이름은 기사 알렌」이라는 말이 나올 것 같아서 신기하다는 생각이 들었다.

“시합 시작!”

심판의 신호와 동시에 아다만타이트 대검을 꽉 붙든 클레나가 달려들었다.

알렌이 클레나의 공격을 막아 버틴다. 온몸에 묵직하게 강한 충격이 들이닥쳤다. 클레나의 공격은 화살처럼 잇따라 날아왔다.

‘역시 스킬 레벨이 올라가면 위력이랑 검 다루는 솜씨도 달라지는구나. 클레나는 이미 최고 레벨이라서 스킬 레벨이 3이나 차이 나잖아.’

알렌의 검술 스킬 레벨은 지금도 변함없이 3이었다만, 클레나는 6으로 끝까지 다 올렸다. 이렇게까지 차이가 나면 검 다루는 솜씨에서 뚜렷한 격차가 발생한다.

‘하지만 민첩성도 공격력도 내가 더 우위거든.’

알렌은 각종 능력치에 소환수의 가호를 할당했다. 비록 스킬 레벨은 낮아도 몸놀림은 주요 능력치가 최대 4000을 넘기는 클레나의 움직임에 뒤처지지 않는다.

올해 결승전은 굉장하구나, 라면서 관객석에서 술렁거리는 소리가 났다.

“으랴아아아아!!!”

기합 소리와 함께 더욱 강력하게 일격을 휘두르는 클레나. 검을 휘둘러 올리는 동작을 했을 뿐인데 투기대의 바닥돌이 부서져버린다. 움직임이 커서 여유를 갖고 회피하자 그 순간 클레나의 검이 새빨갛게 타오르기 시작했다.

'오! 홍련파인가?!

콰앙.

미처 피하지 못하고 검성의 스킬을 정통으로 맞아버렸다.

관객석에서 비명이 들려온다. 알렌이 죽어버렸다고 생각해서 숨을 멈추는 사람도 있다.

클레나는 승리를 확신하며 씩 웃음 지었다.

다만 검성의 일격을 얻어맞고도 알렌은 버텨냈다.

"웃으면 안 되지. 아직 시합이 안 끝났잖아."

"엥?"

일순간 긴장을 푼 클레나의 옆구리에 아다만타이트 검을 때려 박았다.

"봐."

"……거, 거짓말! 왜 멀쩡해?"

알렌은 클레나의 일격에 맞고도 대미지를 받지 않았다.

'후후, 놀랐냐. 스킬 레벨을 7로 올린 보람이 있군.'

이번에는 클레나가 수세로 몰린다. 옆구리에 대미지를 받은 까닭에 호흡을 제대로 가다듬지 못하는 것 같았다. 그때부터는 일방적인 시합이 됐고, 알렌은 신속하게 몰아붙여서 클레나의 목에 검을 가져갔다.

누가 보아도 승부가 난 상황인지라 클레나가 항복했다.

"져버렸어."

클레나가 아쉬워하는 가운데 심판은 알렌의 승리를 선언한다.

『어떻게 된 일이죠! 검성 클레나에게 학장 추천을 받은 알렌이 승리를 거두고 말았습니다. 자, 이제부터 잠시 휴식 시간을 갖도록 하겠습니다. 다음은 검성 드베르그 님과 검성 클레나의 시합을 진행할 예정입니다!!』

관전자들이 떠드는 소리가 가라앉지 않는 와중에 학원 무술 대회는 알렌의 우승으로 끝맺음되었다.

* * *

알렌은 클레나에게 승리했다.

스킬 레벨은 클레나가 더 높았지만, 소환 스킬을 마음껏 활용한다면 질 이유가 없는 시합이었다.

알렌과 비교하면 클레나는 전투 경험이 너무나 적다. 모든 사람들이 정면에서 정정당당하게 싸우지는 않는다. 이제부터 싸우게 될 마왕군 중에는 계략이나 비겁한 수법을 쓰는 마수도 있을 것이다. 클레나에게 써먹은 비법을 알려주지는 않았다. 대책 마련은 스스로 고민해주기를 바라기 때문이다.

클레나는 딱히 큰 대미지를 입지는 않았기에 검성 드베르그와의 대결은 곧장 진행하게 되었다. 투기대에 올라온 두 명의 양손에는 아다만타이트 대검이 있다.

'무기는 똑같고. 드베르그가 노말 모드라면 레벨도 똑같은가.'

알렌은 이 세계에 헬 모드의 사람은 거의 없다고 인식하고 있다. 그리고 엑스트라 모드, 레벨과 스킬 레벨의 필요 경험치를 노말 모드보다 열 배를 요구하는 모드도 있다. 엑스트라 모드에 있는 사람은 만나지 못했는데 어쩌면 있을지도 모른다. 드베르그가 과연 엑스트라 모드인지는 스킬도 레벨도 상승이 막힌 클레나와 싸우면 알 수 있을 것 같다.

"클레나, 이길 수 있을까?"

세실이 알렌에게 걱정하는 표정으로 물었다.

"으음, 잘 모르겠구나. 작년에 꽤 심하게 당했잖느냐. 어렵지 않겠나?"

"……."

세실은 알렌에게 한 질문이었는데 자신에게 말을 걸었다고 착각했는지 옆자리에 앉아있었던 그란벨 자작이 대신 대답했다. 가족이라는 관계의 자연스러운 반응일까.

이곳은 귀족 내빈석이지만, 자작의 배려 덕분에 올해도 알렌의 동료들 일곱 명 전원이 들어올 수 있었다. 물론 파티에 왕족 소피가 있다는 것이 큰 요인 중 하나가 아니었을까.

'흠, 용사는 학장과 대화 중이네.'

왕태자의 감시를 맡은 새E 소환수가 학장과 대화 나누고 있는 용사를 포착했다. 드베르그와 클레나를 바라보면서 이제부터 진행될 시합에 대해 이야기하는 것일까.

알렌은 의식을 자신에게로 되돌렸다. 세실의 질문에 늦게나마 대답을 한다.

"뭐, 장비를 몇 개 새로 낙찰받기도 했으니까 제법 싸움이 되지 않을까?"

"그렇구나."

알렌이 드디어 반응을 하자 세실은 안심했는지 살포시 미소 지었다.

실제로 알렌의 말에는 나름 근거가 있었다.

클레나에게는 여름 방학 2개월 동안 알렌이 경매장에서 낙찰받은 민첩성이 1000이나 증가하는 반지를 두 개 끼워줬다.

대인전의 기본은 민첩성이라는 것이 알렌의 지론이다. 드베르그가 노말 모드라면 링의 효과로 상대를 농락할 수 있겠지.

"나는 마수를 사냥하는 자. 마족을 도륙하는 자. 마신을 멸하는 자."

"……"

클레나와 마주 선 드베르그가 대검을 꽉 쥐고 작년과 똑같이 뭔가 중얼중얼 말했다. 클레나는 일순간 드베르그의 말에 주의를 빼앗겼다가 곧 대결에 의식을 집중시켰다.

"1년 만에 여기까지 왔는가."

"응. 다 같이 강해졌어!"

이미 심판은 시합 개시 신호를 외쳤지만, 올해도 대결은 두 사람의 대화와 함께 시작되었다. 아다만타이트 대검을 상단 자세로 들어 올린 드베르그가 외쳤다.

"동료인가……. 와라! 지난 1년의 성과를 보여라!"

"응. 갈게!"

그 말과 함께 단번에 거리를 좁힌다. 최고 레벨에다가 반지의 효과가 더해져서 터무니없는 속도에 달한 클레나의 대검은 드베르그의 간격을 손쉽게 침입했다.

압도적인 능력치를 보유한 두 검성이 검을 휘두르자 힘과 힘이 맞부딪치는 충격음이 투기대에 울려 퍼졌다. 지난 대결은 대체 무엇이었냐는 생각이 들 만큼 충격을 받은 내빈들도 다수 있었다.

예년 같았다면 대회 참가자가 이후에 어떤 수준까지 강해질 수 있는가 각국의 내빈들도 대강 예상할 수 있었다. 그러나 작년과 다르게 최고 레벨을 달성한 클레나의 무력은 이미 사람들의 이해 범위를 뛰어넘었다.

"의외로 접전이네. 하지만 클레나가 살짝 밀리고 있어. 장비의 성능 차이로 살짝 열세가 된 느낌이야. 역시 경매로 구한 장비보다 더 좋은 게 있구나."

알렌이 웬일로 소리를 내서 두 사람의 대결을 분석한다. 동료들에게 클레나의 상황을 이해시켜주기 위해서였다.

민첩성 1000을 상승시켜주는 링은 경매장에서 한 개당 금화 삼천 닢에 가까운 금액을 들여 낙찰받았다. 그런 장비를 두 개나 장착했는데도 불구하고 드베르그가 더 민첩하게 움직이는 것처럼 보인다. 분명 드베르그는 경매장에서도 구할 수 없는 좋은 장비를 갖추었을 것이다.

"흐읍! 뭐 하나, 검성 클레나! 이게 전부이더냐!!"

"까흑!!"

대결이 개시되고 10분도 지나기 전에 명백하게 드베르그가 밀어붙이기 시작했다.

드베르그도 전력으로 전투에 임하는 것 같다. 압박을 줘서 밀어내고 페인트를 쓰며 클레나를 농락한다. 전투 경험의 차이가 여실하게 나타나기 시작했다.

"……자꾸 밀리기만 하네."

세실이 걱정스럽게 중얼거렸다. 드골라는 두 사람의 대결을 뚫어져라 쳐다보고 있다.

"드베르그한테 공격을 읽히기 때문이야. 반면에 드베르그의 움직임은 읽어내지 못하니까 자꾸 공격을 맞는 상황이고."

'아쉽네, 지금은 플레이어 스킬에서 차이가 너무 심해.'

플레이어 스킬이란 짧게 말하자면 「싸움 실력」이다. 싸움에서는 상황에 따른 스킬의 선택, 상대의 공격 예측 따위를 순간순간마다 거듭하는 동시에 자기 자신의 움직임과 노림수를 읽히지 않는 위치 선정과 신속한 이동 방식을 구사할 줄 알아야 한다. 클레나도 담임에게 이동 방식을 포함하여 여러모로 지도받고 있지만, 플레이어 스킬은 하루아침에 숙달되는 것이 아니었다.

이렇게까지 차이가 나는 것인가 생각될 만큼 열세가 이어지고 있다. 솔직히 질 것 같았다.

클레나는 드베르그의 대검에 맞아 휙 날아가다가 투기대의 딱딱한 바닥에 온몸으로 세게 충돌했다.

"뭐 하나! 일어서라! 여기까지더냐!!"

드베르그의 말에 반응하는 것처럼 클레나의 몸에서 아지랑이와 같은 무엇인가가 피어오른다.

"이얏!!"

"음? 엑스트라 스킬인가?"

'오! 성공했구나!! 가라, 가라!!'

아마도 클레나의 엑스트라 스킬 「한계 돌파」가 발동한 것 같다.

엑스트라 스킬은 반년 이상 담임에게 지도받았지만, 성공률이 낮아서 아직 완벽하게 활용하지는 못한다.

듣자 하니 엑스트라 스킬은 「마음」이 무척 중요하기에 미숙한 인물이거나 동요가 심한 상황에 처하면 마음이 스킬에 잡아먹힌다고 한다. 그 경우에는 스킬이 폭주하여 격하게 전투 충동이 치솟는다.

'이번에는 괜찮으려나?'

클레나가 A급 던전 최하층 보스와 싸울 때 몇 번인가 폭주했었던 것을 떠올렸다. 알렌의 머리에 불안이 스치고 가던 중 그때 터무니없는 기세로 클레나가 드베르그에게 들이닥쳤다. 횡으로 휘두른 검에 맞아서 드베르그가 처음으로 날아간다.

"끄헉, 이 힘은 도대체 뭐지! 이것이 네 녀석의!"

"이얏!"

클레나는 아무 대답도 않고 기합 소리와 함께 대검을 휘둘렀다.

'큰일 났다, 의식을 완전히 잡아먹혔어.'

클레나의 「한계 돌파」가 발동된 시점부터 드베르그가 일방적인 수세에 몰려버렸다. 플레이어 스킬 따위는 아무 영향도 못 줄 만큼 능력치가 크게 벌어진 탓에 클레나의 대검을 막을 때마다 휙휙 날아가버린다.

관객들도 이런 대결을 보게 될 줄은 상상하지 못했는지 무척 시끌시끌했다.

이제 드베르그는 검을 쥘 힘조차 빼앗겼다.

그때, 클레나가 검을 내리찍었다. 드베르그는 간신히 대검으로 방어했지만 투기대가 충격에 견디지 못하고 분쇄됐다.

"흐읍?!"

클레나의 공격은 계속 이어졌다. 방어할 여유가 없는 드베르그의 복부를 거침없이 차서 가격했다. 공격력 7000을 넘는 강렬한 공격을 맞은 드베르그의 몸이 바닥에 퉁퉁 튕기며 투기대의 끝부분까지 휙 날아간다. 그렇게 드베르그는 완전히 침묵해버렸다.

"이겼나?"

알렌이 의문에 찬 목소리로 말했다. 차마 승리를 확신하지는 못했지만 기쁨은 잠시뿐이었다.

드베르그가 천천히 몸을 일으켜서 일어났다. 작고 나지막한 목소리로 뭔가 중얼중얼 혼잣말을 늘어놓고 있다.

'엥? 뭔가 말을 하는데? 항복인가?'

새E 소환수가 매의 눈으로 소름 끼치는 표정을 지은 드베르그를 포착했다.

"나는 패배하는가? 아니, 클라시스. 안심하거라. 나는 절대로 패배하지 않는다. 아무렴, 누구에게도 패배할 수 없도다! 나는 마신 따위에게 패배하지 않으리라!!"

불현듯 드베르그의 몸이 아지랑이처럼 일렁거리기 시작했다.

'어라? 드베르그도 스킬을 썼어?'

"이런, 클레나! 드베르그가 엑스트라 스킬을 발동했어!!"

'아직 클레나도 엑스트라 스킬은 유지 중이야. 더 싸울 수 있나?'

예열이 완료되었을까, 드베르그가 전력으로 클레나를 향해 뛰어온다.

"하아아앗! 가드 브레이크!!"

모든 기세를 실어서 기합 소리와 함께 검을 커다랗게 휘둘러 내리찍었다. 드베르그의 아다만타이트 대검은 이제껏 못 본 빛을 발하며 번쩍이고 있다. 클레나는 공격을 막기 위해서 같이 아다만타이트 대검을 마주 휘둘렀다만, 드베르그는 검날을 버터처럼 베어버렸다.

"어?"

검이 베였다는 놀라움. 그리고 곧장 떨어져 내려오는 드베르그의 대검.

죽음을 예감한 클레나는 바짝 굳어버렸다.

채애애앵!

옥색 머리카락의 청년이 금색 검으로 드베르그의 공격을 손쉽게 막아냈다.

'응? 용사?'

분명 관객석에 있었던 용사 헤르미오스가 드베르그의 이변을 간파하고 끼어들어준 것 같다.

"어휴, 드베르그……. 하마터면 이 아이를 죽일 뻔했거든?"

"으음……. 나, 나는?"

드베르그의 눈동자에서 광기의 빛이 사그라든다.

"스킬에 잡아먹히다니, 너답지 않아."

"내, 내가 잡아먹혔다는 말인가? 어린 소녀 상대로……."

드베르그가 대검을 손에서 떨어뜨리고 무릎부터 허물어졌다.

너무나 큰 충격을 받아 손을 보면서 부들부들 떨고 있다.

"드베르그 씨, 괜찮아?"

클레나가 걱정하며 얼굴을 들여다봤다. 그 해맑은 표정을 보고 더 큰 충격을 받는다.

"……클레나, 네가 이겼다. 미안하다. 검을 잘라버렸구나."

조금씩 이성을 되찾던 드베르그가 이제야 상황을 이해하기 시작했다.

"미안하다. 이 검을 가져가거라."

"어?"

클레나에게 떠안기다시피 대검을 건넨 드베르그는 그대로 용사의 어깨를 빌려 투기대에서 떠나갔다.

이렇게 클레나와 드베르그의 대결은 끝을 맞이했다. 막 넘겨받은 대검을 쥔 클레나는 드베르그의 뒷모습을 가만히 바라보고 있었다.

제16화 용사 헤르미오스와의 대결

클레나와 드베르그, 두 검성이 펼친 대결은 드베르그가 패배를 선언함에 따라 클레나의 승리로 끝났다. 관객석에서 검성급 강자의 극한에 달한 맞대결을 눈앞에서 본 각국 내빈들, 왕국의 왕태자와 귀족, 관전했던 학생들. 이때까지 바짝 굳은 채 대결의 향방을 지켜보고 있었던 여러 사람들이 드베르그의 패배 선언과 함께 웅성거리기 시작한 것은 말할 필요도 없겠다.

용사와 대결하기 위해 투기대로 올라선 알렌은 관객석으로 돌아간 클레나의 상태를 살펴봤다. 아직 기운이 없어 보인다.

"친구가 걱정되나봐?"

알렌의 눈앞에 있는 인물은 곧 싸워야 하는 용사 헤르미오스다. 처음 만났을 때부터 항상 싱글싱글 웃는 얼굴이었다.

"그렇죠. 아까 제 친구를 구해주셔서 정말 감사했습니다."

알렌은 꾸밈없이 머리 숙였다. 헤르미오스가 드베르그를 막아주지 않았다면 지금 클레나의 안위는 장담할 수 없었다.

"괜찮아. 별거 아니야. 드베르그는 승부욕이 무척 강하거든. 만에 하나를 대비하고 있었지."

클레나의 선전과 드베르그의 폭주, 이후의 돌발 사태까지 예측해서 투기장에 난입할 준비를 했던 것 같다.

『그럼 곧 오늘의 마지막 시합을 진행하고자 합니다. 내빈 여러분들께서도 잘 알고 계시듯 본래 마지막에는 검성과 대회 우승자가 시합을 하는 것이 관례입니다만, 오늘은 용사 헤르미오스 님께서 직접 희망하셨기에 용사님 본인이 학생과 검을 겨루겠습니다.』

알렌과 헤르미오스가 투기대 중앙에서 대치하고 있는 가운데, 진행자의 목소리가 투기장 전체에 울려 퍼졌다.

『사전에 배포한 자료의 경력란을 살펴봐주십시오. 이번 대회에서 우승한 알렌 선수는 스스로 「폐인 게이머」라는 모험가 파티를 만들어서 고작 여덟 명의 인원으로 A급 던전을 이미 다섯 곳이나 돌파했습니다.』

'세 명은 아직 두 군데밖에 공략을 못 했지만.'

내빈들은 「확실히 강하기는 한데 그렇게 굉장한 건가?」라면서 새삼 알렌을 살펴본다. 알렌은 분명 강하기는 한데 지금 막 들은 설명이 전부라면 왜 용사가 구태여 어린 소년의 상대를 하려 드는지 알 수 없겠다. 사람들의 당혹감이 투기대 위로 전해졌다.

"하하, 다들 너한테 흥미진진하구나!"

"네, 굉장히 귀찮네요. 누구 때문일까요?"

"뭐, 금방 익숙해질 거야. 나도 비슷했거든. 아, 맞다, 맞다. 스킬은 아낌없이 막 써도 괜찮아. 이 시합에서 무슨 일이 터지든 간에 학장이랑 로젠헤임이 전부 책임을 질 테니까."

'아까 학장과 이야기를 나누던데 책임 소재를 확인했던 건가. 뭐, 아낄 생각도 없었지만.'

"그렇습니까. 쓸데없는 싸움은 좋아하지 않아서요. 이대로 항복하고 마력 회복 링을 넘겨주시면 망신을 당하지는 않을 텐데요?"

시합 개시 시기를 가늠하고 있던 심판이 흠칫하며 눈을 커다랗게 떴다. 저 심판 또한 학원의 교사 중 한 사람이기에 마왕의 존재를 알고 있었다.

용사는 검성과 비교해도 훨씬 더 특별한 힘을 발휘하는 존재였다. 마왕의 존재를 아는 사람이 보았을 때 이미 수천만 명을 살육한 마왕군과 맞서 싸우며 멸망의 길을 걷던 사람들을 구원해주는 이른바 신이 보내준 사도와 마찬가지다. 그런 용사에게 학원의 학생이 항복하라고 말을 꺼낸다는 것은 하늘과 땅이 뒤집혀도 있어서는 안 되는 일이다.

"재미있는 농담이구나. 쓸데없는 노력을 얼마나 많이 했는지는 모르겠는데, 나한텐 못 이긴다?"

"쓸데없는 노력은 세상 어디에도 없습니다."

"흐~음……. 쓸데없는 노력은 없단 말이지?"

헤르미오스는 역시 생글생글 웃고 있었다. 입학시험 때 했던 거래로 감정 결과는 확인했다. 용사는 노말 모드 확정이다.

불온한 대화를 신경 쓰면서 심판이 규칙대로 항복의 자세 등 사전 설명을 진행했다.

'무조건 항복 자세를 취하게 만들어주마.'

알렌이 잔뜩 벼르고 있는 와중에 심판의 이야기를 듣고 있었던 용사가 불쑥 검을 뽑아 들었다. 황금빛으로 반짝이는 저 검이 바로 알렌이 여태 찾아다녔는데도 전혀 발견할 수 없었던 오리하르콘 검이었다.

"시작!"

"……."

헤르미오스는 자세를 무너뜨리지 않는다. 먼저 덤벼들지도 않는다.

'선공을 안 하는구나. 흠흠.'

그러자 알렌은 대담하게도 헤르미오스에게서 잠시 시선을 떼고 스테이터스와 카드의 상황을 확인하기 시작했다.

【이 름】 알렌
【연 령】 14
【직 업】 소환사
【레 벨】 55
【체 력】 1390+550
【마 력】 2180
【공격력】 766+4900
【내구력】 766+750
【민첩성】 1429+4920+2000(반지)
【지 력】 2190+220
【행 운】 1429
【스 킬】 소환 〈7〉, 생성 〈7〉, 합성 〈7〉, 강화 〈7〉, 각성 〈7〉, 확장 〈6〉, 수납, 공유, 고속 소환, 지휘화 〈봉인〉, 제거, 검술 〈3〉, 투척 〈3〉
【경험치】 489,264,755/10억

그동안에도 알렌은 결코 방심하지 않는다. 새E 소환수 두 마리가 줄곧 상공에서 매의 눈으로 헤르미오스를 주시하고 있었다. 매의 눈은 단지 상공에서 적을 관측하고자 쓰는 스킬이 아니라 더욱 세세하게 상대의 움직임을 포착할 수 있다.

"왜 가만히 있어? 공격은 안 해?"

“에이, 아니죠. 제가 일부러 빈틈까지 보여드렸잖아요? 이럴 땐 먼저 달려들어주셔야죠. 선배님.”

“아~ 내가 몰랐네. 알았어, 간다!”

헤르미오스는 딱히 알렌의 도발에 발끈한 것이 아니라 진지하게 납득했다는 표정을 짓고 대답했다.

그리고, 지면을 세게 내디딘다.

투기대에 균열이 발생했다. 엑스트라 스킬을 발동한 클레나에게 필적하는 민첩함으로 일직선을 그으며 쭉 들이닥쳤다.

‘엥? 역시나 기가 막히게 빠른 녀석인걸? 드베르그에게서 클레나를 구해줬을 때부터 어렴풋이 알아차리긴 했지만.’

알렌을 겨냥하며 오리하르콘 검을 커다란 동작으로 휘두른다. 알렌이 아다만타이트 검으로 방어하자 무기와 무기가 부딪치는 금속음이 투기장 전체에 날카롭게 울려 퍼졌다.

“이봐, 보았나. 용사의 일격을 막아냈다네.”

“학생에게 기회를 주고자 힘을 조절해준 것은 아닌가?”

“아무렴. 용사의 검은 드래곤조차 단숨에 베어버린다는 말을 들었다니까?”

내빈들도 학생들도 처음으로 용사의 대결을 관전하면서 벌써부터 흥분하고 있었다. 지금 한 번의 일격으로 각국 내빈들이 이미 시합의 논평을 시작했다.

‘으핫, 시험 삼아서 막아봤는데 또 막아서 버티려고 하면 망하겠군. 스킬을 안 쓰고도 이런 위력인가. 이쪽은 내구력을 아예 포기했는데 말이지.’

헤르미오스의 공격력을 겪어보고 내심 조바심에 휩싸였다. 자신이 공격력 5000을 넘긴 지금이니까 알 수 있었는데, 헤르미오스의 일격을 검이 아닌 것으로 받아낸다면 치명상 확정이다. 전법을 방어에서 회피로 변경했다.

알렌이 지면을 한 번 걷어차고 후퇴했지만, 헤르미오스는 굳이 따라오지 않는다.

"어라라? 이상하네~. 알렌 군의 공격력이면 방금 전 일격은 막아내지 못하는 게 정상인데 말이야."

검을 맞부딪쳤을 때와 같은 자세로 헤르미오스가 의문을 표시한다. 제자리에서 방금 전 손에 느껴졌던 반동을 되새기고 있는 것 같았다.

"글쎄요, 무슨 말씀이실까요?"

'감정 스킬로는 스킬에 따른 능력치 증가는 보여도 소환수의 가호에 따른 증가는 안 보이니까. 내 능력치 변화를 용사가 간파하지 못하는 것도 확정이야.'

학원에 시험을 보러 왔을 때부터 알아챘었다. 헤르미오스의 감정 결과에는 가호로 받는 능력치 증가가 반영되지 않았다.

"흐음~. 아무튼, 또 간다~."

뭐, 상관없나, 라고 말하는 것처럼 다시 헤르미오스의 흉악한 칼날이 날아들었다.

알렌은 헤르미오스의 모든 공격을 완전하게 다 피하지는 못했다.

"큭!"

미처 피하지 못해서 검으로 방어했더니 큰 충격이 몸을 뼛속까지 뒤흔든다. 무의식중에 신음이 새어 나왔다.

견디지 못해서 자세가 무너지자 그대로 용사의 맹공 앞에서 일방적인 수세로 몰렸다.

"어라라, 벌써 끝인가?"

용사가 뭔가 실망했다는 내색을 한다.

'민첩은 용사와 비슷한 수준인가. 검 스킬 레벨에서 많이 모자랄 테니 평범하게 공격해봤자 맞히기는 어려워. 그럼 물량 공세로 몰아친다!'

알렌이 보유하고 있는 소환수에게 지시 내렸다.

"도라도라, 간다."

『오오! 이제야 불러주는군. 나의 주인이여!!』

10미터가 넘는 드래곤. 용B 소환수가 헤르미오스의 사각에서 덮쳐들었다. 용 계통은 소환 레벨을 7로 올리면서 소환할 수 있게 되었다.

"엑?"

헤르미오스가 놀라도 아랑곳않고 커다란 입이 들이닥친다. 허를 찔렸는지 헤르미오스는 검으로 방어했다. 그 순간 알렌이 횡으로 검을 휘둘러서 또 헤르미오스를 공격했다.

불쑥 투기장에 드래곤이 나타난 터라 관객석은 곧바로 혼란에 빠져들었다.

"드래곤이다아아아아!!!"

"투기장에 드래곤이 나타났다!"

몹시 당황하며 우왕좌왕하는 관객들. 곧장 학장이 진행자에게 뭔가 지시를 내리는 것 같았는데, 알렌에게는 더욱 집중해야 할 문제가 있었다. 그것은 헤르미오스에게 첫 일격을 가한 감촉이다.

'기가 막히게 단단한데?'

드래곤을 공격했을 때와는 비교도 안 되는 충격이었다. 헤르미오스의 내구력이 도대체 어느 수준인지 상상도 되지 않았다.

'이러고도 아직 스킬을 안 썼잖아.'

어쨌든 절대 방심할 수 없는 상황이라는 것은 달라지지 않는다. 알렌은 소환 스킬을 써서 상황을 타개했지만, 헤르미오스가 구사한 것은 아직껏 통상 공격뿐이니까.

"도라도라, 분노의 업화를 써."

『알았다!』

알렌이 용사를 공격하는 동안 옆에서 용B 소환수의 입이 새빨갛게 활활 타오른다. 그 광경을 보고 후퇴하고자 하는 헤르미오스를 추격했다.

"안 놓친다!!"

알렌이 헤르미오스를 몰아넣어서 자유를 빼앗고, 공유를 쓴 용B 소환수가 공격 타이밍을 가늠한다.

알렌이 순간 뒤로 물러나며 페인트를 쓴 순간, 용B가 각성 스킬 「분노의 업화」를 헤르미오스에게 쏟아부었다.

눈부신 빛과 함께 업화를 정통으로 맞은 헤르미오스가 거대한 불꽃 안쪽에 휩쓸렸다. 미처 견디지 못하고 후방으로 뛰어 물러난 헤르미오스는 놀랍게도 공중에서 정지했다.

'하늘을 날 수도 있나. 이게 가지고 있는 스킬 중 세 번째군. 응?

회복 마법도 사용하는데?'

헤르미오스는 회복 마법을 써서 이제껏 입은 대미지를 완전히 회복했다.

드래곤이 객석에 위해를 끼치지 않는다는 것을 깨닫고 다시 침착한 모습으로 돌아온 관객들이 공중에 떠 있는 용사를 바라보며 칭찬한다.

"훌륭하군, 이것이 용사의 싸움인가."

"드래곤 상대로 전혀 뒤처지지 않는군."

금색 갑옷을 몸에 착용한 채 하늘에 떠 있는 헤르미오스의 위광에 진심으로 감격하는 것 같다.

'갑옷에 대미지는 전혀 안 보여. 회복 마법을 썼다면 본인에게는 대미지가 조금이나마 들어갔다는 말이 되겠지.'

오리하르콘 검과 갑옷을 장비한 헤르미오스는 공중을 이동 가능한 스킬까지 갖고 있었다.

관객들은 마치 신화 속 세계를 직접 목격한 것처럼 금색 갑옷을 몸에 장비하고 공중에 떠 있는 용사에게 시선을 빼앗긴다. 마왕이라는 멸망의 위기에 처한 이 세계에서는 헤르미오스야말로 인류 최강, 인류의 희망이나 마찬가지다.

'방금 전 과연 얼마나 체력을 깎아 냈을까. 그건 그렇고, 용사의 능력치는 대강 파악이 됐어.'

알렌은 자신의 경험과 안목으로 헤르미오스의 능력치 분석을 이미 마쳤다.

무기 및 방어구 등 장비에는 공격력이나 내구력을 올려주는 효과가 있다.

헤르미오스의 능력치는 아마도 대략 아래와 같다.

· 헤르미오스의 능력치 합계(능력치, 직업 스킬에 따른 증가분, 장비)

공격력 10400(2400, 3000, 5000)

내구력 10400(2400, 3000, 5000)

민첩성 8400(2400, 3000, 3000)

'민첩성은 대충 비슷한데, 다른 능력치는 아마 압도적으로 뒤처질 거야. 용사도 민첩성 증가 계통의 장비를 착용한 건가. 그렇게 나를 이기고 싶냐?'

"어휴, 위험했네……."

알렌이 서 있는 투기대의 바닥돌 위쪽 상당히 높은 위치에서 헤르미오스가 불만스러워하며 소리를 낸다.

"네? 아직 시합은 끝나지 않았습니다. 계속 싸워야죠."

"하하. 무슨 소리야? 더는 공격에 맞아주지 않아. 내가 꽤 빨리 날 수 있거든?"

헤르미오스는 용B 소환수보다 높은 위치에 있었다.

"도대체 무슨 소리죠? 하늘로 날아 올라가줘서 오히려 고마운데요."

"응?"

곧이어 알렌이 웃는 얼굴로 한쪽 손을 앞에 내민다.

"카베오들, 자폭해라."

알렌의 지시에 따라 돌E 소환수 열 마리가 나타나서 일제히 용사의 주위를 둘러싸듯이 하늘로 떠오른다. 단숨에 새빨갛게 달아올라서 대폭발을 일으켰다. 투기장의 규모를 감안해서 관객석은 피해를 받지 않을 것이라 계산한 뒤에 감행한 기폭이었다만, 이 같은 사실을 알 도리가 없는 관객석에서는 폭음과 함께 절규가 들려온다. 레벨을 꽤 올린 2학년과 3학년은 조그만 폭풍 따위에 전혀 영향을 받지 않을뿐더러 드래곤이 나타난 시점부터 기사들이 왕후 귀족 및 내빈의 호위를 담당하고 있다.

『관객 여러분, 진정해주십시오!』

학장이 문제없다면서 스피커를 통해 열심히 안전하다는 것을 알려준다.

그리고 연기가 싹 걷히며 헤르미오스가 모습을 드러낸다.

"후우, 꽤 많이 아픈데?"

"그러니까 말했잖아요? 망신을 당할 거라고."

'좋아, 좋아, 또 회복 마법을 썼구나. 이 공격도 통한다고 보면 되겠어. 그건 그렇고 고속 소환은 무척 유용하네.'

알렌은 재차 돌E 소환수 열 마리를 강화까지 마친 상태로 소환했다.

헤르미오스가 또 나타났냐며 움찔하는 순간에 새빨갛게 빛나면서 터져 나간다.

노말 모드라면 스킬 레벨 6이 상한이니까 스킬을 여섯 개 이상 보유할 수 없다. 그러나 알렌은 소환 레벨을 7로 올리며 두 개의 스킬을 손에 넣었다.

그중 하나가 지금 헤르미오스를 공격하기 위해서 쓴 고속 소환이다.

지금까지는 생성에도 합성에도 강화에도 알렌의 체감상 0.5초 정도 시간이 걸렸다. 1초보다 빠른 속도로 끝나니까 무척 빠르기는 하다. 다만 이제는 소환 레벨이 꽤 올라서 높은 랭크로 추가된 소환수를 소환하고자 하면 생성과 합성을 거듭 되풀이해야 하니 시간이 무척 길어졌었다.

하지만 고속 소환은 소환, 생성, 합성, 강화, 각성 등 소환사의 모든 스킬을 고속화한다.

영혼 계통의 경우 소환수를 생성하고 강화 및 각성까지 마친 상태에서 소환하는 데는 10초쯤 걸렸었다만, 이제는 거의 0초대로 줄어들었다.

열 마리, 스무 마리를 소환해도 거의 0초대다. 전혀 체감되지 않는 찰나와 같은 시간이다.

몇 마리를 어떤 상태로 소환할지 머릿속에 떠올리기만 해도 소환할 수 있다. 홀더에 보관하고 싶다면 몇 장이든 순식간에 카드 상태로 홀더에 집어넣을 수 있다. 소환 과정의 시간 손실에서 해방된 기분이었다.

한 가지 주의점이 있다면 마력 소비량도 마석 소비량도 달라지지 않은 터라 마력과 마석이 없다면 발동하지 않는다는 것 정도다.

'이제는 노말 모드의 영역을 제대로 벗어났다고 말할 수 있겠지.'

너무나 유능한 스킬이라서 확신할 수 있다.

또 하나의 신규 스킬은 지휘화인데, 이 녀석은 레벨 제한이 있는 스킬인 듯 알렌의 레벨이 이미 55인데도 쓰고자 하면 마도서에 메시지가 표시된다.

『지휘화 스킬을 쓰는 데 필요한 레벨이 부족합니다.』

레벨을 얼마나 더 올려야 봉인이 풀릴지는 아직 알 수 없었다.

'지휘화의 봉인도 빨리 풀고 싶어.'

알렌이 스킬에 대해 이것저것 생각하는 동안에 헤르미오스가 폭염 속에서 뛰쳐나왔다. 거리를 벌려 봤자 표적이 될 뿐이라고 판단한 것 같다. 본인이 한 말처럼 공중을 상당히 빠른 속도로 자유롭게 이동하는 모습이었다.

'일정 거리를 유지하는 게 중요해.'

알렌은 헤르미오스의 검을 회피하며 일정 거리를 유지했다. 돌E 소환수의 스킬이 통한다는 것을 확인한 만큼 근거리에서 싸워줄 필요는 없다.

"나와라, 케로린! 용사를 교란해라."

『넷! 분부대로.』

알렌이 소환수의 이름을 부르자 드래곤과 비교해도 뒤지지 않는 거대한 세 머리의 늑대가 나타났다.

"드래곤 다음은 케르베로스가 나타났다!!"

관객 중 누군가가 큰 목소리로 외쳤다. 짐승B 소환수가 세 개의 머리에 달린 흉악한 송곳니를 써서 헤르미오스를 몰아붙인다.

'나와 케로린, 어느 쪽을 노려도 상관없다고.'

B랭크 소환수는 헤르미오스와 비교하면 3분의 1정도의 낮은 능력치를 가지고 있다. 하지만 소환수를 먼저 노리면 알렌이 즉각 회피를 중단하고 또 헤르미오스에게 공격을 날린다.

헤르미오스가 거리를 벌린다면 돌E 소환수의 자폭이 기다리고 있다.

용B와 짐승B 소환수를 쓰러뜨려도 고속 소환으로 다음 소환수를 곧장 소환할 수 있다.

헤르미오스도 알렌도 체력이 깎이면 회복 마법과 회복 아이템으로 회복했다.

그런 싸움을 되풀이하던 중 문득 헤르미오스가 입을 열었다.

"이러면 끝이 안 나겠는데?"

"음? 항복하려고요? 수고하셨습니다."

멋진 대결을 펼치고 싶은 마음은 딱히 없으니 지금이라도 항복해주면 오히려 좋다.

"하하, 설마. 슬슬 결판을 내자는 말이야. 알렌 군도 항복하고 싶다면 기회는 지금뿐이야. 어쩌면 죽을지도 모른다?"

"농담 관두십쇼."

알렌은 절대 패배 선언을 하지 않는다. 손을 휙휙 흔들며 거듭 도발했다.

'보아하니 네 번째 스킬은 공격 계열로 확정이구나. 좋아, 전력으로 덤벼라. 용사를 때려눕히는 방법을 가르쳐주마.'

헤르미오스는 이미 감정, 회복, 비행까지 세 가지 스킬을 보여줬다. 그렇다면 나머지 하나는 확실하게 공격 스킬이라고 짐작할 수 있다.

"어쩔 수 없네. 이 스킬은 조절이 안 되지만."

용사는 웃는 얼굴을 무너뜨리지 않는다. 또한 여전히 웃는 얼굴로 검에 힘을 불어넣었다.

황금빛으로 반짝이는 오리하르콘 검이 더욱 강하게 번쩍거리기 시작한다. 무엇인가 터무니없는 힘이 검에 주입되는 것 같았다. 알렌은 두 마리의 소환수를 양옆에 대기시키고 검을 들어 올렸다.

"와~ 막아보려고?"

헤르미오스는 무척 의외라는 듯이 소리 높였다.

"봉황검!"

순간, 서 있던 위치에서 단번에 가속하며 알렌에게 들이닥친다.

"좋아, 지금이다! 도라도라! 케로린!"

『그래!』

『넷!』

알렌은 재빨리 후퇴하며 아울러 양쪽에 세워 놓았던 용B와 짐승B 소환수를 전진시켰다.

"하하, 역시 이렇게 나올 줄 알았지. 더는 안 속는다?"

더한 광채를 발하는 헤르미오스의 검이 한 차례 번쩍이자 용B 소환수가 빛나는 거품으로 바뀐다.

그 틈에 공격을 가하고자 했던 짐승B 소환수도 맥없이 쓰러져버렸다.

또 소환수를 불러내도록 용납하지 않겠다는 듯이 헤르미오스는 기세를 늦추지 않고 곧바로 후퇴하는 알렌에게 달려든다.

오리하르콘 검은 스킬의 효과로 더 밝게 광채를 쏟아내고 있었다. 헤르미오스가 전력을 다한 일격을 날리고자 했다.

투기대 끝에서 맞은편 끝까지는 50미터에 불과하다. 헤르미오스에게는 일순간에 주파할 수 있는 거리다. 실제로 클레나를 순식간에 구출했던 광경을 이 투기장에 있는 전원이 목격했다.

'미련한 녀석. 내 소환 속도를 잘못 판단했어.'

알렌의 고속 소환은 시간이 걸리지 않는다. 그 속도는 클레나에게 공격을 받기 직전의 상황에 처했을 때 클레나의 후방에다가 돌C 소환수를 소환해서 특기「대역」을 발동할 수 있을 만큼 신속하다.

헤르미오스와의 거리가 더욱 좁혀지는 순간, 알렌은 양측의 중간에 소환수를 한 마리 출현시켰다. 온몸에 광택이 있는 풀 플레이트를 장비한 10미터쯤 되는 거인.

돌B 소환수였다.

돌 소환수는 원형 방패를 앞에 치켜들며 헤르미오스의 스킬을 정면에서 막아냈다. 헤르미오스는 돌B를 보고 한눈에 수비 특화의 소환수임을 판단했나 보다. 이대로 뚫어 돌파하고자 전력으로 검에 스킬의 힘을 주입한다.

헤르미오스의 공격을 방어하면서 돌B의 몸 절반이나 되는 거대한 방패에서 불꽃이 터져 나오더니 소리를 내며 갈라지기 시작한다. 균열은 방패뿐 아니라 돌B의 온몸을 따라 뻗었다. 당장이라도 산산조각나서 부서져버릴 것 같다.

헤르미오스가 이대로 소환수를 소멸시킬 수 있겠다고 생각했을 때였다.

검에 담겼던 스킬의 빛이 사라지며 똑같은 빛이 방패에 깃든다.

"잘 견뎠어! 미러! 반사해라!!"

『…….』

콰아아아아앙!

둥근 방패에서 역분사되는 모양새로 미러라고 이름을 붙인 돌B

소환수가 앞서 받았던 대미지를 튕겨낸다. 헤르미오스는 방패에서 쏟아지는 빛과 충격에 휩쓸려서 투기장의 바닥을 헤집어 놓을 만큼 사나운 위력으로 날아가버렸다.

인류 최강이라는 평가를 받는 능력치에다가 오리하르콘으로 만든 최강의 검, 그리고 용사가 사용하는 스킬에 의한 무자비한 일격.

알렌은 모든 조건이 충족되는 때를 기다리고 있었다.

알렌은 검 스킬을 가지고 있지 않다. 그리고 공격 주체의 용B 소환수가 쓴 각성 스킬을 정통으로 맞고도 헤르미오스는 별반 대미지를 받지 않았다. 다만 이 같은 공방은 전부 돌B의 특기를 쓸 환경을 만들기 위한 작전이었다.

'역시 용사를 쓰러뜨리려면 용사의 공격이 제격이지. 미러, 잘했다.'

『…….』

돌B 소환수는 소리를 내서 말하지는 않아도 은근히 자랑스러워하는 것 같았다.

돌B 소환수의 특기 「반사」는 받았던 물리 공격의 대미지를 고스란히 상대에게 튕겨내는 능력이다. 특기 발동 중에는 내구력이 두 배로 올라가지만, 그래도 대미지를 받기는 한다. 적의 대미지를 견디지 못해서 쓰러져버린다면 특기의 효과는 발동되지 않는다.

용케 체력이 버텨주었다고 생각하며 회복약으로 돌B 소환수의 체력을 완전 회복시켰다. 부서졌던 방패와 갑옷이 우둑우둑 소리를 내면서 다시 결합됐다.

'해치웠나?'

세차게 날아갔던 헤르미오스가 큰대자로 하늘을 보고 쓰러졌다.

잘 살펴보니 마치 햇볕을 쬐듯 하늘을 바라보고 있었다.

"굉장하네. 줄곧 이 기회를 기다렸구나……."

자신이 스킬을 쓰도록 유도되었음을 깨달은 헤르미오스는 알렌에게 일격을 얻어맞고도 기뻐하며 생글생글 웃고 있었다.

"어떻게 하실래요? 항복하지 않으면 모든 공격을 튕겨서 돌려드릴 수도 있습니다만? 지금 항복하면 마력 회복 링 하나로 봐드리죠."

알렌의 소환 속도는 헤르미오스의 이동 속도를 압도하고 있다. 게다가 튕겨내는 공격은 스킬로 제한되지 않는다. 헤르미오스가 공격 마법을 쓰지 못한다는 것을 파악한 이상, 이후부터는 모든 공격을 튕겨 낼 작정이었다.

"아이고, 무서워라. 하하. 그래, 그런가. 다행이야. 정말 다행이야."

"뭐가 다행인데요?"

이런 상황에서도 너무나 기뻐하는지라 무심코 되물었다.

"그런가, 정령왕의 말은 진짜였나. 아직 인류에게는 희망이 있었던 거야."

'용사가 희망을 이야기하네.'

인류의 희망이라 불리는 용사가 인류에게 희망이 있었다고 말하는 데서 신기한 느낌을 받는다.

하늘을 보고 누워 있었던 헤르미오스의 몸에서 회복 마법의 빛이 흘러넘쳤다. 체력을 전부 회복한 것 같다. 그리고 천천히 일어서더니 또 알렌과 마주 섰다.

"엥? 더 싸우려고요?"

"물론이지. 알렌 군한테 하늘 위에 또 하늘이 있다고 가르쳐주는 것도 선배의 역할이니까."

"에이, 됐습니다. 좋은 말씀은 이미 질리도록 많이 들었거든요. 와~ 용사님은 굉장하구나~."

'그러니까 슬슬 다 관두고 반지나 내놓으라고. 서로 체력도 마력도 회복할 수 있으니까 계속 싸워도 마석만 줄어들잖아. 이미 꽤 많이 썼다고.'

"하하, 알렌 군은 변함없구나. 투정 부리지 말고 한번 봐. 이게 인류 최강의 일격이니까."

그 말과 함께 헤르미오스의 몸이 아지랑이처럼 일렁인다.

'에엥? 또 뭔데? 드베르그랑 똑같은 녀석인가? 응? 이게 승부욕이야? 용사가 엑스트라 스킬을 쓸 셈인가. 미러는 회복시켰지만, 철강 두 마리로는 부족하겠지. 든든하게 다섯 마리, 아니지, 열 마리쯤 세우면 막을 수 있나?'

알렌이 고속으로 홀더의 카드를 변경하던 중 헤르미오스가 검을 들어 올렸다.

그리고 곧장 알렌을 향해 달려든다.

"견뎌봐라! 신절검(神切劍)!!"

'크, 큰일 났다. 이번에는 「항복이냐」라든가 서론도 없구나.'

알렌과 헤르미오스의 사이에 재차 돌B 소환수가 출현했지만, 이번에는 방패가 분쇄되어 특기 「반사」를 발동하지 못한 채 거품이 되어 사라져버렸다. 용사의 엑스트라 스킬은 반사가 안 되는 위력이다.

"큭!"

돌C 소환수 열 마리가 대역을 발동했다.

곧장 들이닥치는 헤르미오스의 일격에 맞서 알렌은 검으로 반격했지만, 엑스트라 스킬을 발동한 오리하르콘 검이 알렌의 두 팔과 함께 날려버린다. 돌C 소환수의 「대역」으로는 대미지를 감당할 수 없어서 전부 거품이 되어 사라져버렸다. 투기대의 바닥돌도 산산조각으로 부서지며 그 자리에는 커다란 구덩이가 남았다.

"쿨럭……."

"어때? 용사의 일격은? 살아는 있어?"

"……살아있습니다."

'장기전 결정이네. 그냥은 못 받을 것 같으니 용사의 시체 옆에 떨어져 있는 반지를 주워야겠다. 자비를 기대하지 마라.'

알렌은 상공에 마도서를 꺼냈다. 과일처럼 생긴 물체가 수납에서 떨어져 알렌의 몸에 닿는다.

그러자 알렌의 팔이 재생되었다. 방어구도 무기도 박살이 나서 날아가버렸지만 어쩔 수 없다. 헤르미오스를 노려보면서 천천히 일어났다.

"그게 뭐야? 순식간에 회복됐는데, 엘프의 영약인가?"

"뭐, 비슷합니다."

사실은 풀 소환수로 만든 회복약인데 대충 둘러댔다. 풀E의 회복약은 사지 결손을 수복하지 못하지만, 이 회복약을 쓰면 아무런 제한이 없다.

수납에서 예비용 아다만타이트 검을 꺼내 들었다.

싸우고자 하는 알렌의 의욕이 전혀 사그라들지 않았다는 것을 깨닫고 헤르미오스가 눈을 동그랗게 떴다.

"어? 알렌 군은 어째서 또 덤비려는 거야?"

"그야…… 반지를 갖고 싶어서죠."

'엑스트라 스킬로 공격해놓고 뭔 소리를 지껄이는 거야. 엉? 이제 와서 약속을 깨뜨릴 셈이냐?'

"아니, 그게 아니라. 지금 힘의 차이를 제대로 보여준 것 같은데. 포기하지 않을 거야?"

"상대가 좀 강해서 포기하면 그냥 끝장이잖습니까. 적이 강한 건 당연하다고요."

전세 때부터 쭉 마찬가지였다. 적은 강하고 자신은 약하다. 그리고 자신을 강하게 만들려면 긴 시간을 필요로 한다.

"큰 힘을 손에 넣었는데도 마주친 것이 절망이었다면?"

무슨 말을 하나며 알렌은 헤르미오스를 쳐다본다. 웃는 얼굴도 실실거리는 태도도 언제부터인가 싹 사라졌다. 무엇인가 답을 요구하는 것 같았다.

'그런가. 몇 년이나 절망을 봐왔구나.'

인류의 희망이 웃는 표정을 짓지 못한다면, 절망해서 좌절한 모습을 보인다면 사람들은 과연 어떻게 생각할까. 자기 자신의 절망을 숨기기 위해 헤르미오스는 쭉 웃는 얼굴이라는 가면을 쓰고 지냈던 것이다.

"헤르미오스 씨. 물론 그 절망도 극복해 보이겠습니다."

"절망의 너머인가. 그런 게 정말 있을까? 너는 도대체 어떤 사람이지?"

알렌의 말을 듣고서 헤르미오스는 홀린 듯이 묻고 말았다.

"제가 어떤 사람인지 알고 싶습니까?"

"물론이야. 꼭 알고 싶어."

용사가 소년으로 돌아온 듯한 눈동자로 알렌을 바라본다.

"마왕은 듣자 하니까 자신을 『최후의 마왕』이라고 자칭했다죠."

"맞아. 그러면 너는?"

"그렇다면…… 저는, 『시작의 소환사』군요."

'지금 막 생각했지만.'

"시작의 소환사…… 알렌인가."

알렌은 자신이 이 세계에서 최초의 소환사라는 것, 아울러 이 세계에 온 이유는 마왕을 상대하기 위함이라는 것을 선언했다.

헤르미오스는 알렌이 말한 호칭을 반복하더니 천천히 이쪽으로 걸어서 다가온다. 허리에 달아 놓았던 주머니에서 꺼낸 어떠한 물건을 알렌에게 건넸다.

그것은 마력 회복 링이었다.

"그냥 주는 겁니까?"

'으핫, 마력 회복 링을 받았다. 어라? 습득 조건이 엑스트라 스킬을 버티라는 거였나? 아니면 잘 싸웠다고 서비스로 준 건가?'

알렌은 학장실에서 헤르미오스가 말했던 마력 회복 링의 습득 조건을 착각했었던가 싶어서 당황했다. 마도서를 살펴보며 당시에 적은 메모를 확인해보니 「용사를 때려눕힐 것」이라고 적혀 있었기에 역시 알렌은 오해를 하지 않았다.

"물론이야. 이것은 정령왕이 『시작의 소환사』에게 건네주라고 말한 물건이니까."

'엑, 습득 조건은 「시작의 소환사라고 선언할 것」이었냐.'

헤르미오스의 말에서 짐작하면 정령왕 로젠은 잠꼬대로 알렌이 방금 한 선언을 예언했던 것 같다.

"그런데 괜찮겠어요? 전장에서는 또 격한 전투가 이어질 텐데요?"

알렌이 마력 회복 링을 받은 탓에 헤르미오스가 죽어도 곤란하다.

그러자 헤르미오스는 평소와 같이 웃음을 띤 얼굴로 손가락을 보여줬다.

"어때, 똑같지? 이건 『용사 헤르미오스』에게 준 거야. 정령왕은 인심이 좋거든."

아마도 정령왕 로젠이 준 마력 회복 링은 한 개가 아니었나 보다.

'오호, 그러면 사양 말고 받도록 하자. 이제 할 일은 하나뿐이군.'

알렌은 당당한 얼굴로 한쪽 손을 들었다.

헤르미오스는 뜻밖의 행동에 허를 찔려서 「어?」 하고 놀란다.

투기장에서는 지금도 여전히 많은 사람들이 두 사람을 지켜보고 있다. 당연히 알렌의 동료들도 용사와 알렌의 대결을 줄곧 지켜보고 있었다.

왕태자도 귀족들과 함께 관람석에서 바짝 굳어있었다. 사실은 이런 상황으로부터 한시라도 빨리 도망치고 싶었지만, 각국의 내빈 앞에서 못난 모습을 보여줄 수는 없었다. 기사들이 호위를 맡은 상태로 관객석에서는 담력 겨루기 시합이 한창이었던지라 결국 대부분의 사람이 마지막까지 투기장에 머무르게 되었다.

헤르미오스가 쓴 엑스트라 스킬의 여파로 투기대는 둥글게 파여버렸지만, 관객석에서는 두 사람의 모습이 아주 잘 보인다. 이제껏 일어났던 공방을 차마 받아들일 수 없었던 관객들은 뒤늦게 이곳이 투기장이며 지금은 학원 무술 대회가 한창 진행 중이었다는 사실을 떠올렸다.

관객들은 흑발의 소년이 불쑥 한 손을 들어 올리자 마른침을 삼키며 다음 전개를 지켜본다.

"이만 항복하겠습니다. 와~ 역시 용사는 강하구나~. 힘을 다 써버렸습니다. 분하다~."

'싸울 이유가 지금 막 사라졌거든요. 진짜 수고하셨습니다.'

알렌이 어설픈 연극 조로 대사를 읊으며 항복 자세를 취한다.

헤르미오스는 잠깐 어리둥절하다가 「뭔가 알렌 군답네」라면서 기가 막히다는 얼굴로 중얼거렸다.

이렇게 알렌과 헤르미오스의 시합은 헤르미오스의 승리라는 형태로 끝을 맺었다.

관객석에서 지켜보던 학생도, 타국의 내빈도, 왕태자와 귀족도 도저히 어떤 상황인지 이해하지 못한다. 거하게 부서져버린 투기대 위에 서 있는 두 사람을 그저 멍하니 지켜보기만 할 따름이었다.

제17화 대회 뒤풀이

용사 헤르미오스가 알렌에게 승리한 뒤 1주일이 지났다.

알렌은 학원 무술 대회를 마치고 평소와 같이 학원에 다니고 있다. 대회 이후로 학생들의 태도가 많이 달라졌다. 겁먹어서 말 걸기를 피하게 된 학생이 있는가 하면 더 열심히 말을 걸어오는 학생도 늘어났다. 힘이 정의인 세계에서 용사를 상대로 힘껏 건투를 펼친 것은 대단한 위업이다.

학원 무술 대회에서 조금 의아한 부분이 있었다. 대회 후 뒤풀이 행사가 열리지 않았다는 것이다.

이 뒤풀이 행사는 왕국의 왕족 및 귀족들이 참가하여 대회 참가자를 칭찬해주는 자리이며, 우승자 이외에 본선 진출자 열다섯 명과 타국의 내빈들도 참석한다. 이때, 귀족들에게서 전장의 책무를 다 마치면 자신의 수하가 되지 않겠냐고 스카우트 제안도 오고 간다고 한다. 실제로 클레나도 작년에 많은 귀족들에게 제안을 받았었는데, 거점에서 식사를 할 시간이라서 빨리 돌아가야 한다며 거절했다던가.

어째서 올해는 뒤풀이 행사가 없는가.

아무래도 알렌이 헤르미오스와의 대결에서 지나치게 선전을 했기 때문인 듯싶다. 시합 종료 후 학원 측은 알렌의 대결을 본 각국의 내빈들에게서 설명을 요구받았다고 한다.

이유는 「저 소년은 대체 누구인가」, 「어째서 왕국은 이제까지 저 소년을 숨겨왔는가」, 「검성을 뛰어넘는 존재가 태어났다면 모든 나라에 공유하는 것이 5대륙 동맹의 조약에도 명시되어 있지 않느냐」 등등. 각국의 내빈들은 국가의 대표이자 국가 원수의 대행이기도 하다. 그들의 질문을 감히 무시하지는 못한다. 대응 방침을 상의하느라 왕성이 무척 혼란스러워서 뒤풀이 행사까지 준비하기에는 아마 경황이 없었겠다.

이처럼 혼란에 빠진 왕성의 상황은 리폴이 가르쳐줬다. 또 언제 시간을 내서 왕성의 정보를 확보한 걸까. 아무튼 각국이 라타쉬 왕국의 동향을 주시하고 있는 터라 뒤풀이 행사는 조만간 자리를 만들 계획이라고 했다.

왕성의 상황을 쭉 들은 뒤 알렌은 「그런가」라고 별 관심도 없이 대답했다. 목적했던 반지를 손에 넣었으니까 알렌에게는 이미 다 끝난 일이었다.

* * *

거듭 연기된 뒤풀이 행사가 학원 도시에 있는 고급 숙소에서 열리는 날을 맞이했다.

수업을 조퇴하고 클레나와 함께 숙소로 향했다. 그곳은 작년 왕태자의 부름을 받아 만찬에 참석했던 숙소였다.

'역시 왕태자와 만났던 숙소구나. 여기가 왕태자의 단골집인가?'

현관을 지나 들어가자 담당자가 이쪽으로 오면 된다며 대기실로 안내해줬다. 그곳에 본선 진출자 학생들이 이미 도착해서 행사가 시작되기를 기다리고 있었다. 고학년 교복을 입은 학생들이 인사말을 건넨다. 정중하게 마주 인사를 했다.

잠시 기다리자 행사를 담당하는 관리가 들어와서 학생들의 얼굴을 쭉 둘러본 다음「전원 도착했군」이라고 말한 뒤 식순에 대해 설명을 시작했다. 왕태자를 직접 쳐다보지 마라, 큰 목소리로 대답하지 마라, 이것저것 주의 사항도 알려줬다.

뒤풀이 행사에 참가할 때는 절대로 무기를 소지할 수 없다는 것이 규칙이라기에 숨긴 물건이 있는지 전원이 신체검사를 받았다. 무슨 이유인지 알렌에게는 두 사람이 붙어서 무척 꼼꼼하게 확인을 했다. 그 후도 사소한 주의사항이 쭉 이어졌기에 벌써 겁먹는 학생도 있었다.

"곧 행사가 시작될 텐데, 각국의 내빈분들도 오는 자리이니 실례를 저지르지 않게 주의하게."

관리는 마지막으로 당부의 말을 남기며 설명을 마쳤다. 무례한 언행은 곧 처벌 대상이 된다.

더 시간이 지나가자 뒤풀이 행사장으로 입장이 시작됐다. 우승한 알렌을 선두로 차례차례 줄 서서 학생들이 이동한다. 문이 열리고 행사장에 들어갔더니, 그곳은 알렌도 잘 아는 장소였다.

'여기는 왕태자가 식사를 했던 곳이잖아. 탁자를 다 치우고 행사장으로 꾸민 건가?'

우선 왕태자가 한마디 늘어놓는다기에 실내의 양쪽 가장자리에 귀족 및 각국의 내빈이 쭉 서고 학생들 열여섯 명은 앞쪽으로 나아갔다. 주위를 둘러보는 딴짓은 허락되지 않지만, 내빈이 대략 백 명

이상은 되겠다.

“확실히 검은 머리카락이 신기하기는 한데 가까운 곳에서 살펴보니 그저 흔한 소년이 아닌가?”

“정말 드래곤을 꺼내서 같이 싸웠나?

“그렇다네. 너무 큰 목소리로 묻지 말아주게.”

‘동감이다. 좀 작은 목소리로 말해라. 다 들린다고.’

뒤풀이 행사에 초대받은 귀족들이 신기해하며 알렌을 보고 저마다 수군수군 떠든다.

출입문에서 똑바로 나아간 곳, 실내 공간의 가장 안쪽에 왕태자가 앉아 있었다. 행사 전 본선 진출자 열여섯 명은 무릎을 꿇고 왕태자에게 「치하의 말」을 듣는 것이 수순인가 보다. 시야 한쪽으로 자작이 눈에 들어왔다.

‘오? 그란벨 자작도 참석했네.’

혼자 딴생각을 하면서 관리가 지시했던 대로 왕태자와 5미터쯤 거리를 둔 앞쪽까지 나아가고자 했는데 느닷없이 왕태자가 접근을 제지했다.

“그, 그곳에서 멈춰라! 너무 가깝군!!”

5미터 앞쪽의 융단에 둥근 문양이 있으니 그곳에서 무릎 꿇라는 설명을 분명 들었었는데 아무래도 거리감이 서로 달랐나 보다. 그렇습니까, 라고 중얼거린 뒤 걸음을 멈추고 무릎 꿇었다.

“왕태자 전하, 너무 자극을 하진 마십시오. 이곳은 방비가 충분히 철저하지 못합니다.”

“아, 알고 있다네.”

호위 기사가 뒤쪽에서 왕태자에게 말을 건넨다. 자기들끼리는 작게 말한 것 같은데 선두에 있는 알렌에게는 전부 다 들렸다. 아마도 얼마 전 대결을 보고 왕태자가 알렌에게 상당히 겁을 먹었나 보다. 혹시나 싶어 쓱 둘러봤더니 작년에 왕태자와 만났을 때보다 호위 기사가 많아진 것 같았다.

'빨리 끝내줘라. 소환 레벨이 올랐으니까 드래곤에게 얼마나 잘 통할지 확인하고 싶단 말이다.'

알렌은 소환 스킬을 7까지 올렸다. 가호의 증가에 따라 능력치도 꽤 올랐고, 신규 소환수도 손에 넣었다. 올해 1월 이후로 여태 마주치지 못했던 A급 던전 최하층 보스 드래곤하고도 다시 한번, 이번에는 클레나의 엑스트라 스킬 없이 싸워보고 싶은 바람이 있다.

진행을 맡은 사회자가 「잠시 왕태자님의 말씀이 있겠습니다」라고 말하자 알렌을 비롯한 열여섯 명은 수순에 따라 더 깊숙이 머리를 수그렸다.

"모두 훌륭한 시합이었다. 라타쉬 왕국도 그대들 같은 강자를 배출하여 기쁠 따름이구나. 이후에도 왕국을 위해 부단하게 단련하도록 하게."

""""네!""""

'좋아, 끝났다. 돌아가도 되지? 중학생 때 교장과 달리 말이 짧아서 좋네.'

전세 때 교장 선생님의 훈화 말씀과 달리 왕족은 아랫사람들에게 장황하게 말을 늘어놓지 않는다.

하지만 알렌의 기대와 달리 퇴장을 알리는 말은 없었고, 기묘하게도 회장에는 침묵이 들어찬다.

'응? 왜 갑자기 조용해졌어? 누구 기다리나?'

빨리 귀가하고 싶은 마음이 더 커진다. 각국의 내빈들도 귀족들도 왕태자가 다음 발언을 꺼내기를 기다린다는 것이 느껴졌다.

"흠. 알렌, 훌륭한 대결이었다."

왕태자가 주위 사람들에게 독촉을 당한 사람처럼 다음 발언을 꺼낸다. 우승자인 알렌과 마주하게 된 왕태자가 어떻게 대응하는지 각국의 유력자들이 주의 깊게 지켜보고 있다.

"과분한 말씀에 진심으로 감사드립니다. 왕태자 전하께서 친히 납시어 관람해주셨기에 조금 과하게 힘을 쓰고 말았습니다."

'일단 투기대를 부순 변명은 해야겠지.'

그렇게 생각한 알렌은 「전하가 친히 와줘서」「과하게 힘을 썼다」라고 강조했다.

"그, 그런가. 그나저나, 그란벨의 수하로 있는 인물이 이렇게나 대단한 실력을 숨기고 있을 줄은 몰랐군. 자작이 따로 보고를 하지 않았던 터라 추호도 알지 못하였구나."

왕태자는 일부러 내빈들에게 다 들리도록 큰 목소리로 말했다. 알렌이 작년에 이 방에서 자작의 뒤에 서 있었던 때를 떠올렸겠지. 마침 잘되었다 싶어서 왕국이 알렌의 존재를 미처 파악하지 못했던 책임을 그란벨 자작에게 뒤집어씌운 셈이다.

"예? 수하라고 말씀하셨습니까?"

불쑥 이름이 언급되어 놀란 자작이 가만히 서 있다가 무의식중에 소리 높였다.

“음? 수하가 아니라는 말인가?”

“예. 알렌은 그란벨 가문의 귀빈으로 지내고 있습니다.”

“귀빈이라니. 진실인가? 알렌.”

그럼 어째서 고용인의 차림을 하고 나타났었던가. 반사적으로 알렌에게 따져 묻는다.

“예. 손님의 자격으로 그란벨 가문에 적을 두었습니다. 자작님께는 각별한 대우를 받는 처지인지라 가끔 시간을 내서 임무를 수행할 때가 있기는 하지요.”

““임무?””

왕태자와 자작의 목소리가 같이 겹쳤다. 자작은 알렌에게 무엇인가 임무를 맡긴 적이 있었던가 떠올려보고자 했는데 전혀 짚이는 바가 없었다.

“어떠한 임무를 수행하고 있는가?”

“예, 해결사와 비슷한 역할입니다. 자작님의 주위에서 최근 몇 년 사이에 이런저런 불상사가 많았지요.”

“풉! 아, 알렌?!”

자작이 거하게 뿜어버렸다. 지난번 저녁 식사 자리에서는 왕태자가 직접 타박을 놓았다만, 이번에는 아예 곁눈질도 하지 않는다. 「해결사」라는 표현에 장내의 왕후 귀족들이 술렁거리기 시작했다. 왕후 귀족들 사이에서 그란벨 자작은 미스릴 채굴 이권을 내세워서 교묘하게도 대립하는 귀족이며, 왕가의 사절을 한꺼번에 처분한 인물로 인식되어 있다. 그 일련의 소동은 언제부터인가 높은 사람들 사이에서 「그란벨 가문의 난」이라고 불리게 됐다.

이 같은 상황에서 「해결사」라는 표현을 쓰면 자작이 자기 자신을 보호하고 걸리적거리는 대상을 힘으로 배제하고자 알렌을 고용하여 귀빈으로 맞아들였다는 해석이 나와버린다.

왕태자가 긴장하며 마른침을 꿀꺽 삼켰다. 작년의 만찬 자리에서 해결사 알렌은 고용인의 차림새로 위장을 하고 따라왔던 셈이다. 뒤쪽에 서 있던 기사들 몇 명은 보호해야 할 왕태자가 곁에 있음에도 불구하고 무의식중에 뒷걸음친다. 작년에 이 공간에서 가졌던 만찬 자리, 혹시나 그때 무엇인가 문제가 발생했다면 해결사 알렌의 손에 의하여 죽었을지도 모른다고 생각하니 갑옷 안쪽으로 떨림이 멎질 않는다.

"그, 그런가. 우리나라를 떠받치는 중요한 귀족을 도와준다니 무척 기특하구나."

"예. 받은 은혜에 보답하고자 앞으로도 상대가 어느 누구든 간에 범접하지 못하도록 철저히 지켜드릴 각오입니다."

왕태자는 「어느 누구든 간에」라는 말에 일순간 현기증이 치솟았다만, 간신히 태연한 척 가장하며 체면을 지켰다.

이렇게 학원 무술 대회의 뒤풀이 행사는 알렌이 왕태자에게 자신이 서 있는 위치를 선언하는 형태로 끝을 맞이했다.

* * *

12월 초순이 되었다.

로단 촌장이 지휘하는 개척은 순조롭게 진행 중이다. 이미 울타리 만들기가 끝났고, 보어 사냥도 첫해부터 시작할 수 있겠다.

백룡 산맥은 남북으로 길게 뻗어 나가기에 기슭의 들판도 넓다. 언제나 충분히 많은 보어가 나타나지만, 최근 몇 년은 더욱 대량으로 번식하고 있다. 알렌이 보어를 사냥해야 했을 고블린과 오크를 싹 소탕해서 주변 생태계가 변화했기 때문이다.

알렌과 친구들이 돈을 모아서 보낸 화황금과 미스릴 창 덕분에 그레이트 보어를 스무 마리쯤 사냥할 수 있었다. 겨울은 보어 고기로 영양을 섭취하며 보양을 하고, 내년 봄에는 또 힘껏 밭을 개간할 수 있겠다.

지금 알렌 일행이 위치한 곳은 학원 도시에 있는 A급 던전. 최하층 보스의 방이었다.

"드디어 쓰러뜨렸구나."

『…….』

눈앞에는 최하층 보스 드래곤이 바닥에 드러누워서 곧 숨을 거두려 하고 있었다. 클레나의 엑스트라 스킬 없이도 A급 던전 최하층 보스를 쓰러뜨리는 데 성공했다.

"앗, 나 레벨 올랐어!"

"축하해, 메르르. 이제 레벨 58이 됐구나."

알렌은 대체로 전세 때 사용했던 용어를 자주 입에 담는다. 그래서 알렌의 파티원들은 알렌의 말을 따라서 쓸 때가 많아졌다. 메르르도 레벨이라는 표현에 꽤 익숙해졌다는 생각이 든다.

【이　름】 메르르
【연　령】 14
【직　업】 마암장
【레　벨】 58
【체　력】 1621
【마　력】 2340
【공격력】 756
【내구력】 1274
【민첩성】 756
【지　력】 2340
【행　운】 1453
【스　킬】 마암장 〈1〉, 비완 〈1〉, 창술 〈3〉, 방패술 〈3〉
【엑스트라】 합체(오른팔)
【경험치】 80,240/4천만
· 스킬 레벨
【비　완】 1
· 스킬 경험치
【비　완】 0/10

'뭔가 메르르 혼자 다른 게임을 하는 것 같은 스테이터스인데? 나만 그렇게 생각하나?'

알렌은 전세 때 봤던 특촬 방송을 떠올리고 있었다. 합체 로봇이라면 머리 역할이 가장 멋있다고 생각한다. 메르르가 스킬을 쓰기 위해서는 먼저 「골렘」에 탑승해야 한다. 골렘이 없는 학원 도시에서는 마력 소비를 전제로 하는 스킬 경험치를 올릴 수 없기 때문에 메르르는 스킬 레벨이 전혀 성장하지 않았다.

엘프인 소피, 포르말과 마찬가지로 메르르는 5대륙 동맹의 약정에 근거해서 학원 도시에서 활동 중이다.

중앙 대륙의 북부에는 엘프 부대 이외에 바우키스 제국이 빌려준 골렘도 있다. 수량은 엘프 부대보다도 더 적지만, 각각 성능은 A랭크 마수를 처단하기에 충분한 힘을 발휘한다.

"오오, 금 상자가 나왔다! 역시 드래곤이 상대면 출현 확률이 높아지는 건가!!"

드래곤을 쓰러뜨리자 곧 토벌 보수가 나타났다. 킬이 1년 만에 보는 금 상자를 향해서 냅다 달려갔다.

내용물을 확인하니 반지가 들어 있었다.

'흠, 오리하르콘 무기라면 좋았을 텐데. 가능하면 대검이나 도끼로.'

알렌은 용사와 대결한 끝에 염원했던 마력 회복 링을 손에 넣었다. 그 때문에 반지의 우선도는 많이 내려간 상황이다. 이제 또 필요한 것은 동료를 강화해줄 오리하르콘 무기였다. 가능하면 클레나, 혹은 드골라의 무기를 먼저 확보하고 싶다.

현재 알렌의 독자적인 공격력 환산 기준으로 추정한 무기의 위력은 아래와 같다.

각 무기의 예상 공격력

· 강철 검, 100

· 미스릴 검, 500

· 화황금 검, 1000

· 아다만타이트 검, 3000

· 오리하르콘 검, 5000 이상

실제 가하는 대미지는 급소 여부와 민첩성, 스킬 레벨에 따라 상당히 폭이 넓어지기에 이것은 오직 무기의 위력을 평가하는 수치다.

"지금 장비했는데 무슨 능력치가 올라갔을까?"

"오! 마력이 1000이나 늘었네."

킬이 곧바로 금 반지를 장비했기에 효과를 확인하니 마력이 올라가 있다.

'꽤 괜찮은 물건이야. 마력 증가와 마력 회복 링의 조합으로 조금이라도 빨리 스킬 레벨을 8까지 끌어올릴 수 있겠다.'

이렇게 파티 전원이 다섯 번째 A급 던전 공략을 마치고, 이제 누가 장비할까 고민하면서 킬과 대화하던 때 귀에 익은 소리가 들렸다.

부웅.

『저는 던전 총괄 시스템입니다. 축하드립니다, 폐인 게이머 여러분. A급 던전 공략 증명서를 발행하고자 찾아뵈었습니다.』

"……나타났네."

세실은 불쑥 나타난 큐브 형태의 물체를 보고도 더는 놀라지 않는다.

알렌이 검은 카드에 찍힌 표시를 확인해보니 이미 다섯 개로 늘어났다.

『폐인 게이머 여러분의 공략 증명서 숫자가 조건을 만족시켰으므로 S급 던전 초대권으로 교환해드리겠습니다.』

모두 알렌이 가지고 있는 카드를 빤히 들여다보고 있는 가운데 검은 카드에 찍힌 다섯 개의 표시가 커다란 하나의 표시로 바뀐다.

"이제 S급 던전에 입장할 수 있는 건가요?"

『그렇습니다.』

"어디에 S급 던전이 있는지 알 수 있을까요?"

『얀파니에 있는 시련의 탑입니다.』

'어디야?'

학원에서 지리도 배웠는데 못 들어본 지명이었다. 메르르가 얀파니라는 말에 반응하며 큐브에게 물었다.

"혹시 얀파니에 있는 거대한 탑을 말하는 거야?"

『예. 그렇습니다. 얀파니에 있는 신전입니다.』

"응? 메르르, 아는 데야?"

일동이 놀라며 메르르에게 주목했다.

"맞아. 디그라그니 님이 계시는 거대한 신전이야. 분명 제도의 북동쪽 부근에 있었던 것 같은데……."

메르르가 시선을 이리저리 허공에 보내며 얀파니의 위치를 떠올리고자 한다. 아마도 장소는 알고 있는데 실제 가본 경험은 없는 것 같았다.

"제도라면 물론 바우키스 제국이겠고."

"응응, 맞아. 얀파니라는 곳은 아마도 제도에서 북동쪽에 있는 영지의 이름이었을 거야."

'뭐야, S급 던전은 바우키스 제국에 있는 건가?'

"어? 그러면 바로 S급 던전에 가진 못하는 거야?'

클레나가 아쉬워했다. 알렌이 소환 레벨 7을 달성했기에 빨리 S급 던전에 가보자고 이미 결정을 내렸기 때문이었다.

'A급 던전 최하층에 S급 던전으로 연결된 워프 존이 있다거나 그런 편한 장치를 기대했었는데 말이지.'

레벨이 상한에 막힌 지금은 동료들을 강화해주려면 오리하르콘 무기가 필요하다. 용사가 오리하르콘 무기는 던전에서 구할 수 있다고 알려주었으니 S급 던전 도전은 피할 수 없다.

"그러게, 당장은 좀 어렵겠네."

세실도 한숨을 쉰다.

"음~ 혹시 3학년이 되면 유학이라는 형태로 우리가 다 같이 바우키스 제국에 갈 수 있지 않을까? 그렇게 하면 메르르가 쓸 골렘도 구할 수 있을 테니까 괜찮겠네."

알렌이 모두에게 제안했다.

"그게 가능한 거냐?"

알렌의 발상에 놀란 드골라가 어리둥절하며 되물었다.

"글쎄. 학장님한테 일단 부탁이나 해볼까?"

"좋은 생각이세요. 테오도실에게 실행 방안을 찾아보도록 부탁해 볼게요."

대화를 듣고 있었던 소피가 직접 나서겠다고 한다. 아직 12월이니 4월부터 편입하는 절차를 밟는다면 시간은 충분할 테지. 바우키스 제국 유학을 부탁해보자는 결론이 나왔다.

이렇게 오리하르콘 무기를 목표로 바우키스 제국에 있는 S급 던전에 도전하자는 이야기는 마무리됐다. 얀파니에 있는 S급 던전의 신전에 조금이라도 빨리 가보고 싶은 마음은 모두 똑같았다.

『말씀 나누시는 와중에 죄송합니다. 아직 설명이 남아 있습니다.』

대화 나누는 알렌과 동료들을 지켜보고 있었던 큐브 형태의 물체가 말을 걸어왔다.

"앗? 네, 뭔가요?"

'또 뭐가 남았나?'

『얀파니에 있는 S급 던전을 무사히 공략하시면 갖고계신 초대권은 던전 마스터와 대결할 수 있는 도전권으로 교환해드립니다.』

"오오오오! 히든 보스다! 디그라그니가 뭔가 좀 아는구나!!"

모두가 놀라는 와중에 알렌만 혼자 두 손을 불끈 쥐면서 소리쳤다.

"그 말은, 던전 마스터와 싸울 수 있다는 뜻이야?"

흥분한 알렌 대신에 세실이 대화를 진행했다.

『그렇습니다.』

"이기면 뭔가 주나 봐?"

무엇을 위해 싸워야 하는가. 세실의 마음속에 의문이 생겨났나 보다.

『그 답은 던전 마스터께서 승자에게만 가르쳐주실 것입니다.』

'오오! 뭔가 있는데 안 가르쳐줘! 완벽해! 퍼펙트해!!'

"좋았어, S급 던전 공략은 반드시 성공시킨다!"

알렌은 동료들을 쭉둘러보면서 힘껏 외쳤다. 클레나는 같이 분발하며 성공을 외쳐주었고, 세실은 또 시작됐다면서 땅이 꺼져라 한숨 쉬었다.

* * *

올해 신년은 무겁게 막을 열었다. 작년 말, 용태가 좋지 않았던 국왕이 붕어했기 때문이다.

왕국 전체에서 애도가 이루어졌고, 모든 행사가 중지되며 애도의 분위기 때문에 경제 활동도 타격을 받았다. 사람들의 생활을 유지하기 위한 음식점 등을 제외하고 모든 상점이 문을 닫았고 던전도 폐쇄되었다.

애도 기간이 끝나자 예상대로 왕태자가 국왕 자리에 올랐다. 리폴은 국왕의 즉위식이 무척 성대하게 열릴 예정이라고 말했다. 알렌은 딱히 누가 국왕이 되는 별 관심이 가지 않았다.

S급 던전이 바우키스 제국에 있다는 사실을 알고 나서 대략 1개월. 학장에게 이미 바우키스 제국에 편입 수속을 밟아달라고 의뢰했다. 바우키스 제국을 통해 학원에 요청은 보냈으나 과연 수락해줄지는 알 수 없었다. 지금은 학장의 연락을 기다리는 중이다.

학원은 애도와 관계없이 평소와 같이 운영되고 있다.

지금은 오전 수업을 들으면서 마석을 생명의 잎과 마력의 씨앗으로 열심히 가공하고 있다.

스킬 레벨 7을 달성하면서 고속 소환이 추가된 덕에 다수의 아이템을 동시에, 홀더의 한계 수량까지 소환이 가능해졌다. 무시무시한 속도로 작업이 진척된다.

마력 회복 링은 초 단위로 최대 마력의 1퍼센트를 회복시켜주기에 금세 마력이 가득 차오른다. 아까워서 깨어있는 동안은 항상 마력을 소비하려고 하는데, 고속 소환으로 단기간에 마력을 대량 소비할 수 없었다면 아마 마음이 못 버텨줘서 좌절했을지도 모르겠다.

소환을 되풀이하던 중 복도에서 누군가가 요란하게 달려오는 소리가 났다.

콰앙!!

냅다 걷어찬 것 같은 기세로 교실의 미닫이문이 열린다. 교관도 다른 학생들과 똑같이 깜짝 놀라서 굳어버렸다.

'담임이네.'

알렌이 문 쪽을 쳐다봤다가 담임과 눈을 마주쳤다. 숨을 헐떡이며 담임이 수업을 무시한 채 말을 꺼낸다.

"알렌, 모든 파티원과 함께 학장실로 와다오!"

'되게 급하네? 모든 파티원과 함께? 무슨 일이래?'

"가자, 호출이야."

세실이 쓱 일어섰다. 알렌은 파티원 모두와 함께 담임을 따라 학장실로 향했다.

"데려왔다! 빨리 상황을 설명해라!!"

학장실 앞에서 거칠게 말을 내뱉더니 허락을 구하지도 않고 안으로 들어간다.

'완전히 모험가로 돌아왔구나.'

알렌 일행도 담임을 뒤따라 안에 들어갔다.

"오오, 와주었는가!"

학장실의 탁자에는 세계 지도가 펼쳐져 있었다. 1000년이나 살아왔기 때문인지 언제나 차분한 모습이었던 학장에게 짙은 조바심이 느껴진다.

"네, 무슨 용건이신가요?"

용건이 있어 호출했을 텐데도 어째서인지 말을 꺼내지 않는다. 말문이 막힌 것일까, 말을 고르고 있는 것일까. 일순간 학장이 소피의 얼굴을 쳐다본 것 같았다.

"……."

'지금 침묵은 뭐지?'

"사실은 알렌 군의 파티에 출동 요청이 떨어졌다네."

"그 말씀은, 전장에 나가라는 말씀입니까?"

알렌은 출동이라는 말에 일순간 바우키스 제국의 학원으로 전학을 가는 것이 결정되었냐는 생각을 떠올렸다.

다만 전학을 가는 학생에게 출동이라는 말은 쓰지 않는다. 학원 설립의 목적을 감안하자면 출동을 가야 할 곳은 마왕군이 있는 전장뿐이겠지.

"그렇다. 5대륙 동맹의 약정에 의거하여 로젠헤임이 마왕군과 맞서 싸우기 위해 알렌 군을 파견해달라며 긴급 요청을 했고 라타쉬 왕국이 이에 수락했다네."

학장이 알렌, 클레나, 세실, 드골라, 킬의 이름이 쓰인 명령서를 탁자에 올려놓는다.

'명령서다. 학장은 요청이라고 말했는데, 결국 똑같은 건가?'

기암트 제국의 북부나 라스토리 왕국의 옛 지역 등 중앙 대륙 북부에 있는 전장에 가게 될 것이라고 학원에 입학하기 전부터 줄곧 생각은 하고 있었다.

"로젠헤임이요? 로젠헤임에 가라는 말씀입니까?"

"그렇다. 현재 로젠헤임은 국가 존망의 위기에 처했다."

학장이 곧장 대꾸하며 탁자에 펼쳐 놓은 커다란 세계 지도로 시선을 옮겼다.

"예?"

소피가 경악하지만 학장은 곧장 설명을 이어 나간다.

"첩보로 받은 정보에 따르면 현재 마왕군은 3대륙에 동시 침공을 개시했다더군. 마왕군의 숫자는 도합 천만에 육박한다는 소식이다."

"천만이라고요?!"

'3대륙이면 중앙 대륙, 바우키스 제국, 로젠헤임이구나. 그런데, 천만이라니…….'

소피가 너무나 큰 숫자에 경악하다 못해 졸도할 지경이었다. 중앙 대륙의 남쪽에 있는 2대륙은 아직 마왕군에 맞서 전장이 된 예가 없었다.

"많군요……. 예년의 다섯 배에서 열 배에 달하는 숫자입니다."

이제까지도 마왕군은 3대륙을 동시에 공격했었지만, 수업에서 배운 내용을 떠올리면 적의 숫자는 백만에서 이백만 정도였다. 또한 적군의 분포는 중앙 대륙에 2, 나머지 대륙에 각각 1씩 나뉘어 쳐들어왔다.

"그렇다. 마왕군이 얼마나 오랜 기간을 힘을 쌓아왔는지는 알 수 없다만, 로젠헤임을 멸망시키기 위해 군대를 확충한 것 같구나."

'지난 몇 년간 반격을 성공했던 건 용사의 힘이 모든 이유는 아니었던 건가. 마왕군은 로젠헤임 공략을 위해 일부러 몇 년이나 전력을 아껴왔던 거야.'

용사 헤르미오스가 나타나서 분명 전황은 달라졌다. 헤르미오스는 50년 이상 패배의 연속이었던 인류가 마침내 발견한 희망이었다.

용사가 전장에 나타난 지 8년쯤 지났다. 그동안 쭉 마왕군은 패배를 거듭했었지만, 용사의 힘이 모든 요인은 아니었나 보다.

"테오도실, 지금 로젠헤임이 존망의 위기에 처했다고 말했죠. 어떻게 된 거죠? 긴급 의뢰라니요. 서, 설마!"

알렌의 곁에서 줄곧 대화를 듣고 있었던 소피가 노도와 같이 잇따라 말을 꺼낸다.

"……."

그러나 학장은 즉시 대답을 하지 못했다. 차마 목구멍에서 말이 나오지 않는 듯 보였다.

"테오도실, 대답하세요!! 여왕 폐하는 무사하시겠죠!!!"

'여왕 폐하인가.'

소피는 친어머니를 「여왕 폐하」라고 부른다. 엘프들은 정령왕 로젠을 신앙하는 종족이지만, 그와 비슷하게 여왕을 경애한다. 엘프들은 여왕을 위해서 싸운다고도 말할 수 있겠다.

"……여왕 폐하의 안위는 확인되지 않았습니다."

항상 차분했던 소피가 이성을 잃은 모습에 압도되어 학장은 겨우 말을 쥐어짰다.

"마, 말도 안 돼요!! 포르테니아는 어떻게 되었나요! 전부 대답하세요!!"

묻는 말에만 단편적으로 대답하는 학장의 태도에 안달난 소피가 분노를 쏟아낸다. 포르테니아는 로젠헤임의 수도, 여왕이 사는 도시의 이름이다.

"……사흘 전 정보입니다만, 포르테니아는 300만의 마왕군에게 공격을 받아서 이미 함락되었다고 합니다. 여왕 폐하의 안부는 지금으로서는 알 수 없습니다."

"……세상에."

"소피아로네 님!"

소피가 무릎부터 털썩 허물어지자 포르말이 부축해준다.

학장은 다시 알렌과 마주했다.

"이미 로젠헤임의 7할은 마왕군의 손에 떨어지고 말았네. 지금은 로젠헤임 남부에서 최종 결전을 준비하고 있다더군."

아무리 대군의 침공을 받았더라도 단기간에 전황이 너무 빠르게 심각해졌다는 인상을 받는다.

"제가 그곳에 가길 바라시는 겁니까?"

"그렇다. 요청에 따라주기를 바라네."

"혹시 중앙 대륙의 전황도 파악이 되었습니까?"

중앙 대륙 북부의 전황을 확인한다. 로젠헤임이 국가 존망의 위기에 처했다면 기암트 제국은 과연 어떻게 되었을까.

"……."

그러나 학장은 즉답하지 못했다.

"혹시, 전선이 이미 붕괴된 겁니까?"

"아, 아니. 아직 전투는 개시되지 않았네. 마왕군은 요새에서 말로 열흘쯤 걸리는 위치에 200만 정도가 대기하고 있지."

그 말을 들은 알렌의 동료들은 「200만」이라고 중얼거리며 숨을 멈췄다.

'응? 대기라고? 곧장 몰아치는 게, 앗? 엘프 부대는?'

"죄송합니다. 엘프 부대는 로젠헤임의 상황을 전달받았습니까? 방금 최종 결전을 준비하고 있다고 말씀하셨죠."

아무래도 핵심을 찔렀나 보다. 소피가 같이 추궁했다.

"테오도실. 대답하세요. 중앙 대륙의 엘프 부대는 지금 어떤 상황에 있나요?"

"엘프 부대는 현재 로젠헤임을 지키기 위하여 중앙 대륙에서 철수를 진행하고 있습니다."

보통 치료사가 적은 전장에서는 엘프가 회복을 담당한다. 그런데 엘프들이 자국의 존속을 위해 철수를 개시했다.

"엘프 부대가 없는 상황에서 200만의 군세와 싸우면 절대로 못 버텨!!"

세실이 무의식중에 소리 질렀다. 알렌이 중앙 대륙의 전황을 분석한 뒤 짧게 정리했다.

"중앙 대륙의 마왕군은 연합군에서 치료사가 빠졌을 때 대군으로 단번에 쳐들어올 작정이네. 그래서 지금 가만히 대기만 하는 중이고."

"……아마도 그런 의도일 테지. 그러나, 미안하지만 요청에 따라 로젠헤임과 우리의 여왕 폐하를 구출해주길 바라네."

학장은 중앙 대륙이 어떤 상황인지 잘 알면서도 여전히 알렌에게 요청에 따라달라고 말한다.

왕족인 학장이 알렌에게 머리 숙였다.

"자, 잠깐만요. 알렌, 어떻게 할 거야?"

알렌의 학원 생활 2학년 말기에 마왕군은 대군을 일으켜서 세계를 멸망시키고자 쳐들어왔다. 알렌의 동료들, 학장, 담임. 이곳에 있는 전원이 마른침을 삼키며 알렌의 대답을 기다렸다.

"로젠헤임으로 가자."

알렌은 이 상황에서 로젠헤임의 구원을 결단했다.

이렇게 알렌 일행은 마왕군의 대군에 맞서 멸망당할 위기에 처한 로젠헤임으로 출동하게 되었다.

특별 수록 에피소드 ① 헤르미오스 회상 편

헤르미오스는 전장에 있었다.

장소는 중앙 대륙 북부에 위치하는 5대륙 동맹군의 요새보다 훨씬 더 북쪽에 있는 적의 본거지다.

『내가, 마신인 내가 인간 따위에게…….』

헤르미오스의 오리하르콘 검이 적의 가슴 깊숙한 곳을 찌른다.

적군의 마수들을 지휘하던 장수를 쓰러뜨리는 데 성공한 순간이었다.

헤르미오스의 검에 찔린 적장은 그대로 등부터 지면으로 쓰러져서 죽었다.

"해, 해냈다. 우리가 쓰러뜨렸어. 작전대로, 성공했어……."

대검을 꽉 부르쥔 적발의 여성이 기쁨의 말을 입에 담는다.

"허억허억. 그러게. 아닛사. 후, 다들 고마워."

적발의 여성— 아닛사는 검성이자 헤르미오스의 동료다.

헤르미오스는 숨을 헐떡이며 아닛사 및 다른 동료들에게 감사의 말을 전했다.

용사와 동료들은 수많은 전장에서 마왕군과 싸워왔다. 이번 전투처럼 열 명 전후로 파티를 구성하여 온갖 작전에서 행동을 함께하고 있다.

헤르미오스를 리더로 삼아 검성과 성녀 등을 고르고 골라서 구성한 인류 최강의 부대다.

"리크티나, 미안한데 회복 좀 부탁할게."

아닛사가 큰일을 하나 끝냈다는 얼굴로 성녀 리크티나에게 말했다.

"네. 바로 회복할게요."

적장과의 대결은 격전이었나 보다. 일행 모두가 온몸의 곳곳에서 피를 흘리고 있는 처지였지만, 리크티나의 회복 마법을 받자 상처가 눈 깜짝할 사이에 아물어 갔다.

"어찌어찌 성공을 했네."

헤르미오스는 마왕군의 적장을 쓰러뜨렸다는 데서 잠깐이나마 안도감을 느꼈다.

다만 기쁨은 곧 사라지고, 표정이 잔뜩 흐려진다.

"뭐야. 헤르미오스! 얼굴 펴. 분명 전선에서도 잘 버텨주고 있을 거야."

아닛사는 헤르미오스의 등을 손바닥으로 퍽퍽 두들기며 걱정 말라고 격려했다.

아닛사와 리크티나는 기암트 제국의 학원에 다닐 때부터 쭉 함께한 동료다.

"그러게. 아닛사, 요새는 분명 괜찮을 거야. 빨리 복귀하자."

이번 작전은 5대륙 동맹이 주도하는 작전 회의에서 결정되었다.

지금까지는 헤르미오스의 파티를 포함한 대부대가 요새에서 마왕군을 요격하는 방식을 취했지만, 이번에 수행한 것은 소수 정예로 적군 본거지에 있는 적장을 척살하자는 작전이었다.

마왕군의 적장은 마족이나 마신으로 불리는 존재들이다.

마족의 무력은 마수로 빗대어 말하자면 A랭크, 마신의 경우 S랭크에 해당된다.

마신은 압도적인 힘을 보유했기에 용사 헤르미오스조차 고전을 면치 못한다.

다만 헤르미오스에게는 창조신 에르미아가 내려준 특별한 엑스트라 스킬이 있었다.

헤르미오스의 엑스트라 스킬 「신절검」은 신성 속성을 보유했기에 사악한 기운으로 가득 찬 마왕군의 마족과 마신들에게 매우 뛰어난 위력을 발휘한다.

설령 상대가 S랭크 마수에 필적하는 마신일지라도 마찬가지였다.

공격을 적중시킬 수 있다면 치명상이 되는 압도적인 타격을 가할 수 있다.

그만큼 강한 위력이 담긴 엑스트라 스킬이다.

이 엑스트라 스킬이 바로 헤르미오스가 인류의 희망이라고 불리는 까닭 중 하나였다.

마신과 대결하여 분명 승리를 거두었음에도 헤르미오스가 얼굴을 흐린 이유는 이번에 별동대로서 자신들이 빠져나온 요새의 안위 때문이었다.

마왕군의 침공을 막아 지키는 요새에서는 지금도 여전히 많은 병사들이 싸우고 있다.

최강 전력인 자신들이 빠진 요새는 고전을 면치 못하는 상황일 테지. 헤르미오스와 일행들은 쉴 겨를도 없이 서둘러 요새로 복귀했다.

며칠을 들여 일행이 복귀했을 때는 이미 요새가 하나 마왕군의 공격을 받아 함락된 다음이었다.

마왕군은 요새를 무너뜨려도 포로를 잡지 않는다. 모든 병력을 한 명도 남김없이 몰살한다. 요새 내부에 시체를 마구 치우는 마수를 제외하고 움직이는 것은 단 하나도 존재하지 않았다.

"……언제까지 이런 짓거리를 되풀이하면 되는 걸까."

"그야 마왕을 쓰러뜨릴 때까지 아니겠어."

요새에 있던 마수들을 모두 죽이고 멍하니 있는 헤르미오스에게 아닛사가 말을 건넨다.

헤르미오스의 눈앞에는 필사적인 표정을 지은 채 사망한 수많은 병사들이 있다.

병사 다수는 스무 살도 못 채운 젊은이들이다. 미래가 있는 젊은 이들의 생명을 얼마나 많이 잃어왔던가.

이들이 죽을 때 지은 표정에서 원념과 같은 무엇인가가 나와 자신의 몸에 들러붙는 것 같다는 착각에 빠져든다.

아무리 요새를 지켜도 마왕군의 침공은 멈추지 않았다.

그렇다고 별동대를 만들어 마왕군의 적장을 노리면 요새가 함락되어 많은 병사가 죽어버린다.

몇몇 요새가 함락되어도, 수많은 병사가 사망해도, 헤르미오스의 동료들이 피를 흘려도, 각국의 대표는 5대륙 동맹의 작전이 성공했다며 세계에 소식을 전할 것이다.

용사 헤르미오스가 또 한 번 적장을 처단했다고 보고할 뿐이다.

마왕군에게서 수십 년이나 공격을 받아 수많은 것을 잃기만 했던 사람들에게는 희망이 필요했다.

희망을 전하지 못한다면 젊은 병사들은 겁에 질려서 싸울 수 없다.

자신의 역할이 희망의 상징이라는 모순을 마음속으로 꾹 눌러 삼킨다.

그로부터 머지않아 헤르미오스에게 다음 작전이 전달되었다.

이번에도 동료들과 함께 별동대를 결성하여 적장을 쓰러뜨리는 것이 목적이었다.

5대륙 동맹 회의에서 지난 작전이 성공했으니 이번에도 같은 작전을 채택하자는 결정이 내려진 것 같다.

이미 마수들은 전선으로 진군을 개시했다. 전장이 될 요새의 장군에게는 하루라도 빨리 적장을 쓰러트릴 테니 자신들이 복귀할때까지 버텨달라고 말했다.

* * *

헤르미오스 일행은 지형히 험한 숲속을 최대한 빨리 나아가고 있었다.

척후 담당이 목숨을 걸고 발견해준 적장의 근거지로 가는 지름길이다.

그런데 이동하던 중 마치 약속을 하고 나온 것처럼 서 있는 인영이 눈에 들어왔다.

"늦었구나. 꽤 오래 기다렸어."

가면을 쓰고 광대와 같이 차려입은 남자는 이쪽을 조롱하듯 말했다.

"이번에 마왕군을 지휘하고 있는 적장인가?"

"응. 맞아. 헤르미오스 군. 내 이름은 큐벨이라고 해. 기억해줘."

큐벨이라고 이름을 밝힌 남자는 마치 친구와 대화하는 듯한 가벼운 말투로 대꾸했다.

"이 녀석은 뭐야. 광대냐? 꼴이 굉장히 이상한데."

정말 적장이냐며 아닛사는 의아해했다.

"방심하지 마. 이놈은 마신이다."

"방심은 절대 안 하지. 아무튼, 마신이라고? 또냐."

방금 전 헤르미오스는 큐벨을 감정했는데, 아무것도 알 수 없었다. 헤르미오스의 감정 스킬로는 마신을 감정하지 못한다. 다시 말해서 큐벨이라는 이 남자가 마신임을 의미한다.

큐벨은 그동안에도 실실 웃으며 빈틈투성이로 서 있었다.

"다 같이 간다."

헤르미오스그 말과 동시에 동료들은 진형을 짜기 시작했다.

단 하나여도 마신이 얼마나 강적인지는 잘 알았기에 모두 방심하지 않았다.

"으랏! 죽어라!!"

거리를 쭉 좁힌 검성 아닛사가 대검을 상단으로 치켜들어서 큐벨을 내리찍는다.

그러나 큐벨은 아닛사가 스킬까지 발동시킨 혼신의 일격을 아무렇게나 한 손으로 막아 냈다.

마신에게 이만한 힘이 있다는 것은 잘 알았기에 동료들은 당황하지 않았다.

오로지 헤르미오스가 엑스트라 스킬을 날리기 위한 빈틈을 만드는 것이 목적인 작전이다.

크게 휘두른 아닛사의 공격을 방어하는 동작에 맞춰서 헤르미오스가 달려들었다.

"신절검."

작게 중얼거려서 발동시킨 헤르미오스의 엑스트라 스킬「신절검」은 오리하르콘 검에 반짝이는 광채를 깃들게 했다.

검을 앞으로 쭉 내밀어서 광대와 같이 차려입고 큐벨이라고 이름을 알린 적장의 심장을 노린다.

빨려 들어가듯이 검은 심장을 향해 다가갔다.

툭.

"흠. 이게 에르메아가 준 힘인가. 이런 위력이라면 마신들이 당할 만했어. 이번에는 꽤 투자를 했구나."

"아니?!"

헤르미오스는 경악했다.

아닛사의 대검처럼 손으로 막아냈기 때문이 아니다.

심장을 노려서 찌른 헤르미오스의 검은 들어가지 못한 채 가슴 앞에서 멈춰버렸다.

큐벨이 재미있어하며 오리하르콘 검을 한쪽 손으로 툭툭 건드린다.

"미안. 나한테 이 스킬은 안 통하나 봐. 그리고 난 마신이 아니라 상위 마신이다?"

가벼운 말투로 자신은 마신이 아니라 상위 마신이라고 정정한 뒤 주먹을 꽉 쥐고 오리하르콘 갑옷을 장비한 헤르미오스의 복부를 가격했다.

"끄흑?!"

"헤, 헤르미오스! 이, 이놈! 검을 놓아라!!"

주먹에 맞아 날아간 헤르미오스를 보고 경악하면서도 동료들은 과감하게 큐벨을 향해 달려들었다.

「도망쳐」라고 동료들에게 말을 전하지도 못한 채 헤르미오스는 고작 일격에 정신을 잃고 말았다.

그로부터 하루가 경과했다.

헤르미오스는 간이침대 위에서 깨어났다.

"오, 오오, 헤르미오스 님! 정신이 드셨습니까?"

눈앞에는 낯익은 인물이 서 있다. 요새의 수비를 담당하는 장군이었다.

"……여, 여긴 어딥니까? 다들 어디 있어요!!"

"……이곳은 요새의 내부입니다."

헤르미오스는 정신을 잃은 채 척후에게 발견되어 이곳으로 후송되었다고 장군이 설명해줬다.

"동료들은, 내 동료들은!!"

헤르미오스는 동료들의 모습이 보이지 않음을 깨닫고 최악의 상상을 했다.

“이제 막 정신을 차리셨습니다. 아직 동료분들의 사체는 보지 않으시는 것이 좋겠습니다.”

“사체? 전원이?”

“예. 안타깝게도.”

척후 담당 병사가 발견했을 때는 큐벨이라는 상위 마신은 자취를 감춘 뒤였고, 동료들의 시체와 헤르미오스만이 남아있었다고 한다.

어째서인지 모든 동료를 죽이고도 큐벨은 헤르미오스의 숨통을 끊지 않은 채 사라져버렸다.

“……그렇습니까.”

상황을 이해한 헤르미오스는 또 고개 숙이고 말았다.

분명 1개월쯤 지나면 새로운 동료가 자신의 곁에 찾아올 것이다.

기암트 제국에 검성과 성녀는 꽤 많은 숫자가 있다.

인류의 희망이라는 자신과 같은 파티가 되는 것을 꿈꾸며 학원에 다니고 있는 젊은이들도 많다.

새삼 주위를 둘러본다. 아마도 요새가 받은 피해는 적은 것 같았다.

작전은 실패했고 동료도 잃었다. 하다못해 이 요새라도 지켜야겠다는 생각을 한다.

벽에 기대서 놓아둔 오리하르콘 검과 갑옷을 본다.

그리고 자신의 손바닥을 들여다본다.

이미 극복해야 할 신의 시련이 없는 단계까지 와버렸다.

무기도 방어구도, 더 좋은 물품은 없을 것이다.

그렇다면 어떻게 해야 하는가. 스스로에게 물어봐도 해답은 찾을 수 없다.

똑똑.

누군가가 문을 두드렸다.

"응? 예. 뭡니까? 들어오셔도 됩니다."

장군이 무엇인가 말하려던 것을 잊었나 생각했는데 들어온 인물은 낯선 엘프였다.

"실례합니다. 용사 헤르미오스 님께서 복귀하셨다는 말씀을 듣고……."

"제게 뭔가 용건이 있습니까?"

"예. 정령왕 로젠 님게서 꼭 로젠헤임에 들러달라고 말씀하셨습니다."

"……예전에 엘프 부대를 구한 보답이라면 괜찮다고 분명 거절을 했을 텐데요."

얼마 전 치료사 보충을 위해 건너오던 엘프 부대가 마왕군에게 공격을 당한 사건이 있었다.

그들을 구한 활약을 언급하며 정령왕 로젠이 직접 보답하고 싶다는 말을 전했는데 정중하게 거절했었다.

"아니요, 이것은 로젠 님께서 말씀하신 신탁입니다. 『인류에게 희망이 빛이 되어줄 존재가 곧 찾아온다. 그자는 용사 헤르미오스에게도 희망이 되어주리라』라고 합니다. 꼭 로젠헤임에 방문해주십시오."

"……희망?"

그딴 게 정말 있을까.

허식투성이의 엉성한 희망이 아니라 진짜 희망이.

희망을 잃을 뻔했던 용사 헤르미오스는 그 후 라타쉬 왕국의 학원에서 새로운「희망」과 만나게 된다.

특별 수록 에피소드 ② 상인 페롬스의 분투

알렌과 친구들이 학원에 다니다가 처음 맞이한 여름 방학의 어느 날.

던전에서 거점으로 돌아왔더니 고용인이 손님의 방문을 알렸다.

게다가 알렌과 아는 사이이며 페롬스라는 남자라고 한다.

'페롬스가 일부러 나를 만나러 온 건가?'

알렌이 응접실에 얼굴을 내밀자 소파에 앉아있었던 페롬스가 용수철처럼 벌떡 일어나서 다가왔다.

"만세! 드디어 돌아왔구나! 기다렸다고!! 아니지, 엄청 찾아다녔어!!"

"그래, 오랜만이네."

아마도 알렌에게 볼일이 있어서 온 것 같은데, 일단 같이 저녁 식사를 하며 자세하게 이야기를 들어보기로 했다.

페롬스는 알렌 일행과 같은 클레나 마을 출신이며, 상인 재능을 보유한 터라 지금은 왕도에 위치한 상업 학교에 다니고 있다.

상업 학교도 학원과 마찬가지로 지금은 여름 방학 기간일 테니 이 시기를 이용해서 알렌을 찾아왔나 보다.

세실과 킬은 페롬스를 알지 못했기에 간단히 소개했다.

"음. 알렌한테 소꿉친구가 또 있었구나. 흐응~ 뭔가 평범하네."

'실례잖아!'

세실은 클레나, 드골라와 비교하니 페롬스를 상당히 평범하다고 느꼈나 보다.

한편 클레나와 드골라는 페롬스를 외면한 채 귀신과 같은 기세로 고용인들이 만든 요리를 먹어 치우고 있다.

"그건 그렇고 내가 여기에 있다는 걸 용케 알아냈네."

"학원이랑 모험가 길드랑 여기저기 다니면서 물었어."

아무래도 이곳에 올 때까지 상당히 고생했나 보다.

"그래, 나한테 무슨 볼일이 있어서 온 거야?"

"그, 그건……."

알렌이 목적을 묻자 페롬스는 얼굴을 붉힌 채 우물쭈물했다.

"뭔데? 말은 또박또박 해야지."

초대면인도 세실이 답답했는지 페롬스에게 타박을 놓았다.

"사, 사실은, 체스터 씨한테 피오나 씨와 교제하고 싶다고 부탁했더니……."

페롬스가 이곳까지 온 이유를 털어놓기 시작했다.

그란벨의 유력자 중 하나이자 도시 중앙에 귀족용 고급 숙소를 경영하고 있는 지배인 체스터. 그 사람에게 페롬스는 어떤 부탁을 했다고 한다.

페롬스가 한눈에 반한 체스터의 딸 피오나와 결혼을 전제로 교제하고 싶다고.

그러자 피오나의 아버지 체스터는 페롬스에게 「네 가치를 증명해 봐라. 가치가 있는 인물로 판단된다면 딸과 교제해도 좋다」라고 말했다.

유예 기간은 상업 학교를 다니는 3년에 불과한지라 학교에서 죽기 살기로 공부했지만, 불안해져서 알렌에게 도움을 구하고자 찾아왔다고 한다.

페롬스는 아무것도 성과를 거두지 못한 채 반년이 지나가버렸다며 한탄했다.

'피오나 씨라면 내가 아는 피오나 씨겠지? 페롬스하고도 접점이 있었던 건가.'

알렌은 피오나라는 여성을 알고 있다.

예전에 마더 가르쉬에게 습격을 받은 마차 안에 있었던 소녀다.

과연 부호의 딸답게 구해준 보답으로 금화를 받았던 터라 미스릴 검을 구입할 수 있었기에 옛날 생각에 잠겼다.

"여, 역시 알렌이랑 같은 마을 출신이구나!"

세실이 버럭 소리를 질렀다.

체스터 가문은 그란벨 가문에도 다액의 융자 및 원조로 기여하고 있으며, 왕도 및 각 도시에도 고급 숙소 등 폭넓게 사업을 전개하고 있는 대단한 부호였다.

즉 지금 이야기를 정리하자면 조그만 마을 촌장의 아들이 대부호의 딸에게 구혼을 한 셈이다.

"너랑 아는 사람은 전부 다 이런 녀석뿐이냐?"

킬도 어이없어했다.

"혹시 거기에 나도 들어가는 걸까? 킬."

"에이, 그런 소리는 안 했어."

세실이 킬의 발언에 재빨리 반응했다.

알렌은 그 모습을 보고 세실과 킬도 꽤 허물없는 사이가 되었다고 생각했다.

"아무튼 알렌, 어떻게 할 거야? 도와줄 거잖아."

"도와주다니? 세실, 뭔가 눈이 반짝거리지 않아?"

"물론이야. 왜냐면 재미있을 것 같거든!"

세실이 눈을 반짝반짝 빛내며 알렌에게 페롬스를 도와주자고 말한다.

'뭐지? 음, 알겠다. 피오나 씨를 페롬스랑 붙여주려고 노리는 것 같은데?'

피오나는 때때로 그란벨 가문의 저택을 방문했었다.

특히 마더 가르쉬에게서 목숨을 구한 사건 이후부터는 매달 한 번 정도의 빈도로 찾아왔다.

또한 피오나와 세실은 사이가 무척 안 좋았던 것으로 인식하고 있다.

피오나와 세실은 평민과 귀족, 부호와 가난한 귀족이라는 상반된 입장이었기에 온갖 상황에서 신경전을 벌이는 광경을 시종으로 일하며 쭉 지켜봐왔다.

알렌은 인정을 받기 위해서 어떻게 하면 되는가 생각하다가 상인다운 해결책을 알려주기로 했다.

더 나은 방법은 없다고 알렌은 생각한다.

"음, 좋아, 이렇게 하자. 페롬스가 가게를 차려서 체스터 씨의 가게를 인수하는 게 어때?"

"응? 이, 인수?"

왕국에서도 손꼽히는 부호의 가게를 인수하라는 터무니없는 제안에 페롬스는 당황한 표정을 지었다.

분명 열두 살부터는 상업 길드에 신청을 하면 가게를 열 수 있었다. 다만 유예 기간이 3년에 불과하기도 하고 애당초 수십 년이 있더라도 정말 가능할지 의문이었다.

“그러게. 상인이니까 가게를 여는 게 좋겠네. 그런데 가게라면 먼저 이름을 정해야지. 페롬스 상점은 뭔가 시시한 느낌인걸.”

세실이 페롬스의 이름을 전력으로 부정하고 가게의 이름을 궁리하기 시작했다.

“그럼 페롬스 정육점으로 하자!”

“아니, 페롬스 무기점으로 하자!”

‘야, 왜 고기랑 무기 전문점이 된 거야.’

뒤늦게 대화에 참가한 클레나와 드골라가 멋대로 또 페롬스의 가게 이름을 궁리하기 시작했다.

“자, 잠깐. 난 피오나 씨한테 진심이라고!!”

아무도 진지하게 말을 들어주지 않았다는 것을 깨닫고 페롬스가 벌떡 일어나서 큰 목소리로 외쳤다.

‘뭔가 청춘을 즐기고 있구나. 전세로 치면 중학교 1학년 여름쯤 되려나. 어라, 음?’

한창 청춘을 보내고 있는 페롬스를 흐뭇하게 바라보던 중 알렌은 불현듯 페롬스의 몸이 아지랑이처럼 흔들거린다는 것을 깨달았다.

페롬스가 엑스트라 스킬을 발동한 것이다.

“어? 뭐야! 왜 네가 엑스트라 스킬을 쓰냐!”

이제 막 스킬을 쓰게 된 드골라가 페롬스 주제에 뭐냐고 말하려는 듯한 표정을 짓는다.

"미, 미안. 그냥 요즈음 쓸 수 있게 됐거든. 그, 금방 진정될 거야."

그렇게 말한 뒤 페롬스가 다시 앉아서 심호흡을 하고 엑스트라 스킬을 정지시키고자 애쓴다.

다시 차분하게 페롬스는 요즘 들어서 엑스트라 스킬을 쓰게 되었다고 이야기했다.

신기하게도 피오나를 생각하면 자꾸 엑스트라 스킬이 발동된다고 한다.

"아니, 잠깐만. 혹시 능력이 어떻게 돼?"

상인의 엑스트라 스킬에 흥미를 가진 알렌은 스킬을 끄려고 하는 페롬스를 잠시 제지했다.

"어? 으음. 『천칭』이라는 능력인데 물건의 가치를 가늠할 수 있어."

상업 학교에서 도움을 받아 조사했더니 물건의 가치를 비교하거나 돈으로 환산하면 얼마쯤인지 알 수 있는 능력이었다.

"물건의 가치인가. 그럼 이 빵은 얼마지?"

"은화 한 닢에 동화 스무 닢이네."

페롬스는 즉답했다.

근처 빵집에서 산 가격과 완전히 일치하는 가격이었다.

이후에도 모르모의 열매 등 식탁에 늘어놓은 것을 몇 가지 가리켰는데 페롬스는 지체 없이 쭉 대답했다.

"그럼 이거랑 이건?"

알렌은 마도서의 수납으로 병에 든 물건과 새빨간 나무 열매를 꺼내 놓았다.

처음으로 알렌의 수납 스킬을 본 페롬스는 깜짝 놀라면서도 곧 진정하고 병은 은화 두 닢, 과일은 동화 한 닢이라고 대답했다.

"그 병은, 뭐더라? 빨간 열매로 만든 소스였지?"

"그래, 맞아."

이 병에는 그란벨 가문의 요리장과 함께 시행착오를 거듭하며 만들었던 특제 소스가 들어 있었다.

세실을 목말 태우고 딴 빨간 열매를 말린 뒤 요리장의 손을 빌려서 소스로 가공했다.

산뜻한 맛이 보어의 고기와 잘 어울린다.

그게 어쨌냐는 듯이 동료들이 알렌을 쳐다봤다.

페롬스는 걱정이 많아 보인다.

"어때? 이 녀석을 팔면 될 것 같은데."

이 엑스트라 스킬이 있다면 체스터에게 페롬스의 가치를 증명하기에는 충분하다고 알렌은 말했다.

"어? 진짜?"

페롬스도 표정이 밝아진다.

"잠깐만, 알렌. 무슨 뜻이야. 설명부터 해."

말뜻을 파악하지 못한 세실이 알렌에게 설명을 요구했다.

"페롬스한테는 시장 조사를 생략하고도 신상품을 만드는 힘이 있어."

그렇게 말한 알렌은 페롬스의 엑스트라 스킬 「천칭」의 유용성에 대해 이야기했다.

물건을 팔기 위해서는 아이디어를 내고, 상품화하고, 마지막으로 시장 조사를 진행해서 적절한 가격을 설정하는 단계가 있다.

얼마나 많은 수요가 있는가, 얼마에 잘 팔릴 것인가. 이런 요소를 파악하는 과정은 무척 중요한데 페롬스의 엑스트라 스킬 「천칭」이 있다면 시장 조사를 생략해도 된다.

"즉 ,좋은 상품만 구상하면 금방 돈벌이가 가능하다는 뜻이구나."

"맞아. 게다가 평범한 시장 조사보다 더 확실하지. 보통은 적정 가격을 잘못 설정하는 경우도 있고 정답을 찾아내지 못하는 경우도 있으니까."

시장 조사에는 시간과 비용이 소모되며 잘못된 판단을 할 위험성이 있다.

그런데 페롬스의 스킬은 저런 시간과 비용을 절감해준다. 터무니없는 힘이었다.

"그, 그래서?"

굉장하다는 것은 알겠지만, 그래서 페롬스의 가치를 어떻게 증명할 수 있단 말인지 느낌이 오지 않았다.

"자."

알렌은 작은 자루를 탁자에 올려놓았다.

"응? 금화가 백 닢이나?!"

아직도 엑스트라 스킬 「천칭」이 발동 중이었던 페롬스는 자루에 든 금화의 매수를 즉답했다.

"이 돈으로 페롬스 네 가게를 차려. 초기 자금이야. 아, 덤으로 소스 판매권을 양도할 수 있을지 그란벨 자작님께 부탁해볼게."

가게를 열기 위한 자금으로 금화 백 닢을 주겠다고 한다.

또한 알렌이 요리장과 함께 개발한 특제 소스의 판매권을 페롬스에게 양도할 수 있을지 그란벨 자작에게 문의해준다고 한다.

"어? 내가?"

"이 돈은 자금이야. 우선 사람을 고용해서 판로를 개척하고 가게를 크게 만들어야겠지."

그렇게 말한 뒤 이후의 이야기를 했다.

알렌이 개발한 물건 및 앞으로 떠올리는 물건들을 상품화해서 판매하자면 초기 투자로 돈을 마련해줘야 한다.

이 돈을 써서 페롬스는 사람을 고용하고 회사를 설립할 것이다.

또한 이 세계는 자유 경쟁을 기대할 수 없을 만큼 제약이 많은 사회였다.

무엇을 하고 싶어도 왕후 귀족의 허가가 필요했다.

그 부분도 그란벨 자작에게 부탁해서 허가를 받는다면 문제없을 테지.

많은 파벌과 협력 관계에 있는 자작이라면 본인의 영지뿐 아니라 왕도에서도 매매 허가를 받을 수 있을 것이다.

'좋아, 좋아. 가게를 크게 확장하면 나중에 마석 매입도 도움을 받을 수 있겠지!'

알렌의 입장에서는 곤경에 처한 페롬스에게 적당히 도움을 주는 것도 약간의 돈을 출자하는 것은 딱히 어려운 일이 아니었다.

게다가 페롬스의 가게 규모가 더 확대되면 나중에 대규모 마석 매입도 부탁할 수 있을 테니까 결코 손해는 아니었다.

"어머나, 뭔가 이야기가 잘 정리됐네. 이제 가게 이름을 정하자. 알렌? 난 멋있는 이름이 좋아."

대강 방향성을 파악한 세실도 대화에 끼어들었다.

"그, 그러게. 알렌, 어떤 이름이 좋을까?"
아무래도 페롬스는 가게의 명명권을 알렌에게 맡기려나 보다.
다른 동료들도 페롬스의 가게 이름을 무엇으로 할 것이냐고 알렌을 바라본다.
'음~ 어떻게 하지. 그래, 모두가 돈을 쓰고 싶다는 생각이 들 만한 상품을 다루는 가게가 돼야 하는데, 흠.'
모든 것을 내던지고 싶어질 만큼 매력적인 상품을 판매하는 가게의 이름은 하나밖에 없다는 것이 알렌의 생각이다.
"좋아, 알았어. 『페롬스 핵과금 상회』로 하자."
"오! 뭔가 멋지네!!"
페롬스도 마음에 드나 보다.
이렇게 페롬스는 상업 학교의 1학년 여름 방학 때 뜻밖에도 페롬스 핵과금 상회를 개업하게 되었다.

■ 작가 후기

이 책을 구입해주셔서 감사합니다.

여러분 덕에 『헬 모드』 3권을 출간할 수 있었습니다.

전부 독자분들께서 응원해주신 덕분입니다.

거듭거듭 되풀이하건대 정말 감사드립니다.

2권에서도 언급했었습니다만, 3권에서도 어스 스타 노벨의 한계가 어디까지인지 묻는 것처럼 많은 페이지 수와 두께로 책이 나와버렸습니다. 반성하고 있습니다.

이렇게 된 이유에는 편집자님의 제안에 따라 『헬 모드』의 각 장을 각각 한 권으로 묶어 정리함으로써 독자분들이 읽기 수월하도록, 아울러 더욱 몰입감을 느끼며 즐기시기를 바라기 때문입니다. 정말입니다.

4권을 낼 때는 4장이 과연 한 권에 다 들어갈까 모쪼록 기대해주세요.

이 페이지는 후기니까 지금껏 작가 하무오에 대해 별로 언급하지 않았다는 생각이 들어서 조금 이야기를 꺼내보고자 합니다.

너무 길게 썼다간 4권 이후의 이야깃거리가 바닥나니 적당히 아껴 가면서요.

하무오의 성별은 남자이며 평소에는 이세계에서 지내고 있습니다만, 이쪽 세계에서는 후쿠오카에서 겸업 작가로 살고 있습니다. 후쿠오카는 좋은 곳이지라(평소에 사투리는 거의 안 씁니다).

월급쟁이로서 업무를 처리하는 한편으로 회사 업무가 끝난 다음이나 휴일에는 작가로서 시간을 보냅니다.

책이 출판되면 근처 서점에 잘 팔리는지 확인을 하러 갑니다만, 혹여나 방심하고 있을 때 덥석 붙잡으시면 안 됩니다.

좋아하는 음식은 민트 초코이고, 아이스크림은 오로지 민트 초코만 존재한다고 생각합니다.

장래의 꿈은 베스트셀러 작가가 되어 벌어들인 돈으로 경치 좋은 시골의 여관에서 숙박하며 집필에 집중하는 것입니다. 몇 년은 틀어박히고 싶습니다.

「하무오 선생님. 집필은 잘되시나요?」라고 여관의 여주인분이 물어봐주시면 「으음, 바깥 경치를 보고 있자니 소설 속 정경이 떠오르는구려」라고 아름다운 눈 덮인 정원을 바라보면서 문호가 된 것처럼 대답해보고 싶군요.

꿈이 큽니다.

평소에 어디에서 소설 소재를 궁리하느냐 묻는다면 목욕탕입니다. 『헬 모드』는 뜨끈한 온수에 몸을 데우면서 만들어집니다. 목욕탕이 가장 소설과 마주하기에 좋은 장소입니다.

온수가 식을 때까지 공책이 습기에 차더라도 죽기 살기로 소재를 고민합니다.

문호가 된 것처럼 행동해보고자 커피숍에 가보기도 했습니다만, 주위 소리가 꽤 신경 쓰였던지라 요즘은 좌절 중입니다.

직장도 사무직이고 집에서도 자판을 딸깍딸깍 두드리며 소설을 집필하고 있는 하무오는 어깨와 허리의 결림이 꽤 심한 편입니다.

마사지를 받으러 자주 나갔다 옵니다만, 타이식 마사지를 받아도 새우처럼 몸을 젖힌 채 소재를 고민하지요.

잠깐 떠오른 쇼트 스토리용 좋은 소재를 잊지 않고자 살짝 강한 마사지를 받으면서도 죽기 살기로 사수한 경험은 한두 번이 아닙니다. 마사지가 너무 시원해서 막 떠올린 소재를 놓아버린 채 푹 잠든 경험도 서너 번이 아니지요.

이런 고생도 모두 독자 여러분을 위해서입니다. 정말 고생을 하며 『헬 모드』가 만들어집니다.

이 페이지는 후기니까 소설 속에서 무척 공들이고 있는 요소를 하나 언급하자면 국가의 양상입니다.

2권에서는 알렌이 태어난 라타쉬 왕국의 국가 내부 상황이 묘사되었죠.

같은 국가의 영주, 왕가의 사절이 보여주는 관계 및 귀족 사이의 파벌 문제로 알렌도 사건에 휘말렸습니다.

3권에서 「5대륙 동맹」이라는 표현을 자주 보셨을 것입니다.

마왕이 수십 년이나 군림하고 있는 세계인지라 국가 사이에서 동맹을 맺었다는 것이 이상하지는 않을 듯하여 그렇게 설정했습니다.

3권에서는 엘프 소피와 드워프 메르르가 동료로 들어왔습니다.

엘프와 드워프, 이종족이 등장한 것도 이번이 처음이었죠.

마왕군과 싸우는 나라, 싸우지 않는 나라, 종족, 가치관, 신앙하는 신, 건국 및 국가 간의 역사는 저마다 다르며 같은 국가는 한 군데도 없습니다.

그렇게 서로 다른 사정이 여러 작용을 만들어 내기에 하나로 꼭 뭉쳐야 하는 이유가 분명 있음에도 함께 보조를 맞추기 어렵게 하는 측면이 있죠.

알렌은 세계를 멸망시키고자 하는 마왕이 침공을 시작한 지 50년 이상 지난 세계에서 탄생했습니다.

학원 밖으로 뛰쳐나가 로젠헤임을 침공한 마왕군과 맞서 싸우고자 알렌이 결단하는 부분에서 이번 권이 끝났습니다.

서로 다른 의도가 있는 각국이 알렌과 어떻게 관계를 맺을 것인가, 앞으로도 즐겁게 읽어주시면 기쁘겠습니다.

이 책의 만화판 연재가 시작되었습니다. 여러분은 이미 코믹 어스 스타를 즐겨찾기에 등록하셨을까요?

『헬 모드』의 만화판은 코믹 어스 스타에서 매월 1화의 주기로 공개되고 있사오니 이쪽도 꼭 읽어봐주십시오.

1장 농노 편은 짧게 압축해서 지나갔습니다만, 2장 시종 편은 꽉꽉 채워서 전개될 예정이라고 만화 편집자님께 말씀을 들었습니다.

모쪼록 만화판도 재미있게 즐겨주시기를 바랍니다. 분명 알렌의 짓궂은 얼굴을 볼 수 있겠지요.

그러면 다음 번에는 4권에서 만나도록 합시다.

앞으로도 계속해서 하무오를 응원해주시면 기쁠 것 같습니다. 감사합니다.

Thank you
so much!!

헬 모드 3
~파고들기 좋아하는 게이머는 폐급 설정 이세계에서 무쌍한다~

초판 1쇄 발행 2023년 5월 20일

지은이_ Hamuo
일러스트_ Mo
옮긴이_ 김성래

발행인_ 신현호
편집장_ 김승신
편집진행_ 권세라 · 최혁수 · 김경민 · 최정민
편집디자인_ 양우연
관리 · 영업_ 김민원

펴낸곳_ (주)디앤씨미디어
등록_ 2002년 4월 25일 제20-260호
주소_ 서울시 구로구 디지털로 26길 111 JnK디지털타워 503호
전화_ 02-333-2513(대표)
팩시밀리_ 02-333-2514
이메일_ lnovellove@naver.com
L노벨 공식 카페_ http://cafe.naver.com/lnovel11

Hell mode ~yarikomizukino gamerwa haisetteino isekaide musosuru~ Vol.3
By Hamuo, Mo

ISBN 979-11-278-6859-8 04830
ISBN 979-11-278-6500-9 (세트)

값 11,000원

L BOOKS
16
저자 카규 쿠모
일러스트 칸나츠키 노보루
고블린 슬레이어
GOBLIN SLAYER!
L BOOKS